박 정 일 (朴正一, 1962~)

産
삼성SDS Tokyo 소장
일본 10년 주재(1993~2002)
일본 경제 저력과 산업경쟁력
미국 Global IT 기업 경쟁력 연구

學
한양대학교 대학원 전자공학 졸업
Waseda Univ. M.S.P. Study
Van. R·B College E·J·T.P. Study
Stanford Univ. V·E.P. Study
한양대학교 컴퓨터SW학과 겸임교수(2020)

硏
경제위기관리연구소 부소장(2017)

政
민주당 IT 위원장(2004)
민주당 Ubiquitous위원장(2005)
17대 민주당 강남을 후보(2004)
민주당 경기도지사 후보(2006)

委
4차 산업혁명 전략위원(2017)
일자리위원회 중소벤처T/F장(2018)
AI 중심도시 광주 만들기 추진위원
대한민국 AI Cluster Forum 위원
AI 규제개혁위원회 위원
미래학회 이사

著
《미·중 패권 다툼과 일자리 전쟁》
《김치·스시·햄버거의 신 삼국지》
《AI한국경영 ; 지도자 편》

AI 한국경영

정책제언 편

박정일 AI Creator

성공한 정책을 보고 싶다

정책은 바람직한 사회 상태를 이룩하려는 목표와 이를 달성하기 위한 수단에 대해 정부가 공식적으로 결정한 기본 방침이라고 정의한다. 정책의 3요소는 정책 목표, 정책 수단, 정책 대상 집단이다. 정책 목표의 개념은 정책을 통하여 이룩하고자 하는 바람직한 상태(Desirable State)로 문제가 해결된 상태를 말한다. 정책 목표는 미래성, 방향성, 발전 지향성, 주관성, 규범성의 특징을 갖는다. 정책 수단은 목표 달성을 위한 수단이며 실현을 위해 누군가 부담하는 희생이 정책 비용이 된다.

정책의 유형은 정책에 따라 정책 과정이 달라지고 모든 정책을 일일이 설명할 수 없으므로 유형으로 구분해 설명한다. 정책은 배분 정책(Distributive Policy), 재배분 정책(Redistributive Policy), 규제 정책(Regulatory Policy), 구성 정책(Constitutional Policy)으로 분류한다. 각각의 정책은 의도와 관계없이 문제 인식과 원인 분석, 대안 제시, 추진 결과와 평가 단계를 거친다.

정책 문제는 정부가 해결하기로 한 사회 문제다. 정책 분석은 정책 대안을 마련하고 각 대안이 가져올 장, 단점을 비용편익분석과 선형기획법 등을 이용해 예측해 식별 검토하는 것이다. 정책 평가란 정책의 집행 후에 그 결과 및 요인을 살펴보는 것이다. 정책 집행(Policy Implementation)은 정책의 내용을 실현하는 과정으로 의지와 발표만으로 성과가 나오지 않기 때문에 반드시 행동이 필요하다. 정책은 방향 못지않게 성과가 중요하다. 아무리 방향이 맞더라도 결과를 내지 못하는 정책은 실패한 정책이다. 정책의 실패는 국민의 삶을 어렵게 한다. 정책 실패란 입안 당시 의도된 목표를 달성하지 못했거나 부작용의 파급 효과가 나타난 경우라고 정의할 수 있다.

한국 사회는 지역주의 고착화와 보수와 진보, 사회 계층의 양극화, 개발과 환경보호의 가치가 충돌하는 등 정치적 사회적 갈등이 심화하고 있어 정부 정책이 성과를 내기 어려운 구조다. 성공한 정책이 되려면 사회적 합의와 이해 당사자들과의 소통이 중요하다. 정책의 성공은 국가의 성공으로 귀결된다. 정책의 성공이 이어져야 국가가 계승 발전된다. 우리는 왜 성공한 정책이 없을까.

대부분 정책 실패의 원인은 첫째, 정부가 개입할 문제가 아닌데도 나서기 때문이다. 정부가 개입하지 않고 시장에 맡겨두면 자연스럽게 시장원리에 따라 돌아간다. 국가가 나서지 않으면 되는데 자꾸 개입하기 때문에 부작용과 더 큰 문제를 만들어낸다. 시장은 수요와 공급 법칙에 따라 가격을 결정한다. 정부는 시장 실패(Market Failure)로 인해 사회 전체적으로 바람직하지 못한 결과가 초래되는 경우만 개입하면 된다.

둘째, 정책 결정자의 무지로 인한 잘못된 목표 설정이다. 의사 결정자의 고정관념, 어떤 정책에 대한 반감, 이해 당사자 간의 소통 부족이다. 정책 결정자의 어리석은 의사 결정이라도 현실적으로 막을 방법은 없다. 실패한 정책은 현장 경험이 없고 해당 분야에 대한 전문지식이 없는데도 집착과 고집으로 의사 결정을 내리기 때문이다.

셋째, 리더십 부족과 집권 세력의 집단사고에 의한 무리한 추진과 무책임이다. 사회 갈등을 조율하고 융합할 수 있는 리더십 부족과 부처의 전문성 미흡, 공직자의 도덕성 등 문제가 혼합돼 정책 실패로 이어지고 있다. 설익은 정책 추진과 영혼 없는 공무원, 그 누구도 정책 실패에 책임을 지지 않기 때문이다. 대표적 정책 실패 사례들은 정책 주제를 결정하는 단계부터 국민적 합의를 거치지 않고 일방적으로 추진됐다는 것이 특징이다. 이렇게 추진된 정책은 부작용으로 인해 국민으로부터 지지를 받지 못한다. 대통령으로부터 담당 공무원까지 정책 실패 책임으로부터 아무도 자유롭지 못하지만, 책임을 지는 경우는 없다.

넷째, 해외 사례를 잘못 선택하고 극히 일부만 모방한다. 해당국의 성공 정책은 역사, 문화, 관습 등 총체적 관점에서 나온 합리적 모델이다. 도입하려면 우리 상황에 맞아야 한다. 극히 일부 부문만 모방하려고 해서 문제가 발생하는 것이다.

마지막으로, 문제의 본질적 원인을 외면하고 엉뚱한 대책을 낸다는 것이다. 이미 학문적 이론과 연구, 실패 사례가 많은데도 외면하고 이념적으로 정책을 결정한다. 단기적인 사고로 조급하게 우격다짐으로 밀어붙이기에 부작용이 발생한다.

그렇다면 정책이 성공하려면 어떻게 해야 할까. 첫째, 국민과 기업의 협력이 필수다. 국민의 정부와 참여정부가 IT 강국의 토대를 마련한 것은 대통령의 관심과 유능한 공무원의 헌신, 기업과 국민의 참여가 어우러져 시너지 효과를 냈기 때문이다. 정책의 일관성으로 국민의 신뢰를 얻고 미래 비전 제시로 기업의 참여를 끌어내야 한다. 목표 숫자 발표만 하지 말고 성과를 내기 위해 시장을 이해하고 기업이 투자하기 좋은 환경을 조성해야 한다.

둘째, 현장을 모르고 입안하는 정책은 인제 그만둬야 한다. 정책은 현실을 반영한 면밀한 기획과 결과에 대해 부작용과 성과를 계산해 입안돼야 한다. AI 시뮬레이션 시스템을 활용하면 정책 실패를 줄일 수 있다. 정책 입안의 무능함은 차라리 정책을 집행하지 않는 것만 못하다. 정책에 대한 무능과 독선은 국민의 삶을 어렵게 한다.

셋째, 정책을 추진할 때 다양한 시각을 가져야 한다. 정책은 한 가지 목표만 추구하는 것이 아니라 다양한 목표를 가진 채로 추진된다. 이해집단의 상충적인 가치들을 모두 반영해 이루어져야 하며 그 안에서 발생한 모순을 슬기롭게 조정해 협력을 끌어내야 한다.

마지막으로 철저한 분석과 근거 확보가 중요하다. 이는 광범위한 국민의 지지를 확보할 수 있기 때문이다. AI 시대 빅데이터를 활용 분석하면 정책의 시행착오를 사전에 방지할 수 있다. AI 시대 정책 혁신이야말로 한국 경제 경쟁력을 향상하는 지름길이다. AI 강국 도약의 필수 조건은 각 분야에서 정책이 성공해야 한다는 것이다.

(경기매일. 2020.12.05.)

이 책은 지난달 출판된 《AI 한국경영》 '지도자 편'의 후편이다. 필자가 4월부터 10월에 걸쳐 각 분야에 대한 정책 제언 110개를 정리했다. 이 책에서는 정책은 성과를 내야 국민의 삶에 도움이 된다는 것을 강조하려고 했다.

1장은 한국 경제와 먹고사니즘과 포스트 코로나 시대의 경제, 2장은 한국판 뉴딜 성공조건에 관해 기술했다. 3장은 일자리 창출,

4장은 AI 산업에 관해 설명했다. 5장은 한국 경제 미래 먹거리를 제시했고, 6장은 주변국의 외교에 관해 제안했다. 7장은 국가균형 발전, 8장은 부동산 문제 해법을 제시했다. 마지막으로 9장은 정책 혁신에 관해 제안했다.

책을 집필하면서 여러 선학의 좋은 글을 인용하거나 참고했음을 밝힌다. 여러 조각을 합쳐 새로운 그림을 만들 수 있다는 생각에서다. 도움을 준 선학들의 노고에 감사와 존경을 표한다.

부디 이 책을 읽고 성과를 내는 정책 집행으로 성공한 대통령이 이어져 나오기를 간절히 바란다.

2021년 새해 아침
지은이 朴正一

AI
한국경영
정책제언 편

AI Korea Management
Policy Proposal Edition

3장 // 일자리 창출

4장 // AI 산업

5장 // 미래 먹거리

6장 // 외교

9장 // 정책 혁신

정책제언 편

1장 // 경제

1. 한국 경제

2. 포스트 코로나 시대

1. 한국 경제

1) 2021년 세계 경제 예측

〔2020.11.30. 정책제언 No.114〕

◑ 핵심 요약

① COVID-19 백신 접종의 양극화가 심화된다.

② 실업 Tsunami와의 전쟁이 시작된다.

③ 경제 회복은 선진국 V, 중진국 K, 후진국 L자형이 된다.

□ VUCA 시대의 재등장

① 경제와 고용, 방역과 보건, 실업과 실직, 신산업과 신기술 등 사회 전반에서 양극화가 심해진다.

② 선진국에서 백신 접종이 시작되면 코로나19 여파에서 벗어나게 된다.

③ 코로나 불황을 벗어나기 위해 재정 확대 정책으로 대부분 국

가가 마이너스 금리 정책을 추진했기에 시중에 유동성 자금이 넘쳐나고 있다.

④ 국가별 경제 정책의 성공 여부에 따라 국가별 경제 회복 상황은 양극화 상황이 나타날 것이다.

⑤ 동남아시아 국가들은 빠른 경제 회복을 할 것이며, 아프리카와 남미 국가들은 백신 접종이 지연되면서 경제 상황이 불확실할 것이다.

⑥ 미·중 무역 갈등은 기술 유출 전쟁으로 심화하며 장기화할 것이다.

□ COVID-19 종식

① 선진국은 코로나19를 종식하기 위한 유일한 해법은 백신임을 알고 있다. 방역보다는 백신 개발에 총력을 기울일 것이다.

② 중진국은 백신 확보에 사활을 걸 것이다.

③ 후진국은 국제 사회에 도움을 청할 것이다.

□ COVID-19 탈출

① 코로나 방역 전쟁에서 2021년에는 백신 접종 전쟁으로 전환될 것이다.

② 국가별로 백신 보급 시기가 달라 상대적 박탈감이 심화한다.

③ 유통 인프라가 잘되어 있는 선진국은 코로나 불황에서 빨리 탈출할 것이다.

④ 바이든 시대의 미국 경제 회복에 따라 세계 경제 상황이 달라질 것이다.

⑤ 중국 경제 성장률은 세계에서 유일하게 10%가 될 것이다.

□ **경제 전망**

① 코로나 충격에서 벗어나 2021년에는 6% 중반의 성장을 할 것이다.

② 미국 경제는 정권 교체와 관계없이 확장적 재정 정책이 유지될 것이다. 바이든 행정부 출현에도 금융시장은 안정이 될 것이다.

③ 2021년 미국 경제는 회복세를 보일 것이다. 이같은 회복은 실물경제 성장보다는 기저효과에 따른 성장률 개선 때문이다.

④ 한국 경제는 올해와는 반대로 화폐유통속도(실물경제)가 개선된다. 반면, 유동성 증가율은 하락할 것이다. 글로벌 경제의 회복 국면에서 한국 수출도 개선될 전망이다. 실물경제와 자산시장 간의 격차가 확대될 것이다.

■ **제언**

① 올해가 지나면 방역보다는 백신 접종에 정책의 우선순위를 둬야 한다.

② K-방역은 올해로 끝이며, 2021에는 K-백신이 되어야 한다.

③ 과거 경제 위기 경험을 돌이켜보면 코로나 경제 불황에서 회복되는 과정도 선진국과 그 외 국가들은 엄청난 격차를 보일 것이다. 한국은 선제적 투자와 조치로 백신 확보에 나서야 한다.

④ 2021년 1/4분기에는 K-방역 시스템을 K-백신 접종 체제로 전환하는 준비를 지금부터 해야 한다.

⑤ 2020년 1월부터 코로나 여파로 불황을 겪은 소상공인, 중소기업 등이 1년을 맞이하는 2021년 1월에는 경영에 한계가 온다. 외환위기보다 더 심한 실업 위기를 어떻게 극복할지 대비해야 한다.

⑥ 정부는 선택과 집중으로 정책을 추진해야 한다. 부동산 시장에서의 집값 안정과 전셋값 급등을 안정시켜야 한다.

⑦ 우리의 주요 수출국인 중국과 미국 시장의 회복기에 맞춰 생산과 수출 수급 계획을 면밀하게 세워 선제적으로 대응해야 한다.

⑧ 당분간 달러 약세로 인해 수출 기업들은 대책을 강구해야 한다. 그러나 바이든 정부가 경기부양책을 발표하면 달러 강세로 재역전될 것이다. 연간으로 전망해보면 큰 폭의 재정수지 적자로 인해 달러 약세로 이어질 것으로 예측된다.

⑨ 원화 강세에 요인으로는 유럽 재정 통합 진전, Fed의 완화적 통화 정책 지속, 글로벌 성장률 6% 중반 예상, 글로벌 제조업 회복, 미·중 갈등 완화 등이다.

⑩ 올해는 글로벌 반도체 수용의 회복 등으로 IT 산업 분야의 회복세가 2021년도 이어질 것으로 전망된다. 하지만 비 IT 분의 경우는 경제의 불확실성으로 제한적 투자에 그칠 것에 대비해야 한다.

⑪ 유가는 코로나19 종식이 기대됨에 따라 완만하게 수요가 증가할 것이다. 하지만 유가 변동성 중동 지정학적 불안 요인으로 확대될 것에 대비해야 한다.

⑫ 2021년 한국 경제는 분명 올해보다는 회복할 것이다. 하지만 이는 코로나 팬데믹 위기에서 완전히 회복되지는 않을 것이

다. 올해 3/4분기 경기지표가 회복되었고, 선진국 경제가 V
자 성장이 예상된다고 해서 한국 경제도 성장한다고 예상한
다는 것은 섣부른 예견이다. 코로나 백신 접종에 실물경제가
달려 있다. 백신 접종을 서둘러야 한다.

⑬ 2021년 한국 경제가 활성화되려면 추진되고 있는 한국판 뉴
딜이 성과를 내야 한다. DT 산업 투자에 의한 양질의 일자리
창출이 기반이 돼야 한다. 2021년 한국 경제는 위기를 극복하
고 경제 재도약의 중요한 한 해가 될 것이다.

2) 프로토콜 경제

〔2020.11.26. 정책제언 No.113〕

◑ 핵심 요약

① 플랫폼 경제의 독점적 비즈니스 환경과 많은 문제점을 해결
할 수 있는 것이 블록체인(Blockchain) 기술을 활용한 프로
토콜 경제다.

② 프로토콜 경제 시스템은 블록체인 기술을 다양하게 활용한다.

③ 탈중앙화, 탈독점화를 추구해 모든 참여자에게 공정과 투명
성, 이익 공유가 가능한 새로운 패러다임 경제 시스템이다.

④ 플랫폼 경제를 넘어 프로토콜 경제가 다가오고 있다. 위기의
한국 경제 돌파구로서 프로토콜 경제가 답이다.

□ 디지털 경제 : Digital Economy

① 디지털 트랜스포메이션(Digital Transformation) 시대는 디
지털 경제가 주도한다.

② 토지, 노동, 자본이라는 전통적인 생산 요소가 기반인 기존의
경제와 구분된다.

③ 인터넷을 활용하는 전자상거래가 중심 역할을 하는 인터넷
경제라고도 불린다.

④ 핵심은 플랫폼(Platform) 경제. 플랫폼 경제는 인터넷을 기반
으로 공급자와 수요자가 거래하는 경제 활동 영역이다.

⑤ 세계 경제는 플랫폼이 지배하며 플랫폼 비즈니스를 선점하는

기업은 글로벌 기업이다.

⑥ 글로벌 경제에서 디지털 경제가 차지하는 비율이 25%를 넘었다.

⑦ 글로벌 Top 10 플랫폼 기업의 시장가치는 약 3,000조 원이다.

⑧ 유니콘 기업(시장가치 1조 원 이상)은 대부분 플랫폼 비즈니스 모델의 기반에서 탄생한다.

⑨ 미국 중심의 플랫폼 지배력과 독점력, 개인정보 누출이라는 부작용이 발생하고 있다.

□ 디지털 경제의 플랫폼 분류

① 혁신 플랫폼 : Innovation Platform, 구글과 애플

② 거래 플랫폼 : Transaction Platform, 아마존, 알리바바, 우버

③ 통합 플랫폼 : Integrated Platform, 구글, 아마존, 알리바바

□ 플랫폼 경제의 문제점

① 독점시장 구조다. 현재 플랫폼 경제는 특정 플랫폼에 의해 독점화되고 있어 공정하지 않다. 거대 플랫폼 사업자가 기존 중소사업자의 먹거리를 빼앗아가는 구조다.

② 데이터 독점. 특정 플랫폼 기업들은 빅데이터와 알고리즘을 독점하고 있다.

③ 이익 승자독식이다. 플랫폼의 경영과 소유가 독점적으로 운영돼 이익 배분이 안 되고 있어 부의 쏠림이 심화하고 있다. 대기업이나 금융기관 같은 중재자가 이익을 독점하고 있는 구조다.

④ 양극화 현상 심화로 양질의 일자리는 사라지고 임시직 일자리만 양산되고 있다. 종사자들은 플랫폼 사업자와 계약을 맺은 사업자이기 때문에 최저임금이나 고용 보장, 실업보험 같은 노동법의 보호를 받지 못하고 있는 게 현실이다.

⑤ 비싼 수수료와 폐쇄적인 비즈니스 환경이다. 이와 같은 문제점으로 플랫폼 경제는 한계에 직면하고 있다.

□ 프로토콜 경제

① 플랫폼 경제의 독점적 비즈니스 환경과 많은 문제점을 해결할 수 있는 것이 블록체인(Blockchain) 기술을 활용한 프로토콜 경제다.

② 블록체인의 핵심인 탈중앙화는 네트워크 참가자들에게 권한을 분산시키는 것이다. 탈중앙화된 블록체인 생태계에서 암호 기술을 통해 과거 행위를 증명하고 보상이 가능하다.

③ 프로토콜(Protocol)은 데이터 교환 방법 및 순서에 대해 정의한 의사소통 약속, 규약 혹은 규칙 체계를 말한다.

④ 프로토콜 경제는 탈중앙화가 핵심으로 다양한 경제 주체들을 연결하는 새로운 형태의 경제 모델을 뜻한다. 프로토콜 경제가 가능한 것은 블록체인 기술을 활용해 중재자를 거치지 않기 때문이다.

⑤ 프로토콜 경제 시스템은 블록체인 기술을 다양하게 활용한다. 탈중앙화, 탈독점화를 추구해 모든 참여자에게 공정과 투명성, 이익 공유가 가능한 새로운 패러다임 경제 시스템이다. 글로벌 경제에서는 종사자들이 노동한 만큼 공정하게 보상을 받기 위해 프로토콜 경제 등장은 필수다.

□ 프로토콜 경제 구성의 3요소

① 인프라 : 컴퓨팅 플랫폼 또는 OS(Operating System)의 역할을 하는 이더리움(Ethereum), 이오스(EOS), 클레이튼(Klaytn), 링크(Link)와 같은 퍼블릭 블록체인 플랫폼이다.

② 애플리케이션 : 인프라 위에 구축되고 디지털 화폐와 사용자들이 활발한 활동을 할 수 있도록 돕는 역할을 한다.

③ 플랫폼 : 플랫폼 경제 생태계의 금전적 조력자다. Cefi(Centralized Finance)라고 부르는 중앙화된 금융기관 DeFi(Decentralized Finance), 탈중앙화된 거래 프로토콜, 스테이블 코인, 신원증명서 등이 포함되는 탈중앙화된 금융기관이다.

□ 프로토콜 경제 특징

① 현실 경제와 크게 다르지 않다. 현실 세계는 재화와 서비스를 생산하고 유통하는 구조다. 프로토콜 경제는 전자 화폐와 서비스를 사이버 공간에서 생산하고 판매, 유통한다.

② 이익이 공평하게 돌아간다. 현실 세상은 중간자가 독점과 수수료 부과를 통해 이익을 독점한다. 하지만 프로토콜 경제는 수익이 효율적이고 공평한 방식으로 참여자 모두에게 배분된다.

③ 다양한 가상시장을 만들어 낸다. 탈중앙화 개념은 다양한 가상시장(Virtual Market)을 창출한다.

④ 가상시장을 지배한다. 현실시장은 이자율, 환율, 자산평가 등을 통해 금융 경제의 지배를 받는다. 하지만 가상시장은 프로토콜 경제가 지배한다.

■ 제언

▷ 프로토콜 성공 조건

① 데이터 기반의 디지털 자산 분배 시스템 구축과 효율적인 거버넌스를 바탕으로 해야 한다.

② 이해 관계자 간 거버넌스를 어떻게 구축해내고, 왜 해야 하는지에 관해 기술적 맵핑과 구조를 만들고 각자의 이해관계와 신뢰, 보상을 스스로 챙겨야 한다.

③ 프로토콜의 합의를 할 수 있는 시스템을 구축해야 블록체인 기술을 통해 시스템 구축이 개념적으로는 가능하겠지만 현실적으로 실현돼야 한다.

④ 기술적 시스템 구축. 일반 경제에서는 독점을 방지하기 위해 연대를 통해 독점을 방지할 수 있다. 하지만 프로토콜 방식은 사이버 공간에서 이뤄져야 하기 때문에 쉽지 않다. 따라서 이를 보완해 주는 시스템을 만들어야 한다.

⑤ 프로토콜 경제가 유행어가 안 되려면 적용될 수 있는 영역을 확실하게 선정하고 프로토콜 시스템을 구축해야 한다.

⑥ 플랫폼 경제를 넘어 프로토콜 경제가 다가오고 있다. 위기의 한국 경제 돌파구로서 프로토콜 경제를 추진해야 한다.

3) 바보야, 수소경제가 미래야

〔2020.08.08. 정책제언 No.62〕

◑ 핵심 요약

① 수소의 생산과 운반, 저장·충전·활용까지 산업 생태계를 구축해야 한다.

② 정부와 기업 역할을 분담해야 한다. 정부는 충전 인프라를 기업은 생산과 수요에 맞게 사업화를 해야 한다.

③ 양질의 일자리를 창출해야 한다.

④ 수소 에너지 시스템의 글로벌 기술 표준화를 선점해야 한다.

□ 수소경제

① 친환경과 청정에너지다.

② 수소 에너지 패권 다툼은 이미 시작됐다.

③ 순환적이며 지속적 시스템이다.

④ 수소자동차와 수소도시가 최종 완성 목표다.

⑤ 에너지 확보는 에너지 안보에 중요한 요소다.

⑥ 한국 경제의 미래 먹거리다.

⑦ 미래 에너지의 게임 체인저이다.

□ 수소경제 선점 패권 전쟁

① 2050년 시장규모는 약 3,000조 원으로 전망한다.

② EURO는 수소경제를 선도하겠다고 선포했다.

③ 독일은 수소 국가성장 전략을 발표했다.

④ 미국은 수소연료전지 산업을 선도한다.

⑤ 중국은 수소 전기자동차에 막대한 투자를 하고 있다.

⑥ 일본은 2030년 수소경제를 목표로 추진하고 있다.

□ **수소연료전지**

① Hydrogen Fuel Cell이라고 불린다.

② 재생에너지를 활용해 수소를 생산한다.

③ 에너지 효율이 높고 저렴하다.

④ 장거리 운행에 최적이다.

⑤ 충전소 설치가 문제다.

⑥ 운송에 에너지가 소요된다.

■ 제언

① 수소의 생산과 저장, 운송 및 충전 산업 생태계를 구축해야 한다.

　→ 한국은 로드맵 발표에만 중점을 두고 있다

　→ 세부 추진 일정을 점검해야 한다.

　→ 예산을 적극 투입해야 한다.

　→ 각 분야 가치사슬을 구축해야 한다.

② 정부와 기업의 역할을 분담해야 한다.

　→ 정부는 대규모 투자가 필요한 충전 인프라를 담당한다.

　→ 기업은 생산과 수요, 사업화하는 주체가 돼야 한다.

　→ 정권이 바뀌면 정책이 변경되는 악순환을 끊어내야 한다.

→ 안보 에너지 확보 차원에서 접근해야 한다.

③ 수소 전기자동차 시대를 대비해야 한다.

    → 수소트럭 시장에 진출해야 한다.

    → 배터리 업체와 제휴해야 한다.

    → Nicola의 수소트럭에 주목해야 한다.

④ 양질의 일자리를 창출해야 한다.

    → 세계 재생에너지 산업 분야에 1,000만 개 일자리가 있다.

    → 한국은 점유율이 2%로 최소 20만 개 일자리가 있어야 한다.

    → 하지만 현재 일자리는 약 3~4만 개다.

    → 양질의 일자리는 수소경제에 있다.

⑤ 에너지저장장치 산업에 집중해야 한다.

    → 수소경제의 핵심 기술은 ESS다.

    → 민간기업이 주도해서 생태계를 구축해야 한다.

    → 정부가 제도적 뒷받침을 해야 한다.

⑥ 수소경제의 기술기반을 준비해야 한다.

    → 방향과 당위성만 주장하면 안 된다.

    → 기술자는 지엽적 문제에 집착하는 경향이 있다.

    → 엔지니어는 산업 전체를 보는 혜안이 없다.

    → 현대자동차는 수소자동차 기술에 있어 경쟁력을 갖췄다.

    → 전체 산업 사이클을 주도해야 한다.

    → 글로벌 수소경제 시장의 선점이 가능하다.

⑦ 수소에너지 시스템의 기술 표준화를 선점해야 한다.

    → 표준화를 선점해야 글로벌 시장을 선도할 수 있다.

    → 2050년 유럽은 재생에너지를 활용해서 생산된 제품만 수

입이 가능하다. 이에 철저히 준비해야 한다.

⑧ 기술 패권 다툼은 이미 시작됐다.

　　→ 수소경제 선점 위한 기술 패권 전쟁은 이미 개전했다.

　　→ 한국은 어떻게 할 것인가?

4) 경제 먹고사니즘 전편

〔2020.05.29. 정책제언 No.25〕

■ 제언

① 틈새시장(Nitch Market) 전략이다. 홍콩의 금융기업을 유치
하는 전략으로 안전 Korea Appeal 해야 한다.
→ 홍콩 금융기업을 유치해야 한국이 아시아 금융 Hub로 도
약할 수 있다.
→ 미국이 홍콩에 대해 관세·비자 특별대우를 없애면 떠나는
금융기업을 한국이 유치해야 한다. 홍콩 9,000개 대상 기
업 중 미국기업이 1,300개다.
→ 한국판 금융 뉴딜을 성공시킬 절호의 기회다.
→ 트럼프 대선 전략의 일환인 중국 때리기 유탄을 홍콩이 맞
을 것이다.
→ 미·중 무역, 환율, 바이러스 전쟁 틈바구니에서 홍콩 금융
산업을 한국에 유치해 올 수 있다면 한국의 미래 먹거리로
FinTech 산업을 활성화할 수 있는 토대를 마련하게 된다.
② 파괴적 혁신을 해야 한다.
→ 경제, 사회, 정치 분야를 개혁해야 한다.
→ 엄청난 혁신 추진으로 정국을 바람몰이해야 한다.
→ 기존 정치 체제로는 세상을 개혁할 수 없는 구조다.
→ 보수와 진보로 양분된 과거 이념에 얽매인 기존 정치 구조
로는 문제를 해결할 수 없다.

③ 정부산하 25개 출연 연구기관의 예산 삭감은 성과를 내지 못하는 기관에 한해야 한다.

④ POST Corona 시대 국민 관심은 경제와 먹고사는 일이다.

→ 한국판 뉴딜 핵심은 경제 살려서 일자리를 창출해 국민이 먹고사는 걱정을 하지 않는 것이다. 먹고사니즘이 중요하다. 양질의 일자리 창출과 지속 가능한 일자리 창출이 일자리 정책의 핵심이어야 한다. 양질의 일자리 창출 성과를 내야 한다.

⑤ 한국판 뉴딜 성공해야 한다.

→ 한국판 뉴딜의 추진 T/F 조직으로는 성공할 할 수 없다.

→ 조직은 팀장 기재부 1차관, 관계부처 차관, 기재부 차관보(간사), 디지털 인프라팀(과기부 IT정책실장), 비대면 산업팀(기재부 차관보), SOC디지털화팀(국토부 기획조정실장) 구성됐다. 성과를 내기보다는 재정 분배에 대한 관리 위주 조직이다.

→ AI 중심도시 광주 만들기 프로젝트 추진 전권을 광주시에 줘야 성과를 낼 수 있다. 중앙정부는 지원해 주고 시행은 지자체가 책임지고 해야 성과가 나올 수 있다. 지금까지의 중앙정부 관리 감독 위주의 방식에서 벗어나야 한다. 중국 정부가 성과를 내는 것은 중앙정부가 자금을 지원하고, 지방정부는 집행하며, 기업은 참여하는 선순환 프로젝트 구조 때문이다.

→ 한국판 뉴딜이 성과를 내지 못하는 이유는 정책 추진자가 산업 현장을 모르고 탁상공론에 능하며 프로젝트 경험이 없이 오로지 예산 집행 관리와 감독만 하기 때문이다. 역

대 정부 실패 원인을 반면교사 삼아야 한다. 산업 현장에 정답이 있다.

⑥ 한국판 뉴딜의 성공방정식은 범정부 대한민국 뉴딜 추진단 (가칭)을 VIP 직속으로 컨트롤타워 조직을 만들어야 한다. 매일, 매주 각 부처 장관에게 직접 챙겨야 성공 가능성이 커진다. BH의 정책실장이 각 부처의 추진상황을 체크해야 한다.

→ 정부는 지자체와 민간 기업의 참여를 끌어내야 성과를 낼 수 있다.

→ 공무원은 우수하다. 공무원 조직은 성과를 내는 조직이 아니기 때문에 결과를 내기는 어렵다. 나중에 감사를 받게 되기에 몸을 사리고 책임을 회피하기에 나서지 않는다.

⑦ 하반기에 성과를 내려면 몇 개정책 선정하고 선택과 집중해 추진해야 한다.

→ 한국은행 예상 경제성장률은 -0.2%, KDI는 -1.6%, 한국경제연구원은 -2.3%로 예측했다. 수출 하락과 실업 참사에 대비해야 한다. 경제위기를 모면해야 하는데 머뭇거릴 시간이 없다.

→ 마이너스 성장한다면 98년 이후 22년 만이다. 마이너스 경제성장률을 기록한 것은 1998년, 2008년 2번뿐이다.

→ 외환위기와 금융위기를 합친 것이 코로나 위기다.

→ 외환위기 때는 금융 펀더멘털과 무관했고 해외 수출시장은 건재했다. 금융위기 때는 돈을 풀면 됐다. 신용이 문제라 해결하면 됐다. 구제금융을 투입해 기업과 은행을 살리면 됐다. 코로나 위기는 사람과 교역이 스톱돼 소비가 감소해 생산이 축소되고 실업이 늘어 실물경제가 악화됐다.

⑧ 재정 투입은 효율과 Timing이 중요하다.

→ 수출기업의 흑자도산을 막는 데 집중해야 한다.

→ 현실적으로 일자리 지키기는 어렵다. 기존 제조업 쇠락하는 썰물과 같고 4차 산업혁명과 AI 산업은 양질의 일자리 만들기가 쉬운 일자리 창출의 밀물이다.

⑨ 한국판 그린뉴딜 아니라 블루뉴딜이 돼야 한다.

→ 그린뉴딜은 미국과 유럽의 첨단기술이 있는 선진국 모델이다.

→ 한국은 블루 모델이 돼야 성과를 낼 수 있다. 한국판 뉴딜 초기 콘셉트를 잘 잡아야 한다.

5) 한국 경제 먹고사니즘 후편

〔2020.05.29. 정책제언 No.26〕

■ 제언

① 정부산하 25 출연 연구기관을 한국판 뉴딜 성과 내는 지원 조
직으로 활용해야 한다.

→ 정부 출연 1만 명 박사들의 아이디어를 도출해서 양질의
일자리 창출을 해야 한다.

→ K-LOON SHOTS Project를 추진해야 한다.

→ LOON SHOTS Project는 사람, 조직, 문화 등 기존의 관습
이나 사고에서 역발상해 새로운 시스템 만드는 것이다. 2
차 세계 대전 때 독일 U보트는 연합군 해군에 있어서 침묵
의 사냥꾼으로 악명을 떨치고 있었다. 하지만 1944년 저
승사자 미국 B-24 리버레이터 잠수함 킬러 폭격기가 등장
함에 따라 전세 가 역전됐다. U보트 사냥에서 사냥감으로
전락하고 말았다. 그 바탕에는 미군의 레이더 기술이 있었
다. 200년 넘게 무시된 레이더 기술은 LOON SHOTS 즉,
Crazy Idea가 기반이 됐다.

→ 한국판 뉴딜 추진 조직을 효율적으로 운영해 성과를 내야
한다.

→ 최적 조직구성은 물과 얼음의 조합물은 아이디어 예술가
그룹이고 얼음은 기존의 관습과 관리, 운영에 얽매인 병사
그룹이다. 병사 그룹은 예술가 그룹을 보면 쟤들은 그냥

미쳤어라고 생각하고 예술가 그룹은 병사 그룹을 보면 쟤
네들은 너무 답답하고 고리타분하다고 인식한다. 사실은
서로에게 가장 필요한 약점을 보완해 줄 그룹인 것이다.

→ 예술가 그룹의 창의적인 아이디어와 병사 그룹의 관리와
유지 Balance가 융합해 성과를 내는 조직이 되는 것이다.

② 민간 전문가와 공무원의 융합은 최적의 Team이다. 엉뚱한 아
이디어를 시스템 관리로 성과를 낼 수 있는 조직으로 거듭날
수 있다.

③ 한국판 뉴딜이 성공하려면 민간기업의 참여를 자발적 유도해
야 한다.

④ 역대 정부 실패 이유는 정부가 주도해서 프로젝트를 추진했
기 때문이다. 실패 원인을 반면교사 삼아야 한다.

6) 한국 경제 본질적 문제와 산업 경쟁력

〔2020.06.16. 정책제언 No.34〕

◑ 핵심 요약

① 산업 정책의 핵심은 AI Transformation 전환이며 추진이다.

② 제조업과 4차 산업을 연관 발전될 수 있도록 해야 한다.

③ Global 4대 제조 강국 도약과 AI 국가 전략 추진 상황을 점검해야 한다. 공약(公約)이 공약(空約)이 되지 않도록 점검, 세밀히 추진해야 한다.

□ 모든 국가 경제 본질적 문제

① 산업 경쟁력

② 경쟁력 없는 국가 경제 몰락

③ 경쟁력 있는 국가 극복 가능

□ 한국 경제 현 위치

① 한국 경제 그 기로에 서 있음

② 재벌 주도 경제 막바지 시기

③ 주력 수출 제품 경쟁력 약화

□ 한국 경제 발전사

① 50년대 GDP 67$ 빈민국

② 60~70 한강의 기적 고도 경제 성장기

③ 80~90 산업화와 민주화

④ 94년 GDP 1만$

⑤ 96년 OECD 가입과 세계화

⑥ 97년 외환위기, 은행 33개 중 50% 폐쇄, 대기업 17개 해체 공
   기업 10만 명 감축

⑦ 00년 기아자동차 법정관리, 대우와 동아그룹 해체

⑧ 01년 구제금융 185억$ 상환

⑨ 08년 글로벌 금융위기

⑩ 20년 코로나19 한국판 뉴딜

□ 한국 경제 발전 견인차 산업

① 62~66 : 정유+비료+전기

② 67~71 : 화학+철강+기계

③ 71~76 : 중화학공업

④ 77~81 : 조선+가전+자동차

⑤ 82~96 : 반도체+핸드폰

⑥ 97~19 : 디스플레이+자동차+스마트폰+반도체

⑦ 20~50 : 4차 신산업+AI

□ 한국 경제 특수 및 성공 Moment

① 60년대 : 베트남 파병

② 70년대 : 중동 건설 Boom

③ 80년대 : 3저 호황

④ 90년대 : 중국 개방

⑤ 20년대 : AI 시대+한국판 뉴딜

▷ 한국판 뉴딜은 AI 국가 전략과 제조업 르네상스 전략의 융합이 돼야 성공할 수 있다. 막대한 재원을 선택과 집중해 투입하면 성과를 낼 수 있다.

□ 외환위기 vs 코로나19
① 외환액 : 204억$ vs 4,002억$
② 실업률 : 4.4% vs 4.5%(5월)

□ 한국 제조업 문제점
① 구조적 편중성이다. 대기업과 수출 주력산업이 한정돼 있다.
→ 산업경제는 제조업 비중이 매우 높다.
→ 10대 주력산업은 대기업에 전적으로 의존하는 구조다.
② 제조업의 부가가치율이 하락하고 있다.
→ 첨단기술 분야에서 선진국과의 격차가 확대되고 있다.
→ 대량생산의 제품을 기반으로 하고 있다.
③ 산업 내와 산업간 불균형 성장이 심화하고 있다.
→ 주력 산업의 수출 집중도가 편중되어 있다.
→ 주요 소재·부품·장비의 해외 의존도가 매우 높다.
→ 해외 생산이 확대되는 추세다.
④ 금융위기 이후 수출이 둔화하고 있다.
→ 세계 수출시장에서 점유율 유지되고 있다.
→ 뚜렷한 수출증가율은 눈에 띄지 않고 상대적 둔화하고 있다.
⑤ 교역구조는 선진국과 중국에 낀 샌드위치 신세다.
→ 생산비와 비교해 우위를 점하는 산업의 비중이 높다.

→ 선진국과는 품질과 기술 경쟁에서 뒤지고, 신흥국과의 가격 경쟁력에서 취약한 구조를 갖고 있다.

⑥ 수출 상품의 생존 기간이 짧다.

　→ 5년 생존율은 한국 0.30

　→ 중국 0.43, 미국 0.39, 일본 0.35

　→ 수출 상품의 생존 기간은 미달이다.

□ 제조업 경쟁력 과제

① GSC 쇠퇴는 한국형 산업 발전을 방향과 목표 및 비전이 필요하지만, 해당 부처는 르네상스 로드맵만 발표하고 있다.

② 제조업에서 신산업으로 산업 구조의 대전환이 필요하다. 신산업 발전 정책은 AI 산업의 응용 확산에 따른 전략 수립이 필요하다.

③ Value 경쟁력을 향상해야 한다. 고부가가치와 고생산성으로 재편해야 한다.

④ 기업은 혁신 역량을 강화해야 한다. 산업별 대기업과 중소기업, 벤처 기업 간 Platform을 구축해야 한다.

⑤ 민간 기업이 주도해 미래기술 위주로 산업 구조를 개편해야 한다.

⑥ 새로운 산업의 생태계를 조성해야 한다. 산업간 연결과 협업으로 역할 분담이 돼야 한다.

⑦ 핵심 분야의 전문인력을 양성해야 한다.

　→ 고용훈련 체제와 고용 관계를 재정립해야 한다.

□ 한국 산업 경쟁력 Up

▷ **산업 구조적 측면**

① 제조업, AI 산업, 서비스업이 균형 발전돼야 한다.

② 탈제조업에 따른 일자리 정책을 추진해야 한다.

③ 제조업과 4차 산업을 연관 발전될 수 있도록 해야 한다.

▷ **국제 경쟁력 측면**

① 경쟁력 주력산업 더욱 특화해야 한다.

② 선제적 산업 개편으로 경쟁력을 제고해야 한다.

③ 융복합 산업 생태계 조성은 새로운 생존 전략이 된다.

④ 저출산과 고령화 사회에 대비해 새로운 성장 동력인 미래 먹거리를 확보해야 한다.

▷ **기업 경쟁력 측면**

① 주력 제조업이 경쟁력이 저하되고 있다.

② 산업 구조 시행 시급하다.

③ 전통산업과 신산업이 융합해야 한다.

□ **주요 산업경쟁력 현황과 Issue**

▷ **자동차** : 자율주행차의 Mobility 기술력이 아직은 미흡하다. Mobility Service Platform을 구축해야 한다.

▷ **기계** : 기술기획력과 개념설계가 부족하다. AI 생산 시스템을 활용 운용 서비스의 효율성을 배양해야 한다.

▷ **반도체** : Fabless의 산업 경쟁력이 취약하다. Post OLED 기술개발이 필요하다.

▷ **기초, 소재와 철강 및 화학, 정밀, 소재** 산업의 혁신역량 미흡하다. 소재 기업과 주요 기업 간 Platform 구축이 필수다.

▷ **스마트폰** : Platform과 Mobile 핵심 기술이 미흡하다. 첨단부품

공급 역량과 Platform 구축이 중요하다.

▷ 조선, 해양 Plant : 기본설계와 기자재, Module 기술력이 부족하다. 심해와 극지, LNG 설비, Plant 산업에 투자해야 한다.

▷ 2차 전지

① 시험, 평가, 인지 분야 인프라가 부족하다.

② EV 공급 기반을 확충해야 한다.

□ AI Transformation 중요성

① 기업은 AI Smart화는 업무효율과 비용 절감, 가치 창출로 생산 혁명과 시장 변화에 적응해 선점할 수 있다.

② 산업은 AI와 Bigdata를 활용해 Platform 산업이 등장한다.

③ 국가는 국가성장의 잠재력을 확장하고 국제 경쟁 구조 변화에 대응해 나갈 수 있다.

④ AI Transformation은 Datafication(Data化)와 Analytics(분석학), Optimization(최적화)의 융합이다.

⑤ AI Transformation의 성공 핵심은 Data의 수집, 관리, 운용, 가치 창출이다.

□ AI Transformation 대응

① 제조업은 선진국 대비해 4~5년의 격차가 있다.

→ 제조 선진국은 AI 선도국으로 전환하고 있다.

→ 4~5 격차의 주요 내용은 공정간 가치사슬 내 연결성, 데이터 수집, 분석, 조정, 연계, 제어의 AI화, 통합 Platform 완성도에서 뒤처지고 있다.

② 기업 규모별 대응 속도와 역량에서도 격차가 벌어지고 있다.

→ 대기업은 ICT 적극 활용해 시장을 주도해 나가고 있다.

→ 중소기업은 적층 가공과 CPMS가 부족하다.

→ Additive Manufacturing=3D

→ Cyber Physical Manufacturing System

③ 2020~2025년에 AI 산업 설비로 전환해야 한다.

□ AI Transformation 기업 고충

① AI 기술 역량 미흡하다.

② AI 전문인력 부족하다.

③ Bigdata와 Infra에 의한 AI Platform이 없다.

④ 대기업과 중소기업, 벤처기업 간 협력이 어려운 구조다.

□ 한국 경제 미래 먹거리 산업 발표

① 8대 핵심 선도 사업(2017.11)

② 13대 혁신성장 동력(2017.12)

③ 5대 신산업(2018.1)

④ 8대 주요 핵심 분야(2018.3)

⑤ 제조업 르네상스 비전 및 전략(2019.6)

⑥ AI 국가 전략(2019.12)

　→ 지금까지 발표한 미래 유망 산업 총망라되어 새로 찾을 필요도 없다.

■ 제언

① 산업 정책의 핵심은 AI Transformation 전환이며 추진이다.

② 기존 발표 정책만 제대로 추진해도 대한민국은 세계 4대 제조 강국, 'AI 강국'으로 도약해 있어야 한다.

→ Global 4대 제조 강국 도약과 AI 국가 전략 추진 상황을 점검해야 한다.

→ 공약(公約)이 공약(空約)이 되지 않도록 점검, 세밀히 추진해야 한다.

☞ 2030년 10인 중소 Smart Factory 100% 실현은 空約이다.

☞ 2024년 소재, 부품, 장비 부문 중소기업 300개 선정 집중 육성도 空約이다.

☞ 2024년 지역대표 중견기업 100개 육성 및 글로벌 강소기업 200개씩 선정, 중견기업 후보군 육성은 空約이다.

☞ 신기술과 신산업 규제, 네거티브 방식 전환, 신산업 규제 로드맵 마련도 空約이다.

→ 제조업은 대한민국 경제발전의 핵심이며 근간이자 산업 패러다임 혁신 및 일자리 창출의 원천이다. 글로벌 산업 환경 변화에 적극 대응하기 위해 제조업 혁신 속도를 배가해야 한다. 기존의 추격형 전략에서 탈피해 제조업의 패러다임을 전환해야 한다.

→ 'IT 강국'을 넘어 'AI 강국'으로 도약해야 한다.

☞ 세계를 선도하는 AI 생태계 구축은 空約으로 AI Platform도 없다.

☞ AI를 가장 잘 활용하는 나라도 空約이다. AI 전용 슈퍼컴퓨터 없고 AI와 Bigdata Platform 없다.

→ 발표와 말만 앞서고 있다. 지금까지 추진 상황은 누가 점

검할 것이며 향후 언제, 누가 책임지고 평가할 것이며 성과는 어떻게 낼 것인가.

③ 가치경쟁력 향상으로 미래기술 산업 구조를 개편해 기술 변화 이익을 극대화해야 한다.

→ 고부가가치와 고생산성 부문으로 재편해야 한다.

→ 신산업과 신기술에 이한 산업 구조로 전환해야 한다.

→ 산업별 협업을 위해 AI Platform을 구축해야 한다.

④ 기업+산업=혁신역량 강화+새로운 산업 생태계 조성해야

→ AI 중소기업 Infra Platform을 도입해야 한다.

→ 대기업, 중소기업, 벤처기업의 AI 협업 Platform을 구축해야 한다.

→ 정부와 민간 역할 분담해야 한다. 민간이 주도적으로 하고 정부는 초기 시장을 창출해줘야 한다.

⑤ 산업별 핵심 인력을 관리하고 전문인력을 양성해야 한다.

→ 업계의 숙련 인력 중국 유출을 막아야 한다.

→ 교육과 직업훈련으로 고용 관계를 재구성 설정해야 한다.

⑥ 중국의 산업 정책과 기업 육성 정책을 배워야 한다.

→ 중국은 중앙정부와 지방정부, 기업의 역할이 분담되어 있다.

→ 중앙정부는 산업 정책을 신산업 분야 1~2개 선택 집중해 자금과 정책 지원으로 Global 경쟁력을 향상하는 역할을 한다.

→ 대기업은 벤처에 집중 투자한다.

⑦ 산업별 M&A 시장을 활성화해야 한다.

→ 국책기관과 정부 출연기관은 차세대 기술과 사업 기반을

위해 해외에서 신기술을 도입해야 한다.

⑧ AI 시대에 맞는 산단(산업단지)을 조성해야 한다.

→ 산업화 시대의 상징은 한강의 기적과 경부고속도, 공단(공업단지)이다.

→ IT 시대는 Internet Network와 Digital 단지, IT Venture 단지인 테헤란 밸리이다.

→ AI 시대는 Global AI Service Hub Center 단지다.

→ AI 중심도시 광주에 AI와 Bigdata Platform 산업 생태계를 구축해야 한다. 제2, 3 지역별 AI 단지 조성돼야 한다.

→ 한국 AI 산업 미래가 AI 중심도시 광주 모델 성공에 달려 있다.

→ AI 산업 Cluster 광주가 조성돼야 AI Industrial Park, AI Industrial Estate, AI Trading Estate, Global AI Hub City가 된다. 각 지역에 산업 분야별 AI Cluster 확산, 조성될 수 있다.

2. 포스트 코로나 시대

1) 향후 시나리오

〔2020.04.19. 정책제언 No.3〕

◑ 핵심 요약

① 한국 제조업은 1998년 외환위기 이후 가장 침체한 위기 상황을 맞고 있다.

② 제조업에서 신산업으로 전환 시기를 놓치고 있다.

③ 주력 수출 제조업을 4차 산업혁명 신산업으로 패러다임 바꿀 절호의 기회이다.

④ 민간부문이 역동성을 회복해야 지속성장이 가능하다. 민간부문 역동성이 회복되지 않는 것은 반기업 정서 때문이다.

⑤ 경제를 살리고 양질의 일자리 창출은 AI 산업에 있다.

□ 향후 시나리오

① 코로나 극복과 경제 대처 성공으로 경제 활성화와 포용적 성장 정책 지속으로 정권 재창출이다.

② 경제 실정과 코로나 극복 실패로 인해 엄중한 책임 추궁과 보수 집권 토대 마련이다.

□ 세계 경제

① 2020년은 경제성장률은 마이너스가 확실하다.

② 2021년 경제 상황도 녹록지 않은 상황이다.

□ 한국제조업 위기 원인

① 2019년부터 조짐이 있었다.

② 모든 지표가 하락했다. 설비 투자, 생산, 소비, 수출 감소, 제조업 부진이 심화하고 있다.

③ 주력 산업의 경쟁력이 하락하고 있다.

④ 제조업에서 신산업으로 전환 시기를 놓치고 있다.

⑤ 1~2개 수출 산업에 의존하고 있다.

⑥ 한국 제조업은 1998년 외환위기 이후 가장 침체한 위기 상황을 맞고 있다.

□ 일본의 잃어버린 20년의 교훈

① 한국 저성장 국면에 이미 진입했다.

② 고령화로 인한 인구 구성의 변화는 실물 경제, 부동산, 금융산업 전반에 영향을 미친다.

③ 제조업 중심의 고성장은 이미 한계에 직면했다. S/W 산업과 디지털 트랜스포메이션 산업 중심으로 전환해야 한다.

④ 제조업의 공장 해외 이전은 국내 제조업 성장을 둔화시킨다.

⑤ 디플레이션이 발생하는 일본화를 억제할 필요가 있다.

⑥ 금융 기능의 안정 필요하다.

⑦ 부동산 정책 문제가 없도록 해야 한다.

⑧ 일본의 잃어버린 20년의 본질은 제조업 쇠락이다.

⑨ 한국과 일본의 저성장 패턴의 유사성으로 보면 한국 제조업의 위기 상황이다.

⑩ 한국 경제 역동성이 심각하게 고갈되고 있다.

⑪ 정부 주도 즉, 재정 주도로는 지속 성장 실현할 수 없다.

⑪ 주력 수출 제조업을 4차 산업혁명 신산업으로 패러다임 바꿀 절호의 기회이다.

□ 해결책

① 민간부문이 역동성을 회복해야 지속 성장이 가능하다. 민간 부문 역동성이 회복되지 않는 것은 반기업 정서 때문이다.

② 코로나를 극복해도 제조업 위기는 그대로다. 본질적인 문제는 제조업 경쟁력이 떨어지고 있다는 것이다.

③ 4차 산업혁명과 신산업에 선택과 집중해 과감한 투자를 해야 한다.

→ 문정부 경제성과 없다고 비판(88세대 저자, 좌파 학자)

□ 국민이 원하는 것

① 경제 살리기다.

② 일자리 창출이다.

→ 정부는 남은 집권 기간에 양질의 일자리를 창출해야 한다.

→ 만약 실패하면 2022.3.9. 국민은 대안을 찾을 것이다.

→ 여, 야 둘 다 희망 있다

③ 코로나 사태를 조기 극복해야 한다.

■ 제언

① AI 시대에 걸맞은 양질의 일자리 창출만이 국민의 마음을 얻을 수 있다.

② 경제 살리기와 일자리 창출 정책기획단(가칭)을 만들어 경제를 회생시켜야 한다.

③ 실물경제 경험과 산업 현장 현장을 이해하며 탁상공론을 배제해야 양질의 일자리를 창출할 수 있다.

④ 경제를 살리기와 양질의 일자리 창출은 AI 산업에 있다.

2) 포스트 코로나 대비해야

〔2020.04.16. 정책제언 No.1〕

◑ 핵심 요약

① GSC 붕괴로 세계 경제가 패닉 상태다.

② 디지털 플랫폼 경제와 보호무역주의 강화로 인해 세계 경제 질서가 재편된다.

③ 소비, 공급, 금융, 실물경제가 동시에 타격을 받는 미증유 상황에 대비해야 한다.

④ 포스트 코로나 Next Normal 시대 대비하고 준비해야 한다.

⑤ 코로나19 이후 경제 위기에 대응하는 종합적 대책이 필요하다.

□ 역사적으로 전염병, 주요 사건 후 세계 경제 질서 재편

① 페스트 → 르네상스 시대

② 천연두 → 플랜테이션(대농장 시대)

③ 1차 대전 → 대량생산(컨베이어 시스템)

④ 2차 대전 → 항공, 조선업 운송업의 발전(대량소비 개막)

⑤ 외환위기 → 인터넷혁명

⑥ 금융위기 → 모바일혁명

□ BC vs AC(Before Corona & After Corona) 세계 경제는?

① 디지털 플랫폼 경제와 보호무역주의 강화로 인해 세계 경제

질서가 재편된다.

② 공급 쇼크와 소비 감소로 경제성장률이 하락해 대공황이 현실화해 The Great Depression이 올 수 있다.

③ Untact 소비문화 확산과 비대면 산업 성장으로 이어진다. 원격의료, 원격교육, 원격근무 등 산업이 활성화된다.

④ AI 산업과 Online, 유통산업이 크게 성장한다.

⑤ AI Healthcare와 Bio 산업을 선점하면 패권국이 된다.

□ 한국 경제, 포스트 코로나 어떻게 준비해야 하나

① 수출과 내수를 살리는 경제 정책을 추진해야 한다. 경제외교력이 절실한 시기다.

② 재정 확보를 염두에 둬야 한다. 재정 지원은 선택과 집중하고 시장보다 선제적으로 대응해야 한다.

→ 흑자기업은 도산을 막고 좀비기업은 정리돼야 한다.

③ 소비, 공급, 금융, 실물경제가 동시에 타격을 받는 미증유 상황에 대비해야 한다.

→ 코로나 이전에 시행했던 경제 정책은 바꿔야 한다. 경제 회생 정책을 우선해 집행해야 한다.

→ 비상 위기 대응 경제팀과 실물경제 경험 전문가의 협업으로 코로나 경제 위기를 극복할 수 있다.

④ K-선진 의료 시스템을 수출하기 위해서는 의약품 규제 철폐와 투자가 필요하다.

⑤ AI 시대에 맞는 경제 정책을 추진해야 한다. AI 경제 방식, AI 산업을 선점해 새로운 길을 리드해 나가야 한다.

→ 수출 주력 제조업에서 AI 산업이 수출 주력산업으로 돼야

한다.

    → 산업 패러다임 변화에 올라타야 한다.

⑥ 실업 쇼크에 대비해야 한다.

    → 일자리를 능가하는 복지는 없다.

    → 기존의 일자리 정책을 개혁하고 혁신해야 한다.

⑦ 양질의 일자리 창출 정답은 AI 산업에 있다.

    → 경제 살리기 시작과 끝은 일자리 창출이다.

□ VUCA 시대?

    → 변덕스럽고(Volatile), 불확실(Uncertain), 복잡(Complex), 모호한(Ambiguous)이 혼합된 시대가 VUCA다.

□ 바람직한 Leader의 사고방식

① 호기심, 공부, 탐구를 통한 학습으로 사고를 변혁하고 AI Trend 파악해야 한다.

② 균형 있는 사고(좌, 우)를 가지고 있어야 한다.

③ 국민에 대한 봉사와 겸손의 자세를 지녀야 한다.

④ 원활한 소통과 비전을 제시해야 한다.

⑤ 유능한 참모(전문가)의 조언을 들어야 한다.

□ 곁에 둬야 할 참모

① 전문가 : AI 시대 (산+학+연+정)

② 실물경제 전문가 (산업 현장+현장 경제)

③ 일자리 창출 전문가

□ **경계 대상 : 곁에 있어서는 안 될 참모**

　① 탁상공론에 능한 학자와 폴리페서인 교수

　② 간신배

　③ 소인배

□ **Global 경제위기 경고**

　① 대공황 이후 최악 될 것 → IMF 총재(Great Depression)

　② 1920년 대공황과 유사 → G20 재무장관, 중앙은행

□ **한국 경제**

　① 수출로 먹고사는 나라, 코로나 사태가 장기화하면 곤란하다.

　② 수출 감소로 기업실적이 악화하면 소비와 생산이 감소에 따라 세금 수입이 줄어든다.

□ **소견**

　① 재원 투입은 선택과 집중해야 한다.

　② 소비, 공급, 실물, 금융 실물경제가 위협받는 유례없는 상황이다. 정책의 전환점으로 삼아야 한다.

　③ 반시장, 반기업 정책 철폐해야 한다.

　　→ 최저임금, 노동시간 단축, 생산량 제한 등

　▷ 미국의 대공황 초 1933년 국가산업진흥법의 반시장 정책 시행과 유사

　① 일자리 창출 정책 혁신해야 한다.

　② 일자리 정부는 경제 성공의 마지막 기회를 잡아야 한다.

　③ 2020년 4/4분기와 2021년을 지금 서둘러 준비해야 한다.

□ 코로나19 After

① Before와 전혀 다른 세계 질서

→ 자국 이기주의와 보호무역주의 강화, Strong Man Leader 들의 영향력 감소로 이어진다.

② 산업 패러다임 변화

→ 제조업 중심에서 AI Healthcare로 전환된다.

→ AI Bio 산업의 르네상스가 도래해 건강 관련 산업이 활성화된다.

□ 한국 실물경제 쇼크

① 2월 산업생산은 -3.5%, 설비투자 -4.8%, 소비 -6.0%. 더 암울한 것은 미래를 전망하는 3월 기업경기 실시지수(BSI)가 역대 최대 폭으로 하락한 것이다.

② 앞날을 가늠하기 어려울 만큼 경제가 악화 중이다.

③ 재난 지원금 지급으로 재정 상황이 악화하고 있다.

④ V자 회복은 난망하다. 기저효과 반짝 상승 뒤 더블딥(이중침체) L자형이 우려된다.

⑤ 산업 구조 자체가 지각변동이 되고 있다. 특히 여행, 항공, 숙박, 외식업은 치명타를 입고 있다.

⑥ 비즈니스 본질과 소비의 양태가 달라지고 있다.

⑦ 로봇, 스마트 팩토리, AI, 4차 산업혁명이 가속화되고 있다.

□ 돌파책

① 재정 악화를 대비해야 한다.

② 새로운 산업에 투자하고 신산업을 추진해야 한다.

□ 미국
① 대공황 수준의 고용 대란이다. 일주일 30만 명이 실업수당을 신청했다. 지난달에 비교해 10배나 폭증했다.

② 코로나 사망자 현 3,800명, 최대 24만, 220만 명 예상된다.

③ 완전고용 수준 3.5%에서 최대 -32%, 1930년대 대공황을 능가하고 있다.

□ 한국 경제에 직격탄 될 듯
① 중소기업의 줄도산이 위험하다. 공장 경매가 2년 동안 70배가 늘었다.

② 대기업 경영실적이 반 토막이 났다. 주력산업의 생태계가 위험하다.

③ 지난달 대기업이 차입한 자금 8조 원이 늘었다(국민, 신한, 하나, 우리은행).

④ 유동성 부족이 심각하다. IMF 시절 흑자기업이 외국자본에 넘어간 악몽이 되살아나고 있다.

⑤ 4월 중 만기 회사채 6조 5천억 원이다. 많은 기업이 도산 위기에 내몰리고 있다.

⑥ 대기업이 부도나면 대규모 실직이 발생해 경제위기가 가중된다. 도산의 악순환은 절대 일어나서는 안 된다.

□ 코로나19 이후
① 디지털화 가속화

② 재택근무, 원격진료, 원격교육

③ 디지털 챗봇 도입

□ 셀프서비스에 AI 기술 도입

① Digital Work Place 일하는 방식을 바꾼다.

② 단기 고용불안, 일자리 대체 문제가 고민이다.

③ 경영 위기 극복과 AI 시대 대비할 투자를 고려해야 한다.

④ 포스트 코로나 Next Normal 시대 대비하고 준비해야 한다.

□ SODA 전략

① SCAN(탐색)

→ 경영 구도의 체계적 탐색과 새로운 기회, 파괴지점을 찾고 외부 상황을 주시해야 한다. 돌발 상황에 대처해야 한다.

② Orient(방향 설정)

→ 변화에 따른 기회와 Risk 파악, Black Swan은 어디에 있는지 파악해야 한다.

③ Decide(결정)

→ 리더 의사결정이 필요하다.

④ Act(실행)

→ 계획 입안과 발표보다 실행이 더 중요하다.

□ 향후 세계 경제 시장 예측

① 코로나19가 여파 확대된다.

② 부채 비율이 올라간다.

③ 금리는 미래에 우상향이다.

④ Global Supply Chain 붕괴로 기업 부채가 증가한다.

□ 파산 위험 적은 기업이란
① 부채가 적은 기업이다.
② 시장 점유율이 높은 기업이다.

■ 제언

① 코로나19가 몰고 올 새로운 변화 물결에 대비해야 한다.
　→ 경제, 안전, 방역, 접종이 키워드다.
　→ 국민 생명, 재산 보호가 중요하다.
　→ 한국 경제를 어떻게 살릴 것인가.
② 해결책은 경제를 살려야 한다.
　→ 양질의 일자리 창출은 AI, Bio 산업에 있다.
　→ 한국판 AI 뉴딜정책이 성공해야 한다.
③ 차기 대선 Issue는 첫째도, 둘째도, 셋째도 경제와 일자리, 부동산 정책이 될 것이다.
④ 정부의 자금 지원책만으로 기업의 경영 악화를 막을 수 없다.
⑤ 코로나19 이후 경제위기에 대응하는 종합적 대책이 필요하다.

3) 포스트 코로나 New Trend

〔2020.05.04. 정책제언 No.12〕

◑ 핵심 요약

① Post Corona Trend를 변화 감지해서 대응해야 한다.

② AI 산업을 선점하고 양질이 일자리를 창출해야 한다.

③ 한국 경제 미래 먹거리인 AI 산업에 올인해야 한다.

□ 정부 역할이 커질 것

▷ Big Smart 정부 즉, 군사의 HW Power에서 경제 및 산업 기술의 SW Power로 확대된다.

▷ 국민 안보

① Economic Security

② Food Security

③ Health Security

④ Environment Security

⑤ Personal Security

⑥ Community Security

⑦ Political Security

□ Works 대전환

① 신공동체 : 시민 자발적 자원봉사

② 탈도시화 : 재택근무, 오피스 문화 붕괴

□ GSC 공급망 재편

→ 기업유턴의 Reshoring, 국제 공급망과 GVC(글로벌 밸류 체인)의 재편

□ Untact Culture의 확산과 정착화

① Home Ludens

→ 멀리 밖으로 나가지 않고 주로 집에서 놀고 즐길 줄 아 사람

② 원격 교육

→ Blended Learning On line과 Off line

→ Flipped Learning Off Line 토론

③ Untact 산업 확대 : 5G+AI

④ Smart Office : 재택근무

⑥ Concert at Home : On line 공연

⑦ 전문가 조언 중요 : 4차 산업혁명 전문가 부각

■ 제언

① Post Corona Trend를 변화 감지해서 대응해야 한다.

② AI 산업을 선점하고 양질이 일자리를 창출해야 한다.

③ 한국 경제 미래 먹거리인 AI 산업에 올인해야 한다.

④ Corona로 드러난 한국 보건 방역 의료, 5G 통신 기술을 해외로 파급해 수출하는 것을 추진해야 한다.

4) 포스트 코로나 대응 전략

〔2020.05.09. 정책제언 No.16〕

◑ 핵심 요약

① 공급 체인을 Mapping 해야 한다.

② 다각화와 유연화 전략을 펴야 한다.

③ 탈중국 가속화에 대비해야 한다.

④ 일자리 정부는 성과를 내야 한다.

⑤ 국민들이 체감할 수 있는 가시적 성과를 내야 한다.

□ 상황 분석 요인 : 사회적 거리 두기

① Depth of Disruption : 얼마나 많이 안 좋은지

→ 사회적 거리 두기, 구매 소비 감소로 이어진다.

② Length of Disruption : 얼마나 길게 안 좋은지

→ 중소기업 붕괴, 대기업 도산은 실물경기발 금융위기가 온다.

③ Shape of Recovery : V or U type

→ 백신 치료제 개발에 따라 결정된다.

□ Business Trend 변화

① Digitization(디지털화) → B2B+B2C=B2BC

② Declining Global Exposure(탈글로벌)

→ Decoupling化 → GSC+GVC=붕괴 → Reshoring

법인세 인하, 공장 이전 비용 지원, 연구 개발 지원으로 생산 기지를 본국에 이전시키도록 유도해야 한다. 미국은 법인세를 38%에서 28%로 인하하고 난 후 다시 21% 인하해 연평균 369회사가 회귀해 34만 7,236개의 일자리를 창출했다. 일본은 법인세를 30%에서 23.4%로 인하해 토요타, 혼다, 닛산 전자 기업, 소재부품 산업이 탈중국화하고 본국으로 돌아왔다. 독일은 법인세를 26.4%에서 15.8%로 인하했고, 영국은 30%에서 19%로, 다시 17%로 내렸다. 프랑스는 OffShoring(생산 기지 타국 진출)을 금지하는 조치를 했다. 반면 한국 대기업은 해외투자가 증가하고 있다. 삼성은 베트남 공장 증설하고 LG는 중국 공장에 투자하고 있다.

③ Rising Competitive Intensity : 경쟁 치열

　→ 민첩, 디지털화는 경쟁력을 향상한다.

④ Consumers come of age : 소비자 시대

　→ 소비 비용 절약, 보험 상품 구매, 저축률 급증, Health Food의 신소비자 시대가 개막됐다.

⑤ Private and Social Sectors Step up : 개인, 민간 Up

　→ 2003 SARS 때는 정부와 국영기업이 경기 회복 주체였다.

　→ 코로나 시대는 민간 부문과 기업이 중요한 역할을 담당한다.

□ Global Value Chain

① Shorten : 짧아지고

② Diversified : 넓어지고

③ Manufacturing Deserts : 제조업 마비

■ 제언

① 공급 체인을 Mapping 해야 한다.

② 다각화와 유연화 전략을 펴야 한다.

③ 탈중국 가속화에 대비해야 한다.

④ 비상 시나리오를 수립해야 한다.

⑤ Bigdata AI 분석 시스템을 활용해야 한다.

⑥ D.N.A.U.S 산업 분야에서 일자리를 창출해야 한다.

⑦ Global Economy -10%(투자+소비=축소) 대비해야 한다.

⑧ 기업 생존이 최우선 되어야 한다. 유동성 자금 부족은 연쇄 붕괴 우려(부품업체 등)가 있다.

⑨ Global Trend 변화에 대처하고 미·중 신냉전 시대 2차 무역 전쟁에 대비해야 한다.

⑩ 재정 확대, 초저금리, 유동성 자금이 선순환돼야 한다.

⑪ 일자리 정부는 성과를 내야 한다.

⑫ 국민이 체감할 수 있는 가시적 성과를 내야 한다.

5) 포스트 코로나 대비하는 중국

〔2020.04.22. 정책제언 No.4〕

◑ 핵심 요약

① 코로나 세계 모범사례를 비즈니스와 연결해야 한다.

② Post Corona 시대를 이끌 전략을 서둘러 추진해야 한다.

③ 진단키드 등 의료 산업을 집중해서 육성해야 한다.

④ 수출 대상국 중국 대처 전략을 예의 주시해야 한다.

⑤ 국내기업의 지적 재산권 보호 대책을 세워야 한다.

□ 한국 1997년 Deja vu 막아야

① IMF 금융시장 전면 개방으로 외국자본이 많이 들어왔다.

② 원화, 주가 가치가 하락하면 중국 자본이 우량기업을, China Money가 기업 쇼핑을 한다.

③ 투자 자본이 M&A를 이용해 기술 탈취하는 것은 지식재산권 미래가 도둑맞는 일이다.

□ 중국몽(夢)

① 미·중 기술 패권 다툼에서 승리하는 2049년 세계 1위 등극이다.

② 과학기술, 바이오, 제약, 의료기술 연구개발로 미국을 압도해 세계 패권을 잡겠다는 것이 중국몽의 핵심 목표다.

□ 중국 경제 현황

→ 1분기 마이너스 성장. 소비, 생산, 투자가 감소했다.

□ 2/4분기 정부 대책

① 투자에 의한 경기부양이다.

② 일대일로를 중심으로 글로벌 사업을 강화한다.

③ 새로운 경제 사회를 실현한다.

④ 4차산업 기술개발을 미국보다 더 빠르게 선점한다.

□ 중국 기업의 대처

→ AI, 5G, Bigdata를 활용해 감염자 추적, 소독, 배달, 체온 검사, 원격 방역을 하고 있다.

① Alibaba : 건강 상태와 여행 경력 따라 개인의 바이러스 노출 정도를 즉석에서 표시하는 QR 코드를 도입, 녹색으로 표시되지 않으면 공공건물 입장을 제한한다.

② WeChat : 대중교통에서 감염자와 접촉이 있었는지를 검색하는 감염 리스크 탐지 앱을 개발 실용화했다.

③ DAMO : 코로나 감염이 의심되는 환자의 CT 영상을 20초 이내에 판독할 수 있는 AI 영상진단시스템 개발을 했다.

④ With Doctor : 24시간 무료 온라인 문진, 원격의료, 원격진료, 무인 약 운반 로봇 체온 검사, 소독 사업에 집중하고 있다.

■ 제언

① 코로나 세계 모범사례를 비즈니스와 연결해야 한다.

② Post Corona 시대를 이끌 전략을 서둘러 추진해야 한다.

③ 진단키드 등 의료 산업을 집중해서 육성해야 한다.

④ 수출 대상국 중국 대처 전략을 예의 주시해야 한다.

⑤ 국내기업의 지적 재산권 보호 대책을 세워야 한다.

⑥ 국가적 이해가 수반되는 M&A는 거래를 차단해야 한다.

⑦ 핵심 기술 보유 기업에 선별 자금 지원을 해야 한다.

⑧ 개발은 먼저 해 놓고 사업은 외국기업이 선점하면 안 된다.

⑨ 싸이월드 SNS Platform은 Facebook보다 먼저 했으나 몰락 한 교훈을 잊지 말아야 한다.

⑩ 코로나 사태를 세계 패권 기회로 삼고 있는 중국을 예의 주시 해야 한다.

6) 포스트 코로나 신비즈니스 찾는 기업들

〔2020.04.23. 정책제언 No.5〕

◑ 핵심 요약

① Post Corona 시대를 대비해 선제적 투자를 해야 한다.

□ Untact(비대면) 문화

① 온라인 강의

② 원격의료

③ 재택근무, 화상회의

□ 새로운 비즈니스에 투자하는 글로벌 기업

① Cloud 시장 폭발적 성장에 대비 선제적 투자

→ 미 통신회사 Verizon, 화상회의 Platform 기업을 인수해 화상회의 시장 선점에 나섰다.

② 비대면 쇼핑 문화에 대비 유통업에 투자하고 있다.

→ Amazon 창구직원 17만 5천 명 고용했다.

③ 클라우드 시장에 투자하고 있다.

→ Alibaba 2,000억 원 클라우드 시장에 투자했다.

■ 제언

① 코로나19 시대에 변화할 산업지형을 치열하게 고민하고, 고

객들에게 집중하는 기업들은 기회를 얻을 것이다.

② 위기의 이면에는 기회를 동반하고 찾아오는 경우가 많다.

7) 다중 New Normal 시대

〔2020.4.17. 정책제언 No.2〕

◑ 핵심 요약

① 고용 충격을 극복해야 한다.
② 첫째, 둘째, 셋째도 경제 살리기와 일자리 창출이다.
③ Post Corona 시대에 맞는 정책 혁신을 해야 한다.

□ 포스트 코로나 경제 살리기 방향

▷ 목표 : 한국 경제 살리기
① 경제 : 수출 감소 대책, 내수 활성화 대책 세워야 한다.
② 산업 : 주력 제조업 살리기, 미래 산업 선택 집중해야 한다.
③ 일자리 : 일자리 지키기, 양질의 일자리 창출해야 한다.
④ 정책 : 과거 실패한 정책은 버리고 정책을 혁신해야 한다.
⑤ 성과 : 성과를 내는 추진 조직과 전략이 시급하다.

□ 다중 New Normal 시대

① 경제의 불확실성
→ 경제 살리기 최우선이다.
→ 신산업에 의한 일자리를 창출해야 한다.
→ 제조업을 신산업으로 전환해야 한다.
② 바이러스 산업의 세계화
→ 방역과 안전은 정부의 역할이다.

→ 국민은 건강에 관심이 증가하고 있다.

→ Healthcare 산업이 급부상하고 있다.

③ AI 시대 본격 도래

　　→ AI와 Bio 산업 육성으로 선진국으로 도약해야 한다.

　　→ AI 산업은 양질의 일자리를 창출한다.

④ 실업 쇼크 대책 내놔야 한다.

　　→ 10월 실업 쇼크에 대비해야 한다.

　　→ 일할 터전이 없어지면 큰일, 기업의 도산을 막아야 한다.

□ 한국 경제 돌파구

① 4차 산업혁명 신산업 : AI와 Bio 산업

　　→ AI : Healthcare

　　→ Bio : 코세계에서 검증

　　→ AI Bio와 AI Healthcare 강국으로 도약해야 한다.

② 금융 산업 : 블록체인과 가상화폐

　　→ 새로운 산업 패러다임에 맞춰 치고 나가 선점할 절호의 기회
　　　가 지금이다. 주요 선진국은 코로나 대처에 집중하고 있다.

③ 경제 Block화 역이용 : 코로나 이후 각국 심각

　　→ 일본 소·부·장, 한국 ICT, AI가 강점으로 양국이 Synergy
　　　협조하면 글로벌 시장을 선점할 수 있다.

　　→ 각종 산업에 일본 자금이 국내 자본을 잠식한 상태다. 빠
　　　져나가면 큰일이다.

　　→ 양국은 협력해야 한다.

④ 미래 산업 중심의 Global 기업을 육성해야 한다.

　　→ AI 산업 시대에 걸맞은 산업 정책을 마련해야 한다.

→ 보고서 발표는 인제 그만두고 추진해야 한다.

⑤ 경제외교력 절실

→ 주력 수출 제품과 시장을 확대해야 한다.

→ AI 시대 경제 외교력 필수다.

⑥ 수출 주력 전통산업 혁신이 필요한 시점

→ 제조업 H/W 중심에서 AI, S/W로 이동시켜야 한다.

→ S/W 산업은 고용이 제조업보다 높다. (매출 10억 당 제조업 2.4명, S/W 산업은 24.4명)

→ 제조업 종사자를 신산업으로 Job Training 시켜야 한다.

■ 제언

① 코로나 위기 서둘러 극복하고 경제 활성화를 통해 민생을 안정시켜야 한다.

② 고용 충격을 극복해야 한다.

→ 회의만 해서 언제 성과를 낼 수 있나. 너무 안이하다.

→ 독일식 노사 위기 돌파가 해법이다. 노조는 임금 동결, 기업은 고용을 보장해야 한다. 경영 실적에 따라 임금 체계도 정해져야 한다.

③ 첫째, 둘째, 셋째도 경제 살리기와 일자리 창출이다.

→ 3월 일자리 고용 참사 4/4 분기 고용 참사 대비해야 한다.

→ 일자리 정책 혁신해야 한다. 새로운 발상 필요하다.

→ 기업 활성화를 위해 규제를 대폭 풀어야 한다.

④ 현장은 하루하루 버티고 있는 위기 상황이다.

→ 정부는 3일 내 지원한다고 발표했으나 현장은 접수한 지 3

주가 지나도 지원 자금이 나오지 않고 있다.

→ 한 기업이 넘어가면 연쇄적으로 줄도산이 예견된다.

⑤ 일자리 창출 방법을 모르고 있어 안타깝다.

⑥ 21대 국회 개원과 동시에 기업 도산 방지 입법해야 한다.

→ 현장 맞춤형 금융 지원이 시급하다.

⑦ Before Corona 정책 버리고 After Corona 정책 혁신을 해야 한다.

2장 // 한국판 뉴딜

1. 성공조건

2. Blue New Deal

1. 성공조건

1) 뉴딜정책

〔2020.04.25. 정책제언 No.10〕

◑ 핵심 요약

① 뉴딜정책 추진 배경은 일자리가 없어서다.

② 외환위기 때는 아날로그 시대에서 디지털로 전환 시기였다. 문서 디지털화 프로젝트 등이 IT 산업을 전반적으로 성장시켜 'IT 강국' 도약의 뒷받침이 됐다.

③ 정책 입안자가 기술 트렌드 현장을 모르니 시대에 뒤처진 재탕, 삼탕 정책을 입안하고 있다. 과거 실패한 정책을 인용만 한다. 실물경제와 산업 경험이 없기 때문이다.

□ 현황

① 4월 수출 24.3% 감소했다.

② 무역수지 99개월 만에 9.5억 달러 적자다.

③ 현장에서는 경제를 살려 달라고 아우성치고 있다.

④ 노인 일자리를 빼면 사실 일자리 증감은 Zero 수준이다.

⑤ 40대 일자리가 50개월째 연속 감소 추세다.

⑥ 청년 일자리가 없어 심각한 상태다.

⑦ 주력 수출 산업 중 제조업 부문에서 정체되고 있다.

⑧ 한국 경제 미래 먹거리를 확보하지 못하고 있다.

⑨ 1,000조 원 넘는 시중 유동자금이 부동산으로 쏠리고 있다.

□ 정책 실패 원인

① 현장을 모르는 폴리페서 교수들이 입안한 정책을 고수한다.

② 탁상공론 정책과 이념을 토대로 하는 정책들의 추진에 있다.

□ 세계

① 미·중은 무역전쟁, 환율전쟁, AI 전쟁, 패권 다툼 중이다.

② 주요 선진국들은 AI 산업에 올인하고 있다.

③ 세계는 지금 AI 혁명 중이다.

□ 한국

① AI 전략만 발표하고 실행은 알 수 없다.

② DJ 정부는 Plan하고 Do해서 Output을 낼 수 있었다.

③ 정부는 Plan과 발표 PT만 한다.

□ 미국 : New Deal Policy

① 프랭클린 루스벨트 대통령이 추진했다.

② 1933년 대공황 경제 상황을 극복하기 위해서다.

③ 스퀘어 뉴딜과 뉴 프리덤 뉴딜정책을 융합했다. 공평한 분배 정책과 신자유 정책의 합성이 뉴딜정책이다.

④ 목표는 공격적 재정 투입으로 구조(Relief), 회복(Recovery), 개혁(Reform)의 3개가 핵심이다.

⑤ 추진

→ 1차는 실업자 구제다.

→ 2차는 대규모 토목공사 시행이다.

→ 초기에는 서둘렀고 일관성이 부족해 별 효과가 없었다.

⑥ 성공 요인은 노변담화(爐邊談話)로 국민을 설득했고 국가 비전을 제시해 국민을 절망에서 희망으로 리드했으며 4선 당선으로 뉴딜을 지속 추진한 것이 요인이다.

⑦ 성과

→ 후버댐 건설이다.

→ Las vegas 탄생으로 관광 분야 일자리가 창출됐다.

→ 대규모 토목공사로 일자리가 창출됐다.

□ 루스벨트 뉴딜 장기 집권 기반

① 대규모 국책사업

→ 유권자 다수가 정부가 추진하는 주도 사업에 이해관계가 있었다.

② 복지 확대와 누진세 도입으로 중산층의 지지를 받았다.

③ 토목공사 추진으로 공공 일자리가 늘었다.

④ 노조의 권익을 보장했다.

⑤ 복지제도를 확충했다.

⑥ 고소득자의 소득세율을 올렸다.

■ 제언

① 외환위기 때는 아날로그 시대에서 디지털로 전환 시기였다. 문서 디지털화 프로젝트 등이 IT 산업을 전반적으로 성장시켜 'IT 강국' 도약의 뒷받침이 됐다.
② AI 시대 핵심은 Bigdata다. 각 분야 Bigdata 프로젝트 발굴을 서둘러야 한다.
　→ Bigdata를 선점해야 'AI 강국'으로 도약이 가능하다.
③ 정책 입안자가 기술 트렌드 현장을 모르니 시대에 뒤처진 재탕, 삼탕 정책을 남발하고 있다. 과거 실패한 정책을 인용만 한다. 실물경제와 산업 경험이 없기 때문이다.
④ 한국 경제가 위기에 처할 때마다 미국의 정치적 이해관계에 따라 신탁통치와 한반도 분할을 제안한 루스벨트 대통령의 뉴딜정책 카드를 내미는 정부의 어설픈 정책을 보고 있자니 씁쓸하고 안타깝기 그지없다.
⑤ 정책을 흉내 내려면 제대로 내든가 알맹이 없는 타이틀만 따와서 정책 발표만 해서는 성공을 할 수 없다.
⑤ 4차 산업혁명 개막과 같이 시작한 일자리 정부에 일자리가 없다. 3년 정책을 점검하고 돌아봐야 한다. 남은 임기 동안 올 인해 성과를 낼 수 있다면 성공할 수 있을 것이다.
⑥ IT 시대를 넘어 AI 시대에 한국 제조업을 4차 산업혁명 산업으로 전환해야 할 중요한 시기다. 산업 전환의 골든타임은 얼마 남지 않았다.

→ 예를 들면 5G 산업은 1년 만에 중국에 추월당했다. 5G 경쟁력은 단말기와 통신장비, 산업 생태계인데 삼성전자는 장비, 스마트폰 점유율에만 매달리고 있다.

→ AI 산업 발전 핵심 요소는 H/W(슈퍼컴), S/W(Bigdata), 전문 인재(AI)인데 이미 3분야에서 중국은 3~5년 앞서 나가고 있다.

⑦ 지금이 한국 경제 미래 먹거리를 확보할 절호의 기회다.

→ 당·정·청이 똘똘 뭉쳐 난국을 돌파해야 한다.

→ 야당도 반대를 위한 반대가 아니라 협조해야 한다.

→ 정치권은 전시 상황의 인식이 전혀 없다. 정치꾼은 가만있어야 국가가 발전할 수 있다.

→ 정책 발표만으로 양질의 일자리는 만들어지지 않는다

→ 일자리 정부 출범 후, 수십 번의 일자리 정책을 발표했으나 성과는 없다.

2) 한국판 뉴딜 성공조건

〔2020.05.05. 정책제언 No.13〕

◑ 핵심 요약

① 역대 정부 실패 원인을 반면교사 삼아야 한다.

② 3년 동안 발표한 정책을 점검하고 반성해야 한다.

③ 대형 AI 뉴딜 PJT를 발굴해 일거리를 발주해야 한다.

④ 예산을 선택과 집행해 효율적으로 집행해야 한다.

□ 역대 정부 : 한국판 뉴딜

① 국민의 정부 : 외환위기 극복, IT 육성 뉴딜정책

② 참여 정부 : 정부 재정, 민간자본, SOC 한국형 뉴딜정책

③ MB 정부 : 중산층 살리기, 녹색 뉴딜, 휴먼뉴딜

④ 박근혜 정부 : IT와 SW 중심, 창조경제와 Smart 뉴딜

□ 실패 원인

① 발표에만 치중했다.

② 정권이 바뀌면 중단돼 지속적으로 추진을 하지 못했다.

③ 단기 목표 숫자에 목메어 통계 수치에 집착했다.

④ 정밀한 로드맵이 없었고 상세 추진 프로젝트가 없었다.

⑤ 기업의 자발적 참여를 끌어내지 못했다.

⑥ 국민을 설득하지 못했고 동참이 부족했다.

⑦ 뉴딜 전담 추진 Control Tower가 없어 책임지지 않았다.

□ 일자리 정부의 코로나 대책은 한국판 뉴딜

▷ 목표

① 정부 주도로 일자리를 창출하고 소비 시장을 활성화해 경제 살리기다.

② 코로나 경제위기 극복이다.

③ 포스트 코로나를 대비한다.

▷ **핵심은 고용 특별대책으로 55만 개 일자리 창출이다. 공공 일자리 40만 개와 민간 일자리 15만 개다.**

▷ 문제점

① 공공 일자리는 재원이 끊기면 지속 불가능하다.

② 공공 일자리는 임시와 단기 간하는 아르바이트 형태다.

③ 단기 일자리 통계수치만 중요시한다.

④ 세금을 먹는 일자리를 말고 세금을 내는 일자리를 만들어야 한다.

⑤ 무늬만 뉴딜이고 발표만 요란해 성공할 수 없다.

⑥ 성공하려면 뉴딜 PJT 세부 추진 일정과 소요 예산, 조직, 효과를 면밀히 분석 후 전략을 발표해야 한다.

⑦ 청은 독주, 조급성, 전문 시각이 없다. 정(政)은 쫓아가기 바쁘며 눈치만 본다. 당은 민심과 동떨어진 엉뚱한 소리만 한다.

⑧ 미봉책으로는 양질의 일자리 창출은 어렵다.

⑨ 재, 삼탕, 발표만 하는 각 부처 정책 방향을 혁신해야 한다.

⑩ 역대 정부 100번 넘는 정책발표를 문 대통령도 지적했지만, 정부도 똑같은 실수를 반복하고 있다.

→ 40대 일자리 대책 4월에 발표한다고 했지만, 안 하고 있다.

→ 너무 임시적이며 일시적 정책을 펴고 있다.

□ 정부의 SOC 투자

① 사람 중심 도시 재생이다.

② 지역균형발전이다.

③ 참여정부의 SOC 투자와 이어진다.

□ 한국판 디지털 뉴딜

① 정부 주도로 SOC 사업을 추진한다. 주요 내용은 Smart City. 생활형 SOC, 환경 Green 뉴딜, 문화 소프트 뉴딜, 남북 철도 사업 등이다.

② 규제 혁신 사업의 내용은 Healthcare, Online 교육 S/V, Bigdata 활용, 공유경제 육성, 원격진료 허용 등이다.

□ 지연 요인

① 원격의료 : 사실상 의료 민영화와 공공의료 확충이다.

② 에듀테크 : 교육 분야의 규제 완화와 공교육 강화다.

③ 대규모 국책 사업 : MB 정부의 4대강과 유사성이 우려된다.

■ 제언

① 역대 정부 실패 원인을 반면교사 삼아야 한다.

→ 공무원 습관, 관습, 책임회피, 방관 혁신해야 한다.

→ 한국 관료는 굉장히 우수하지만 나서지 않는다(상하 복종).

② 추진과 실행이 돼야 한다.

   → 성과를 체크하는 전담 부서가 있어야 한다.

   → 공무원의 평가 방식을 변혁해야 한다.

   → 3년 동안 발표한 정책을 점검하고 반성해야 한다.

③ 대형 AI 뉴딜 PJT를 발굴해 발주해야 한다.

   → 지금은 IT 시대를 넘어 4차 산업혁명의 핵심인 AI 시대다. 미래를 위해 AI 산업 인프라에 투자해야 한다.

④ 예산을 선택과 집행해 효율적으로 집행해야 한다.

   → 2020년 예산은 513조 원+추경 240조 원=753조 원이다.

   → 기업 생존이 최우선이다. 흑자기업 도산은 막아야 한다.

   → 국가산업경쟁력을 향상해야 한다.

⑤ 추가 양적 완화에 대비해야 한다.

   → 주요국들은 GDP 대비 30%의 재정을 투입했다.

   → 한국은 13%(1,844조 원)를 투입했다.

   → 향후 300조 원의 재원 조달을 어떻게 마련할 것인가.

⑥ AI 기반의 산업 구조로 재편해야 한다.

   → 주력 수출 제조업을 AI 기반 산업 구조로 전환해야 한다.

   → 원격의료, 원격교육 등 언택트 사회 변화에 맞춰 신산업을 육성해야 한다.

⑦ AI 성공모델 만들어야 한다.

   → 한국 경제 미래 먹거리는 AI 산업에 있다.

   → AI 중심도시 광주 만들기 모델이 성공해야 한다.

   → 광주형 AI 일자리 모델을 만들어야 한다.

⑧ 국회는 규제 철폐와 입법으로 뒷받침해줘야 한다.

⑨ 경영진과 노조는 기득권을 내려놔야 한다.

→ 기업이 생존해야 일자리도 지키고 노조도 가능하다.

⑩ 산업 현장에서 경험해본 전문가의 조언을 들어야 한다.

→ 3년 동안 해오던 방식으로는 양질 일자리 창출 못 한다.

→ 재정 투입으로 티슈형 공공 일자리를 만드는 것은 삼척동자도 할 수 있다.

3) 한국판 뉴딜 성과 내려면

〔2020.06.03. 정책제언 No.29〕

◑ 핵심 요약

① Congressional Budget Office의 발표에 따르면 미국 경기가 회복하는 데 11년 걸린다고 한다.

② 아놀드 토인비의 The study of history 도전은 위기 극복이라고 했다. 코로나 위기를 기회로 만들어야 한다. 한국판 뉴딜이 성공해야 하는 이유다.

③ 구호보다 성과 위주 돼야 한다.

④ 성과 내려면 어떻게 해야 할까. 슬로건이 아니라 실행해야 한다. 첫째, 둘째, 셋째도 Action이다.

⑤ 10대 과제, 100대 프로젝트는 보여주기다. 3년 동안 못했는데 언제 추진해야 성과를 낼 수 있을까.

□ 소견

① 토목, 건설 공사 중심이 되면 안 된다.

→ 예전 방식 답습하면 안 된다. 나중에 건물만 남게 된다.

② DJ 때는 왜 SOC 안 했을까를 곰곰이 생각해 봐야 한다.

→ 문서 디지털화 PJT로 'IT 강국' 도약할 수 있었다.

③ 참여정부의 SOC 뉴딜의 결과는

→ 경제 실정은 정권 교체로 이어졌다.

④ 복지 시설 보수 등 생활형 SOC는 미봉책이다.

⑤ AI 시대에 맞는 AI PJT 추진해야 한다. AI 산업 육성만이 한국 경제가 살길이다.

⑥ 노무현 대통령의 한미 FTA 추진은 후대에 긍정적 평가를 받고 있다. 현 정부도 퇴임 후 2030년 평가가 중요하다. 진보, 시민단체 반대의 파고를 넘어서야 한다. 미래 먹거리 AI 산업에 집중 투자해야 한다.

■ 제언

① 구호보다 성과 위주 돼야 한다.
　→ 구호 : 한국판 뉴딜, 디지털 뉴딜, 그린뉴딜, 휴먼뉴딜
　→ 성과 : 숫자 발표뿐, 보고 위주다.

② 성과 내려면 어떻게 해야 할까.
　→ 슬로건이 아니라 실행해야 한다. 첫째, 둘째, 셋째도 Action이다.
　→ 역대 정부 실패 원인을 반면교사로 삼아야 한다.
　　☞ 과거 정책을 재탕, 삼탕 하면 안 된다.
　　☞ 단기, 파트타임의 일자리 만드는 데 재정 투입하면 안 된다.
　　☞ 발표에만 중점을 두면 안 된다.
　　☞ 책임 회피의 문화를 바꿔야 한다.
　　☞ 숫자 중심의 통계 수치에 매달리면 안 된다.
　→ 선택과 집중해 추진해야 한다.
　→ 디지털 뉴딜 중 2개 교육 Infra와 Digital Contents만 집중해야 한다.

③ 그린뉴딜은 스마트그리드에 집중해야 한다.

④ 휴먼뉴딜은 직업 재교육에 집중해야 한다.

→ 포기할 것과 버릴 것을 선택해 과감히 버려야 한다.

⑤ 10대 과제, 100대 프로젝트는 보여주기다. 3년 동안 못했는데 언제 추진해야 성과를 낼 수 있을까.

→ 2020년 6개월 남았다. 2021년에 성과를 낼 수 있을까. 공무원은 시간이 갈수록 요지부동할 것이다. 차기 정부를 기다리면서 시간을 끌 것이다.

⑥ 너무 많은 것을 한꺼번에 하려면 성과를 낼 수 없다.

⑦ 예전 방식은 백화점식으로 재정을 그냥 골고루 물 주기만 하는 것이다. 정권이 바뀌면 감사 피하기, 이해집단 눈치 보기, 달래기, 부처이기주의 관습에서 벗어나야 한다. 중국이 투자하는 금액 중 최소 10%는 돼야 경쟁할 수 있다. 재정을 물 뿌리기 전략으로 1%도 되지 않는 투자금액으로는 성과를 낼 수 없다.

→ 정책 발표 내용이 너무 뻔하다. 창의성이 없다. 미증유 상황에 역발상과 창의적 정책이 필요하다.

⑧ 전시 상황에 맞게 정책을 펴야 한다.

→ 기존 정책은 전술에 한계가 있다.

→ 혁신, 과감한 정책으로 전환해야 한다.

→ Reshoring이 성과를 내려면 수도권 규제 완화가 필요하지만 매력적이지 않다. 수도권 총량제가 그대로라면 1,000개 중 3개 기업만 생각해 보겠다고 응답했다.

→ 현장에서 말하는 기업의 소리를 들어야 한다. 중요한 정책 기조는 변하지 않고 변죽 정책만 건드리고 있다.

→ 기업의 활성화 대책은 필수다. 정답은 현장에 있다.

⑨ 한국판 뉴딜 추진을 왜 기재부에서 주도하나.

→ 기재부는 예산 짜고 실행은 각 부처가 하는 게 효율적이다.

→ 각 부처의 예산 집행을 전담하는 조직을 통합해 운영하는 것이 효율적이다.

→ 한국판 뉴딜정책도 기재부가 설계하고 집행도 하겠다고 하는데, 전문성도 없고 산업 현장도 모르는데 성과 낼 수 있을까.

→ 비대면 사업 육성 방안을 3분기까지 마련할 방침이라고 하는데 구체적인 시행 과제를 개발해 종합계획을 입안해야 한다.

→ 공무원이 주도하고 운영하면 사업 성과가 나오지 않는다.

→ 정부는 기업의 투자 환경을 조성해야 한다. 기업의 참여 없이는 성과를 내지 못한다.

→ BH에서 나서는 실장이 없다. 누군가 총대를 메고 추진해야 한다. 결과를 낼 수 없다고 생각하니 몸을 사리고 생색 내는 일에만 나서고 있다. 너무 무책임하다. 사명감을 가져야 한다.

→ 올해 재정 세입 -30조 원, 90년대부터 5년마다 1% 감소해 노동 생산이 떨어지고 산업 구조 변화로 고용률이 하락하고 있다.

→ 통화재정 여력이 소진된 이후, 대책 마련에 집중해야 한다. 특히, Risk Management+RPA(Robotic Processing Automation) System 도입해야 한다.

→ 각 부처 장관은 어디에 있는지 존재감이 없다. 전시 상황

에 야전 사단장 돌파력이 보이지 않고 있는 안타까운 상황
이다.

→ 4차 산업은 과학기술정보통신부, 산업과 수출은 산업통상
　자원부가 전담해서 추진해야 하는데 발표만 하지 성과는
　없다.

→ 한국판 뉴딜의 Concept은 일자리 뉴딜이어야 한다.

⑩ 한국판 뉴딜은 일자리 뉴딜이라는 Simple한 Message를 국
　민에게 전달하고 소통과 공감을 얻어야 한다.

4) 중국판 뉴딜

〔2020.05.24. 정책제언 No.22〕

◑ 핵심 요약

① 성과 내는 중국 뉴딜 추진 전략을 배워야 한다.

② 한국판 뉴딜은 무늬만 뉴딜이다. 그린뉴딜 아니라 블루뉴딜이 돼야 한다.

③ 4차 신산업 일자리 창출에 집중해야만 뉴딜이 성공한다.

□ 중국 경제 성장률

① 2019년은 +6.1%, 2020년 1/분기 −6.8%다.

② 마이너스 성장률은 44년 만이다(문화대혁명 1976년 이후).

③ 1,100조 원을 재정 투입해 경기 부양에 나선다.

④ 올해 경제 성장률이 5% 이하면 실업자가 양산되고 금융 부실로 이어져 China Shock가 터질 수 있다.

□ 한국 경제 직격탄

① 대중 수출 비중은 26.8%인 1,622억 4,000만$이다. 홍콩 포함하면 약 33%로 대미 수출의 2배가 넘는 수준이다.

② 2/4분기 실적을 주시해야 한다.

③ 대중 수출 감소 대책을 마련해야 한다.

　→ 내수 활성화와 동남아시아 등으로 수출을 다변화해야 한다.

□ 중국판 뉴딜

① 재정 투입 규모(20~25년) 1조 4,000억$(1,700조 원)이다.

→ 전략은 선택과 집중이다.

→ 목표는 과학기술 굴기로 4차 산업 중심에 투자해 궁극적으로 5G, 'AI 강국'이 되는 것이다.

② 투자 대상

→ AI와 5G 산업과 4차 산업이다.

→ 신 SOC는 AI와 BigData, IoT, 자율주행, 신Energy다.

③ 위기를 기회로 활용 전술

→ 2003년 SARS 때는 Internet 혁명 Boom 조성으로 삼았다. 그 후 B2C, B2B 즉, 인터넷 강국이 됐다.

→ 2008년 금융위기 때는 대륙 철도 SOC Boom으로 고속철도 강국으로 등극했다.

→ 2020년 코로나 위기를 4차 산업 신SOC에 투입해 미국을 제치고 'AI 강국' 도약에 시동을 걸었다.

④ 중앙정부와 지방정부, 기업이 혼연일체가 돼 추진하고 있다.

→ 상하이는 20조 4,000억 투입해 5G 기지국(3만 4,000개), 무인공장(100개), 전기자동차 충전소(10만 개), 택시충전소(45개) 등을 설치한다는 계획을 발표했다.

→ 기업은 AI, IoT, Cloud 컴퓨팅 산업에 집중 투자한다.

■ 제언

① 중국 뉴딜 추진 전략을 배워야 한다.

→ 목표가 'AI 강국' 도약으로 명확하다.

→ 4차 산업의 미래 산업에 집중 투자한다.

→ 시대 기술 Trend에 맞는 산업에 집중 투자한다. 왜냐하면 정치 지도자들 대부분이 이공계 출신으로 산업 변화에 대한 이해도가 높다.

→ 중앙정부와 지방정부 및 기업이 일심동체가 돼 추진하고 있다.

→ AI 중심도시 광주 PJT에 집중 투자해서 광주형 AI 일자리 창출 모델 만들어 AI 벤처 Boom을 일으켜야 한다. (올해 투작액의 60%가 건물 등 H/W 투자다. S/W 투자에 중점을 둬야 한다.)

→ 공무원 발상과 기존 방식으로는 성과 낼 수 없는 구조다.

→ 중국을 좇아가려면 최소 중국 10% 투자해야 성과 나온다.

② 한국판 뉴딜은 무늬만 뉴딜이다. 그린뉴딜 아니라 블루뉴딜 돼야 한다. 이명박 정부의 그린뉴딜과 차별화는 무엇일까.

③ 역대 정부 뉴딜은 시대 변화 Trend와 맞게 설계됐다. DJ(Internet+IT) → MB(녹색뉴딜) → 文(한국판 뉴딜)

④ 뉴딜이 성공해야 한다.

→ 4차 신산업 일자리 창출에 집중해야 한다.

→ 과거 정책 재탕(DJ)+삼탕(MB) 아니라 AI 시대에 걸맞은 AI 뉴딜정책이어야 한다.

→ 현장 밀착형 정책을 펴야 한다. 탁상공론 그만둬야 한다.

→ 역대 정부 실패 원인을 반면교사로 삼아야 한다.

→ 구호와 발표는 이제 STOP, 이제는 Act와 Change 해야만 성과를 낼 수 있다.

⑤ 하반기에 성과 내야 한다.

→ 6개월 남았다. 기존 방식과 사고로 성과를 낼 수 없다. →
변화와 혁신 실천만이 성과를 낼 수 있다.

⑥ 기존 방식, 습관, 사고로는 산업 위기를 극복하고 기업과 일자
리를 지킬 수 없다는 것은 명약관화다.

⑦ 한국이 잘하는 Fast Follower 전략은 AI 시대에는 통하지 않
는다. 중국판 뉴딜을 배워야 하는 이유다.

→ First Mover로서 K-방역 System을 수출해야 한다.

⑧ 2020 코로나 뉴딜 목표는 Only 'AI 강국' 도약이 돼야 한다.

⑨ 'IT 강국'을 기반으로 'AI 강국' 도약을 이루는 것이 시대정
신이며 역사적 사명이다. 그래야 후대 성공적 평가를 받을 수
있다.

2. Blue New Deal

1) Blue New Deal

〔2020.05.14. 정책제언 No.19〕

◑ 핵심 요약

① 그린뉴딜 이름을 녹색뉴딜로 바꿔야 한다. MB 정부 정책을 재탕한다는 것이 국민적 인식이다.

② 참고할 모델은 그린뉴딜 아니라 'New Apollo' 프로젝트다.

③ 한국판 블루뉴딜

→ 수출, 산업 선점, 일자리 창출, 지속 가능한 사업, 재생 에너지, 사람과 자연 연결, 좋은 일자리 창출이 가능하다.

☐ **Blue New Deal은 Blue Economy**

① 환경, Energy 기후 변화에 대응한다.

② 많은 양질의 일자리를 창출한다.

③ 블루뉴딜을 선도하면 선도형 경제로 전환할 수 있다.

④ AI Smart City가 된다.

⑤ K-New Deal의 한 축인 혁신 성장 위해 K-Blue Deal, Blue Economy Concept 잡고 추진해야 한다.

⑥ 남은 임기 동안 혁신성장, Blue New Deal 집중해야 한다.

⑦ Trend 변화는 Grey에서 Green에서 Blue 즉, 회색 → 녹색 → 청색으로 진화한다.

■ 제언

① 그린뉴딜 이름을 녹색뉴딜로 바꿔야 한다. MB 정부 정책을 재탕한다는 것이 국민적 인식이다.

  → '그린' 사용하는 한 이명박 정부와 차별성이 없게 된다.

  → 기술 Trend에 맞게 Topic을 정해야 한다.

  → Blue New Deal을 전면에 내세워야 한다.

  → 그래야 지속 가능하고 성과를 낼 수 있다.

  → 친환경 기술 중심이고 기후 변화에 대응할 수 있다.

② Blue New Deal Concept 이해가 필요하다.

  → 그린뉴딜과 본질적으로 차이가 있다.

  → 녹색뉴딜 본질을 이해 못 하니 그린뉴딜를 결정한 것이다.

  → 그린뉴딜은 철저하게 선진국형 모델이다.

  → 기술 수준이 높아질 때까지 지속 투자가 관건이다.

  → 문제는 그린뉴딜은 기술력 최고만 생존한다는 것이다.

③ 참고할 모델은 그린뉴딜 아니라 'New Apollo' 프로젝트다.

  → 양질의 일자리를 창출하기 때문이다.

④ 한국판 뉴딜의 성공을 위해 Blue New Deal 추진해야 한다.

→ AI 시대 AI City, 차세대 Energy, 차세대 Mobility, 미래 먹거리 확보, 청년 일자리 창출, 경제 성장과 활성화, 수출 주력 제조업 경쟁력 강화다.

⑤ 한국판 블루뉴딜

→ 수출, 산업 선점, 일자리 창출, 지속 가능한 사업, 재생 에너지, 사람과 자연 연결, 좋은 일자리 창출이 가능하다.

□ 녹색뉴딜

① 배경

→ 미국의 서브프라임 모기지(Subprime Mortgage)로 인한 금융위기와 유가 폭등이다.

→ 2008년 한국 강타했다. 주가 하락과 환율 급등, 물가 불안정으로 경제가 불황에 빠졌다.

→ MB 정부(2009년/1월)는 경제 회생 정책으로 녹색뉴딜 발표했다.

□ MB 정부의 녹색뉴딜이란?

① 4대강 살리기 프로젝트 추진이다.

② 그린홈, 그린스쿨 조성이다.

③ 숲 가꾸기, 녹색 구축망 구축이다.

④ 대체 수자원 확보, 친환경 중소 댐 건설이다.

⑤ 그린카 청정에너지 보급이다.

→ 4년간 50조 원을 투입 96만 개 일자리 창출한다는 야심 찬 계획이었다.

→ 그 당시 Obama 정부의 Green New Deal은 세계적으로 유행되는 정책이었다.

→ 영국은 대체에너지 PJT, 프랑스는 그린 사업 PJT, 독일은 녹색 PJT, 일본은 100만 명 고용 PJT, 중국은 내수 진작 PJT다.

→ MB 정부도 세계 유행 따라 무늬만 녹색뉴딜을 추진했다.

▷ 평가

① 건설과 토목 분야에만 예산이 편중돼 집행됐다.

② 친환경과 에너지 산업에는 8%만 배정됐다.

▷ 실패 원인

① 지속적 투자가 끊겼다.

② 조급성으로 단기 성과에 집착해 결과를 내지 못했다.

③ 보여 주기 정책 위주였다

④ 4대강 토목 사업에 올인했다.

⑤ 구호만 녹색뉴딜 발전적 형태의 Next가 없었다.

2) Blue Economy New Deal

〔2020.05.16. 정책제언 No.20〕

◑ 핵심 요약

① 지구환경을 기반한 Blue New Deal 정책을 추진해야 한다.

② Blue Economy는 최신 성장 경제 모델이다.

③ 한국 경제 선순환은 혁신 Cycle 구축에 있다.

☐ Grey Economy

① 화석 Energy의 기반 경제다.

② 거대 자본이 화석 Energy를 독점한다.

③ 산업화와 자본주의 경제 상징이다.

④ Only 성장과 효율만 중시한다.

⑤ 자연 파괴적 경제 체제다.

⑥ 물질경제와 생산경제로 오염물질을 배출하는 경제다.

☐ Green Economy

① Grey의 대응 개념이다.

② 공해의 본질은 Energy 문제다.

③ 지구 자원의 한계를 극복한다.

④ 친환경 재생에너지 중심의 경제 모델이다.

   → 친환경 지속성, 분산 Network, 신재생 에너지 중심이다.

⑤ 선진국 중심의 추진 모델이다.

→ 후진국과 개도국은 기술력 없어 추진해도 효과가 없다.
⑥ 생산만 혁신한다.

□ Blue Economy

▷ 지구는 Blue Planet다.

▷ Blue Economy는 Green Economy와 Grey Economy를 융합한 것이다.

① 지속 성장이 가능하다.

② Blue Economy는 최신 성장 경제 모델이다.

③ 기존 Energy와 New Energy의 광범위 활용이 가능하다.

④ Green(신재생) Energy 현상 유지로 100% 대체 불가능하다.

⑤ 순환 경제, 서비스 경제, 시스템 경제를 합하면 블루 경제 혁신이다. Blue Economy Innovation.

⑥ 생산과 System을 혁신한다.

⑦ 자연 중심이 혁신 기술이다.

■ 제언

① 지구환경을 기반한 Blue New Deal 정책을 추진해야 한다.
  → Green New Deal은 MB 정부 정책을 가져왔다.

② 남은 임기 동안 혁신성장 중심으로 정책을 추진해야 한다.
  → 혁신의 영역은 생산, 서비스, 시스템 등 전 분야이다.

③ 한국 경제 선순환은 혁신 Cycle 구축에 있다.
  → 정책과 기술이 핵심이다.
  → 선순환 Cycle이 중요하다.

④ 혁신성장의 핵심은 한국 경제 산업 전반을 혁신시키는 실행이 중요하다.

　→ 정책을 혁신 전략 중심으로 펼쳐야 성과 낼 수 있다.

⑤ 혁신 Cycle System 정책, 기술, 시장, 경제, 사회 분야로 확산해야 성공한다.

⑥ 정부발 대형 PJT

　→ K-Blue AI(D.N.A.U.S) → K-Blue Mobility

　→ K-Blue Bio → K-Healthcare

　→ K-Blue EduTect → K-Blue 비대면 의료

　→ K-Blue Industry → K-Blue Energy(Future 핵융합)

　→ K-Blue 농수산 → K-Space Economy

　→ K-Ocean Economy → K-Diplomacy

　→ K-Science

　→ K-Blue City Smart+AI+Environment

　→ K-Wellness Smart City

3) 디지털 교육 뉴딜과 EduTech

〔2020.05.13. 정책제언 No.18〕

◑ 핵심 요약

① 참고 모델은 전자정부의 수출모델이다.
② 정부발 프로젝트로 국내 실적 쌓아 수출에 활용해야 한다.
③ 효과는 신산업에 의한 일자리 창출이며 미래 먹거리 확보다.

□ EduTech : Education+Technology

① 4차 산업혁명 신기술과 산업을 선점해야 한다.
② AI, AR(증강현실), VR(가상현실), IoT(사물인터넷), Cloud
   MOOC(온라인 공개수, Massive Open Online Course)

□ 전자정부

① 각종 증명서 발급, 정부 기록물 관리, 감독하는 기존 정부 시
   스템을 IT 정보화, 인터넷 행정서비스를 제공한다.
② 주민등록등본, 등기부등본 등 인터넷 발급을 한다.
③ 전자증명서비스, 정부기록물 관리, 관리감독시스템 등 정부
   행정 업무를 IT화하는 사업이다.

□ 수출

▷ 효과 : IT 기업 해외 시장 진출, 일자리 창출, 전자정부 수출
▷ 전자정부 수출

① 11년 2억 4천만 달러

② 13년 4억 2천만 달러

③ 14년 4억 7천만 달러

④ 15년 5억 3,440억 달러

⑤ 16년 2억 6,949억 달러

⑥ 17년 2억 3,000만 달러

⑦ 18년 2억 달러

　→ 한국 2010년, 2012년, 2014년 1위, 2016년 영국 1위

▷ 수출 감소 원인

① 정부 2010년부터 SW산업진흥법으로 상호 출자 제한 대기업 입찰 금지로 인해 오히려 중소기업 경쟁력이 감소했다.

② 본질은 대기업의 공공사업 참여 제한 제도다. 해외 수요국은 국내의 실적을 요구한다.

③ 수출기업 역량 부족, 신S/W 발굴 미흡, 중소, 중견기업 해외 진출 역량 부족이다.

　→ 삼성SDS는 2013년 전자정부 해외사업을 완전히 접었다.

④ 전문인력, 자금, 마케팅이 부족한 중소업체는 글로벌 경쟁력 이 떨어진다.

□ **전자정부 수출**

① 국가 : 아시아, 중남미

② 조직 : 범정부전자정부 공공행정협력사절단, 전자 업무 및 디 지털 경제협력센터

③ 사업 :

　→ 주민증 발급사업, 데이터 센터 사업, 전자정부 컨설팅, 시

스템 구축, 공동 협력 사업 수행, 인적 역량 강화, 초청 연수, 현지 연수, 기업 해외 진출 지원

■ 제언

① K-디지털 교육은 뉴딜 플랫폼을 기반으로 수출 플랫폼을 만들어 수출해야 한다.

② 효과는 신산업에 의한 일자리 창출이며 미래 먹거리 확보다.

③ 참고 모델은 전자정부의 수출 모델이다.

④ 전자정부의 수출액 감소 원인을 분석해야 한다.

⑤ 추진 조직 활용해야 한다.

　　→ 전자정부협력센터, K-디지털 뉴딜, 플랫폼 추진단

⑥ 체계적으로 지원할 수 있는 컨트롤타워가 필요하다.

⑦ 수출 G2G 방식의 한국형 에듀테크 모델을 수출해야 한다.

　　→ 지속적 수출로 경쟁력 확보해야 한다.

⑧ 정부발 프로젝트로 국내 실적 쌓아 수출에 활용해야 한다.

⑨ 정부, 민간 대기업, 중소기업은 수출을 위해 협력해야 한다.

⑩ 급변하는 기술 Trend에 대응해야 한다.

3장 // 일자리 창출

1. 일자리

1) 일자리 정책
2) 일자리 창출 정책
3) 2030 일자리 예측

2. 청년 일자리

1) 청년 일자리 정책
2) 청년실업과 팬데믹
3) 정규직 비정규직 차별 해법
4) K-농업테크 산업과 청년 일자리

3. 양질의 일자리 창출

1) 광주형 일자리 해법
2) 신산업에 의한 양질의 일자리
   창출 정책으로 전환해야
3) 산업 대국 독일 히든 챔피언,
   청년 일자리 창출 배우기

1. 일자리

1) 일자리 정책

〔2020.04.24. 정책제언 No.6. 32〕

◑ 핵심 요약

① 일자리 정책을 혁신적으로 전환해야 한다.
② 일자리 예산을 늘린다고 양질의 일자리 늘지 않는다.
③ AI에 맞는 AI 산업에 의한 양질의 일자리를 창출해야 한다.

□ 일자리
① 경제의 근간이다.
② 생산의 핵심이다.
③ 소비의 원천이다.

□ 일자리 개념

→ 생계를 꾸려 나갈 수 있는 수단으로서 직업

□ 경제 살리려면
① 경제 활성화를 해야 한다.
② 수출 활성화를 해야 한다.
③ 내수 활성화를 해야 한다.
④ 일자리를 창출해야 한다.

□ 창출 개념
→ 과거에 없던 것을 처음으로 만드는 것

□ 정부와 일자리
① 정부의 책무다.
② 시대적 사명이다.
③ 국민의 권리다.

□ 국민이 행복하려면
① 일자리가 넘쳐야 한다.
② 직업의 안정감이 있어야 한다.
③ 일자리 만족감이 있어야 한다.
　　→ 일자리 정책은 최고의 복지 정책이다.

□ 일자리가 사라지면
① 한국 경제 무너진다.
② 국민은 불행해진다.

③ 대안 세력을 찾게 된다.

→ 일자리 창출을 통해 국민에게 삶에 희망을 주며 행복을 줘야 한다.

□ 일자리 창출

① 일자리 정책의 핵심이다.

② 국정 운영의 최우선 목표로 삼아야 한다.

③ 일자리를 창출해야 한국 경제가 재도약할 수 있다.

④ 근로시간을 단축해 일자리를 늘리는 것은 일자리 창출이 아니다. 오래전 유럽에서 실패한 모델이다.

□ 일자리 정책 분류

▷ 복지정책

(1) 사회적 약자를 위한 공공 일자리 정책

① 장애인 일자리 ② 노인 일자지 ③ 여성 일자리

(2) 생계형 일자리 정책

▷ 산업 정책

→ 신산업 육성을 통한 청년 일자리 창출

① 청년 일자리 ② 중·장년층 일자리

□ 고용(일자리) 정책 종류

▷ 일자리 창출

① 신산업+신기술 ② 중소벤처 창업

▷ 일자리 늘리기, 쪼개기

① 임금 피크제 ② 노동시간 단축 ③ 시간제 일자리

④ 청년 인턴 ⑤ 공공 일자리 확대

▷ 일자리 지키기

① 3D 중소기업 지원 ② 중기 환경 개선 지원

③ 중소기업 고용 지원 ④ 중소기업 인센티브

▷ 일자리 취업 지원

① 취업 교육 지원 ② 재취업 비용 지원

③ 실업 급여 지원 ④ 비정규직 지원

□ **고용 악화 원인**

① 노동을 경시하는 사회 인식

② 대기업 중심의 산업 구조

③ 중소기업의 저임금 체계

④ 서비스 산업의 부족

⑤ 고용 인력 구조의 불균형

⑥ 노조 임금상승 압력

→ 실업 문제는 소득 불균형과 사회 불안을 가져올 정도로 심
각하다.

□ **역대 정부 고용 정책, 조직**

▷ 김대중 정부

→ 외환위기 극복과 실업 문제 종합 대책으로 국무총리실 산하
실업대책위원회 설치

▷ 노무현 정부

→ 양극화 해소와 고용 친화 정책으로 청년실업대책특별위원회
고용지원센터 신설

▷ 이명박 정부

→ 세계 금융위기 극복을 위한 국가고용전략회의 고용노동부 신설

▷ 박근혜 정부

→ 창조경제 추진을 위한 창조경제혁신센터 운영

▷ 문재인 정부

→ 청년실업 대책으로 일자리위원회, 일자리수석 신설

□ 역대 정부 창업 정책 문제

① 기술력과 사업 역량이 취약한 청년층 생계형 창업 유도했으나 생존율은 저조했다.

② 대출 중심의 창업 자금 공급으로 사회적 비용이 발생했다.

□ 대안

① 정부 주도의 벤처 확인 제도를 민간 주도로 개선해야 한다.

② 연구개발과 서비스 융합 업종과 같은 새로운 중소·벤처를 발굴 육성해야 한다.

③ 지분 투자 방식의 청년 창업 자금을 지원해야 한다.

④ 공공기관과 연구소가 보유한 기술을 기반으로 창업할 수 있도록 제도를 개선하여 혁신형 중소벤처 창업 생태계를 구축해야 한다.

□ 역대 정부 일자리 정책 실패 원인

① 실패한 과거 정책을 답습했다.

② 세금으로 일시적이며 임시적 일자리 창출에 몰두했다.

③ 단기 노인 일자리를 양산했다.

④ 급조된 정책을 우격다짐으로 추진했다.

⑤ 현장 무시한 탁상공론 정책을 고집스럽게 추진했다.

⑥ 정책 발표와 홍보에만 중점을 뒀다.

⑦ 유리한 통계 수치에만 매달렸다.

⑧ 복지 정책에 집중했다.

⑨ 일자리 없애기 정책을 추진했다.

⑩ 고용의 수 집계만 집착했다.

□ 실업 대책과 고용정책이 효과를 내기 위해서는

① 장기적이고 지속적인 투자가 필요하다.

→ 5년마다 정부가 바뀌고, 경제 환경 변화에 따라 일자리 정책이 변동된다. 임기 내 가시적 성과를 내기 위한 정책 추진의 일관성 부족으로 고용 정책의 실효성이 떨어지고 있는 것이 현실이다.

② 국가고용전략2020은 고용 문제 해결을 위한 세부적 실행 계획 없이 중앙정부 중심으로 추진돼 실패했다.

③ 어떤 선진국도 단기간 내에 실업 문제를 해결한 사례는 없다. 독일과 영국이 5년에 고용률을 5% 이상 높이는 데 성공했는데 이는 장기간에 걸쳐 직업 훈련과 노동 정책이 지속적으로 추진됐기 때문이다.

□ 역대 정부 연평균 일자리 예산

① 김대중 5조 3,262억 원 ② 노무현 1조 6,191억 원

③ 이명박 9조 2,230억 원 ④ 박근혜 14조 원

□ 예산 1억 원당 일자리 창출 효과

① 김대중 7.4명

② 노무현 17.1명

③ 이명박 2.1명

④ 박근혜 미미

□ 일자리 정부 예산

① 2017~2018년 36조 원(고용보험 포함 54조 원)

② 2019년 22조 9천억 원 투입

③ 2020년 25조 8천억 원 편성

■ 제언

① 일자리 예산을 늘린다고 양질의 일자리 늘지 않는다.

② 일자리 정책을 혁신적으로 전환해야 한다.

→ 복지정책 (1) 사회적 약자 정책 (2) 노인 일자지 창출에 집중해 왔다. 산업 정책 4차 산업혁명 신산업 신기술 일자리 창출로 전환해야 한다.

③ AI에 맞는 AI 산업에 의한 양질의 일자리를 창출해야 한다.

④ 민간 일자리가 창출돼야 한다.

→ 공공 일자리 마중물 역할을 한다고 했지만 3년 성과는 없다.

→ 공공 일자리는 미래 세대에 부담이 되고 있다.

⑤ 공공 일자리는 실물 경제 활성화에 도움 안 되고 향후 문제가

된다. 단, 공공 일자리가 다음 단계인 민간으로 넘어가면 좋지만, 지금까지는 효과가 나타나고 있지 않다.

⑥ 경제 일자리 살리기 정책 추진단은 학자 배제, 실무 역량을 갖춘 전문가로 구성해야 한다.

→ 임기 4년 차에 일자리 창출 성과가 일자리 정부 성패를 결정한다.

2) 일자리 창출 정책

〔2020.05.08 정책제언 No.14, 21〕

◑ 핵심 요약

① 양질 일자리는 정부가 만든다고 해서 만들어지지 않는다.

② 양질의 일자리는 기본적으로 기업 투자로 만들어진다.

③ 일자리를 만든다면서 없애는 정책을 추진하고 있다.

□ 정부의 착각

① 정부가 재정 지출을 증가하면 일자리가 생긴다.

② 일자리가 늘어난 것이 아니라 눈에 보이지 않는 다른 분야 일자리가 줄어든 것이다.

③ 재정 지출은 세금이 올라가는 것으로 납세 세율이 올라가면 소비 형태 감소로 이어진다. 소비가 줄면 국내 소비 시장이 위축돼 결국 일자리가 감소한다.

④ 정부 주도의 일자리는 특정 부문(노인 등)은 증가하지만, 전체 고용량이 증가하는 것이 아니다.

□ 기업이 투자해야 일자리가 창출

→ 뉴딜정책으로 고용이 증가해야 경제 불황 극복이 가능하다.

■ 제언

① 일자리가 없어진 진짜 원인을 찾아야 한다.

② 어떤 분야에 몇 명이, 왜 일자리 없어졌는지 분석하면 답이 나온다.

③ 일자리를 만든다면서 없애는 정책을 추진하고 있다.

→ 반시장, 반기업 정책을 철폐해야 한다.

④ 한국 경제가 재도약하려면 경기를 살리고 일자리를 창출해야 한다. 기본 법칙은 기업 하기 좋은 환경 만들기와 규제 완화, 투자, 노동시장 유연성, 국회 입법이 뒷받침돼야 한국 경제가 활성화된다.

3) 2030 일자리 예측

〔2020.05.17. 정책제언 No14〕

◑ 핵심 요약

① 1962~2020년까지의 한국 경제는 수출 주도형이다. 2030년
   도에도 가능할까?
② 국가 이익과 산업 변천, 시대 변화에 따라 국제 사회가 급변
   하고 있다.
③ 북한과 협력을 하기 위해서는 어떻게 해야 하나.

□ Post Corona 변화

① 탈China다.
② Reshoring 정책과 각자도생 경제다.
③ 가격 경쟁력 향상과 자급자족 경제다.
④ Global 무역 축소 구도에서 경쟁력 떨어지고 있는 기존 주력
   수출 산업으로 한국 경제가 성장할 수 있을까.
⑤ Block Barrier는 한국 경제에 심각한 문제다. 이를 극복하기
   위한 한국만의 특별한 방법을 찾아 수출할 수 있는 Product
   를 만들어 내야 한다. 일반적 제품이 아닌, 없으면 안 되는 제
   품을 현지에서 생산할 수 있는 대응 체제를 갖춰야 한다.
⑥ 2030년도 한국 경제가 수출 주도형 성장이 가능할까? 이대
   로라면 가능성은 작다. 지금이 혁신의 Timing이다. 정답은
   글로벌 산업 현장에 있다.

□ 자동차 산업 혁신

▷ GSC, SVC가 붕괴하고 있다.

→ Global Supply Chain, Global Value Chain=Collapse

▷ SVC는 가치사슬이며 부가가치 창출이다.

→ 상품과 서비스의 설계, 생산, 유통, 사용, 폐기 등 모든 영역의 기업 활동이 운송 및 통신의 발달로 인해 Global화되고 있다.

▷ TESLAR 혁신

① EV(전기자동차)는 부품이 필요 없다.

② 통합 ECU는 자동차 두뇌. 자율주행, 회전, 정지, 주행을 컨트롤하는 핵심이다.

③ Toyota와 폭스바겐보다 6년 먼저 실용화했다. 토요다는 2030이 돼야 실용화될 것이다. 기존 부품 공급망이 발목을 잡고 있다. 테슬라는 자동차 산업 부품 공급망이 필요 없도록 혁신시키고 있다. 한국 자동차 산업이 2030 이후에도 생존 가능할까.

■ 제언

▷ 북한과 미국은 2030년에도 Enemy일까. 그 전 Friend 가능하지 않을까.

① 1차 세계대전을 거쳐 2차 세계대전의 적국에서 친구로 전환 즉, Enemy에서 Friend로 변한 사례는 일 vs 미, 독 vs 미, 독 vs 영, 독 vs 프, 중+미 vs 소련, 중+러 vs 미국, 베트남 vs 미,

한국 등이 있다.

② 국가 이익과 산업 변천, 시대 변화에 따라 국제 사회가 급변하고 있다. Enemy → Friend, Friend → Enemy로 전환되고 있다.

③ 북한이 친미 하면 중국에 최대 위협이 될 것이다. 현재 평택이 가장 가깝지만, 신의주에 미군이 주둔한다면 중국으로서는 눈엣가시가 될 것이다.

④ 북한 투자 기업을 누가 보증할까.

⑤ 투자전문가 Jim Rogers가 북한에 투자하고, 미국이 보증한다면?

⑥ S그룹, Apple 등 Global 기업이 투자한다면?

⑦ 북한은 4차 산업의 투자처로 최고 요건을 갖추고 있다. 규제, 시민단체, 노조가 없다. 김정은 위원장이 결정하면 즉시 추진되는 장점이 있다. 백지에 마음 놓고 그림을 그릴 수 있다. 4차 산업의 Test Bed로 최고의 조건을 갖추고 있다.

⑧ 투자 시 Rebate, Commission 김정은 체제 유지에 필요하기 때문에 요구할 것이다.

⑨ 북한이 Singapore 된다면?

⑩ 북한과 협력을 하기 위해서는 어떻게 해야 하나.

⑪ 지금까지 인도적 차원, 이산가족 상봉, 의료물품 제공, SOC 투자 등 기존 방식으로는 진전되지 않을 것이다. 새로운 방식으로 혁신해야 한다. 확 뒤집어 바꿔서 김정은이 거부할 수 없는 경제 모델을 제시해야 한다. 대안으로 북한과 4차 산업 협력 모델을 제시하는 것은 어떨까.

⑫ 북한이 지향하는 체제는 집산주의(集産主義)다. 스위스 경제

체계를 지향(Only 경제 체제) 연구, 분석해 대응책을 마련해야 한다.

→ Collectivism=집산주의. 카를로스가 제시했다. 사회주의와 공산주의, 파시즘을 합친 것이 집산주의다. 사회민주주의는 국가 개입, 소득 재분배, 공공 소유재, 개인 소유가 최소화된 계획경제를 최대로 확대하는 방식이다. 극단적 집산주의를 추구한다.

⑬ 북한은 기존 단계를 거치는 개발 모델이 아니라 한 단계를 뛰어넘는 모델로 갈 것이다. 예를 들면 중국이 Video 시장 없이 바로 DVD 시장으로, Credit Card 넘어 바로 Mobile 결제로 간 것과 같다.

⑭ 북한은 바로 IT 시대를 뛰어넘어 4차 산업혁명 기술과 제품으로 바로 갈 것이다. 그래서 북한이 4차 산업 신제품 Test-Bed 최적지다. 산업화, IT 시대는 한국이 앞섰지만, AI 시대는 한국보다 앞서갈 가능성이 크다.

⑮ 2040년 중국과 인도의 GDP가 미국 앞선다? 중국이 G1? 한국은 미, 중 어디에 설 것인가. 대비해야 한다.

⑯ 경제는 중국, 안보는 미국 방식은 Armature Think다.

⑰ 역사상 세계 패권 다툼은 전쟁을 수반했다.

⑱ 미·중은 무역, 환율, 기술, 바이러스 전쟁 중이다.

⑲ Only GDP 1위만으로는 Hegemony를 잡을 수 없다.

⑳ Global 금융 통제권을 좌지우지하는 미국은 건재하다.

→ 국가신용평가, 은행신용평가, 달러 발권 능력의 미국은 절대 강자 G1이다. Global Power 첫째는 Money Power다.

㉑ 한국은 주변국과 외교 정책을 어떻게 해야 국익이 될까? 정답

은 시대에 맞는 외교 지혜, 기술 외교 기술력 필요하다. 지금 한국은 머뭇거릴 시간이 없다.

2. 청년 일자리

1) 청년 일자리 정책

〔2020.06.19. 정책제언 No.37〕

◑ 핵심 요약

① 임기 4년 차에 청년 일자리 창출 성과가 일자리 정부 성공을 결정한다.

② 청년 일자리 정책은 미래 먹거리와 지속적 경제성장 정책과 연계돼야 한다.

③ 청년들이 원하는 양질의 일자리는 정부 재정으로 만드는 일시적 아르바이트가 아니라 산업, 시장, 기업이 만들어내는 좋은 일자리를 말한다.

□ 현황

① 양질의 청년 일자리가 없다.

② 비정규직, 아르바이트, 단기적 불안정한 일자리만 양산하고 있다.

③ 청년은 생계, 취업을 스스로 모색해야 한다.

④ 신용불량과 사회 단절로 N포 세대가 늘고 있다.

⑤ 취준생, 불안정고용으로 Neet족이 늘고 있다.

　→ Not in Education, Employment or Training

⑥ 29세 미만의 청년 체감 실업률은 26.3%에 이른다.

□ 청년 정책 바람직한 방향

① 현실과 현장에 맞는 청년이 원하는 정책을 발굴해 추진해야 한다.

② 청년은 사회의 주체이며 미래 설계의 중심 세대다.

③ 청년 문제를 해결하기 위해 정부와 국회가 협력해야 한다.

④ 청년 정책을 체계적 추진하려면 청년기본법이 통과돼야 한다.

⑤ 청년 정책 입안 시 청년의 감수성을 반영해야 한다.

⑥ 청년들의 삶, 전반을 보장해야 한다.

□ 청년 일자리 정책 분류

▷ 복지 일자리 정책

　→ 사회적 약자를 위한 공공 일자리, 생계형 일자리 정책. 단기, 임시직 일자리는 재정을 투입해서 만드는 세금을 먹는 일자리다.

▷ 일자리 정부는 복지 일자리 정책에 집중하고 있다.

　→ 역대 정부의 실패 원인을 답습하고 있다.

→ 인, 관습, 감사를 하기 위한 요지부동이 문제다.

▷ 산업 일자리 정책

→ 신산업 육성을 통한 일자리 창출은 지속 가능하다.

→ 세금을 내는 일자리는 양질의 일자리 창출로 청년이 원하는 일자리다.

□ 역대 정부 청년 일자리 정책 실패 원인

① 아르바이트, 인턴 등 일자리 수에만 예산을 집중 투입했다.

② 청년들이 원하는 신산업에 의한 양질의 일자리 창출보다 일시적 일자리 늘리기와 취업 지원 정책에만 몰두했다.

③ 비경제활동 인구에 속한 청년들이 스스로 노동 시장에 진입하도록 유도하는 정책이 부족했다.

④ 청년 일자리 정책이 독립적으로 시행돼 산업 정책과의 연계를 통해 시너지 효과를 내지 못했다.

⑤ 역대 정부는 성과를 낸 일자리 정책 찾아보기 힘들다.

□ 일자리는 어디에 있나

① 전체 88%가 중소기업에 있다.

② 산업화 시대는 대기업 제조업이 일자리 창출의 중심이었다.

③ IT 시대는 IT 기업에 일자리가 있다.

④ AI 시대 AI 기업에 양질의 일자리가 있다.

□ 청년실업 악순환 구조

① 80% 이상이 대학에 진학한다.

② 고용 없는 저성장이 지속되고 있다.

③ 대기업과 수도권을 선호한다.

④ 대졸자 약 30만 명인데 대기업 취직 인원 3만 명이다.

　　→ 대기업의 공채가 사라지는 추세다.

□ **일자리 창출 조건**

① 노동 개혁

　　→ 노동시장 유연화, 대기업 노조는 기득권을 내려놔야 한다.

② 규제 완화

　　→ 4차 산업혁명에 맞춰 기존 제조업, 대기업 규제 완화, 수도권 규제를 완화해야 한다.

③ AI 산업 육성

　　→ 로봇, IoT, 헬스케어 산업을 육성해야 한다.

④ 교육 개혁

　　→ EduTech 교육은 필수다.

⑤ 일관된 일자리 정책

　　→ 친기업, 경영 환경 조성이 중요하다.

　　→ 양질의 일자리 창출에 집중해야 한다.

■ **제언**

① 일자리 예산 늘린다고 양질 일자리 늘지 않는다.

② 일자리 정책을 전환해야 한다.

　　→ 지금까지 사회적 약자 복지 정책에 가까운 노인 일자리 만들기에 집중해 왔다.

　　→ 지금부터는 정책을 청년들이 원하는 4차 산업혁명 신산업

신기술에 의한 양질의 일자리 창출로 전환해야 한다.

→ AI 시대 AI 산업 양질 일자리 창출에 집중해야 한다.

③ 공공 일자리 창출은 지양해야 한다.

→ 실물경제 활성화에 도움이 안 된다.

→ 청년들에게 취업 활동 의지를 저하시키고 있다.

→ 공공기관 인턴은 청년들의 경쟁력을 오히려 떨어뜨린다.

④ 임기 4년 차에 청년 일자리 창출 성과가 일자리 정부 성공을 결정한다.

⑤ 청년 일자리 정책은 미래 먹거리와 지속적 경제 성장 정책과 연계돼야 한다.

→ 중국 대기업은 산업별 집중 투자로 양질이 청년 일자리를 창출하고 있다.

⑥ 정부와 기업은 역할을 분담해야 한다. 정부는 일거리를 만들고, 기업은 일자리를 창출하면 된다.

→ 정부는 혁신과 규제 철폐의 촉진자 역할이다.

→ 기업은 프로젝트를 추진해 양질의 청년 일자리를 창출한다.

⑦ AI Simulation 분석 후 효율적 배분 투자해야 한다.

→ 총재정÷월급여=00만 명 식의 청년 단기 일자리 계산은 인제 그만둬야 한다.

→ 고용지표를 위한 분식용, 일회용, 티슈 청년 일자리 만들기는 멈춰야 한다.

⑧ 청년들이 원하는 양질의 일자리는 정부 재정으로 만드는 일시적 아르바이트가 아니라 산업, 시장, 기업이 만들어내는 좋은 일자리를 말한다.

→ 일자리 정책 방향을 시장, 기업 활성화 정책 집중에 맞춰

야 한다.

⑨ 대기업은 양질의 일자리를 감당할 수 있는 인력을 양성하지
않고 경력자를 채용하려고만 한다.

→ 대학과 협력해서 산업의 기술과 마케팅 등 산업 현장에서
필요한 핵심 인력을 길러낼 수 있는 일종의 직업학교, 직
업 사관학교처럼 충분한 경력을 쌓아 기업이 채용할 수 있
게 하는 System 구축이 시급하다.

2) 청년실업과 팬데믹

〔2020.06.23. 정책제언 No.39〕

◑ 핵심 요약

① 정부가 기업이 협력해야 경제가 활성화된다.
② 청년 일자리 정책은 지원금 위주에서 직업교육으로 전환해야
한다.
③ 정부는 중장기 정책을 마련한다.

□ 현황

① OECD 최고 청년실업률 21.9%다. (25~29세)
② 취업 절벽으로 내몰리고 있다.
③ 대기업 정기 채용 없애는 추세다.
④ 항공사 채용 Shut Down이다.
⑤ 107만 원 아르바이트 모집 경제 비율이 40.7:1이다.
⑥ 해외 취업 시장 Closed다.
⑦ 해외 취업자도 자발적으로 귀국하고 있다.
⑧ 청년 실업급여 신청이 38% 증가했다.
⑨ 평생 취준생 딱지 두려움에 떨고 있다.
⑩ 실업급여 신청에 좌절감을 느낀다.

□ 청년실업 요인

① 전체 실업률

→ 1% 오르면 청년 실업률은 20대 초반이 1.84%, 20대 후반이 1.23% 증가한다.

→ 실업률이 높으면 청년 취업은 훨씬 어려워진다.

② 청년인구 비중

→ 1% 오를수록 실업률은 오히려 감소한다.

→ 향후 청년인구 감소에 따라 실업률 늘어난다.

→ 청년 수 감소로 경제가 활력 잃으면 내수 침체가 일자리 감소로 이어지는 상충 논리다. 하지만 실제 회귀분석 결과 청년인구 비중 높을수록 실업률이 감소한다.

③ 임금근로자 비중 즉, 사회 전체 월급자 비중 높을수록 청년실업률 감소한다.

④ 경제성장률이 증가할수록 청년 실업률은 감소한다.

⑤ 고령화율이 높아질수록 청년실업률은 늘어난다.

□ **한·일 청년실업 비교**

▷ **청년실업률**

① 한 2012 7.5% 상승, 2019년 10%

② 일 2012년 8.1% 하락, 2019년 1%

▷ **1인당 일자리 수**

① 한 2012년 0.90% 하락, 2019년 0.6%

② 일 2012년 0.90% 상승, 2019년 1.60%

▷ **실업률**

① 한 2015년 3.4% 상승, 2020년 4.5%

② 일 2015년 3.6% 하락, 2019년 3.3%

□ 한·일 청년실업 문제 차이

① 양질의 일자리 부족

→ 한국 대기업 일자리 수 한정, 관공서 합쳐도 14.3%다.

→ 관공서 제외한 일본 대기업만 수만 24.3%다.

② 낮은 근로자 임금 수준

→ 한국 청년들은 중소기업을 회피한다. 임금, 지방, 사회 인식 때문이다. 하지만 일자리 88%는 중소기업에 있다. 중소기업에 대한 청년 선호도 5.3%에 그치고 있다.

→ 하지만 강소 중소기업은 선호한다. 기술을 배우고 처우가 좋고 시장 경쟁력이 있기 때문이다.

□ 청년실업 문제 원인

① 개개인 능력 탓이 아니다.

② 양질의 일자리가 부족하기 때문이다.

③ 백수를 선택한 청년들의 현실적 의지가 반영된 결과다.

→ 부모들도 대기업 입사를 희망하고 있다.

④ 기업도 어려운 경영 환경으로 청년 인력 채용에 부담을 안고 있다.

⑤ AI 시대 청년들은 업무 능력을 습득하지 못해 도태되고 있다.

□ POST CORONA 이력현상(履歷現象) 준비해야 한다.

① 실업자들이 기술 습득을 하지 못하고 있다.

→ 업무 Skill 습득하지 못해 평생 실업 위기에 직면했다.

→ 업무 완성도가 떨어져 우선해서 해고 대상이 된다.

② 기존 노동자 방해

→ 사용자 협의를 통해 실업 노동자의 취업을 막고 있다.

→ 노동조합 이기주의가 문제다.

③ 정부의 정책

→ 최저임금, 주 52시간

→ 친노조, 반기업 정책

→ 고용보험 정책 실업급여, 청년수당

④ 기존 취업자 보호 치중으로 기업들은 신규 채용을 꺼린다.

※ 이력현상=히스테리시스=Hysteresis=코로나가 사라졌는데도 실업률이 낮아지지 않는 현상을 말한다.

□ 청년실업 정책 실효성 밀도 있게 따져 봐야

① 청년 고용대책 과거도 현재도 집행되는데 청년실업률은 오히려 계속 증가하는 경향이다.

② 청년 수당은 지원금인지 용돈인지 효율성이 없다.

③ 각종 취업 지원 교육 업체들만 돈 벌고 있다.

④ 각종 단순 프로그램 취업 교육은 도움이 되지 않는다.

■ 제언

① 정부와 기업이 협력해야 경제가 활성화된다.

→ 일자리는 기업이 만든다.

→ 세금 내는 일자리 창출이 중요하다.

→ 지속 가능한 일자리를 늘려야 한다.

→ 친기업 정책으로 전환해야 한다.

② 청년 일자리 정책은 지원금 위주에서 직업교육으로 전환해야

한다.

　→ 기업은 프레젠테이션 잘하는 인력보다는 실무 적응 능력
　　이 있는 인력을 선호한다.

　→ 물고기를 잡아 주지 말고 잡는 방법 알려줘야 한다.

　→ 청년의 직무교육과 직업교육을 확대해야 한다.

　→ 직업훈련의 질을 높여야 한다.

③ 정부는 중장기 정책을 마련한다.

　→ 단기, 임시 일자리 정책, 고용통계 맞추기 위한 티슈형 일
　　자리 만들기 정책 몰입은 그만둬야 한다.

　→ 정부는 장기적 관점에서 청년 일자리 대책을 마련해야 한다.

④ 지원 프로그램으로만 해결할 수 없다. 노동시장 전체의 구조
변화를 시켜야 한다.

　→ 유연 안전성(Flexicurity)을 높여야 한다.

　→ 사회 안전망과 복지 정책으로 보호해야 한다.

⑤ 신산업에 의한 양질의 일자리를 만들어야 한다.

　→ 청년들이 원하는 일자리는 좋은 일자리다.

　→ 미래 신산업에 집중해야 한다.

　→ 정부는 AI 벤처 붐을 조성해야 한다.

⑥ 지방정부와 연계해 활발한 공공직업훈련을 해야 한다.

　→ AI 중심도시 광주, AI 사관학교

　→ 산, 학, 관이 협력해 지방중소기업을 지원해야 한다.

⑦ 코로나가 해결된다고 청년실업률은 쉽게 호전되지 않을 것이
다. 민간기업 주도로 산업 구조 재편해야 해결할 수 있다.

　→ 산업 정책과 연계해야 한다.

　→ 제조업 중심에서 Digital Transformation 산업으로 재편

해야 한다.

→ 1970~1980 중화학 재편, 1990~2000 대기업 빅딜

→ AI 시대, 4차 신산업 산업으로 재편해야 한다.

⑧ 전통산업, 주력산업, 신산업의 삼위일체가 돼야 경쟁력을 향상해 청년 양질의 일자리를 창출할 수 있다.

→ 전통 : 조선, 철강, 기계

→ 주력 : 자동차, 반도체, 스마트폰, 디스플레이

→ 4차 : 5G, AI, Robot 등

⑨ 인력 질 Mismatch 해결 혁신적 정책 입안해야 한다.

⑩ 대기업

→ 인력 투자 대비 성과를 중요시한다.

→ 해당 전문 분야 3년 이상 경력자를 선호한다.

→ 과거는 인력 양성에 투자했다.

→ 현재는 배워서 오라는 분위기다.

→ 원하는 인재 드물다.

⑪ 중소기업

→ 3년 정도 가르치면 대기업으로 전직하는 게 문제다.

→ 일자리 많은데 대졸자들이 입사를 꺼린다.

⑫ 취준생

→ 대기업과 공기업을 선호한다.

→ 실무 경험이 미천하다.

→ 사회적 인식과 주변의 기대, 여친(女親) 등 복잡하다.

→ 공무원 준비를 한다.

→ 학교와 기업이 연계 교육으로 인재를 양성해야 한다.

3) 정규직 비정규직 차별 해법

〔2020.07.04. 정책제언 No.45〕

◑ 핵심 요약

① 정규직 vs 비정규직 차별 문제의 본질 일자리 감소, 일자리 전체 문제다.

② 비정규직 문제는 정규직 문제와 연결되어 있다.

③ 기업은 비정규직 선호한다. 무리한 정규직 전환은 자칫 불공정 편법적인 고용 형태를 야기할 가능성을 경계하고 있다.

④ 정규직 전환만이 유일한 해결책이 아니다. 인식을 전환해야 한다.

⑤ 유럽 선진국은 비정규직 늘리기보다는 정규직을 늘리고 파트타임으로 일하게 하는 대신 월급을 줄이는 정책으로 비정규직 문제를 해결하고 있다.

□ 이유

① 생산성≠노동비용 등가성

→ 생산성 감소가 노동비용을 증가시킨다.

→ 경쟁력 약화가 일자리를 감소시킨다.

② 등가성 파괴의 주범 : 대기업 정규직 강성 노조

→ 과보호 노동법

→ 땜질 경영 : 노조 달래기

③ 임금 체계와 노동비용 상승

→ 생산성을 무시한 호봉 체계

→ 매년 오르는 연공 체계

→ 정년 보장과 철밥통

□ 특징

① 전체 노동자 절반에 육박한다.

→ 스페인과 일본은 1/3이다.

② 고용이 불안한 비정규직이다.

→ 한국은 언제든 해고 위험에 노출되어 있다.

→ 선진국은 시간제 노동자를 선호한다.

→ 개인 시간에 맞게 선택이 자유롭다.

③ 임금 격차가 크다.

→ 정규직은 4대 보험이 적용된다.

→ 비정규직은 30~40%만 혜택을 받고 있다.

□ 기업

① 비용 증가를 협력업체에 전가한다.

② 정규직의 신규채용을 축소한다.

③ 비정규직 선호한다.

□ 강성노조

① 정규직 이익만 고수한다.

② 정부와 경영계를 압박한다.

③ 기간 제한 규제법 제정한다.

□ 기간 제한 규제법

① 불필요한 계약해지로 채용이 반복된다.

② 생산성 감소가 노동비용 증가로 이어진다.

③ 비정규직 등가성도 파괴 → 일자리 자체가 없어진다.

□ 정규직 vs 비정규직 차이

▷ 정규직

① 계약 기간이 정확히 없다.

   → 퇴사, 사망, 해고되면 계약이 종료된다.

② 상대적으로 많은 연봉을 받는다.

③ 퇴직금, 연차 등 근로기준법을 따른다.

▷ 비정규직

① 정해진 계약 기간이 있다.

   → 근로계약서에 따라 계약 기간이 만료한다.

② 임금 수준이 낮게 책정된다.

   → 일시적, 비전문성인 업무에 배정된다.

③ 퇴직금, 연차는 근로기준법 따른다.

   → 1년 이상 근무하면 퇴직금이 지급된다.

□ 정규직 vs 비정규직 임금 격차

① 2019년 월평균

   → 정규직 : 361만 2,000원

   → 비정규직 : 164만 3,000원

② 월급 차이 해마다 격차 벌어짐

   → 2010년 : 143만 3,000원

→ 2014년 : 181만 8,000원

→ 2018년 : 192만 2,000원

→ 2019년 : 196만 9,000원

③ 공공기관 363곳(부설 포함)

→ 정규직(일반직) : 6,808만 원

→ 비정규직(무기계약직) : 3,864만 원

월평균 차이 : 2,944,000원

※ 출처 : 공공기관 알리오

□ 정규직 vs 비정규직 문제

① 같은 노동을 제공하나 대우는 차별받고 있다고 생각한다.

② 무기계약직과 계약직은 직원 처우 개선 목소리가 높다.

③ 대기업, 공공기관의 정규직은 과보호로 원천적 불공정이다.

□ 비정규직 제도화

▷ YS 정부 : 신노사 관계 구상

① 정리해고 합법화

② 파견 근로 등 노동시장 유연화 정책

③ 노동법 날치기통과(1996.12)

▷ 1997년 외환위기

① 일자리 사라지고 실업률 폭증했다.

② 비정규직 대폭 증가했다.

③ 대기업의 비정규직 활용이 증가했다.

▷ 비정규직 문제 심각

① 기업이 비정규직을 남용하고 있다.

② 노동 활동 인구 대비 40% 수준이다.

→ 자영업자, 특수 고용, 사내 하청을 합하면 1,000만 명이다.

③ 사회 양극화 현상이 심화하고 있다.

▷ **비정규직에 대한 인식**

① 낮은 임금(69.7%)

② 혹독한 근로 조건

③ 차별 시선, 불안정 신분

▷ **참여정부(2007.7)**

① 기간제 및 단시간 근로자 보호 등에 관한 법률

② 파견근로자보호 등에 관한 법률

③ 노동위원회 관련법

▷ **문제점**

① 기간제, 계약직 근로자가 2년 이상 근무하면 기업주는 정규직으로 전환해야 한다.

② 정규직 동일, 유사 직무 수행하는 비정규직이 정당 이유 없이 차별을 노동위원회에 시정 요구할 수 있게 법제화했다.

③ 실제 노동 현장과 차이로 인해 사용주는 2년 내 해고한다.

□ **비정규직 Issue**

① 부족한 고용 안전망

② 정규직 채용 기피 심각한 청년 취업난

③ 저출산 고령화 여파

□ **비정규직 분류**

① 단시간 근로자

→ 같은 사업장 내의 같은 업무 종사 통상근로자 일주일 근무 시간 최대 40시간보다 짧게 근무하는 근로자

② 파견 근로자

→ 파견 사업주가 고용 후 고용 사업주를 위해 근로 종사하는 근로자

③ 기간제 근로자

→ 기간제 근로계약 체결 근로자

□ **문 정부 비정규직 공공부문 ZERO**

① 기간제 : 정규직 전환 → 정규직 전환 심의위원회

② 파견+용역 : 정규직 전환 → 노사 및 전문가 협의

③ 무기계약직 → 인사시스템 체계화

■ 제언

① 기업은 비정규직 선호한다. 무리한 정규직 전환은 자칫 불공정 편법적인 고용 형태를 야기할 가능성을 경계하고 있다.

② 정규직 전환만이 유일한 해결책이 아니다. 인식을 전환해야 한다.

③ 유럽 선진국은 비정규직 늘리기보다는 정규직을 늘리고 파트타임으로 일하게 하는 대신 월급을 줄이는 정책으로 비정규직 문제를 해결하고 있다.

→ 노동시장의 유연성 도입으로 경제 개혁 성공한 독일 스웨덴 정책을 배워야 한다.

→ 한국은 파트타임보다는 정규직과 비정규직으로 양분. 같

은 노동을 해도 월급과 대우의 큰 차별로 노동자들끼리도 정규직 비정규직 확실한 구분을 하고 있다.

④ 실직자 재교육과 보호 강화인 노동 유연 안정성 (Flexicurity) 정책을 추진해야 한다. Flexibility+Security
 → 근로자에게는 실업급여, 재취업 등 안정성을 제공해야 한다.

⑤ 노동유연성을 추진해야 한다.
 → 시장에서 다양한 고용 형태의 경쟁을 통한 결과 노동의 질을 높이고 경제 발전시키는 원동력이다.

⑥ 비정규직 처우 개선 입법 과제다.
 → 비정규직 2년 후 정규직 고용 의무 해제다.

⑦ 월급의 양극화는 삶의 양극화로 연계된다.
 → 고용 안정성 낮은 비정규직에 급여를 더 줘야 한다.

⑧ 정규직에 대한 과보호를 철폐해야 한다.
 → 대기업 노조는 기득권 내려놓고 양보해야 한다.

⑨ AI 시대 일자리 변화에 대비해야 한다.
 → Project에 따라 Team이 구성되고 종결되면 해체한다.
 → 세계 어디든 장소, 시간 구애받지 않는 노동 시대가 왔다.
 → 정규직은 없어지고 비정규직도 없어진다.
 → 필요에 따라 일을 한다.
 → Pay 기준은 능력과 성과에 따라 결정한다.

⑩ 비정규직 정책 추진으로 생산성과 노동 비용의 등가성을 회복해야 한다.
 → 비정규직 기간 제한 규제 풀어 노동 비용을 낮춰야 한다.

⑪ 비정규직 철폐 시 고려 사항
 → 늘어나는 인건비 누가 부담할 것인지

→ 노노 갈등 해소 어떻게 할 것인지

→ 공공과 민간의 형평성 문제를 어떻게 해결할 것인지

→ 청년 일자리 문제를 어떻게 해결할 것인지

⑫ 정규직 고용과 임금 체계 유연성을 회복해야 한다.

→ 생산성 평가 따른 해고가 돼야 한다.

→ 생산성과 임금 체계 연동해야 한다.

→ 공공기관부터 성과형 임금제도를 도입해야 한다.

→ 민간기업이 유도 역할을 해야 한다.

⑬ 비정규직 해법으로 유연성 억압과 안정성 강화다.

→ 노사합의 공동 결정 원칙, 노동시장 정리해고 허용, 자의적 정리해고는 불가다.

→ 비정규직 동등 처우 원칙, 임금 안전성 보장이다.

→ 파견노동자 파견업체가 정규직 고용 파견 기간에도 사용 업체 단체협약 때문에 비파견 대기 기간에도 임금을 보장한다.

→ 관대한 실업급여제, 적극적 노동시장 정책을 실행한다.

→ 구직 기피 부정 효과, 최소 시간 갖고 직업 찾는 긍정 효과 강화해야 한다.

→ 관리된 유연성은 이해 당사자들 간 Win-Win 게임이다.

⑭ 상시적 업무, 생명의 안전을 담보하고 사용업체 정규직 고용 비상시적 업무, 비정규직 고용을 허용, 노동시장의 유연성을 확보하고 고용 소득 안정성은 사회적으로 보장해야 한다.

→ 정부가 비상시적 업무 수요 공급 총량을 관리해야 한다.

⑮ K-AI 비정규직 관리시스템 구축해 운영해야 한다.

→ 맞춤형 교육훈련

→ 일자리 중개 서비스 제공

→ 비정규직 종사자에게 미래 일자리 Plan을 제공해 삶의 희망을 줘야 한다.

⑯ 21대 국회 동일노동=동일임금 원칙 법제화해야 한다.

4) K-농업테크 산업과 청년 일자리

〔2020.07.01. 정책제언 No.42〕

◑ 핵심 요약

① BigData 기반의 K-영농지원 서비스를 구축해야 한다.

② 인공위성을 통해 수집한 기상분석 데이터를 기반으로 야채 재배 적지 서비스 제공이 가능하다.

③ 농업 현장 데이터 기반의 농업 연구를 강화하고 연구 성과와 데이터를 기업과 공유해야 한다.

④ AgriTech를 통한 일자리 창출 정책 수립을 추진해야 한다.

⑤ 디지털 뉴딜의 한 축으로 농업의 BPR이 꼭 필요하다.

□ AgriTech : 농업테크, 어그테크, AgTech

※ 어그테크 AgriTech=Agriculture+Technology

▷ 미래농업과 일자리 창출

① 인구 감소와 고령화 대안이다.

　　→ 농부 65살 이상이 42.5%를 차지한다.

② 노동은 줄이고 생산량은 늘린다.

③ Digital 강소농으로 가는 Solution이다.

④ AI, IoT, Drone, 농업용 Robot을 활용한다.

⑤ 농기계업체, 식품회사, IT 회, Robot Venture가 등장한다.

□ 스마트팜 : Smart Farm, 똑똑한 농업

① 농기술에 ICT, Bigdata를 활용한 지능화된 농장이다.

② IoT 제어로 온도, 습도, 햇볕, CO_2 등을 측정 분석한다.

③ 농작물에 가장 적합한 생육 환경을 조성한다.

④ 에너지 절약과 노동 인력 감소를 한다.

⑤ 생산, 유통, 소비 측면에서 효율성이 높아진다.

▷ 스마트팜 효과

① 농촌의 일손 부족을 메운다.

② New 농촌과 젊은 농촌이 된다.

③ 노동시간 감소로 소득이 증가한다.

④ 스마트팜 농업 컨설팅으로 일자리가 창출된다.

□ 2018년에 발표 혁신 밸리 조성 중간 추진상황 점검

① 기존 평창, 제천 외, 김제, 괴산, 고흥, 상주를 지정했다.

② 청년 스마트팜 500명을 양성한다.

③ 축산 스마트팜 5,750호를 육성한다.

④ 청년창업보육센터를 개소한다.

⑤ 2023년 7,000ha 37,609명, 2028년 10,000ha 41,936명 일
자리 창출한다고 발표했는데 진행 상황을 점검해야 한다.

▷ 선진국 사례

① 네덜란드

→ Christensen 농장, 축구장 8개 온실농장, 농업 생산 혁명
실천

② 미국

→ 살리나스 밸리, 도심 Vertical Farm, City 채소공장 운영

→ 년 1천 톤 채소 생산

③ 일본

    → 베지드림 쿠리하라 농업생산법인, 아이즈와카마츠 야채공장

    → IoT 활용 쌀 생산 15% 증산, 벼농사 식물공장 운영

④ 벨기에

    → Hortiplan 식물 공장

    → 재배 베드 자동이송 시스템 MGS=Mobile Gully System

    → 자동이식 Robot, 자동재식거리조정방식, 중앙수확체계 운영

☐ **AI AgriTech Robot : IoT+Bigdata+Robot**

▷ 도입 필요성

① 농작물 생육 상태 지속 관리한다.

② 병충해와 기후 변화에 적극 대처한다.

③ 초고령화 사회에 노동력이 부족하다.

④ 생산성 향상으로 식량 문제를 해결한다.

▷ AI 시대 농사 기법 패러다임 변화

    → 대형 농기계 트랙터, 콤바인에서 Small AI Robot로 전환
    된다.

▷ 대형 영농 방식 폐해는 트랙터와 콤바인을 이용하기 때문

① 토양이 황폐화한다.

② 온실가스 배출된다.

③ 대형 농기계 가격이 고가다.

④ 농민들 비용 부담이 가중된다.

⑤ 투자 대비 생산량이 미미하다.

▷ 소형 AI 농업용 Robot 활용으로 카메라, Image Data 분석 수집
해 AI 농사법에 활용

① 농업용 로봇 플랫폼 기반이다.

② 잡초 제거 제초제 등 전문 작업에 투입한다.

③ 모종, 씨앗 뿌리는 소형로봇이 담당한다.

④ 병충해, 농작물 생육을 분석한다.

⑤ FaaS 서비스 사업 모델이다. FaaS=Farm as a Service

⑥ 화학비료, 온실가스를 95% 줄일 수 있다.

⑦ 농사 비용의 60%를 줄일 수 있다.

⑧ 생산량과 매출을 최대 40% 향상한다.

□ 도심 로봇 농장 : 로봇 운영 자동화 농장, 자율 로봇 농장

▷ 필요성

① 생산자와 소비자가 근접한다.

② 도심에 있어 유통이 편리하다.

③ 신선한 야채를 즉시 공급할 수 있다.

④ 농민의 고령화 대책으로 필요하다.

▷ 자율 농업 로봇

① 이동형 로봇은 다양한 채소를 트레이에 싣고 이동한다.

② 로봇 팔이 작물 종류와 생육 정도에 따라 파종이 가능하다.

③ 각종 작물은 수경재배 방식으로 AI S/W가 작동한다.

④ 자율주행 소형 AI 트랙터는 GPS, 영상카메라, 레이더 장착으로 원격제어 농사가 가능하다.

▷ 외국 사례

① 미국 : 무인 자율주행 트랙터를 이용하고 있다.

② 일본 : 무인 이양기, 제초 로봇이 실용화 단계다.

③ 독일, 캐나다, 프랑스 : 무인 농업용 AI 로봇을 활용한다.

□ Drone과 Smart 농업

▷ 농업용 드론의 장점

① 실시간 맵핑

→ 토양 상태 측정하고 3D 제작이 가능하다.

→ 파종 효율이 증대해 비용이 절감된다.

② 파종

→ 종자와 양분을 동시에 뿌릴 수 있다.

→ 노동 인력 감소로 파종 비용이 절감된다.

③ 살포

→ 지형, 식물 키(높이) 분석으로 최적의 고도에서 정확한 양의 농약만을 살포한다.

→ 트랙터보다 5배 빠르고 약품 비용이 절감되고 수질 오염을 방지하는 효과가 있다.

④ 작물 모니터링

→ 체계적 작물 모니터링으로 수익성이 향상되고 Risk 관리가 가능하다.

⑤ 생육 상태 측정

→ 작물의 감염 부위와 수분 부족 부위, 성장 속도, 주변 생육 환경 등 파악이 가능하다.

→ 컬러 코딩을 통해 사용자가 농지의 병충해를 쉽고 빠르게 확인해 피해 확산을 방지할 수 있다.

▷ 농업용 드론 산업

① 드론 산업 농업용 시장 확대

→ 고기능 카메라, 배터리, 모터, 프로펠러 등 부속품 산업이 동

반 발전한다.

② 모터의 소형화, 배터리 성능 개선, 추가적 개발에 따른 관련 시장의 확대다.

→ 드론 산업 발전에 따라 양질의 청년 일자리를 창출할 수 있다.

□ **Post Corona 식량 문제 중요한 Issue 식량 안보 위기 대비 해야 한다.**

① 4차 산업혁명 시대 농업 분야의 혁신은 AgriTech 전환만이 한국 농업의 살길이다.

→ 단기적 현안 : 농식품 분야의 수급 체크다.

→ 장기적 현안 : 중장기 식량 수급 정책이다.

② 한국 곡물 자급률 23%, 쌀 104.7%, 보리 24.6%, 옥수수 3.7%, 밀 0.9%다. 세계 평균은 101.5%이다.

■ 제언

① BigData 기반의 K-영농지원 서비스를 구축해야 한다.

→ 청년층을 흡수해 일자리 창출이 가능하다.

② 인공위성을 통해 수집한 기상 분석 데이터를 기반으로 야채 재배 적지 서비스 제공이 가능하다.

→ AI와 Bigdata 활용하면 농업 하기 좋은 환경 조성이 가능해 청년 일자리 창출을 할 수 있다.

③ 농업 현장 데이터 기반의 농업 연구를 강화하고 연구 성과와 데이터를 기업과 공유해야 한다.

→ AgriTech 관련 산업 육성에 따른 일자리 창출이 가능하다.

④ K-농업 컨설팅 프로젝트와 농업 컨설팅 산업의 육성이 가능하다.

→ 신규 청년 일자리 창출을 할 수 있다.

⑤ 농업 분야의 디지털 전환을 유도해 연구개발 사업에 선택과 집중 투자해야 한다.

→ 농업 R&D 분야에서 청년 일자리 창출을 할 수 있다.

⑥ Post Corona 시대는 산업이 Big Change되고 Big Blur(빅블러) 산업 간 경계가 허물어진다.

→ AI, AgriTech 기술 발전으로 Big Challenge 기회가 생긴다. 예) 식물성 고기 Plant based meat

→ 새로운 산업 분야에서 양질의 청년 일자리 창출이 된다.

⑦ 농업용 로봇산업 육성을 통한 연관 산업 발전이 된다.

→ 농업 컨설팅, 로봇업체, 빅데이터 분석 기업이 생긴다.

→ 신산업 농업 로봇 분야에 양질의 청년 일자리가 창출된다.

⑧ AgriTech를 통한 일자리 창출 정책 수립을 추진해야 한다.

→ 중앙정부는 청사진과 로드맵을 수립해야 한다.

→ 지방정부는 지역 특색에 맞는 전략을 입안해야 한다.

⑨ AI 시대 신산업 분야인 AgriTech 산업을 육성해야 한다.

→ 청년이 원하는 AI+X 관련 양질의 일자리를 창출해야 한다.

⑩ 한국의 전체 농업 데이터를 표준화해야 한다.

→ 모든 농업 생산자가 활용하기 쉽게 정리돼야 한다.

→ 전 농토에 IoT 설치해 농사 데이터를 수집하고 분석해 K-AgriTech System을 구축해야 한다.

→ Data 분석, 표준화 관련 양질의 청년 일자리를 창출해야

한다.

⑪ 우수한 K-농작물 License Business 수출해야 한다.

→ 농산물 생산 수출하는 Made in Korea에서 Made by Korea로 전략을 바꿔야 한다.

→ 라이센스 사업 관련 양질의 청년 일자리 창출이 가능하다.

⑫ 전국적으로 청년 드론 방제단을 만들어야 한다.

→ 병충해 방제에 효율성이 향상된다.

→ 인건비를 줄일 수 있다.

→ 농가 소득이 증대된다.

→ 청년 일자리를 창출할 수 있다.

⑬ 디지털 뉴딜의 한 축으로 농업의 BPR이 꼭 필요하다.

→ 농업 종사자는 AI와 IoT를 활용해야 한다.

→ 전체 농업에 있어 업무 프로세스 혁신이 필수 불가결이다.

→ BPR, Consulting 관련 양질의 청년 일자리 창출해야 한다.

※ BPR = Business Process Reengineering

3. 양질의 일자리 창출

1) 광주형 일자리 해법

〔2020.04.22. 정책제언 No.8〕

◑ 핵심 요약

① 사회적 대타협이 필요하다.

② 본질적으로 광주가 해결하기 어렵다. 그렇다면 어떻게 해야 할까. 발상의 전환과 역발상, 창의적 전략, AI 활용으로 기존 사업을 바꿔야 한다. 대안으로 광주형 AI 일자리다.

■ 제언

▷ 광주형 일자리 문제점

① 자동차 공기업

→ 한국의 자동차 생산량은 세계 7위다

→ 광주광역시 자본금 21%(590억 원), 광주광역시가 최대 출자 기관이다.

→ 공기업이 나설 분야가 아니다.

② 생산 물량에 대해 소비할 시장이 없다.

→ 연 7~10만 대 경차를 생산한다.

→ 경차 수요는 감소 추세다.

③ 가격 경쟁력이 없다.

→ 인도 공장에서 생산 100만 대, 광주 공장 생산 10만 대다.

→ 인도는 한국의 인건비 16% 수준이다.

→ 생산 단가에서 차이가 발생한다.

④ 자본 유치

→ 광주형 일자리 7천억 원이다.

→ 자본금 2,800억 원, 21%는 광주시, 19%는 현대차, 60% 1,680억 원은 어디서? 168억 원 광주시민, 1,512억 원? 산은(공적자금)

⑤ 품질 관리

→ 현대차 자사 차량 품질 관리, 하도급법 위반이다.

⑥ 임금 격차

→ 주택 지원, 자녀 교육 지원 등은 국민 세금이다.

⑦ 사회적 대타협

→ 노동계 반발, 한총은 현대차 경영이 불만이고 현대자동차 노조가 반발하고 시민단체도 반발하고 있다.

⑧ 2014년 윤장현 전 시장 공약으로 명목상으로 기존 자동차 생산직 임금의 절반 수준인 공장을 광주에 만들어 지역 경제를 활성화하자는 취지였다.

⑨ 문제점 ①, ④, ⑤, ⑥, ⑦을 해결한다고 해도(현재 ⑦ 문제) ② 경차 생산 물량 글로벌 자동차 시장 Trend가 변하는데 경쟁력 있을까? ③ 가격 경쟁력을 극복할 수 있을까. 즉, ②, ③은 본질적으로 광주가 해결하기 어렵다. 그렇다면 어떻게 해야 할까. 발상의 전환과 역발상, 창의적 전략, AI 활용으로 기존 사업을 바꿔야 한다. 대안이 광주형 AI 일자리다.

2) 신산업에 의한 양질의 일자리 창출 정책으로 전환해야

〔2020.06.30. 정책제언 No.41〕

◑ 핵심 요약

▷ 청년 일자리 창출 성공조건

① 기존 일자리 정책을 전환해야 한다.

② 우선순위 선정, 선택과 집중해야 한다.

③ 민간기업의 참여를 이끌어야 한다.

□ 청년 일자리 부족

▷ 청년 일자리 현황

① 청년 체감실업률 26.3%, 실업률 4.5%, 청년 10.3%다.

② 임시, 단기 일자리만 양산하는 일자리 정책이다.

③ 극심한 취업난에 고통받고 있다

▷ 청년층 위상

① 코로나 청년 세대는 샌드위치 신세다. 노년층에 치이고 기성 세대에 밀린 신세다.

② 경기 침체에 일자리 없다.

③ 팬데믹으로 취업 문턱은 '넘사벽'이 된 지 오래다.

▷ 취준생

① 불확실한 미래가 불안하다.

② 안정적 직장을 원한다.

③ 대기업과 공시 준비로 인해 치열한 삶을 살고 있다.

▷ **청년 정규직 현황**

① 첫 직장에서 정규직의 비율은 57%다.

② 단기 계약직은 24.7%다.

③ 정규직 될 확률은 11.1%다.

　→ 비정규직 3년 비율이 OECD 50%에 비해 한국은 22%다.

▷ **정부 청년 일자리 정책**

① 말로만 일자리 창출을 외치고 있다.

② 막대한 재정 투입하고 있지만, 성과를 못 내고 있다.

③ 공공 일자리 창출에 집중하고 있다.

▷ **청년이 원하는 일자리**

① 양질의 일자리, 지속 가능한 일자리, 미래 산업 일자리

　→ 대기업과 공기업을 합치면 14.3%다.

　→ 안정되고 '칼퇴근'하며 4대 보험이 보장되어야 한다.

② 중소기업의 일자리는 회피한다.

③ 정규직만 선호한다. 취준생 비율의 36%가 공시족이다.

■ 제언

① 청년 일자리 창출 역할을 분담해야 한다.

▷ **정부 : 일거리 발주해야 한다.**

　→ 청년 일자리 정책 돌아봐야 한다.

　→ 일자리는 일거리에서 나온다. 일거리를 발주해야 한다.

　→ 재정 투입을 해야 만드는 임시, 단기 아르바이트성 일자리에
　　서 미래 산업과 지속 가능한 일자리 창출에 집중해야 한다.

→ 성과 나오지 않는 정책은 과감히 폐기해야 한다.

→ 각 부처별 1~2개 선정해 선택과 집중해 추진해야 한다.

→ 일거리 생태계를 조성해야 한다.

→ 기업 하기 좋은 환경을 구축해야 한다.

→ 제도적 인프라 구축에 힘써야 한다.

→ 플랫폼 사업에 규제를 없애야 한다.

▷ **국회 : 규제 철폐**

→ 디지털 전환 시대 맞아 입법으로 지원해야 한다.

→ AI 시대 맞는 법규를 입법해야 한다.

→ 친기업, 친시장 정책으로 지원해야 한다.

→ 원격의료를 허용해야 한다.

▷ **기업 : 청년 일자리 창출**

→ 정부가 발주한 일거리 Project를 수행하고 청년에게 맞는 양질의 일자리를 창출해야 한다.

→ 민간 투자를 활성화해야 한다.

→ 기술개발로 제품 경쟁력을 확보해야 한다.

→ 생산과 효율성을 높여야 한다.

→ 글로벌 시장을 공략해야 한다.

→ O2O 플랫폼 기반으로 일자리를 창출해야 한다.

② 청년 일자리 정책 입안자

→ 일자리 창출에 있어 전문성을 갖춰야 한다.

→ 기술 Trend와 변화를 이해해야 한다.

→ 산업 현장에 대한 경험이 있어야 한다.

③ 한국판 뉴딜의 핵심

→ 청년 일자리 창출 서둘러야 한다. 주어진 시간이 없다. 실

제 주어진 시간 9개월 정도다.

→ 2020년 8월 조직 구성하고 4/4분기 추진, 집행, 2021년 1/4 성과를 내야 한다. 2021년 2/4 가시성과 내야하고 2201년 3/4부터는 차기 대권 정국에 돌입한다.

④ 청년 일자리 창출 효과다.

→ 코로나 극복과 경기 활성화에 기여한다.

→ 미래 산업 선점과 인재 양성이다.

→ 한국 경제의 미래 먹거리 확보다.

⑤ 청년 일자리 창출 추진이다.

→ 민간이 주도하고 정부는 촉진자 역할을 해야 한다.

→ 중장기 일자리 창출 토대로 정책을 집행해야 한다.

⑥ 청년 일자리 창출 걸림돌이다.

→ 아날로그적 방식과 사고는 버려야 한다.

→ 이해관계자 간 갈등과 저항이다.

→ 낡은 규제와 관습, 과거 지향적 행정력은 철폐해야 한다.

⑦ 청년 일자리 창출 방향이다.

→ 단기, 임시적 추진을 지양해야 한다.

→ 지속 가능하도록 민간기업과 연계돼야 한다.

→ 미래 산업에 양질의 일자리가 있다.

⑧ 청년 일자리 창출 성공조건이다.

→ 통합 정부를 구축해 유기적 협력 체계 갖춰야 한다.

→ 우선순위를 선정해 선택과 집중해야 한다.

→ 민간기업의 참여를 끌어내야 한다.

⑨ 양질의 청년 일자리 창출 밀어붙일 수 있는 정부의 강력한 의지와 실행력, 정권의 책임감이 절실하다.

⑩ 청년 일자리 창출 사고가 전환돼야 한다. 창의성과 관습 철폐, 과감한 혁신이 필요하다.

⑪ 실효성, 성과 위주로 정책을 펴야 한다. 버릴 정책은 과감히 포기하고 결과 위주로 집행해야 한다.

→ 각 부처별 1~2개를 선정해 집중 추진해 성과를 내야 한다.

⑫ 청년 일자리 창출 집행에 있어 과감성, 민첩성이 필요하다.

→ 컨트롤타워는 책임감, 절박감, 사명감이 있어야 한다.

⑬ 정부가 주도하는 사업은 한계가 있다. 기업의 협력과 참여가 필수다.

→ 각 Project별 기업과 협력하는 방안을 모색해야 한다.

→ 반기업 정책은 폐기해야 한다.

→ 친기업 환경을 조성해야 한다.

⑭ 청년 일자리 창출 정책은 산업 정책, 디지털 뉴딜정책과 연계해야 한다.

⑮ 청년 일자리 창출

→ 노동 개혁 : 시장 유연화, 대기업 노조 기득권을 철폐해야 한다.

→ 규제 개혁 : 신산업, 제조업 등 전방위로 개혁해야 한다.

→ 교육 개혁 : 언택트 교육과 AI 맞춤형 교육을 해야 한다.

→ AI 활용해 원격산업을 육성해야 한다. 원격의료, AI 로봇

→ 정책의 일관성을 유지하고 일자리 창출에 집중해야 한다.

⑯ 청년 일자리 창출 정책은 정권 사업이 아니라 장기 국가 Project로 추진돼야 한다.

→ 역대 정부 지난 20년의 청년 일자리 정책 실패를 반면교사로 삼아야 한다.

→ 단기 성과를 위한 임시, 단기, 아르바이트는 청년 일자리가
  아니다.
→ 재정을 신산업에 의한 일자리 창출에 투입해야 한다.
→ 세금 내는 일자리를 창출해야 한다.
→ 단기 일자리 통계 수치는 의미 없다. 집착을 버려라.
→ 청년 일자리 창출 정책은 장기적 안목으로 진행돼야 한다.

3) 산업 대국 독일 히든 챔피언, 청년 일자리 창출 배우기

〔2020.07.08. 정책제언 No.49〕

◐ 핵심 요약

① 정부에서 추진했던 한국형 Hidden Champion 육성 프로그램 대한 성과 및 평가를 점검해야 한다.
② 기업 승계와 세제 제도를 개편해야 한다.
③ 중소, 중견 기업 친화적인 정부 지원 정책과 혁신 체계를 배워야 한다.
④ 직업훈련, 평생학습 체계, 산학 연계 직업훈련 체계를 배워야 한다.
⑤ 유사 업종 산업 클러스터 중소기업, 대기업 간 산업 협력 네트워킹 배워야 한다.

□ 독일 경제
▷ 산업 강국
① 강한 글로벌 중소기업이 많다.
② 지정학적 유럽의 중심이다.
③ 십자군 원정 이래 제조업 수출 중심의 강대국이다.
▷ 강점
① EURO 경제의 핵심이다.
② 제조업 글로벌 경쟁력은 최고다.

③ 기업 구성의 다양성이다.

→ 중견, 가족, 장수기업 등이 지속해서 청년을 고용한다.

▷ **경제 구조**

① 수출 지향형 경제 대국이다.

② 대기업이 주도하고 리드한다.

③ 중소기업이 산업 기반의 토대를 이루고 있다.

▷ **수출 구조**

① 세계 3위다.

② 대기업은 자동차, 기계, 화학 분야를 담당한다.

③ Hidden Champion은 소재, 원료, 부품, 자재 분야에 많다.

▷ **성장 요인**

① 튼튼한 산업기반이다.

② 견실한 세계화다.

③ 중견기업의 강력하다.

④ 혁신과 집중 전략을 구사한다.

⑤ 수많은 Hidden Champion이 버티고 있다.

▷ **직업교육 제도**

① Meister 제도, 장인 제도 운영이다.

② 평생교육 시스템이다.

③ 직업교육, 훈련, 제도 인턴, 숙련공, 명장으로 구성된다.

▷ **독일식 경영 탄생**

① 세계 최초 상과대학을 설립했다.

② 학자 중심으로 경영학이 발전됐다.

③ 현장 품질 관리와 대량 제조가 강하다.

▷ **독일식 경영의 특징**

① 기술 중심, 기술 우위에 대한 자부심이 대단하다.

② 개인주의가 강하고 합리주의적 판단이 일반화돼 있다.

③ 분석적이며 현실적이다.

▷ **사회 공헌 경영=CSR**

① 대기업과 중소기업 간 협력이다.

② 고용유지와 노사안정이다.

③ 환경친화적 생산 구조다.

④ 지역사회 공헌이다.

⑤ 수출 전략으로 활용한다.

▷ **CSR=Made in Germany 경영**

① 새로운 사업 기회를 제공한다.

② 사회 혁신 가치를 제고한다.

③ 사회적 책임을 갖고 투자한다.

④ 기업과 경제 사회 혁신을 한다.

⑤ 지속적 동반 성장을 이끈다.

※ CSR=Corporate Social Responsibility

▷ **독일 제조업의 강점**

① 안정적 구조와 산업 생태계다.

② 대기업, 중견, 중소기업이 강하다.

③ 우수한 기술력을 보유하고 있다.

▷ **중소기업 기술 지원 정책**

① 교육연구부, 연방 경제기술부가 담당한다.

② 기술 연구 지원을 한다.

③ 자금, 인력을 보증한다.

④ 안정적인 원자재 확보와 정보를 제공한다.

⑤ 해외 판로 발굴을 입체적으로 연계 지원한다.

▷ 중소기업 위상

① 전체 기업 대비 93%다.

② 고용 인구 60.8%를 차지한다.

③ 부가가치 생산 비중의 46.9%를 점유한다.

※ 한국은 중소기업 99%, 근로자 88%다.

▷ 중소기업 성장 요인

① 중소기업의 디지털 강화다.

② Industry 4.0 혁신에 동참이다.

③ 직원 교육, 재교육, 훈련에 중점을 둔다.

▷ 중소기업 수출

① 비중 11%. 수출 기업 97.6%를 차지한다.

② 수출기여도 41.3%다.

③ 전체 수출액 대비 21%다.

▷ 경제 허리=안정 구조

① 미텔슈탄트=Mittelstand=Hidden Champion=글로벌 시장
점유율 1~3위가 되는 기업이 1,500사다.

② 매출 평균은 50억 유로(6.5조)다.

③ 소재, 부품, 장비, 원료가 주요 품목이다.

▷ Hidden Champion 탄생

① 연대 원리 Solidaritatsprinzip
보충 원리 Subsidiaritatsprinzip

② 기업 지배구도, 노사 공동 결정 제도는 책임과 이성적 합의를
원칙으로 한다.

③ 노조 임금인상 합의는 산별 노조에서 생산성을 기준으로 요

구하고 개별노조는 공동 연대 원리에 입각해 행동한다.

▷ Hidden Champion 위상

① 매출액 대비 R&D 투자가 5.9%다.

② 특허권 1,000건, 업체당 30.6건이다. 대기업은 평균 5.8건이다.

③ 대기업보다 강한 기술력을 보유하고 있다.

④ 핵심 역량 사업, 집중화, 전문화가 경쟁력이다.

⑤ 전문화 특정을 갖고 니치마켓을 확보하고 있다.

▷ Hidden Champion 특징

① 전문 분야만 집중한다.

② 현지화 경영으로 경쟁력을 강화한다.

③ 해외 지사 운영으로 판매와 서비스에 직접 관여한다.

④ 핵심 기술의 외부 유출을 극도로 자제한다.

⑤ 가족 중심 경영은 기업공개를 회피하며 소유와 경영을 분리하고 있다.

▷ Hidden Champion 일자리

① 100만 개 양질의 일자리를 창출한다.

② 수출 중심으로 세계 시장을 점유하고 있다.

③ 높은 수익과 견실 자기자본을 갖고 있다.

④ 지역 경제 발전에 기여하고 있다.

▷ 산업 Cluster

① 독일 전역 327개다.

② 슈트트가르트 자동차 Cluster는 220개로 135,000명을 고용하고 있다.

③ 대기업과 중소기업이 혼재돼 있다.

④ 우수 기술 중소기업들이 먼저 무리를 지어 모여들었다.

⑤ 나중에 대기업 입주해 협력 지원 체계를 갖추게 되었다.

■ 제언

① 정부에서 추진했던 한국형 Hidden Champion 육성 프로그램 대한 성과 및 평가를 점검해야 한다.

② 기업 승계와 세제 제도를 개편해야 한다.

→ 독일은 기업 승계를 부의 대물림으로 생각하지 않고 기술 경쟁력을 대물림한다는 사고를 갖고 있다.

→ 기업주가 고용 유지를 통해 지역사회에 대한 책임을 이어 간다는 인식이 강하다.

→ 기업 상속세에 대한 고민이 없다.

→ 독일은 가업 승계 개념에 앞서는 것이 노사 타협이다. 노사 타협을 통해서 회사가 노동자의 회사도 된다는 사실을 인정하고 있다.

→ 하지만 한국은 기업 승계를 하면서 노동자는 빠져 있다.

→ 상속 재산을 물려준다는 개념으로 접근하기에 문제다.

③ 주거래은행 제도, 관계 금융 지원 정책을 마련해야 한다.

→ 독일 은행과 산업 3 Pillar를 배워야 한다.

→ 지역 기반 중소형 금융기관, 공영은행 높은 시장점유율, 오랜 기간 주거래 은행 관계를 형성하고 있다.

→ 단기적 이익보다는 장기적 관점을 중시하는 은행과 기업 거래 문화가 정착되어 있다.

④ 중소, 중견 기업 친화적인 정부 지원 정책과 혁신 체계를 배

166

워야 한다.

→ 시장 친화적 R&D 정책 지원이다.

→ 해외시장 개척, 글로벌화 지원 정책, 인프라 구축 지원이다.

⑤ 직업훈련, 평생 학습 체계, 산학 연계 직업훈련 체계를 배워야 한다.

⑥ 유사 업종 산업 클러스터 중소기업, 대기업 간 산업 협력 네트워킹 배워야 한다.

⑦ 독일의 직업 훈련 체제와 현장형 직업교육 Dual Job Training System 도입하고 배워야 한다.

→ 10년간 교육 끝낸 후 다음 단계로 넘어간다.

→ 16~17세 히든 챔피언 회사에서 직업훈련을 받는다. 견습 3일 이론, 실무 2일이다.

→ 숙련 직업훈련 명장, 마스터 제도를 운용하고 있다.

⑧ Hidden Champion의 생산성은 대기업보다 더 높다. 1개의 특허를 개발하는데 대기업의 1/5 수준으로 효율성이 높다. 동기 부여가 강하고 최선을 통한 자신감이 충만하다.

→ 한국 중소기업은 대기업과 비교해 생산성 많이 떨어진다.

⑨ 코로나19로 세계 경제가 침체하고 있다. 노·사·정 대타협은 독일식 유연한 연대 원리, 보충 원리를 배워야 한다.

→ 민노총 강경파 합의 파기는 경제 국난 극복을 무시한 집단 이기주의 행동이다.

→ 민노총은 연대, 보충 원리 합리성을 배워야 한다.

→ 기업 구조조정은 노사가 합심해 해고를 줄이고 단축, 시간제 근무를 통해 일자리를 지켜야 한다.

⑩ 독일 Hidden Champion은 청년 일자리 창출의 주역이다. 한

국도 중소기업의 경쟁력을 높여야 한다.

→ 청년을 위한 양질의 일자리 창출에 앞장서야 한다.

→ 일시적 지원 정책만으로 Hidden Champion이 만들어지지 않는다.

→ 다양한 산업 클러스터 생태계 구축을 위해 대기업과 유기적 연대 관계를 맺어야 한다.

4장 // AI 산업

1. AI 시대

1) 왜 AI인가?
2) AI 시대 기본소득
3) AI 시대 EduTech 교육

2. AI 산업

1) AI 로봇 산업 육성
2) AI 강소국 이스라엘 창업 배우기
3) AI 활용 경제 정책 Simulation Project

1. AI 시대

1) 왜 AI인가?

〔2020.04.23. 정책제언 No.9〕

◑ 핵심 요약

① 미래는 AI 시대다

② 선점하면 강대국, 뒤처지면 후진국이 된다.

③ 산업화 시대의 Fast Follower 전략이 통했지만, AI 시대는 한 번 뒤처지면 따라잡지 못한다.

④ 미래 먹거리다.

⑤ 한국 경제의 돌파구다.

⑥ 양질의 일자리를 창출한다.

⑦ AI는 세상을 변화시킨다.

□ AI 강국 도약하기 위해서는 어떻게 해야 할까?

→ IT 인프라 건설을 한 DJ 정부의 성공을 따라 하면 된다.

□ AI 산업 4분류

① 인터넷 AI 분야는 미국이 선도한다.

② 기업 AI 분야는 미국이 주도한다.

③ 지각(Perception) AI는 미국이 앞서고 있다.

④ 자율행동(Autonomous)은 미·중이 경쟁 중이다.

□ G2는 AI 패권 다툼 중이다.

① 미국 알고리즘 영역과 연산 장치 분야에서 글로벌 정보기술 기업들을 앞세워 AI 패권국가로서 세계 시장을 리드하고 있다.

② 중국은 데이터 분야 개인정보 규제의 유연한 적용과 13억 인구가 생성하는 막대한 데이터를 AI 학습에 활용하는 것이 장점이다. 정부의 막대한 지원 정책이 강점으로 작용하고 있다.

□ Election=Science

→ AI 시대 Election은 AI Computer와 Software Science다.

□ Why

① 신문, 방송 등 과거 Media 영향력 Down되고 있다.

② New Media 영향력은 커지고 SNS, 유튜브가 대세다.

③ Computer S/W Science 전략가가 필요하다.

□ How

① 주관적 판단과 경험에 의존하는 것이 아니라 AI BigData 분석 통해 선거 전략을 수립해야 한다.
② 후보의 핵심 이미지를 만들어 유권자에 어필하는 극대화 전략을 만들어야 한다.
③ AI 시대 필승은 AI 정치와 AI 전략이다.

2) AI 시대 기본소득

〔2020.06.09. 정책제언 No.31〕

◑ 핵심 요약

① 보편적 복지와 적극적 복지 투자는 기본소득 도입과 함께할 수 없다. 기본소득 도입은 보편적 복지국가 가는 길을 포기하는 것이다.

② 4차 산업혁명, AI 시대의 기본소득은 대안이 될 수 없으나 증세 없는 복지를 할 수 있는 묘안이 있다. 재원 조달 없이 블록체인 기술을 활용한 시스템을 이용하면 전 국민에게 100만 원을 지급하고 경제 효과를 5배 이상 볼 수 있다.

□ 기본소득 개념 : Universal basic income

① 모든 시민이 빈곤층 이상의 생활 수준을 유지할 수 있도록 충분히 많은 현금 급여를 매달 지급하는 것이다.

② 모든 개인에게 소득심사나 재산심사는 물론 노동 의무나 요구 조건 없이 월 단위로 무조건적 지급되는 소득이다.

③ 전 세계 어느 국가도 전국적으로 실시된 적 없다. 짧게는 60년 길게 170년 된 담론이다.

□ 구성요소

① 보편성 : 사회 구성원 누구나, 국적 불문, 연령 불문이다.

② 무조건성 : Unconditionality, Means Test없이 누구나

③ 개별성 : 각 개인별 지급, 기초생활보험, 가구와 차별된다.

④ 정기성 : 매월 현금지원 → Cash Transfer → 현물 급여=조세 지출과 다르다.

⑤ 충분성 : 최저 생계비가 아님 → 인간다운 삶을 누릴 수 있어야 한다.

□ 왜 기본소득인가

① 전통적인 복지제도로 해결할 수 없는 문제점이 등장했다.

② AI, Robot 등장, 일자리 변화로 인해 육체노동자, 고학력자, 전문직 일자리가 사라진다.

③ 기술 혁신, 생산성 향상은 경제 성장으로 이어진다.

　　→ 부가가치를 소수가 독점하는 구조다.

　　→ 미래는 AI Robot 1%, 일자리 얻지 못한 99% Divide 된다.

④ 노동을 제공하고 사회보험 혜택받는 시스템의 붕괴다.

　　→ 노동시장 취약성과 사각지대 발생이다.

　　→ 비정규직의 사회 안전망 배제다.

⑤ 정부 주도의 재정 지원 성과가 미흡하다.

　　→ 저출산, 청년실업, 고령화 예산이다.

□ 외국 사례

① 스위스 : 매월 성인 약 300만 원 어린이, 청소년 약 78만 원

　　→ 찬성 23% 반대 76.7%로 부결됐다.

　　→ 특히 정치인들은 대부분 반대했다.

② 캐나다 : Ontario주 115만 원 지급

　　→ 자발적 참가자 17년부터 3년 시범적 운영했다.

③ 핀란드 : 월 560유로 (75만 원) 지급

　→ 전 국민 : 정부 예산 260억 원 책정했다.

④ 네덜란드 : Utrecht city

　→ 6개 그룹을 무작위 추출(150유로) 지급

　→ 16~17년 실험을 무기한 연기했다.

⑤ 미국 알래스카주 : 현금 지급

　→ 어떤 사회 급여도 대체하지 않고 있다.

　→ 천연자원은 주민의 공동 재산이다.

　→ 알래스카 영구펀드는 투자 이익을 배당한다.

　→ 400$ 시작으로 2015년 2,723$을 지급했다.

　→ 지역으로서 세계에서 유일무이 사례다.

⑥ 외국의 기본소득 실험은 실업자에게 현재와 같은 보험 혜택을 보장하면서도 근로의 동기를 약화하지 않는 정책 수단을 모색하고 있다.

⑦ 기본 복지 체계 개편 필요성, 기본소득 실험을 실시하고 있다.

⑧ 현 복지 체계가 노동 의욕 훼손하고 있다는 문제 제기에서 논의되고 있다.

⑨ 목적은 근로 의욕 고취와 노동시장 공급 확대다.

□ **보편적 복지와 사회보장**

① 자산 조사는 선별복지와 구분된다.

② 국민은 평생 소득, 사회 서비스 보장받는다.

③ 보편적 복지는 사회보험과 사회수당이다.

　→ 사회보험은 산재, 고용, 국민연금이다.

　→ 사회수당은 아동, 장애인, 학생, 노인이 해당한다.

④ 기회 보장은 경제 사회의 격차를 해소하고 경제 발전 연대 의
식이다.

□ 4대 보험의 문제
① 건강보험 : 63% 정도 충당하지만 질병 보험 없어 민간 의료
보험 가입하고 있다.
② 고용보험 : 노동자 약 절반이 가입하고 있다. 비정규직, 특수
직, 자영업자는 불가입이다.
③ 국민연금 : 사각지대가 낮고 보장성이다.
④ 산재보험 : 일부 사각지대가 있다.

□ 보수 : 기본소득 핵심
① 복지국가를 대체하는 신자유주의 시장 국가에서 지속 가능성
높다.
② 작은 정부는 국가 복지 체제를 해체한다.
→ 소득 불평등은 빈곤, 총 소요 부족이다.
→ 기본소득 제공은 시장경제 지속성에 있다.
③ 재원 200조 원은 예산 지출 구조조정으로 마련해야 한다.

□ 복지국가 주요 정치 세력 반대 이유
① 기본소득은 보편적 사회보장과 비교해 복지 효과가 현저히
작다.
② 경제 효과 현저하게 작다.
→ 경기 침체와 무관하며 소비 진작 효과가 작고 경기 조절
기능은 아예 없다.

③ 소극 재분배 효과가 작다,

■ 제언

① 기본소득 제도는 현재 진행형, 유럽에서도 보편적 제도 아
니다.
→ 복지 천국 유럽이 2~5년 넘는 기간 동안 실험 계속한 것은
기본소득 효과를 확신하지 못했기 때문이다.
② 사회적 약자에 대한 소득 보장을 강화하는 정책을 펴고 무리
하게 재정 지출로 복지 사업 늘려나가기보다는 기본의 중복
사업을 정리하고 재정비해야 한다.
③ 외국에서 공통으로 추진되는 Process를 배워야 한다. 전문가
논의를 통해 구체 계획 제안을 하고, 실험(2~5년)한 후 평가
를 통해 국민 합의가 되면 시행하는 단계를 거친다.
④ 재원은 어디서 마련할 것인가.
→ 완전 기본소득은 GDP 25%를 분배해야 가능하다.
→ 2020년 GDP 약 2,000조, 25% 500조÷5,200만=월 96만
원이다.
→ 일부 정치인이 부분 기본소득을 제시하고 있는데 월 32만
원에 GDP 10% 200조 원, 월 48만 원에 GDP 15% 300조
원이 소요된다.
→ 고용보험 재정 규모 10조 원에 10조 원을 더 투입 20조 원
투입이면 해결된다.
→ 한국 조세부담률 20%(OECD 25%), 만약 5% 증세한다면
100조 원이다.

→ 증세하려면 중산층을 설득해야 한다. 내는 세금보다 돌아
　오는 혜택이 많다는 것을 확인해야 동의를 얻을 수 있다.

→ 2020년 소득세와 법인세는 147조 원이다.

→ 올 예산 513조에 추경 약 250조 원으로 760조 원이다.

→ 재난지원금 지급, 추경예산으로 나라 살림 -57조원 적자다.

→ 국채 발행 97조 3,000억 원이다.

→ 국가 채무 840조 2,000억 원이다.

→통합재정수지(1~4월) -43조3,000억 원, 관리재정수지 -56
　조 6,000억 원(10년만)이다.

⑤ 보편적 복지와 적극적 복지 투자는 기본소득 도입과 함께할
　수 없다. 기본소득 도입은 보편적 복지국가 가는 길을 포기하
　는 것이다.

⑥ 4차 산업혁명, AI 시대의 기본소득은 대안이 될 수 없으나 증
　세 없는 복지를 할 수 있는 묘안이 있다. 재원 조달 없이 블록
　체인 기술을 활용한 시스템을 이용하면 전 국민에게 100만
　원을 지급하고 경제 효과를 5배 이상 볼 수 있다.

3) AI 시대 EduTech 교육

〔2020.06.22. 정책제언 No.38〕

◑ 핵심 요약

① 교육은 백년대계다. 디지털 뉴딜의 한 축으로 EduTech를 추진해야 한다.

② EduTech 사업의 해외 진출을 위한 다양한 수출 K-EduTech Model을 개발해야 한다.

③ Digital New Deal 사업 정부발 대형 EduTech Project를 발주해야 한다.

□ 현황

① COVID-19 여파로 인한 Online, 비대면 교육이 정착화되고 있다. 초, 중, 고, 대학 840만 명이 온라인으로 개학하고 있다.

② 학생, 교사, 교수, 학부모 교육 당국도 비대면 교육을 받아들이고 있다.

③ 교육 현장에서는 준비 부족이 나타난다.

④ Digital Transformation에 대한 교육 현실 문제점이 대두되고 있다.

⑤ 세계 교육시장에서는 EduTech Idea, 교육 형태, 방법, 콘텐츠, 교육 인프라 변화, 혁신 쓰나미가 몰려오고 있다.

□ 2020년 교육 변곡점

① COVID-19 여파로 On-Line 교육과 EduTech의 전환기를 맞이하고 있다.

② 의무이던 시대에서 학습이 권리인 시대로 전환되고 있다.

③ EduTech는 공식적인 미래 교육 시스템의 한 축이 될 전망이다.

□ EduTech 개념 : 교육 Trend 변화를 주도

① Education+Technology의 합성어다.

② 기존 교육 서비스를 개혁한다.

③ 새로운 가치와 서비스를 제공한다.

④ E-learning+Smart, Learning Mobile, Learning+U-Learning이 있다.

⑤ 학습자를 분석하고 정보관리를 통해 학습 성과를 제고한다.

□ EduTech 3가지 방향

① 교육과 일상생활이 결합된다.

② 교육의 효과성이 극대화된다.

③ 교육의 대중화 시대가 개막된다.

□ 분류 및 차이

① On Line 교육은 E-learning(e러닝)과 Internet, PC 교육

② Smart Learning 교육은 Smart 기기 교육

③ 맞춤형 EduTech 교육

   → BigData+S/W+교육

   → EduTech=Education+AI+AR+VR+Blockchain

※ AI=Artificial Intelligence=인공지능

　AR=Augmented Reality=증강현실

　VR=Virtual Reality=가상현실

④ O2O EduTech 교육

　→ Onlene+Off Line, Offline+Online

⑤ Blended Learning : 블랜디드러닝, 혼합형 학습

　→ Online과 Offline을 혼합한 학습 형태다.

　→ 교실 수업과 사이버 학습을 병행하는 방식이다.

⑥ Flip Learning : 플립러닝

　→ 면대면, 언택트 교육으로 학생이 주도적 참여한다.

　→ 사전학습, 토론, 실험, 실습을 위주로 한다.

□ EduTech 선점할 기회 요소

① 디지털 전환에 대한 공감대 형성이다.

② EduTech 교육 현장의 문제 해결을 위한 다양한 시도다.

③ EduTech 시대의 맞는 법, 제도 개선이 시급하다.

□ 세계 EduTech VC 투자

① 중국 : 63.4%, H/W 시장 중심이다.

② 미국 : 33%, Data+S/W 주도하고 있다.

③ 유럽+인도 : 5%다.

□ AI+EduTech

① 맞춤형 교육

　→ 정해진 과목과 목차가 없다.

→ BigData 기반으로 학생 Level Curriculum이 작성되고 추천된다.

② 교육 Platform

→ 교육자와 학습자를 다양하게 매칭할 수 있다.

③ 기존 교육 기관의 종말

→ AI EduTech Platform 등장은 기존 교육기관이 종말이다.

④ 새로운 교육기관 등장

→ Minerva 혁신학교 출현이다.

→ Ecole 42 현장 실습 위주 교육이다.

□ Minerva School

① 2010년 설립되고 2014 Open, 캠퍼스 없다.

② On-Line Platform에 의한 Real time 토론방식이다.

③ Harvard보다 경쟁이 심하다.

④ 세계 7개국을 돌면서 인턴십, 프로젝트에 참여하는 현장 실습형 교육 방식이다. 미국→한국→인도→독일→아르헨티나→영국→대만이다.

⑤ 학비는 3만 달러로 기숙사, 책, 생활비가 포함돼 있다.

→ 과목은 예술, 인문, 경영, 컴퓨터, 과학, 자연과학, 사회과학

□ Ecole 42

① 2013년 프랑스 설립, Software 전문 교육기관이다.

② 교수, 교재, 학비가 없다.

→ 기업 현장에서 기술 과제를 받아 팀끼리 협업해 해결하는 교육 방식으로 실습 중심의 교육으로 진행된다.

③ Global IT 기업에 입사하는 비율이 높다.

　　→ 논리, 기억, Test Pass 매일 14시간 코딩교육을 한다.

　　→ 서울 42 운영 : 과기부 350억 원 투입했다.

□ EduTech의 핵심 AI 기술

① Adaptive Learning

　　→ BigData : 기반 S/W → 교사 : 교수법 결정

　　→ 맞춤 : 최적 과목+목차 → 학생 : Level 맞춤형 교육

※ 적용 사례

Arizona State University

　　→ Before Class=개별학습=Remember+Understand

　　→ In Class=응용학습=Apply+Analyze+Evaluate+create

□ EduTech Industry과 Big Bang

① VR+AR=MR

　　→ 칠판과 종이를 대체한다.

　　→ Content로 입체 구현을 실현한다.

※ MR : Mixed Reality=혼합현실

② Digital Twin

　　→ Avata 구현이다.

　　→ 학생 성격, 적성, 학습 수준을 데이터 분석을 통해 미래를
　　　예측한다.

③ Digital Textbook & Smart Glasses → 360도 영상 공개

④ AI Teacher & Chatbot → MR Content 안내 → 학생별 학습
　역량 파악이 가능하다.

⑤ MOOC : 언제 어디서든지 교육 가능하다.

※ MOOC : Online 공개수업 Massive Open Online Course

□ 2020년 EduTech 시장 규모

① Global : 약 500조 원이다.

② 한국 : 약 10조 원이다.

■ 제언

① EduTech 산업 육성을 위해 교육 Data Open해야 한다.

② EduTech 사업의 해외 진출을 위한 다양한 수출 K-EduTech
Model을 개발해야 한다.

③ Digital New Deal 사업 정부발 대형 EduTech Project를 발
주해야 한다.

　→ 교육부 K-EduTech 구축 2022년까지 정보화전략계획
　　(ISP) 사업용 3차 추경 10억 원을 편성했다.

　→ 2년 후 교육 시장은 완전히 변화된다.

　→ 정부가 주도하려고 하면 EduTech 생태계 발전 가로막고
　　교사와 학생 학습권에 역효과 우려된다.

　→ 정부는 민간이 다양한 서비스를 내놓고 신시장에 도전할
　　수 있도록 여건을 조성해주면 된다.

　→ 민간의 참여와 활성화에 성공 여부 달려 있다.

④ EduTech 시대에 맞는 법적 근거를 마련해야 한다.

⑤ 기존 교육제도 변혁하는 EduTech 시대에 맞게 교육 제도를
혁신해야 한다.

⑥ 정부 차원에서 G2B, B2B EduTech 수출 지원해야 한다.

⑦ 지자체 적용 가능한 EduTech 성공모델을 구축해야 한다.

⑧ 기존 교육의 문제점인 표준화, 획일화, 주입식 걷어내고 파괴적 혁신 Disruptive Innovation EduTech 혁신이 필요하다.

⑨ 한국형 맞춤형 EduTech System 구현을 통한 학생 중심 교육 추구와 산업별 맞춤 인재 양성이 시급하다.

⑩ 학생 개인별 AI 진로 분석 System 도입해 적성, 능력 맞춤형 AI K-EduTech 적용해야 한다.

⑪ 한국형 EduTech는 Blended Learning Flip Learning 돼야 한다.

　　→ 전국 K-42 추진으로 AI 시대 전문 S/W 인력 10만 명을 양성해야 한다.

⑫ 교육은 백년대계다. 디지털 뉴딜의 한 축으로 EduTech를 추진해야 한다.

2. AI 산업

1) AI 로봇 산업 육성

〔2020.08.06. 정책제언 No.61〕

◑ 핵심 요약

① 인간과 로봇이 공존하는 Post Corona Co-Robot 시대에 걸맞은 국가 로봇 로드맵을 수립해야 한다.

② 로봇 산업 발전을 위해 정부와 대기업 협업해 글로벌 시장 진출해야 한다.

③ 한국은 의료용 로봇+산업용 로봇+국방재난 로봇=선택+집중해서 육성해야 미래 로봇 시장 선점이 가능하다.

④ 로봇 소재+부품이 취약, 로봇 동작 모터 등 수입 의존, 부품·소재 기업 육성을 위한 특별한 지원책이 필요하다.

□ Post Corona와 Robot

▷ Robot Society

① 로봇이 인간의 일자리를 광범위 대체하는데 준비해야 한다.

② 로봇은 생산성 향상에 기여한다.

③ 코로나19 여파로 무인화가 가속화되고 있다.

④ 다양한 로봇의 뉴노멀 시대가 다가왔다.

⑤ 인간+로봇=공생 사회 Co-Robot Society 시대다.

▷ 제조업 Robot화

① 인건비 사람의 1/3이다.

② 현재 제조업 공정의 10%를 점유하고 있다.

③ 2025년 25% 점유할 것이다.

④ 동남아 인건비 상승이다.

⑤ 로봇 가격이 하락한다.

▷ Robot OS 선점

① 기술 발달 단계는 PC에서 Mobile, Robot으로 변화한다.

② Robot OS 선점이 관건이다.

③ S/W Platform이 중요하다.

□ **AI Robot**

▷ 개념

① AI+ICT=기반이다.

② 인간과 상호 작용한다.

③ 각 분야 적용돼 서비스를 제공한다.

④ 인간 지향적인 로봇이다.

▷ 분류

① 산업용 로봇 : 생산성, 품질의 경쟁력을 높인다.

② 서비스 로봇 : 다양한 산업 분야에 적용된다.

▷ **핵심**

① 인식=Sense ② 상황 판단=Think ③ 자율 동작=Act

▷ **주요 기술**

① 물체 인식 → 3D 공간 정보=파악

② 위치 인식 → 스스로=공간+지각 능력

③ 조작 제어 → 물건=자유롭게 움직임

④ 자율 이동 → 장애물=피해 이동

⑤ Actuator → 초소형 모터, 인공피부, 근육=기계공학+제어

▷ **해외 동향**

① 미국 → 국방+수술+AI 로봇

② EU → 헬스케어+산업용 로봇

③ 일본 → 산업+휴먼노이드+헬스케어

④ 한국 → 산업용 로봇=세계 4위

□ **협동 Robot**

▷ **개념**

① 산업용 로봇 지능화다.

② 산업용 로봇을 협동 작업에 활용한다.

③ 로봇과 사람이 동일 작업 공간에서 일한다.

▷ **작업 종류**

① 안전 정격 감시 장치→ 안전 범위 침범 로봇 정지

② 핸드가이딩, 사람 손→ 보조 로봇으로 사용

③ 속도 및 이격거리 감시→ 로봇 속도 늘리거나 줄임

④ 일률 및 힘 제한→ 부딪쳐도 상해 입지 않음

▷ 해외 주요 기업

① 덴마크 → Universal Robots

② 독일. 스위스 → KUKA, ABB

③ 미국 → Rethink Robotics

④ 일본→ Fanuc, Yaskawa

▷ Global IT 기업 Robot 산업 진출

① Google, Apple ② MS, IBM ③ Toyata, Softbank

▷ 국내 기업

① 한화테크윈 ② 두산로보틱스 ③ 뉴로메카

▷ 정책 방향

① 유망 품목을 중심으로 핵심 기술 확보와 경쟁력 강화를 지원해야 한다.

② 신규 수요 창출 및 해외시장 진출 기반을 확대해야 한다.

③ 융합 분야 전문인력 양성과 Alliance를 추진해야 한다.

■ 제언

① 국가 로봇 발전 전략이 로봇 산업 관점에서 벗어나 인간과 로봇이 공존하는 Co-Robot 시대에 맞는 비전과 정책 수립 즉, 국가 로봇 로드맵을 수립해야 한다.

→ Co-Robot 사회에서 로봇 시대 사라지는 일자리 근로자를 로봇 시대에 생기는 새로운 일자리로 전환하는 재교육 제도가 필요하다.

→ 범정부 부처 차원의 종합적 로드맵이 있어야 한다.

→ 미국 : 로봇 R&D 지속 투자

189

→ 유럽 : 로봇을 산업이 아니라 고용+인구변화=해법

② 부품+서비스 산업=상생하는 로봇 생태계를 구축해야 한다.

　　→ 로봇 부품 국산화율이 낮다.

　　→ 핵심 부품 제조기업 없다.

　　→ 센서+제어 부품 비중이 작다.

　　→ 부품보다 제품 분야 개발 위주다.

　　→ 중소기업 95.8% 시장 형성하고 있다.

　　→ 로봇 부품 대기업 없다.

③ 지능형 로봇 적용 가능 핵심 산업 분야별 다양한 비즈니스 모델 발굴해야 한다.

　　→ 로봇산업=S/W+N/W+S/V=Value Chain 형성, 전후방 연관 효과 큰 산업이다.

　　→ 로봇 기술 타제조, 서비스를 확산해야 한다.

　　→ 8대 로봇 융합 분야 제조+자동차+의료+문화+국방+교육+해양+농업이다.

④ 로봇 연구 인력 확충과 R&D 개발 지속적 투자해야 한다.

　　→ 국내 기업 해외의 1/10 수준이다.

　　→ 6개 로봇 연구소 100여 명이다.

　　→ 선두기업 1개보다 못하다.

　　→ 주요 부품 수입 의존하고 있다. 모터+감소기+제어기+센서 등

⑤ AI 로봇을 시장 선점이 가능한 분야에 선택과 집중해 육성하고 지원해야 한다.

　　→ 산업용 제조 로봇은 인건비 절감과 생산성을 향상한다.

　　→ 마이크로 의료 로봇, 대형 의료 로봇과 헬스케어 분야는

190

이미 선진국이 선점한 시장이다. 그러나 마이크로 의료 로봇 분야는 아직 세계적 선두 기업이 없다. 한국의 장점인 첨단 IT와 Bio 기술 접목해 진출해야 한다.

→ 개인용 지성, 감성형 소셜 로봇은 빅데이터, 자연어 인식, 클라우드 컴퓨팅과 융합한다.

⑥ 정부의 로봇 R&D 과제 운영을 혁신해야 한다.

→ 개발 대상과 목표 항목이 결정되어 지원 과제가 공고된다.

→ 외부 전문가 구성 위원회를 통해 연구 과제가 도출된다.

→ 위원회에서 도출되는 과제는 이미 누구나 알 수 있다.

→ 창의성을 키우는 방안이 과제가 돼야 한다.

→ 미국의 국방 산하 고등연구계획국=DARPA에서는 개발 목표를 당신의 방법에 새로운 것은 무엇이며 그것이 왜 성공할 거로 생각하는가 등 과정, 연구 전략을 묻는다.

→ 우리는 단순히 목표로 하는 것이 무언인지와 같이 결과 위주로 기술하게 되어 있다. 국내 과제 계획서를 보면 성공, 실패를 판단하기 어렵다.

⑦ 로봇 산업 발전을 위해 정부와 대기업이 협업해야 한다.

→ 대기업의 참여를 유도해야 한다.

→ 민간기업의 아이디어와 벤처 자금의 원활한 공급 생태계를 만들어야 한다.

⑧ 경쟁력 있는 로봇 분야에 선택과 집중해 육성해야 한다.

→ 한국은 의료용 로봇+산업용 로봇+국방재난 로봇에 선택과 집중해 육성해야 미래 로봇 시장을 선점할 수 있다.

2) AI 강소국 이스라엘 창업 배우기

〔2020.07.14. 정책제언 No.51〕

◐ 핵심 요약

① AI 분야는 빅데이터 기반의 이스라엘 원천기술과 한국 네트 워킹 장비, IoT 제품이 협력해 새로운 제품 개발로 글로벌 시 장에 진출해야 한다.

② 정부 주도 펀드 운영 시스템에서 벗어나야 한다.

③ 한국 경제의 혁신 생태계를 만들기 위해서는 연구 경제 (Research Economy)와 상업 경제(Commercial Economy) 간 선순환시켜야 한다.

□ 이스라엘

① 인구 884만 명, 세계 96위

② 경상도 면적. 70% 사막

③ GDP 43,000$

④ 노벨상 수상자 13명

⑤ GDP 4.5% R&D 투자로 세계 1위

⑥ 고용인력 1만 명당 과학기술자 140명 → 미국 85명, 일본 83명

⑦ 스타트업의 성지 → 1인당 창업 비율 세계 1위

□ 산업 강국

① Cyber Security 산업

② Mapping 산업

③ Computer Vision 산업

□ IT 강국

① 세계 보안 시장을 주도한다.

② 반도체+제어=Software의 강국이다.

③ ICT+4차 산업=세계 최고 수준이다.

□ ICT 산업

① S/W+ICT=65% 점유한다.

② 방위 산업 육성이 정부 정책의 핵심이다.

③ 다국적 기업의 R&D 분야 진출한다.

□ Computer Vision 강국

① 영상분석 전문 9900부대

② 3년 투자 유치 1억$

③ 25,000명이 부대원 출신

□ AI 강국

① 세계 시장 점유율 11%(2위) → 미국 40%, 중국 11%

② AI Start-up 1,000개

③ 투자 유치 44억$

□ 핵심 산업

① 헬스케어+사이버보안

② 자율주행+스마트팜

③ 컴퓨팅 비전+컴퓨팅 장비

□ 전문인력 박사 4,000명

① 스타트업 60% ② 연구소 31% ③ 기업+대학 5%

□ AI 산업 역량 분포

① 기계 학습 51%

② 심층 학습 21%

③ 자연어 처리 13%

④ 로봇+자동화 4%

⑤ 음성인식 3%

□ AI Software 기업 분포

① 소프트웨어+기반 솔루션=84%

② 하드웨어 결합 솔루션=16%

□ AI 해외기업 R&D 센터

① Google Duplex ② IBM Debater

③ MS Healthcare Bot ④ Nvidia, Intel 등

□ AI 산업 발달 원인

① 탄탄한 방산 산업 토대

② 프로세스+과학기술 보유

③ 데이터 분석+창업 정신

□ 자율주행차 기술 강국

① 스타트업 500개

② 미국 진출 300개

③ 전문인력 3,000명

▷ **자율주행 기술 핵심 역량**

① 감지 분야=센서+IoT

② 운행 분야=유무선 통신

③ 보안 분야=해킹 방지+센서 보안

□ Silicon Valley=Wadi

① 자율주행+핀테크+ICT=집중

② 혁신적 기술 스타트업 창업

③ 자유 토론 문화=Chutzpah

□ Yozma Fund=요즈마 펀드

① 1993년 정부+민간기업=분산 출자

② 벤처기업 투자 리스크 부담

③ 콜옵션=정부 지분 액면가 구매

▷ **성공 요인**

① 벤처기업을 위한 정보 공유

② 벤처캐피탈 인센티브 부여

③ 기술 창업 위주 투자 선정

④ 해외 벤처캐피탈 참여 의무화

▷ **창업 지원**

① 기술 인큐베이터 프로그램

② 예비 창업 지원=트누피 프로그램

③ 풍부한 벤처 캐피털 자금

　　→ GDP 대비 벤처 투자액 0.38%, 미국 0.35%, 한국 0.08%

□ **Start-up Nation 성공 비결**

① Chutzpah의 당돌함과 뻔뻔함, 질문, 도전, 주장하는 도전정신이다.

② 실패를 용인하는 문화와 탄탄한 창업 지원 시스템이다.

③ 우수한 인적자원, 산·학·연 협력 네트워크와 ICT 산업 클러스터다.

④ 인재를 양성하는 인큐베이터, 군 경험, 리더십, 팀워크, 위기 상황을 돌파하는 능력을 집중 교육한다.

⑤ S/W 중심의 컴퓨터 과학 교육이다.

⑥ Global 시장이 공략이 목표다.

⑦ R&D의 연속성이다.

□ **벤처 생태계=전환+재편**

① Digital Transformation

② Digital Inclusion

③ Artificial Intelligence

▷ 성공 요인

① 정부의 가감한 신산업 수용

② 군의 기술 인재 양성

③ 산+학+연=연계 클러스터

④ Chutzpah=후츠파 문화

□ **한국과 협력 가능 분야**
① AI산업+컴퓨터 비전
② 자율주행 기술
③ ICT + 보안

■ 제언

① AI 분야는 빅데이터 기반의 이스라엘 원천기술과 한국 네트
워킹 장비, IoT 제품이 협력해 새로운 제품 개발로 글로벌 시
장에 진출해야 한다.
② 자율주행 자동차 분야는 한국 완성차 제조 기업 및 부품 공급
기업이 현지 법인 설립을 통해 인력과 기술 교류로 자율주행 분
야 선도 기술을 습득하고 제품 라인업에 확대 적용해야 한다.
→ 미래 자율주행자동차 글로벌 시장을 선점해야 한다.
③ 정부 주도 펀드 운영 시스템에서 벗어나야 한다.
→ 한국 모태 펀드는 요즈마 펀드와 유사하게 벤처캐피탈 간
접 투자하는 방식으로 도입되어 정부가 주도해 운영하고
있다.
→ 민간 벤처캐피탈 성과 보수 운용 방식에서 벗어나야 한다.
④ 한국 경제의 혁신 생태계를 만들기 위해서는 연구 경제
(Research Economy)와 상업 경제(Commercial Economy)
간 선순환시켜야 한다.
→ 정부는 혁신의 시장화 능력을 육성하여 상업 경제 이익이

연구 경제 초기 R&D 비용을 상회하도록 지원해야 한다.

→ 혁신이 지속적 발생하기 위해서는 사회 전반에 자리 잡은 안정 지향형 원인을 타파해 스스로 기업가가 될 수 있는 모험 지향 문화를 구축해야 한다.

→ 혁신 문화의 형성을 위해 정치적 경제적 안정 지속 기반으로 혁신의 성공 사례를 축적하고 홍보해야 한다.

→ 혁신 생태계의 전제 조건인 고용 유연안정성(Flexicurity) 법적 제도 확충과 환경 조성이 필요하다.

⑤ 이스라엘 군대처럼 군은 AI 전문인력을 키워내는 국가적 Incubator 역할을 해야 한다.

→ 항공우주 개발 등 군 주도의 기술개발을 민간기업과 연계해 군 복무 경험이 인적 자본 축적과 민간사업의 기회가 될 수 있어야 한다.

→ 이스라엘은 군대 복무 중 Cyber 위협을 직접 체험하고 대응 방법을 배워 제대 후 대학에서 연구 심화시켜 창업할 수 있는 기술적 토대를 가질 수 있다. 이스라엘 군대는 젊은 전문인력을 키워내는 국가적 Incubator 역할을 담당하고 있다.

→ 탈피오트(Talpiot=최고 중 최고) 이스라엘 과학기술 엘리트 장교 육성 프로그램이다. 매년 최상위권 50명 고교 졸업 선발, Hebrew 대학 3년, 수학+물리+컴퓨터+사이버 보안 분야에서 집중 교육 6년을 이수하고 군 복무를 마치면 창업 및 글로벌 기업에 진출한다.

→ 한국도 Cyber 보안 전문인력 양성을 위해 입대 제도를 혁신해야 한다.

→ 군대 전역 후 창업에 관한 지원 정책, 특히 보안 관련 프로
  그램이 필요하다.

→ 미취업 청년들이 군 입대를 새로운 직장으로 생각하고 입
  대해 훈련받고 보안 관련 실무 경험을 한 후 제대 후 창업
  을 하는 새로운 창업 생태계를 만들어야 한다.

→ 군을 새로운 일자리 양성소로 만들어야 한다.

⑥ 모든 대학, 공공기관, 연구소에 기술 이전 회사를 설립하고 연
  구 결과를 제품화해야 한다.

→ 이스라엘의 모든 대학은 기술 이전 회사를 갖고 있다. 대
  학 연구 결과를 처음 상품화한 것도 이스라엘이다.

→ Wiseman 연구원은 기술 이전 회사 예다(=지식). 자회사
  를 설립, 특허 등 지식재산권을 판매한다.

→ Hebrew 대학은 이숨(=실행) 기술 이전 회사 설립 상품화
  한다.

⑦ AI 시대 한국 경제 미래 먹거리는 AI 산업이라는 국민적 합의
  를 도출해 교육과정을 AI에 맞춰 전면 개편해야 한다.

→ 이스라엘은 ICT 미래 먹거리를 찾자는 국민적 합의 이끌
  어 컴퓨터사이언스 과목을 의무 이수. 군 복무 이후 굳이
  대학을 가지 않고 창업이나 취업을 할 수 있는 밑바탕 되
  는 것이 CS 교육이다.

⑧ 창업 때부터 목표를 글로벌 시장 진출로 정해야 한다.

→ 이스라엘에서 창업은 내수 시장이 적어 창업 순간부터 글
  로벌 진출을 목표로 하고 있다.

→ 내수를 다진 뒤 글로벌 진출한다는 다른 나라들의 스타트
  업과는 반대 전략이다.

⑨ 국가 중장기 산업 전략, AI 범국가 정책은 정권과 관계없이 추진되는 프로젝트로 정착해야 한다.

→ 이스라엘의 전체 산업 R&D 정책은 경제산업부의 수석과학관실 총괄이 맡고 있다.

→ R&D 정책, 예산 배분은 독자적 권한 행사를 하는 170여 명 전문 평가 위원단에서 결정하면 R&D 과제도 평가한다.

→ 정권 교체와 관계없이 6년 임기를 보장한다.

3) AI 활용 경제정책 Simulation Project

〔2020.06.24. 정책제언 No.40〕

◑ 핵심 요약

① 정책 주인은 국민이고 현장에 정답이 있음을 명심해야 한다.

② AI 이용한 경제 정책 Simulation System 도입해야 한다.

③ Agile One Team AI Smart 정부가 돼야 한다.

□ 정책 입안 중요성

① 정부 정책은 국민 생활, 국가 산업 경쟁력을 좌우한다.

② 국가 경제, 사회 전체 이익을 살펴서 입안해야 한다.

③ 정책이 미칠 종합적 결과를 분석해야 한다.

④ 자기 부처만 생각하는 근시안적 정책은 버려야 한다.

□ 정책 입안 시 고려 사항

① 미래에 발생할 결과를 사전 예측해 결정 집행해야 한다.

② 다방면 영향을 미치기 때문에 다양한 요소를 분석해야 한다.

③ 실패 가능성 내포하지만, 실패는 안 된다.

　→ 오차 수정을 반복, 환경 재분석, 최선의 정책을 도출해야 한다.

④ 다양한 목표를 추구해야 한다.

　→ 모순을 지혜롭게 조정해야 한다.

□ 졸속 정책 원인

① 현장 상황을 무시와 무지다.

② 의도한 효과만 예상한다.

③ 결정자의 목표 집착이다.

④ 부처가 권한과 자기 관점만 생각한다.

□ 졸속 정책 개선

① 입안 전 다양한 결과 면밀이 분석하고 정책 조정해야 한다.

② 입안 전 예상 못 한 Unexpected 결과 심각하게 고려해야 한다.

③ 부수 효과=Side Effects 분석해 무지에서 벗어나야 한다.

④ 정책 결정 당시 예상 결과가 나올지 AI 시스템을 활용해 분석하고 집행해야 한다.

□ 최근 졸속 정책 사례

① 환경부 '재포장금지법'은 원점에서 재검토다.

② 기업형 벤처캐피탈(CVC) 족쇄=공정거래위원회

　→ 부총리 100조 원 규모 투자 핵심 과제 발표했다.

　→ 공정위 : 벤처회사에 대한 내부거래, 일감몰아주기가 총수 일가의 사익 편취, 편법 경영 승계로 악용될 우려가 있어 반대한다.

③ 질병관리본부청 승격

　→ 복지부 밥통 지키기다.

　→ 보건연구원 이관 문제다.

　→ 조직 개편, 예산의 주도권이다.

④ 부동산 정책 21번째

→ 문 정부 서울 아파트값 상승률 52%, MB+박근혜 2배=정
　의연 발표

→ 규제 이후 가격이 더 뛴 강남아파트 매매가와 전세가가 급
　등하고 있다.

→ 해결책 : AI K-부동산 System을 구축해 대응해야 한다.

⑤ 수소·전기차 정책

→ 서울 충전소 운영 2개 양재는 수리 중이다.

→ 보조금 삭감

→ 고압가스 사용 자동차 운전자 교육 Online 3시간=21,000원

→ 친환경차 보급 정책 앞뒤가 맞지 않고 있다.

■ 제언

① AI 이용한 경제 정책 Simulation System 도입해야 한다.

→ 현장에 맞는 정책 추진으로 효과를 극대화해야 한다.

→ 관료주의 사고에서 벗어나 합리적 정책 입안을 해야 한다.

→ 졸속 정책은 금지해야 한다.

→ 땜질, 뒷북 정책을 개선해야 한다.

→ 미래 정책 핵심은 AI System적 사고다.

② 정책 입안 Process를 혁신해야 한다.

▷ 졸속 정책

→ 장관 → 차관 → 실,국장 → 과장 → 주무관 → 산하 기관

→ 과거 정책 상황에 맞게 재탕, 삼탕 보고

→ 부처 이기주의

→ 문제점 발생하면 땜질과 보완

▷ **성공 정책=현장 맞춤형**

　　→ 현장 목소리 청취 → 전문가 의견 → 자문

　　→ 부처장 → 차관 → 장관

③ 정책을 추진하기에 앞서 현장에 시험 적용, 시행 문제점 사전
　파악해야 한다.

　　→ 현장 중심은 성공한다. 현장에 답이 있기 때문이다.

④ 큰 틀의 시각, 안목을 갖고 정책을 입안해야 한다.

　　→ 근시안적 안목과 부처의 이기주의를 버려야 한다.

⑤ 정책 주인은 국민이고 현장에 정답이 있음을 명심해야 한다.

　　→ 성공 입안자는 보상해야 한다.

⑥ Agile One Team AI Smart 정부가 돼야 한다.

　　→ AI 시대 Paradigm이 변화하고 있다.

　　→ 시장 개입 줄이고 규제 완화하고 철폐할 때다.

　　→ 부처 칸막이 없애야 한다.

　　→ 국익 우선이 돼야 하고 부처 이기주의는 개혁해야 한다.

⑦ CORONA 전시 상황에 맞는 정책은 절박함이 묻어나야 한다.

5장 // 미래 먹거리

1. AI 반도체

1) 한국 반도체의 미래
2) AI 반도체 강국 도약
3) 중국 반도체 굴기
4) 이스라엘 반도체와 기술패권주의
5) 한국 반도체 산업 경쟁력과 위협 요인

2. 소·부·장 산업

1) 소·부·장 산업 육성
2) 소·부·장 산업 따라잡기

3. 중소기업

1) 산업 경쟁력
2) 미·일 도산 기업과 한국 한계기업
3) 경제지표 분석과 화관법 대응책
4) 중소기업 도산 원인과 대응 전편
5) 중소기업 도산 원인과 대응 후편

4. 게임 산업

1) 게임 산업 발전 방향 전편
2) 게임 산업 발전 방향 후편

5. 미래 산업3

1) Future Tech
2) Bio-Health 산업
3) 차세대 에너지 원자력 발전
4) 차세대 에너지 핵융합 발전
5) 미래 에너지 Battery 전편
6) 미래 에너지 Battery 후편

1. AI 반도체

1) 한국 반도체의 미래

〔2020.08.28. 정책제언 No.79〕

◑ 핵심 요약

① 기술 패권의 주체가 기업에서 국가로 이동하고 있다.

② 일본 반도체 패권 다툼에서 패전한 이유를 반면교사로 삼아야 한다.

→ 명치유신 세계관에 갇혀 있다.

→ 변화에 적응하지 못하고 업종 전환에 실패했다.

→ 미국 패권 공격(슈퍼 301조)에 속수무책이었다.

③ 위기 때 미래를 준비하고 업종 전환 등 준비해야 한다.

→ 인텔 Dram 포기하고, CPU 집중

→ NVIDIA는 그래픽 칩 GPU에서 AI Platform으로 전환

④ 한국 반도체 산업이 계속 성장하기 위해서는 비메모리, 특히

시스템 반도체 분야에서 경쟁력을 갖춰야 한다.

□ 반도체(Semiconductor) 패권 변천사

▷ 패권사

① 1988년 : 1위 NEC 1899년, 2위 도시바 1839년, 3위 히다치 1893년 창립

② 1998년 : 1위 INTEL, 2위 NEC, 3위 Motorola

③ 2000년 : 1위 INTEL, 2위 삼성, 3위 TOSHIBA

④ 2018년 : 1위 삼성 1969년 창립, 2위 INTEL 1968년 창립, 3위 SK하이닉스 1987년 창립

▷ 기술 격차

① 1978년 후지츠 64K 4년 격차

② 1980년 NEC 256K 3년 뒤짐

③ 1983년 히타치 1M 2년 뒤짐

④ 1986년 히타치 4M 6개월

⑤ 1989년 삼성 16M 동시 개발

⑥ 1992년 삼성 64M 추월

⑦ 1994년 삼성 256M 1년 앞섬

⑧ 1996년 삼성 1G 1.6년 앞섬

⑨ 2001년 삼성 4G 격차 확대

▷ 일본 반도체 패전 이유

① 기술력에 과다 의존해 제품을 생산

　→ 기술력은 한국에 뒤지지 않음

② 저수익 구조

　→ 성능 위주 공정 설계

③ 장비 업체와 공동 퇴보

→ 노광장비 : NEC-니콘, 되바-니콘, 히타치=캐논, 삼성 ASML(성공)

▷ 공정

① 원재료 웨이퍼

② 전공정 : Front-End 필름 증착(CVD, 산화 공정, 코팅)

→ 마스크, 패턴 전사(사진 공정) → 패턴 에칭(RIE, Wet 클리닝) → 반복

③ 후공정 : Back-End

→ 커팅 → 패키지 & 테스트

▷ 분류

① 메모리 반도체 : 데이터 저장, 기억 D램, NAND 플래시 반도체

② 비메모리 반도체 : 연산, 제어처리 CPU, AP

③ 비메모리 반도체는 80% 이상의 시스템 반도체와 LED처럼 각각 회로를 구성

▷ 특성

① 메모리 반도체 : 대량 생산, 장비 산업

② 비메모리 반도체 : 개발자 능력 의존하는 주문 산업

☐ **Business Model**

▷ 세트업체 : 제품 기획+조립

① IDM=종합반도체=Integrated Device Manufacture

② 제조사 설계부터 제조 공장까지 완제품 생산

③ 메모리=삼성전자 CPU, 인텔

▷ 팹리스 : Fabless 설계 Fabless Semiconductor 회사

① QUALCOMM, AMD ② APPLE, SAMSUNG ③ NVIDIA

▷ 파운드리 : Foundry 생산, Semiconductor Fabrication Plant

① TSMC ② SAMSUNG ③ UMC

※ Apple, 퀄컴, NVIDIA는 기술 유출 우려해 TSMC 선호한다.

▷ OSAT : 외주 반도체 패키지 테스트(Outsourced
　　Semiconductor Assembly and Test)

① ASE ② Amlor ③ ICET

▷ 이해

① 설계=Design=Fabless

② 생산=Manufacturing=Foundry

③ 조립&검사=Packaging & Test=OSAT

□ **반도체 Game Rule**

▷ 수율

① 원가=1/수율

② 수율=품질=공장 관리 능력

③ 제대로 동작하는 칩의 개수÷총 다이 개수×100=수율

▷ 미세 공정 Profit

① 반도체 스케일링 이론 크기 0.7배 줄임

② 칩면적 0.7×0.7, 소비전력 0.5, 연산속도 1.4배

③ 축소율 × 0.7/Node 130nm 기술 196개, 90nm 기술 412개

※ 130nm=PentiumⅢ=2001년 / 90nm=PentiumⅣ=203년 /
　5nm=2020년

▷ 시장점유율

① D램 : 삼성전자 40.6%, SK 하이닉스 29.8%, 마이크론 25.3%

② 파운드리 : TSMC 48.1%, 삼성전자 19.1%, 글로벌 파운드리 8.4%

③ 초미세 극자외선 EUV 공정, 삼성을 앞서는 TSMC

▷ 비메모리 세계 시장 규모

① 비메모리 시장이 메모리 반도체에 비교해 1.5배 크다.

② 약 4,856억$(18년), 비메모리 2,492억$ 51.3%, 메모리 삼성 +SK 1,638억$의 2.5배 규모의 시장

③ 1위 퀄컴 164억$, 2위 대만 MediaTek 79억$, 3위 중국 HiSikicon 55억$, 국내 1위 실리콘웍스 7억$ 세계 19위

□ 소·부·장=소재+부품+장비

① 실제 소·부·장 현장은 후방산업=Back-End

② 장비 산업 : 반도체 소자를 제조하는 공정에 이용되는 장비와 관련된 산업으로 이용되는 공정에 따라 노광 장비, 도포 장비, 세정 장비 건조 장비, 증착 장비, 에칭 장비 및 검사 장비 등이 있다.

③ 재료산업 : 반도체 웨이퍼 등의 기본 재료 또는 반도체 제조 공정에서 사용되는 각종 재료 도포제, 연마제, 공정 가스 또는 세정액 등을 생산 공급하는 산업이다.

■ 제언

①반도체 D램 헤게모니 언제까지, 국가적 미래 대책 대비해야 한다.

② 반도체 게임 룰이 변하고 있음에 대비해야 한다.

→ 기술 발전 축소화의 한계 앞서나갈 공간이 없다.

→ 새로운 사업 모델을 개발해야 한다.

→ 기업 단위로 국가 단위의 경쟁자를 감당할 수 있을까?

③ 삼성전자 혼자 각 분야에서 글로벌 기업들과 경쟁에서 과연 생존할 수 있을까? 정부에서는 무엇을 도와주면 되는지 전략을 내야 한다. 삼성이 각 산업 분야에서 글로벌 기업 경쟁에서 이길 수 있을까?

→ CE=Consumer Electronics

→ IM=IT & Mobile Communications

→ DS=Device Solutions

→ DP=Display Panel, 하만=자동차 전장

→ 세계적인 글로벌 기업 : 반도체 TSMC, Mobile Apple, 통신 HUAWEI, DP BOE, 전장 BOSCH

④ 세계는 빠르게 변화하는데 기술 Trend 파악하고 새로운 비즈니스 모델로 전환해야 한다.

→ 중국의 추격에 정부로서 대응 전략을 짜야 한다.

→ 산업 전 분야에서 중국은 한국의 기술 및 인력을 다 빼가고 있다.

→ '중국무역청'(가칭) 설립해 기술, 특허, 복제, 인력 유출을 막고 체계적으로 관리하고 대응해야 한다.

⑤ 한국 반도체 산업이 계속 성장하기 위해서는 비메모리, 특히 시스템반도체 분야에서 경쟁력을 갖춰야 한다.

→ 비메모리 반도체는 4차 산업혁명 기술 발전과 함께 5G, IoT 등 인프라를 기반으로 자율주행차, AI 로봇, 스마트홈, 스마트팩토리 핵심 기능으로 시장 규모가 폭발 성장한다.

→ 한국의 시스템반도체 글로벌 시장 점유율 3% 불과하다. 삼성전자를 제외하면 1% 미만이다.

⑥ 대만을 중국으로부터 보호해주는 TSMC 기업 경쟁력을 배워야 한다.

→ 기술+생산 역량+고객 믿음

→ '고객과 경쟁하지 않는다' 전략

→ 신뢰=Good Faith+성실=Integrity

2) AI 반도체 강국 도약

〔2020.08.28. 정책제언 No.80〕

◗ 핵심 요약

① AI 반도체 강국으로 도약하기 위해서는 R&D 차별화 전략이
필요하다.

② 반도체 설계 인력 부족과 하드웨어와 소프트웨어의 결합에
대한 역량 부족이라는 우리의 약점을 극복해야 한다.

③ AI 반도체 선점을 위해서는 대량 생산과 규모의 경제 달성이
라는 과거의 전략과 다른 소량 다품종 시대에 맞는 차별화 된
전략이 필요하다.

④ 엔비디아가 삼성을 제치고 반도체 기업 시가총액 2위, GPU
가 강점 AI 반도체 사업 다각화, 테슬라, 아마존도 AI 반도체
시장에 뛰어들었다. 글로벌 경쟁이 날로 치열해지는 데 대비
해야 한다.

⑤ NPU=신경망처리장치 선점이 4차 산업혁명 주도권을 좌우
한다.

⑥ 메모리 반도체와 AI 반도체 기술 격차를 삼성전자와 SK하이
닉스가 극복하려면 팹리스 업체와 협업해야 한다. 한국의 팹
리스 업체들이 등장해 AI 반도체 생태계를 구축해야 한다.

□ 현황
① AI 반도체 기술 선도국에 근접해 추격하고 있다.

② 정부는 기업의 R&D 활동을 적극 지원해야 한다.

③ AI 반도체 강국 도약의 잠재력은 충분하다.

④ Intel, NVIDIA, Google, Apple 등은 시장 선점을 위해 앞다퉈 투자하고 있다.

⑤ 한국만의 차별화 전략이 필요하다.

□ AI 시대 AI 반도체 중요성

① AI는 전 산업 분야 중심에 있다.

② AI 확산은 품질, 생산성 향상과 수요 예측으로 재고가 절감되고 개발 비용을 획기적으로 줄이고 있다.

③ 빅데이터, 딥러닝, 컴퓨팅 파워 기술 발전으로 AI 반도체가 활성화되고 있다

④ 한국은 메모리 반도체 1위를 유지해야 한다.

⑤ 시장 니즈 다변화와 소량 다품종 추세로 시스템 반도체 분야의 역량 확보가 절실하다.

⑥ 시스템반도체 시장 성장률 35.5%로 AI 반도체 선점이 반드시 필요하다.

□ AI 반도체 세계 1위 가능성

① 가능성 분석하기 위해서는

　　→ 우리의 기술 수준

　　→ 해당 산업에서 경쟁 상황

　　→ 우리가 어떤 노력을 하고 있는지 분석해 파악해야 한다.

② AI 반도체 기술은 선도국인 미국, 유럽, 일본과 비교해

　　→ 지능화 기술 : 1.9년 격차

→ 저전력 기술 : 1.0년 격차

→ 고신뢰 기술 : 1.0년 격차

→ AI S/W : 2.0년 격차

→ Bigdata : 1.9년 격차

→ 연산속도 : 40% 수준

→ 연산효율 : 100% 격차를 극복해야

③ 세계 최고국과의 격차가 1~2년이면 충분히 극복할 만한 수준이다.

④ 하드웨어 기술은 세계적인 수준이다. SW와 HW를 결합하는 기술 다소 뒤처지긴 하지만 극복 가능하다.

⑤ 현재 상태는 향후 세계 1위 달성이 결코 불가능한 상황은 아님을 보여준다.

□ AI 반도체 강국 R&D 전략

① 엔비디아의 GPU나 인텔의 FPGA는 이미 범용으로 시장 기반을 구축했다. 구글의 TPU는 자신의 콘텐츠에 최적화되어 있다. 우리나라가 단순히 AI 반도체 개발하는 데 목표를 둔다면 세계 최고 칩이 개발된들 수요자들은 최적화되어 있는 엔비디아의 자일링스 제품을 사용하게 될 것이다.

② AI 반도체 개발은 실제 시장에서 응용을 고려해야 한다.

③ 프로세스 코어 부문은 특정 목적용으로서의 ASIC 개발 차별화가 필요하다.

④ 차세대 프로세스 코어 부문은 뉴로모픽 칩에서 돌파구를 마련해야 한다.

⑤ IoT 프로세서 코어 경우 초고속, 초저전력, 초저비용 조건을

만족해야 한다.

⑥ 다수 응용 분야 공통으로 엣지에서의 추론 모델의 통합에 대한 니즈 발생할 것으로 예상해 이를 고려한 R&D 구상이 필요하다.

⑦ 예상 제품과 서비스를 충족하기 위해 틈새 전략을 펴야 한다.

□ AI 반도체 개발 경쟁

① Intel

→ AI 반도체 스타트업 하바나랩스 20억$ 인수

→ 14nm 공정적용 저전력 NPU Loihi 발표

② 삼성전자

→ 엑시노스 9820부터 자체 NPU 탑재 및 기능 고도화해 갤럭시 시리즈에 탑재

③ Apple

→ A11 바이오닉 AI 프로세서를 음성 및 안면인식 서비스 적용

④ Google

→ 자체 NPU팀 16부터 텐서프로세싱유닛 개발 검색, 이메일 활용

⑤ Facebook

→ 영국 그래픽코어의 AI 칩 개발 투자, 자체 서버에 적용 계획

⑥ Teslar

→ 자체 반도체팀 FSD(완전자율주행) 칩 개발, 자율주행차 적용 발표

⑦ NVIDIA

→ 고성능 AI 칩 Xavier, Orin 등 GPU 기반 저전력 AI 칩 개발

⑧ 화웨이

　→ 모바일용 AP 기린에 NPU 탑재

⑨ 바이두

　→ 자체 NPU 팀 장착 AI 반도체 삼성전자 통해 양산

⑩ 알리바바

　→ 서버용 AI 칩 Hanguang 개발해 클라우드 서버에 적용

□ NPU=신경망 처리 장치 Network Processing Unit

① 인간의 뇌 모방 NPU에 4차 산업혁명 주도권 좌우

② 프로그래밍 가능 Non-ASIC 칩

③ CPU 맡았던 네트워크 연결과 주변 기기 제어 기능을 분담

④ 저속 및 고속 N/W 처리 가능

⑤ 신 장비 사용, 시간 비용 감소

■ 제언

① AI 반도체 성장을 위해서는 직접적 상생 관계가 있는 AI SW 경쟁력을 갖춰야 한다.

② SW와 HW를 결합할 수 있는 설계 기술이 핵심인데 한국은 해당 부문에서의 기술 수준이 특히 낮다. 기술력을 올려야 한다.

③ 지금까지는 시장에 나온 AI 반도체 가지고 AI SW를 적용시키는 것이 주류였으나 주요 SW 업체들이 자신들에게 최적화된 AI 반도체를 설계하는 것처럼 앞으로는 사용자 경험에 최적화된 HW를 맞추어가는 것이 주류가 될 것이다.

④ 기존의 HW 성능 중심의 접근은 성공하기가 어렵기 때문에 대

기업 중심의 프로세스 코어 개발이나 중소기업 중심의 틈새 분야의 개발 시에도 모두 사용자 경험을 먼저 고려해야 한다.

⑤ 이런 접근 방법은 국내 HW 설계 기업들이나 SW 기업에는 익숙하지 않다. 그래서 융합 역량을 보유한 공공연구기관 등에서 필요 역량을 산업계로 확산해 주는 방법을 대안으로 제시해야 한다.

⑥ 우수인력은 해외로 유출되거나 대기업에서 채용해 감에 따라 중소기업 설계 인력은 턱없이 부족하고 설계 분야에서의 창업도 매우 부족한 실정으로 고급 프로그래밍 인력을 양성해야 한다.

⑦ 설계 기업들에 각종 세제 혜택 지원, 혹은 인력 확보를 위한 재무 지원 등 다양한 지원 방안보다 근본적으로 기술 역량을 가진 공공연구기관 등에서 한시적으로 직접적인 인력 지원을 해주는 것이 효과적이다.

⑧ 프로그래밍하는 AI 개발 로봇 적극적으로 활용해야 한다. 소수의 인력이 전체 설계 프레임 만들면 세부 프로그램은 AI가 직접 개발함으로써 부족 인력 공백을 채울 수 있기 때문이다.

⑨ 글로벌 IT 기업들이 AI 반도체에 집중하는 것은 향후 모든 IT 서비스와 스마트 기기에 AI 반도체가 탑재되기 때문이다. 외부 기업의 칩셋과 솔루션에 의존할 경우 자사 서비스 경쟁력을 빼앗길 우려에 대비해야 한다.

⑩ AI 반도체 핵심인 NPU의 경우 새로운 기술 분야에서 비반도체 업체들도 충분히 자체 투자나 인수 합병을 통해 개발 역량 확보가 가능하다.

⑪ 과거 반도체 전문 설계 업체가 만든 칩에서 벗어나 자사 AI

기술을 활용하거나 서비스 특성에 맞춘 AI 반도체를 직접 설계하고 생산은 전문 업체에 의뢰하는 사례가 늘고 있다. 즉, 반도체의 서플라이 체인이 급변함에 Trend를 파악하고 대비해야 한다.

⑫ 메모리 반도체와 AI 반도체 기술 격차를 삼성전자와 SK하이닉스가 극복하려면 팹리스 업체와 협업해야 한다. 한국의 팹리스 업체들이 등장해 AI 반도체 생태계를 구축해야 한다.

3) 중국 반도체 굴기

〔2020.08.28. 정책제언 No.81〕

◑ 핵심 요약

① 중국은 세계 최대 반도체 시장이나 해외기업 의존도 높아 자국 산업 육성 추진 '중국제조 2025'에서 2025년까지 반도체 자급목표 70%다.

② 메모리 반도체 D램의 경우 기술 격차는 5년, 낸드플래시는 2년 이상으로 추정된다.

③ 파운드리는 한국 공정 기술 대비 2세대(4~6년) 뒤처졌다. 한국은 대만을 추격 중이다.

④ 팹리스는 중국이 세계적 수준으로 성장한 반면 한국 팹리스는 경쟁력이 부족하다.

⑤ 반도체 장비의 선진국 대비 기술 수준은 한국이 90.4%, 중국은 75.1%이며 기술 격차 1~2년으로 좁혀지고 있다.

⑥ 중국 반도체 굴기 핵심은 규제 대신 기업 성장을 위한 유연한 정책, 명분보다 실리, 외국기업 유치, 국내 시장을 이용한 보조금 지급, 정부 주도로 강력한 기업 지원이다.

□ 육성 정책

① 2030년 글로벌 반도체 산업을 선도한다는 정책 방향 수립
→ 집적회로 발전 추진 요강

② '중국제조 2025'에서 2025년 반도체 자급률 목표 70%

→ 반도체 산업 에코시스템 구축
③ 미·중 갈등이 격화되자 국가 반도체 산업 투자 기금 2기 조성
상장 특례 제도 지원
→ SMIC 상장 약 10조 원 확보

□ **산업 현황**
① 2019년 세계 시장 5%, 자급률 15.7%
→ 미국 55%, 한국 21%, 유럽 7%, 대만 6%, 일본 6%,
② 팹리스 정책적 지원에 세계적 성장, 반도체 생산은 파운드리
중심이나 2019년 D램, 낸드플래시 양산을 통해 메모리반도
체 진출
→ 투자 부담이 적고 인력 확보가 중요한 팹리스 중심으로 성
장, 세계 수준의 경쟁력을 확보하고 있다.
③ 반도체 생산 해외기업 의존도가 높으며 2019년 순수 중국 기
업 생산량 기준 자급률은 6% 불과하다.
→ 4차 산업혁명 주도권 확보 등을 위해 반도체 산업 육성을
위한 중국의 투자는 지속될 전망이다.

□ **분야별 경쟁력**
▷ 메모리 반도체
① D램은 한국이 지배적 사업자
→ D램은 삼성전자, SK하이닉스 시장 점유율 74%, 진입 장
벽 높다.
② 기술 격차는 최소 5년 이상으로 추정된다.
→ 중국 2020년 2세대 D램 양산 추진

→ 한국 4세대 D램 2021년 양산 추진

③ 낸드플래시 기술 격차 2년 추정

　　→ 한국 44% 점유, 5~6개사 경쟁

　　→ 한국 2019년 128단 3D 낸드플래시

　　→ 중국 2021년 상반기 양산 계획

▷ 파운드리=Foundry, 위탁 생산

① 대만 1위, 한국 추격 중

　　→ 중국 공정 기술 2세대 4~6년 뒤짐

　　→ TSMC 세계 시장 54%

② 7나노 미만 공정기술 확보

　　→ TSMC와 삼성전자뿐

　　→ 삼성 2020년 2분기 5나노 생산

③ SMIC 2020년 4분기 7나노 양산 발표했으나 EUV 노광 장비
　도입 어려워 7나노 이상 양산은 난제

　　→ 미·중 갈등 심화 SMIC 규제 리스트 등재 가능성

▷ 팹리스=Fabless, 반도체 설계

① 중국 세계적 수준, 한국 1%

　　→ 미국 65%, 대만 17%, 중국 15%

② 중국 기업 수 약 1,700개

　　→ 한국 기업 수 약 100개

　　→ 퀄컴 14.8%, 엔비디아 7.8%, 미디어텍 7.6%, 애플 7.4%

③ 한국 팹리스는 인력 부족, 중국과 가격 경쟁, 제한된 제품군
　등으로 인해 성장세가 둔화하고 있다. 정부 정책 지원으로 기
　업의 어려움을 해소해 줘야 한다.

　　→ 4차 산업혁명으로 수요처가 다변화, 신성장 분야에 역량

집중할 때 기회가 있다.

▷ **반도체 장비**

① 장비 산업의 점유율 미국 40.2%

　→ 일본 28.7%, 네덜란드 17.6%, 한국 2.5%, 중국 1%

② 선도국 대비 기술 수준

　→ 한국 90.4%

　→ 중국 75.1% 격차 1~2년

③ 한국은 반도체 장비 수출의 중국 의존도가 높아 중국 장비 기업의 성장은 장기적으로 한국 장비 산업에 위협적 존재

　→ 중국 수출 71% 절대적

　→ 중국 반도체 기업 수요가 수출을 견인

□ **중국 파운드리 산업**

▷ **파운드리 미세 공정이 왜 중요한가?**

① 미세 공정 난도가 높을수록 고효율, 고기능 반도체 생산 및 칩 생산량 증가하기 때문

② 핵심 시장은 20nm 이하의 CPU, GPU를 비롯한 AP

▷ **세계 파운드리 중심은 대만**

① 세계 시장 50% 차지, TSMC 중심 설계 OSAT 기업 동반 성장

② 중국은 팹리스, OSAT가 먼저 성장하면서 제조 부문이 상대적 역량은 부재

▷ **글로벌 5위 파운드리**

① TSMC 유사한 사업 모델로 생산

② SMIC 국내 1위, 글로벌 5위

▷ 업체 선두와 기술 격차

① TSMC와 기술 격차 4년 이상

② DUV 공정으로 8nm 진입 시 격차는 2년 축소

▷ 미세 공정의 개발 원천=자본

① 미세 공정 거듭할수록 자본 지출

② 7nm 공정 월 1만 장 증설 25억$

③ 자본력이 바탕이 돼야 버틸 수 있음

▷ 선도 기술=고이익, 가격 경쟁력

① TSMC 선도 높은 점유율과 이익률로 이어지면서 승자 독식

② 반도체 원가에서 감각상각 비율 47% 수준, 먼저 개발할수록 가격 경쟁력을 보유

③ 16nm 6,000$/장, 7nm 10,000$/장, 5nm 12,500$/장 예상

▷ 반도체 굴기 파운드리 3위 도약

① 자본력 : 올해만 5조 원 이상 투자

② 국내 시장 : 풍부한 내수 기반 시장

③ 정부 정책 : 보조금 세계 최대

■ 제언

① D램은 디스플레이 산업 패권 변화처럼 빠른 변화는 발생하지 않으나 낸드플래시는 중장기 경쟁 심화에 대비해야 한다.

→ 한·중 기술 격차 D램 5년, 낸드플래시 2년 이상이다.

→ 중국이 단시간에 공급 능력, 수율 등을 향상하기에는 어려울 것이다.

→ 중국 기업은 후발 주자로 수익성 확보 등이 어렵지만 중국

정부의 지속적 지원에 힘입어 장기적으로는 한국 기업에 위협이 될 것이다.

② 파운드리는 한국과 중국이 직접적 경쟁 관계는 아니지만, 중국이 첨단기술력 제고를 추진해 향후 미·중 관계 개선 시 경쟁 관계에 대비해야 한다.

→ 삼성전자 2030년 비메모리 반도체 세계 1위를 목표로 TSMC 추격 중이다.

→ 미·중 관계 변화에 따라 네덜란드 EUV 장비 수출 허가 등은 한·중 기술 격차를 축소할 수 있다.

③ 반도체 장비는 한·중 간 기술 격차가 좁혀졌으나 미국의 화웨이 제재 강화 등으로 중국이 반도체 장비의 미국 의존도를 낮출 것으로 예상된다. 기회와 위협 공존에 대비해야 한다.

→ 중국 반도체 기업은 일본, 한국 등으로 공급사를 다변화할 것으로 예상되며 중국 기업보다 기술 우위 있는 한국에게 이전보다 더 많은 기회가 생길 것으로 예상된다.

→ 중국 반도체 기업은 중국 장비 기업의 단출한 제품 포트폴리오, 신뢰성 등으로 인해 중국 기업 대비 한국 기업을 선호할 것으로 예상되며 반도체 강국인 한국의 위상도 한국 장비 기업에는 기회의 요인으로 작용하고 있다.

→ 기회 요인에도 불구하고 한·중 간 반도체 장비 기술 격차는 1~2년으로 좁혀져 앞으로 3~5년이 양국 반도체 산업의 경쟁 우위를 결정하는 중요한 시기가 될 것으로 예상된다.

④ 한국은 중국과의 격차 유지를 위해 R&D에 힘써야 한다.

→ 우리의 강점인 메모리 분야에서 제품 기술 및 공정 기술에 대한 표준화를 선도해 중국과의 차별화를 더욱 확대해 나

가야 한다.

⑤ 중장기적 반도체 육성 정책에서 범부처의 일관성 유지 정책 필요하다.

　→ 중장기적 기술개발, 인력개발, 집적화 단지 조성, 시험평가 시스템 등 제반 반도체 관련 정책을 범정부적인 정책의 지속적 추진과 개발 자원 분산 방지 및 집중화 프로젝트를 선별 수행해야 한다.

⑥ 반도체 전문인력을 양성해야 한다.

　→ 기존 설계, 공정, 장비 분야 외에 마케팅 인력 양성이 시급하다.

　→ 해외 반도체 고급인력의 국내 유치 적극 유도 및 국내 대학생 해외 기업 인턴십 프로그램 시도해야 한다.

⑦ 영업 비밀 보호 정책을 강화하여 기술 유출을 방지해야 한다.

　→ 중국 반도체 업계에 한국 기술 인력이 상당히 많이 종사하고 있는데 이들의 영업 비밀 유출을 보호할 대책을 마련해야 한다.

⑧ 국가 출연의 반도체 기술 전문연구소 설립이 필요하다.

　→ 미래 기술을 선도할 전문기술연구소, 집적화 단지 등 미흡

　→ 기술 지원 정책 일환으로 반도체 관련 기술개발 센터들이 대학만 집중되어 있어 산업과의 연계가 부족한 실정이다.

　→ 독립된 반도체 기술 전문연구소가 첨단기술개발의 구심적 역할과 원천기술 확보 기능을 맡아야 한다.

⑨ 중국 반도체 굴기 핵심은 규제 대신 기업 성장을 위한 유연한 정책, 명분보다 실리, 외국기업 유치, 국내 시장을 이용한 보조금 지급, 정부 주도로 강력한 기업 지원이다.

4) 이스라엘 반도체와 기술패권주의

〔2020.08.28. 정책제언 No.82〕

◑ 핵심 요약

① 이스라엘은 세계적으로 반도체 산업이 가장 선진화된 국가이며 반도체 디자인센터가 세계 2, 3위 수준이다.

② 인텔, 퀄컴 등 디자인센터에서부터 셀레노(Celeno), 발렌스(Valens) 등 고성능 와이파이 칩셋을 개발하는 최첨단 ICT 스타트업까지, 이스라엘의 반도체 부문 내 혁신은 이스라엘이 글로벌 기술 혁명의 전면에 있음을 증명한다.

③ 패권을 결정짓는 요소는 자본, 토지, 금융, 상업, 군사력보다 결국 기술인 시대가 왔다.

④ 현재 세계는 실패와 시행착오, 축적의 시간이 없이는 절대 이길 수 없는 기술패권주의 시대다.

□ 성공 핵심 요인

▷ 군대 경험

① 엔지니어들은 방위군 IDF(Israel Defence Forces) 복무 경험에서 얻은 지식 활용한다.

② 정보부대 Unit8200부대 출신은 제대 후 창업한다.

③ 세계 유수 스타트업을 설립 Check Point, Cyberseason Palo Alto Networks 등이다.

▷ 창의적 마인드

① 이스라엘 산업 생태계는 혁신적이며 ICT 기업들 상황에 민첩하게 대응, 리스크를 감수하는 능력을 보유하고 있다.

② 모방할 수 없는 이스라엘의 문화가 장점이다.

③ 글로벌 기업들은 이스라엘의 창의성에 매료되고 있다.

▷ **외부 전문가 유입**

① 90년 초 월 3만 명 이민자 수용

② 구소련 이민자 100만 명 육박

③ 엔지니어, 과학자가 첨단기술 발전에 기여

▷ **테크니온**

① 공과대학교, 과학 교육 전문

② 첨단산업 성장, 혁신의 핵심 요소

③ 졸업생 70% 이상 첨단산업에 종사

□ **반도체 기업**

① Intel

   → 이스라엘에 연구소 4개 운영

② Qualcomm

   → 2개의 R&D 센터 운영

③ Marvell

   → 세계 3위 팹리스 기업

④ Mellanoc

   → NVIDIA 인수

⑤ DSP Group

   → 광범위한 무선칩셋 포트폴리오

⑥ IP Kight

→ 고성능 광전송망 기술

⑦ Winbond

→ 플래시메모리 최대 판매 업체

⑧ Arbe Robotics

→ 완전자율주행 솔루션

⑨ Valens

→ 비압축 방식 고용량 데이터 전송

⑩ Sckipio

→ ITU 표준 최초 반도체 기업

⑪ Habana

→ 최적화된 AI 프로세서

⑫ Autotalks

→ 자율주행차 차량사물통신

⑬ Innoviz

→ 자율주행차용 고성능 센서 SW

⑭ CoreTigo

→ IoT 무선네크워크

⑮ CoorChip

→ 데이터센터에 고속데이터 전송

⑯ Ceragon

→ 무선 백홀 솔루션 제공

⑰ Vayavision

→ 자율주행차 인지 능력 기술

⑱ Altair

→ SONY 인수 LTE 칩셋 제조

□ 패권주의 = Hegemony

▷ 패권국

① 패권국 : Hegemony 군사력+상업+금융에서의 압도적인 지위는 물론 정치적인 리더십도 갖추고 있는 국가

② 패권국은 자원에 대한 통제력, 자본의 요소에 대한 시장의 통제, 고부가가치의 상품에 관한 경쟁 우위를 모두 갖춘 나라

③ 패권을 결정짓는 요소는 자본, 토지, 금융, 상업, 군사력보다 결국 기술

▷ 기술패권주의

① 기술×정치×인구=Power

② 기술 제휴+현지 합작 → 해킹, 산업스파이, 인력 유출

③ 글로벌 밸류체인 → 지역 밸류체인

▷ 국가 기술패권주의 시대

① 미국, 화웨이 통신장비 사용 금지 명령

② 미국, 중 푸젠진화 반도체 수출 금지

③ 영국, 안보 위협 인수합병 정부 개입

▷ Hegemony 기술 획득 추구

① 투자 유치 ② 보조금 정책 ③ 산업스파이

▷ Hegemony 기술 획득 방어

① 무역 관세 조치

② 협력기업 부품 공급 제한

③ 안보 이유로 수출 제한

□ 반도체와 기술패권주의

▷ 역사적 Hegemony

① 군사적 초강대국 : Military Hegemony → 몽골 칭기즈칸

② 경제 대국 : Economy Hegemony→ 네덜란드

③ 과학+기술패권 : Science Hegemony → 대영제국, 미국

▷ 미래 전쟁 핵심 기술

① AI & Autonomy : 자율 무기

② Cyber 전쟁

③ Robotics 전쟁+Data Science

▷ 반도체 패권주의

① 삼성 D램이 있다고 4차 산업혁명을 선도할 수 없다

② AI 반도체는 AI 시대 핵심 부품이다.

③ AI 시대 선도할 수 있는 능력 있어야 한다.

▷ 역사적 교훈

① 산업혁명 때 증기기관이 산업혁명을 촉발한 것이 아니다.

② 증기기관으로 만들어진 산업이 산업혁명을 일으킨 것이다.

③ 증기선, 증기철도, 증기군함 등은 글로벌 네트워크를 구축하는 핵심 수단이며 글로벌 산업을 선점하기 위한 부품이다.

④ 구한말 조선은 증기군함을 도입했으나 운영할 사람, 지탱할 산업도 없었기 때문에 무용지물이 된 것이다.

▷ 반도체는 부품

① 반도체로 만들어진 AI와 자율주행차 산업

② 반도체 산업으로 글로벌 네트워크 체제를 만드는 일

③ 그런 일을 하지 못하면 한국은 그저 D램 메모리만 공급하는 역할에 그칠 것

▷ 한국 반도체의 약점

① 새로운 산업은 새로운 시장이 필요하다.

② 새로운 시장 개척에는 우선 국내 내수 시장이 있어야 한다.

③ 남들보다 경쟁력 있는 기술이 있어야 한다. 메모리 산업 치중, 비메모리 취약하다.

■ 제언

① 이스라엘 엔지니어의 창의적 도전적 마인드를 배워야 한다.

② 세계는 지금 기술패권주의 시대, AI 시대 신산업 분야 신기술 선점만이 살길이다.

③ 일본의 무역 보복은 기술패권주의 진면을 보여주는 사건, AI 시대는 국가가 전쟁하는 것이 아니라 기업이 전쟁하는 시대다.

④ 삼성 혼자서 모든 분야를 커버한다는 것은 아무것도 제대로 만들 수 없다는 것을 역설적으로 의미할 수 있다. 자력 기술 개발이 아니라 글로벌 네트워크에서 경쟁사와 협력해야 한다. 지금은 발견의 시대가 아니라 실행의 시대다. 과거에는 천재 한 명이 차고에서 발명해 뚝딱 만든 시대라면 지금은 무수히 많은 엔지니어가 수많은 실험을 통해 혁신을 만드는 시대다. 실패와 시행착오, 축적의 시간이 없이는 절대 이길 수 없는 기술패권주의 시대다.

5) 한국 반도체 산업 경쟁력과 위협 요인

〔2020.08.28. 정책제언 No.83〕

◑ 핵심 요약

① 주력 품목인 메모리 분야에서 국제 경쟁력은 확고하다. 반도체 매출의 92.7% 차지한다.

② 최신 공정 도입을 위해 투자 규모와 기술력이 크게 높아진 후발 기업의 추격이 쉽지 않다.

③ 시스템 반도체 부문 경쟁력은 취약하다. 파운드리 경쟁력은 대만에 이어 세계 2위지만 팹리스 경쟁력은 많이 뒤처진다.

④ 한국 반도체 산업이 장기적으로 경쟁력을 유지하기 위해서는 시스템 분야 경쟁력 강화가 필요하다.

⑤ 자율주행자동차, 5G 등 킬러 애플리케이션 보급 확대는 침체한 반도체 수요가 급등해 기회의 요인이다.

⑥ 미·중 무역 분쟁에 따른 피해를 최소화하기 위해 외교적인 노력이 필요하다.

⑦ 해외 반도체 공급망에 대한 의존도를 낮추기 위해 국내 반도체 설계 부문을 육성하고 소재·부품·장비 부문의 자급률을 위한 투자가 절실하다.

□ 현황

① 반도체 1위 수출 품목인 우리나라뿐 아니라 미·중 주요국들은 반도체 산업에서의 경쟁 우위를 확보하기 위해 패권 다툼

중이다.

② 미·중 간의 무역 분쟁도 첨단 반도체의 자급률을 높이려는 중
국과 첨단 산업에 있어 기술적 우위를 유지하려 하는 미국 간
의 갈등에서 비롯됐다.

□ **강점**

① 확고한 메모리 반도체 기술우위

② 세계 시장 과반 점유 격차가 현저

③ 최신 공정 투자 규모, 기술력 격차로 후발주자의 추격 어려움

□ **약점**

① 시스템 반도체 분야 경쟁력 약화

② 팹리스 분야 선두 기업과 격차

③ 팹리스 분야는 중국에 뒤짐

□ **기회**

① 4차 산업혁명 신산업 발전으로 메모리 수요가 증가

② 자율주행차 등으로 수요 증가

③ AI 시대 IoT 확산으로 수요 증가

□ **위협**

① 빠르게 추격하는 중국

② 미·중 패권 전쟁에 유탄

③ 대만이 중국에 공급망 확보

■ 제언

① 중장기적으로 위협 요인에 대응하기 위해서는 미·중 분쟁에 따른 피해를 최소화하기 위해 외교적인 노력을 해야 한다. 외교 기술력이 절실한 시점이다. 과기부+산자부+외교부 등 범부처 협력해 대응해야 한다.

② 해외 반도체 공급망에 대한 의존도를 낮추기 위해 국내 반도체 설계 부문 육성 및 장비 소재 부품의 자급률을 확대해야 한다.

③ 중국으로의 기술 유출은 대부분 전 현직 임직원에 의해 발생하는 만큼 경영자에 대한 산업 기술 보호 교육 확대, 기술 유출 대한 처벌 강화 및 퇴직한 경력자들이 재취업 생태계를 구축해야 한다.

④ AI, 빅데이터, 자율주행자동차, IoT 융합한 새로운 반도체의 수요가 폭발적으로 창출될 것이다. 초소형, 저전력 기술 등 제품 경쟁력을 바탕으로 새로운 시장에 즉시 대응할 수 있도록 팹리스 기업의 확대와 관련 고급 인력 양성에 집중해야 한다.

⑤ AI 전문인력을 양성해야 한다. 현재 한국의 팹리스 시장은 디스플레이 IC, 전력반도체 등 품목이 매우 제한적으로 창의력 요구되는 전문인력이 부족하다. 주요 대학의 반도체 관련 학과의 배출 인력은 해외와 비교하면 실질적으로 감소 추세다. 더구나 자율주행, 로보틱스, 인공지능 보안 등 신기술 관련 연구실의 증가세와 비교하면 반도체 고급 인력 양성은 정체되고 있다. 외국의 대학과 비교하면 반도체 학과 정원은 늘지 않고 있다. 전문인력 양성 교육 체계 개선이 시급하다. 이공계

우수 인력의 해외 취업이 늘고 있다. 이공계 인력은 기업 경쟁력은 물론 국가 과학기술 역량을 떠받치는 기반이다. 산업 현장에서는 SW 인력이 부족해 아우성이다. 우수 이공계 인력이 해외 나가는 근본 이유는 무엇일까. 노사 관계부터 고용, 처우 문제까지 전반적으로 살펴보고 대책을 내놔야 한다. 해외에서도 고급인력을 유치해야 한다. 새로운 산업에 선제적으로 대응하고 그 시장을 우리의 경쟁력으로 연결할 수 있도록 비메모리의 산업 인프라와 이를 지탱할 수 있는 산업 생태계, 지식 인프라 혁신이 시급하다.

⑥ 메모리 분야에서 중국의 추격에 대비해야 한다. 최근 소식에 따르면 YMTC 낸드 플래시 기술 격차는 1년 안팎으로 좁혀졌다고 분석한다. 중국은 실질 공기업 체제로 천문학적인 투자 금액과 인력을 쏟아붓고 있다. 시장 상황에 따라 전략이 달리해야 한다. 메모리 산업의 초격차를 유지하기 위해서는 D램, 플래시 중심의 R&D에서 M램 등 차세대 메모리로 패러다임 전환을 선도할 수 있도록 기술 경쟁력과 관련 고급 인력 육성에 더욱 박차를 가해야 한다.

※ M램 : D램보다 속도 및 내구성이 수십 배에서 수백 배 향상

⑦ 소재, 장비의 경쟁력 강화가 필요하다. 반도체는 전후 공정에 매우 많은 장비와 화학물질, 재료 등이 투입되는데 일본, 유럽 등 해외 의존도가 매우 높다. 다양한 공급처를 확보해야 한다. 세계 반도체용 웨이퍼 시장의 53%를 일본 기업이 차지하고 있다. 포토 장비의 경우는 일본 의존도가 90% 넘는다. 일본의 수출 제한 조치는 국제 관계 갈등이 외교 안보와 같은 전통적인 이슈에서 이미 기술로 이동된 것을 의미한다.

⑧ 장기적으로 소·부·장 산업을 육성해야 한다. 정부는 반도체, 디스플레이 분야 핵심 품목에 5년간 2,000억을 투자해 소·부·장 산업을 육성하겠다고 발표했다. 그러나, 실제 그러한 핵심 품목의 원천기술을 확보하기는 쉽지 않다. 원천 특허를 피해서 새로운 접근법으로 신기술을 개발하는 것 자체도 어려울뿐더러, 이를 위해서는 지속적인 R&D와 투자가 필요하다. 그뿐만 아니라, 유사한 성능 품목이 개발되었다 하더라도 실제 양산에 투입되기까지는 매우 신중해야 한다. 수율에 직결될 수 있기 때문이다. 기초, 원천기술은 주기의 특성상 후발국이 뛰어들기에는 매우 큰 리스크가 존재해 인내심을 가지고 꾸준히 지원해야 한다.

⑨ 대규모 투자가 요구되는 산업 특성상 과감한 결단을 할 수 있는 대기업과 이를 지원하는 공급 체인망의 기업들이 주축이 되어 방어와 혁신을 감당해야 한다.

⑩ 뉴노멀 반도체 시대를 대비해야 한다. 코로나 팬데믹에 따른 뉴노멀, 기술 경쟁력, 기술 패권 등 반도체 산업은 새로운 위협과 기회의 시대다. 메모리는 삼성, 비메모리는 인텔이라는 공식 같은 이 문구가 우리의 노력에 따라 바뀔 수 있는 시대를 맞이했다. 새로운 기회를 국가 경쟁력으로 연결하기 위해 설계, 공정, 소재 등 연관 산업 생태계를 더욱 확대하고 이들을 기존 반도체 공급 체인망에 편입시킬 수 있도록 다양한 지원을 해야 한다.

⑪ 새롭고 다양한 시장에 적시에 대응할 수 있도록 기업군의 포트폴리오 구축을 국가적으로도 고민해야 한다. 대기업뿐만 아니라 중소기업에도 고급 인재가 주축이 될 수 있도록 지식

인프라 혁신에 우리 역량을 더욱 결집해야 한다.

2. 소·부·장 산업

1) 소·부·장 산업 육성

〔2020.07.20. 정책제언 No.53〕

□ **소·부·장 산업 : Materials+Equipments+Components**

① 소재+부품+장비 ② 제조업=뿌리산업 ③ 기초산업=핵심산업

▷ 중요성

① 제조업 경쟁력=핵심 요소

② 주요 산업=파급효과 큼

③ 미래 제조업=선도산업

▷ 발전사

① 1970년대 : Posco 제철 산업, 삼성 반도체 산업

② 1980년대 : 화학소재

③ 1990년대 : Display 산업

④ 2000년대 : Battery 산업

▷ 성과

① 외형적 크게 성장

② 산업 발전 기반 조성

③ 일부 기초산업은 세계 선두

▷ **한계**

① 해외 의존 구조 지속

② 수요와 공급의 협력모델 부재

③ 기획, 개발, 양산, 생산의 단절

④ 질적, 미래 제조업의 성장 한계

▷ **숙제**

① 국내 공급망을 안정하게 구축

② 산업 경쟁력 강화, 제조 기반

③ 정부, 민간이 협력해 경쟁력을 강화

▷ **변화**

① 친환경+스마트화+디지털화

② 경량화+융복합화+AI 활용

③ 핵심기술 확보+안정 공급

▷ **시각 : 일본이 보는 한국**

① 카피캣=흉내쟁이 ② 가마우치=경제 ③ 과거 식민지=속국

▷ **소·부·장 무역적자 지속 이유**

① 일, 소·부·장 강국 : 제조업의 17%

② 일, 원천기술, 융합기술에 집중

③ 일, 수입 의존

□ **일본 수출 규제**

▷ **명분**

① 강제징용 배상 판결 ② 한·일협정 해결 ③ 국제협약 준수

▷ 1차 발표 : 2019.7.1.

▷ 시행 : 2019.7.4. 반도체, 디스플레이 분야로 삼성, SK, LG에 대한 핀셋 규제

① 액화 불화수소 ② 플루오린폴리이미드 ③ 포토레지스트

▷ 2019.8.2 : White List 제외

① 수출 승인 간소화 혜택 없앰

② 931개 품목 영향

③ 159개 품목 피해 큼

▷ 경과=2019년

① 8.22 : GSOMIA 종료 결정

② 9.11 : WTO에 일본 제소

③ 9.18 : 백색국가 일본 제외

④ 11.22 : GSOMIA 조건부 연장

▷ 성과

① 국산화, 수입 다변화, 공급 안정성 확보

② 100대 핵심품목 재고 확보

③ 소·부·장 분야 기술력 육성

▷ 우려

① 대기업 위주 해결

② 중소기업 문제 방치

③ 대기업 중심 산업 구조 견고

▷ 정책 발표

① 2019.8.5. 소·부·장 경쟁력 강화 대책, 10.11. 소·부·장 경쟁력 위원회 출범

② 2020.7.9. 소·부·장2.0 전략

③ 2021년 ? = 소부장 3.0 전략, 2022년 ? = 소부장 4.0 전략

▷ **소·부·장 수출 규제 2탄 예의 주시, 대비해야**

① 8.4. 이후 강제 매각=현금화 → 신일철주금 국내 자산 매각

② 일본 수출 규제 카드 준비

③ 규제 대상 확대되면 피해

▷ **2차 수출 규제 예측**

① 제조업 전 분야 ② 밸브류+특수배관 ③ 기계류 + 장비류 등

▷ **일본 소·부·장 경쟁력**

① 기업 간=협력+공생 철학

② 협력 중소기업=지속적 투자

③ 기술개발+장인정신=제조문화

■ 제언

① 산자부 발표 소·부·장 2.0 전략, 소·부·장 산업의 발전이 아
  니라 보고서, 발표 진화다. 발표만 하지 말고 실행해야 한다.

  → 이전 발표된 혁신성장 재포장했다.

  → 338+α 확장 너무 많음=구호만 요란하다.

  → 모든 소·부·장 국산화할 수 없다.

  → 중소기업 육성과 인력 양성이 빠졌다.

  → 소·부·장 1.0과≠2.0 연속성 없다. 완전 다른 전략으로 잡탕
    식 정책이다.

  → 백화점식 나열, 화려한 수사가 아닌 핵심 소·부·장 품목에
    집중해야 성과를 낼 수 있다.

→ 교육제도 개선, 퇴직자 기술 경력 활용을 모색해야 한다.

→ 지금까지 정부 발표한 전략 Plan만 놓고 보면 벌써 세계 최고의 소·부·장 강국이 되어 있어야 한다.

→ 부처는 계획, 전략 발표를 성과로 여기는 문화가 있다.

→ 공무원 평가표에 계획, 발표 위주가 아니라 결과, 성과 체크를 해야 한다.

→ 현장 모르니 해법을 모른다.

→ 아무도 계획 발표 후 진행 상황 점검, 성과를 따지지 않는다.

→ 그때 이슈에 맞춰 위기만 넘기려 하는 타성에 젖었다.

→ 정책을 일관성 있게 추진해도 성과를 내기 어려운 게 현실

→ 기업이었다면 벌써 파산이다.

② 정부는 소·부·장의 가치사슬을 최첨단에서 최하단까지 세밀히 분석해 산업 안보 차원에서 관리하고 대책을 마련해야 한다.

→ AI 소·부·장 분석 System을 구축해 활용해야 한다.

→ Japan List, 수입 품목 목록 작성해 일일이 대체 공급망을 찾아봐야 한다.

→ 삼성그룹도 수입 소·부·장 품목 30% 대체 불가로 판단했다.

③ 소·부·장 산업 육성은 별개로 기업 간 불균형 경계해야 한다.

→ 중소기업과 신규 기업들은 배제되고 기존에 이권 갖은 기업들에만 지원과 혜택이 몰리는 것을 막아야 한다.

→ 개발 대비 시장이 크지 않아 국산화를 추진하기가 어려운 품목을 파악해 대책을 마련해야 한다.

④ 소·부·장 산업이 장기적으로 성장할 수 있는 대기업과 협력 중소기업 간 상생의 생태계를 조성해야 한다.

→ 단기적 공급 안정성도 중요하지만, 중소업체 위주의 생태계 조성이 시급하다.

→ 대기업 중심 수직 계열 통합 구조에서는 중소업체 스스로 R&D를 할 수 없다. 구조를 변혁해야 한다.

→ 대기업의 지시에 의한 개발과 설계에 의한 생산 의뢰받은 기업만 납품받는 구조를 개혁해야 한다.

→ 글로벌 경쟁력 갖추기 위해 중소벤처부도 지원해야 한다.

→ 협력업체와 신차 개발 정보를 공유하는 도요타자동차의 소·부·장 공동 개발 전략을 배워야 한다.

⑤ 지금까지 정책이 일본 수출 규제에 따른 피해 방지 차원의 비상조치 대책이었다면 앞으로는 산업 구조 개편 차원 전략과 수출 정책으로 추진돼야 한다.

→ 소·부·장 산업의 육성은 단순히 몇 개 품목의 국산화 달성이 성공은 아니다.

→ 소·부·장 산업 핵심은 시장성 확보. 개발비는 많이 들지만 이를 최대한 효과적으로 판매하기 위해서 글로벌 판매망을 구축하는 것이다.

→ 국산화된 기술과 제품이 글로벌 시장에 진출할 수 있는 시스템을 만들어야 한다.

⑥ 산·학·연 협력 연구, 핵심 소·부·장 자립화를 위해 정부의 지원은 상시 지속돼야 한다.

→ 단기, 장기적 소재의 원천기술을 확보해야 한다.

→ R&D 예산 24조 중 소·부·장 관련 예산 2조로는 부족하다.

⑦ 대기업은 단기 수익 중시하는 경영에서 상생 협력 경영으로 전환해야 한다.

→ 소·부·장 산업 발전은 제조업 경쟁력 강화에 핵심 요소이며 중소기업의 성장 동력이다.

→ 대기업은 중소기업을 협력 파트너로 인식하고 소·부·장 산업 발전을 위해 정보 공유를 하고 기술 협력해야 한다.

⑧ 현장에 답이 있다 산업 현장을 직접 찾아 현장 밀착형, 중소기업 맞춤형 정책을 펼쳐야 한다.

→ 현장에서 문제 풀어내겠다는 각오, 절박감, 긴박감이 요구된다.

2) 소·부·장 산업 따라잡기

〔2020.09.07. 정책제언 No.95. 94〕

◑ 핵심 요약

① 코로나19 여파로 보호무역주의가 확산해 아세안 등 신흥시장 성장으로 글로벌 분업 체제가 빠르게 재편되고 있다.

② 글로벌 공급망 재편 양상이 신흥시장별 공급망을 강화하고 중국을 둘러싼 가치사슬 형성, 기업 간 투자 제휴 활성화가 활발하다.

③ 동남아, 중남미, 신흥시장에서 부품 조달과 제품 생산, 판매 유통을 현지에서 모두 소화 가능한 자체 완결형 공급망이 조성되고 있다.

④ 소·부·장 산업 육성에 한국 수출 주력 제조업의 운명이 걸려 있다. 선택과 집중을 통해 장기적 관점에서 투자해야 한다.

⑤ 역량을 갖춘 중소·중견 소·부·장 기업이 글로벌 가치사슬에 참여하고 새로운 글로벌 시장에 진출할 수 있는 시장 창출 전략이 필요하다.

□ GVC 의존도 : 높음

① 한국 : 55% ② 독일 : 51% ③ 미국 : 44% ④ 일본 : 41%

※ GVC : Global Value Chain

□ 이유

① GVC 적극 활용

② 교역 규모 늘어남

③ 1조 456억$(2019년), 10년 전의 3배

□ 소·부·장 산업

① 최종 제품 생산을 위한 중간 제품인 소·부·장 산업이 처한 환경, 경쟁력이 천양지차다.

② 소재 부품의 경우 다양한 수요 산업 존재와 분업 구조 입각 글로벌 공급기지 역할 수행하고 있다는 점은 강점이다.

③ 중국의 자급률 강화, 보호무역주의 강화에 따른 글로벌 공급 체인 개편으로 수요 축소 위험은 약점 요인이다.

④ 4차 산업혁명 신산업 분야의 고부가가치 첨단소재에 대해 취약한 국내 산업 기반과 낮은 기술력으로 전방 산업과의 연계성이 낮다.

⑤ 원재료에 대한 해외 의존도가 높고, 소재 가공하고 제조하는 장비에 대한 자급도가 낮다.

■ 제언

① 소·부·장 산업은 글로벌 시장을 기반해야 성공할 수 있다.

→ 국내 내수로만 경제성을 확보할 수 없다.

→ 글로벌 시장으로 확장 진출하지 못하면 그냥 육성 정책 발표만으로 끝난다.

② 글로벌 경쟁력을 갖춘 중소·중견 기업이 탄생해야 한다.

→ 일본은 글로벌 경쟁력을 확보한 소·부·장 제품을 한국에

수출해 이득을 얻고 있다.

→ 한국은 그것으로 중간재를 만들어 중국에 수출한다.

→ 국제 분업을 통한 협력 구조다.

→ 하지만 작년부터 글로벌 공급망 체제가 무너지고 있다.

→ 소·부·장 산업 전체로 피해가 확산하고 있다.

→ 산업 전반에 치명적 문제가 발생하고 있다.

③ 중소·중견 소·부·장 기업들이 경쟁력을 갖추기 위해서 기초 연구가 필요하다.

→ 기초 연구 없이는 소·부·장 산업 육성은 불가능하다.

→ 연구 개발에 집중 투자하면 결과가 몇 년 지나서 나온다.

→ 눈앞 이익과 효율성만 중시한다면 소·부·장 산업에서 일본의 가마우치 체제에서 벗어나기 힘들다.

④ 소·부·장 산업 육성을 위해서는 정책 전환이 필요하다.

→ 지금까지 국산화, 대일 역조 해소, 수출산업으로서의 육성이 목표였다.

→ 이제는 제조업 부가가치 창출과 역량 제고 관점에서 글로벌 전문기업이 나올 수 있는 산업 생태계를 조성하기 위한 전략으로 전환해야 한다.

⑤ 제조업의 가치사슬 완성도 및 안정성을 제고하고 부가가치를 창출시켜야 한다.

→ 가치사슬에 대한 면밀한 분석을 토대로 소·부·장 산업이 새로운 가치를 창출할 수 있는 분야를 전략적으로 선별해 자원 배분의 실효성을 확보해 나가야 한다.

⑥ 일본 수출 규제로 공급 안정성에 위험성이 높은 분야에 대해서는 조기에 연구 개발 투자를 집행해야 한다.

→ R&D 이외에도 기술을 획득할 수 있는 특허 구매와 전략적 제휴 등 다양한 방식을 구현해야 한다.

⑦ 중점 분야를 선정해 투자를 대폭 확대해야 한다.

→ 글로벌 시장에서 경쟁성, 기술 획득 가능성 등 분석 투자 포트폴리오를 구성해야 한다.

→ 기술개발의 위험이 크고 산업화가 어려운 분야의 특성을 고려해 장기간 대규모 투자가 가능하도록 투자 방식을 바꿔야 한다.

⑧ 중소·중견 소·부·장 기업이 글로벌 수준의 전문기업이 될 수 있도록 산업 생태계를 조성해야 한다.

→ 이를 위해서는 기업의 혁신 역량을 제고해야 한다.

→ 정책과 세제 지원 및 규제 완화를 통해 투자 의욕을 고취하고 성과를 창출할 수 있는 환경을 조성해야 한다.

⑨ AI와 빅데이터를 활용해 제품 개발, 실증, 신뢰성 확보를 위한 투자 비용과 위험을 낮춰야 한다.

→ 연구기관의 개발 성과가 기업에 전달될 수 있는 시스템을 구축해야 한다.

→ 대학이 보유하고 있는 기술이 이전될 수 있도록 관련 연계 지원 프로그램을 활성화해야 한다.

⑩ 역량을 갖춘 중소·중견 소·부·장 기업이 글로벌 가치사슬에 참여하고 새로운 글로벌 시장에 진출할 수 있는 시장 창출 전략이 필요하다.

→ 글로벌 공급망과 연계하거나 현지 시장 개척을 위한 R&D 사업도 확대해 나가야 한다.

→ 국내 소·부·장 산업 육성을 위해 산업, 기술 정책과 통상

전략과의 연계가 중요하다.

→ 최근 포스트 중국으로 부상하고 있는 신남방·신북방 지역에 대한 세밀한 진출 전략을 마련해야 한다.

⑪ 장기적인 지원 체계를 구축하기 위해 법적 기반을 공고히 해야 한다.

→ 최근 소·부·장 산업 분야의 기술 흐름을 반영해 법적 지원을 제도화해야 한다.

→ 산업 환경이 융복합화, 복잡화되면서 산업 육성에 다양한 정책 조합이 필요하다.

→ 범부처 간 협력을 촉진하고 강화할 수 있는 지원 체계를 만들어야 한다.

⑫ 전략적 제휴에 나서야 한다.

→ 4차 산업혁명 시대를 맞아 고부가가치 신기술을 선점하기 위한 글로벌 기업 간 합종연횡이 활발하다.

→ 소·부·장 산업의 첨단기술을 희망하는 기업 60%가 적극적 제휴를 추진하고 있다.

→ 소·부·장 산업 육성에 한국 수출 주력 제조업의 운명이 걸려 있다.

→ 선택과 집중을 통해 장기적 관점에서 소·부·장 산업에 투자해야 한다.

3, 중소기업

1) 산업 경쟁력

〔2020.05.07. 정책제언 No.15〕

◑ 핵심 요약

① 장기적으로 경쟁력을 키워야 한다.

② 산업 경쟁력 약화는 경제 환경 변화가 아니다. 즉, 코로나 사태와 무관하다. 기술개발을 하지 않아서다.

③ 저성장 극복의 기준은 기업 경영이다. 국가 산업 정책이 문제가 아니다.

□ 산업 경쟁력 약화 요인

① 산업 현장 경쟁력 약화

→ 주력 산업의 지속적 수출 증가에 현장에서 경쟁력 저하를 인식하지 못하고 있다.

→ 노조는 자기네 이익만 생각한다.

② 기술 Trend 변화 무지

　　→ 4차 산업혁명 시대 신기술 대비가 부족하다.

③ 경영 세습

　　→ 창업주 불굴의 정신과 창의력을 발휘하는 후계자 3, 4대가 없다.

④ 국내 시장 독점 안주

　　→ 국내에서 충분한 기회를 누리고 있다.

　　→ Global 시장 공략이 미비하다.

⑤ 중간 제조업만 집중

　　→ 원초 기술개발을 하지 않고 있다.

　　→ 현실에 안주하고 있다.

⑥ 비정규직 양산

　　→ 기술 축적이 안 되고 있다.

　　→ 직업 훈련이 미흡하다.

⑦ 단기 경영 성과 주력

　　→ 분기 성과를 중요시하는 경영 평가이다.

　　→ 장기 R&D가 미흡하다.

　　→ 과도한 위기관리 경영이다.

　　→ 사내 유보금 비율이 높다.

■ 제언

① 장기적으로 경쟁력을 키워야 한다.

　　→ 브랜드, 연구개발 주력

→ 4차 산업혁명 기술 축적

② 산업 경쟁력 약화는 경제 환경 변화가 아니다. 즉, 코로나 사태와 무관하다. 기술개발을 하지 않아서다.

　→ 기업의 내부 역량이 부족하다.

③ 저성장 극복의 기준은 기업 경영이다. 국가 산업 정책이 문제가 아니다.

　→ 기업의 경쟁력으로 극복해야지 정부가 해줄 수 없다

　→ 정부의 역할은 기업의 활동을 촉진하는 경영 환경 조성이다.

　→ 기업은 정부가 무엇인가 해주기를 기다리면 안 된다.

④ 새로운 비즈니스 모델을 개발해야 한다.

　→ 기존 사업 모델은 한계에 도달했다.

⑤ 경영 마인드를 혁신해야 한다.

　→ 과거 경험에 의존하는 고집 경영은 버려야 한다.

　→ 젊은 경영, 고객 맞춤 경영, 시대에 맞게 경영해야 한다.

⑥ AI 시대에 맞는 AI 산업에 주력해야 한다.

　→ AI 산업에 올인해야 한다.

　→ 정부발 AI PJT로 시장 물꼬를 터줘야 한다.

⑦ 기업은 사회적 책임을 다해야 한다.

　→ 양질의 일자리 창출에 앞장서야 한다.

⑧ 마케팅 경쟁력을 향상해야 한다.

　→ 고객의 구매 욕망을 찾아 비즈니스 모델을 개발해야 한다.

　→ Niche Market을 공략해야 한다.

⑨ 10년 후 2030년은 AI 시대. AI 산업에 올인, 마케팅, R&D가 한국의 산업 경쟁력을 향상해 고도화된 산업을 만들어 갈 수 있다.

2) 미·일 도산 기업과 한국 한계기업

〔2020.08.22. 정책제언 No.15〕

◑ 핵심 요약

① 한계 중소, 대기업 폐업, 도산 예측하고 대비해야 한다.

② 기업들의 도미노 파산을 막기 위해서는 과감하게 긴급 수혈에 나서야 한다.

③ 가장 절박한 곳에 실제로 자금이 투입돼야 한다. 단. 경쟁력 있는 기업에 투입하고 좀비기업은 구조조정을 해야 한다.

④ 일시적인 '돈맥경화'로 파산 위기에 몰린 기업을 살리는 일은 시간과 싸움이다.

⑤ 지금 당장 중소기업들이 운전자금 부족으로 수없이 쓰러졌던 IMF 때도 정부는 구조 개선 자금을 연장에 지원하겠다는 안일한 대책만 내놓은 결과 1997년 1만 개 기업이 도산한 것을 반면교사 삼아야 한다.

□ 미국

▷ 중소기업 도산

① 8만 곳은 영구 폐쇄(기간:3/1~7/25), 그중 6만 곳은 지역 기업이다.

② 미 파산협회 '파산챕터11'에 따르면 800개 이상이 법정관리 신청했다.

③ 파산 절차는 조용히 진행되고 있다.

→ 실시간 데이터 부족과 소기업 경우 부채가 없는 소유주들
이 있어 법원 통계에 잡히지 않고 있다.

④ 경제 활동 차지 비율

→ 500명 미만 기업 44%

→ 전체 고용의 50%

→ 7월 미국의 실업률 10.2%

⑤ 미국 상공회의소 설문에 따르면 중소기업 소유자 약 50% 가
영구 폐쇄를 고려하고 있다.

→ 소기업의 평균 생존 기간은 5년이다.

→ 코로나 여파로 더욱 짧아지고 있다

⑥ 파산챕터11, 법정관리

→ 기업 소유주가 사업 계획을 수립하는 동안 채권자로부터
사업을 보호해주는 장치다.

→ 시간을 지연시켜도 경영상 미래에 큰 차이가 없다.

→ 파산 신청 후 신용 손상이 되면 향후 재기의 기회가 없다.

→ 대출 거부 가능성 24% 높아졌다.

□ **일본**

▷ **중소기업 도산**

① 406사 도산

→ 음식점 56사

→ 호텔+여관=48사 등

→ 제국 Data Bank 조사

② 코로나 여파 지속될 때 폐업 검토 7% 이상

→ 전국 6,600사 응답

→ 경영 자금 여유가 있어도 코로나 여파 지속 시 폐업 신청
　　　하겠다는 기업 많아지고 있다.

　③ 상공회의소 정부에 지원 요청

　　　→ 구직 지원금 개인사업자 확대

　　　→ 공공기관 납기 연장해 줄 것

　　　→ 잔업 규제 친화적 시행 요구

　　　→ 자금 부족 도산 막기 위해 정부와 민간 금융사에 대응 강
　　　화해 줄 것을 주문하고 있다.

□ IMF-국제통화기금

　▷ 경고

　① 충분한 정부 지원이 없다면 중소기업 부도가 3배 증가한다고
　　경고하고 있다.

　② 세금 혜택, 보조금 지원이 없을 경우 부도율은 전년 4%에서
　　12%로 급증한다고 전망한다.

　③ 증가하는 파산은 기업 지원 여부 및 방법과 관련해 정부에 어
　　려운 선택을 요구하고 있다.

□ 한국

　▷ 한계기업

　　　→ 재무구조가 부실해 영업이익으로 이자 비용도 감당 못 하
　　　는 기업이다. 한계기업의 증가는 고용 악화로 이어진다.

　① 상장된 기업 중 한계기업 증가율 21.6%로 세계 주요국 20개
　　국 중 2번째로 높다.

　　　→ 2018년 2,556사

→ 2019년 한계기업 수 3,011사, 종업원 수 26만 6,000명

　　→ 2018년 2,556사 21.8% 대비 17.8% 증가

　　→ 2018년 대비 21만 8,000명 22% 증가

　　→ 대기업 한계기업 수 2018년 341사, 2019년 413사

　　→ 중소기업 한계기업 수 2018년 2,213사, 2019년 2,596사

② 대기업 한계 기업 413사 종업원 수 14만 7,000명

　　→ 2018년 341개 21.1% 상승

　　→ 2018년 11만 4,000명 29.4% 증가

③ 한계기업 수는 중소기업이 많고 한계기업에 고용된 종업원은 대기업이 더 큰 폭으로 증가하고 있다.

▷ **파산 신청 기업 증가**

① 연도별 파산 신청 증가

　　→ 2017년 699사 → 2018년 807사 → 2019년 1,007사

② 3월 파산 101건, 지난해 66건의 53% 증가했다.

③ 코로나19 상황 지속 시 국내 500개 기업의 고용유지 한계 기간

　　→ 6개월 이상 67.5%

　　→ 4~6개월 이내 9.2%

　　→ 0~4개월 이내 23.3%로 조사됐다.

■ 제언

① 코로나19 여파로 글로벌 저성장, 제조업 경기 둔화, 불확실성 확대, 일자리 감소, 소비심리 위축, 수출 교역 감소는 기업의 실적 악화로 이어진다. 재무적 곤경 중소기업은 구조조정 수

요가 증가할 것으로 파산 신청에 대비해야 한다.

② 아직은 중소기업 도산이 본격 가시화되지 않고 있다. 중소기업이 파산으로 몰리기 전에 조기에 중소기업의 회생 전문가를 투입해 체계적으로 자문을 해야 한다.

③ 대기업 구조조정과 파산에 대비해 정책적 지원해야 한다.

→ 구조조정 염두에 둔 곳이 많다. 무·유급 임직원 급여 삭감, 비상 경영 돌입, 유동성 확보와 비용 절감으로 버티고 있다. 6개월 이상 지속 시 감원 외 달리 방법 없다.

→ 대기업 파산과 실업이 발생하면 생산 능력이 저하되고 코로나 종식 후에도 경기회복이 지체된다. 적극적 정책 지원으로 경제 시스템을 보호해야 한다.

④ 대기업의 도산은 중소기업 파산과 직결되므로 막아야 한다.

→ 전체 기업의 99%가 중소기업, 근로자 수는 전체 근로자의 88%를 차지한다.

→ 한국의 중소기업 대다수가 대기업의 하청 구조다.

→ 국내 중소기업은 대기업에 납품하는 수직 종속 구조로 대기업이 어려워지면 중소기업이 직접 타격받는다. 아직까지는 대기업의 선방으로 심각한 타격을 받지 않고 있다.

→ 대기업 경영난은 바로 중소기업 경영난으로 이어진다.

→ 대기업과 중소기업의 상생 협력으로 위기를 극복해야 한다.

→ 미, 독, 일본의 중소기업들은 기술 경쟁력으로 버티고 글로벌 서플라이 체인 회복되면 금방 나아지는 구조다.

⑤ 하지만 중간재를 수입해 수출하는 한국의 중소기업은 전년 대비 -10.4%, 산술적으로 따져 봐도 수출 중소기업의 10%는

타격을 입고 있다. 만약 3/4분기 실적에서도 수입 감소가 나타나면 수출 타격으로 심각한 경영 상황이 우려된다.

3) 경제지표 분석과 화관법 대응책

〔2020.08.22. 정책제언 No.74〕

◑ 핵심 요약

① 정부는 2분기 -3.3% 역성장을 기적 같은 선방이라고 자평했다. 중국 +11.5%, 미국 -9.5%, 독일 -10.1%, 핀란드 -13.8%

② 6월 산업 생산, 소비, 투자 3대 지표 상승세가 경기 반등 기대감 키우고 있다. 섣부른 낙관론에 기대어 임시방편 대책에 재정 능력 전부를 쏟아부으면 곤란하다.

③ 외국과 우리나라는 코로나 인한 경제 활동이 다름을 인식하고 내년 경제에 대비해야 한다. 미국 및 유럽은 코로나 방역 실패로 공공기관과 식당, 슈퍼마켓, 소매점 등이 Shut Down 됐다. 그래서 경제성장률이 대폭 마이너스다. 외국은 대다수 중소, 소매업 매출 Zero에 따른 역성장이다. 하지만 코로나가 잠잠해지는 내년 V자 성장이 예측된다.

④ 10월 화관법 시행되면 도금+염료 업종의 중소기업은 도산 위험이 급증한다. 자동차 반도체 제조업까지 타격받을 수 있다. 미증유 경제 상황의 업체에 설치 비용을 지원하는 등 대책을 마련해야 한다.

□ 최근 경기지표 분석
▷ 2/4분기
① 제조업 국내 공급 동향 전년 동기 대비 국산은 -5.7%, 수입

-1.2%, 3/4분기 실적이 우려됨

→ 중간재 -10.4%

→ 1차 금속 -13.3%, 전자제품 -8.5%, 화학제품 -7.4%

② 6월 산업 생산, 소비, 투자 3대 지표 상승세가 경기 반등 기대감을 키우고 있다. 키움=OECD 예측 -1.2%에서 -0.8%다. 2차 유행하면 -2.0%다.

③ 정부는 흑자 도산 기업 나오지 않도록 산업 현장을 예의 주시하고 선제 조치를 해야 한다.

→ 한계기업 또는 경영상 자금난 겪고 있는 기업 현장을 방문해 파악하고 대비책을 마련해야 한다.

□ **화관법(化管法)=화학물질관리법**

① 화학물질의 제조자 또는 수입자가 화학물질을 사전 등록한 후 제조 또는 수입을 하도록 하는 법이다.

② 화학물질을 사전 등록하기 위해서 등록 대상 화학물질의 물질명 식별 정보, 용도, 화학물질의 분류 및 표시 물리화학적 특성, 유해성 평가 및 위해성 평가, 안전 사용 등에 관한 내용을 환경부에 제출하여 등록하도록 하고 있다.

③ 매년 화학물질의 용도와 양을 보고하여야 하며, 유해 화학 물질을 포함하고 있는 제품은 신고하도록 하고 있다

▷ **CAS 등록**

① 화학물질 1억 가지 이상이다.

② 각국 화학물질 List 10,000단위다.

③ 국내 유통 기존 화학물질 등록 43,500개에서 매년 증가해 현재는 약 50,000개다.

▷ CAS : Chemical Abstract Service

① 유럽 REACH 10만 개

② 미국 TSCAT 8~9만 개

③ 일본 '화심법' 3만 개

▷ **위험성**

① 화학물질 오염 ② 광범위하게 미침 ③ Risk에 국경 없음

▷ **대비책**

① 국제 화학물질 규제 동향을 파악해야 한다.

② 안전이 제일 중요하다.

③ 산업 유지, 발전도 고려해야 한다.

▷ **중요성**

① 기간산업이다.

② 무역에서 차지하는 비중이 크다.

③ 화학물질 관리, 거래나 통관 산업 정보에 대한 보안을 유지해야 한다.

□ **화학물질 등록 및 평가에 관한 법률**

▷ **역효과**

① 강한 규제 조치다.

② 기업에 대한 경제적 부담이 가중된다.

③ 경제 성장에 지장을 초래한다.

▷ **우려**

① 소량 물질 등록 면제 제도

② 연구개발 물질 등록 면제 삭제

③ 영업 비밀의 침해

▷ 모범사례

① EU : 세계 화학물질규제법 모델

② 미국 : 산업 유지+발전 측면

③ 일본 : 한국과 유사

□ **화학물질관리법**

▷ 한국

① 1990년 유해화학물질관리법 제정

② 2000년 안전사고, 인체, 환경 인식

③ 2013년 '화평법' 제정, EU 영향을 받음

▷ EU

① REACH 2006년 제정 2007년 시행

② 2018년까지 단계적 적용

③ 화학물질관리법

※ REACH : Regulation on Registration, Evaluation, Authorization and Restrict of Chemicals

▷ 미국

① TSCA 76년 제정

② 화학물질 제조, 가공, 유통 사용 및 처분 과정에서 노출로 인한 인체 피해와 환경에 미치는 리스크 예방하고 규제 관리

③ 사전적 예방을 위한 법제

▷ 일본

① 68년 이따이이따이병 발생

② 72년 화심법 제정

③ 09년 개정 유해성+위해성 확대

□ 환경 규제

▷ 시각 차이

① 정부 : 안전

② 시민단체 : 환경 보전

③ 산업계 : 산업 발전, 환경 규제=비용 유발

▷ '화관법' 인식 차이

① 산업계 : 비용 증가, 경쟁력 약화

② 시민단체 : 외국보다 낮은 규제

③ 정부 : 법과 정책의 양면성 고려

▷ 해결 방법

① 안전성과 기업 경쟁력 강화 조율

② 환경 규제와 환경 오염의 대립

③ 시설 설치 비용 문제 해결해야

■ 제언

① 2차 코로나 대유행에 따른 3/4분기 이후 충격 최소를 위한 대책 점검에 나서야 한다.

→ 신규 확진자 급증한 서울, 경기 2단계 격상했다.

→ 전 세계 최근 200만 명 감염, 2차 대유행 조짐이다.

→ 한국은행 취업자 3명 중 1명은 경제 활동 어려워져 소득 분배 악화를 경고했다.

→ 내수는 물론 수출도 경고음이 들린다.

② 내년을 내다보는 안목으로 생산, 소비, 고용에 미칠 충격을 최

소화하는 경제 대책을 마련해야 한다.

→ 눈앞의 실적에만 맞춰 대응하지 말고 내년을 대비해야 한다.

→ 기존의 사고를 혁신해야 한다.

→ 내수 활성화보다는 우선 방역을 강화하는 선제 대응 체재 시스템을 구축해야 한다.

③ 코로나 2차 대유행을 막아야 한다.

→ 2차 대유행 시 내수는 물론 수출도 타격을 입게 된다.

→ 제조업 감염자 발생하면 치명타, 기업 셧다운 초비상이다.

④ 10월 시행 화관법 처벌 땐 중소기업의 줄폐업 막아야 한다.

→ 화학물질관리법을 환경부는 코로나 여파로 4월부터 9월 말까지 유예했으나 10월 시행 예정이다.

→ 고용유지지원금으로 가까스로 연명하는 중소기업 수두룩한 실정이다. 월 매출이 반 토막 이상 감소했는데 폐수처리장 설치비 수억 원 지출은 도산을 재촉할 수 있다.

→ 현장에서는 불황으로 망하든 단속으로 망하든 결국 폐업뿐 이라며 자포자기 상태다.

→ 환경 측면에서는 중요하기 때문에 미증유 경제 상황을 고려, 정부와 지자체가 설치 비용을 지원하는 대책 등을 마련한 후 시행해야 한다.

→ EU도 10여 년 논의 끝에 신화학물질관리제도(REACH) 도입했지만, 관련 기업 줄줄이 폐업, 도산, 외국 기업 매각되는 피해를 보았다.

4) 중소기업 도산 원인과 대응 방안 전편

◑ 핵심 요약

① 한국 중소기업의 도산 문제는 구조적인 측면에서 발생한다. 단기적으로는 일시적 금융 지원, 중기적으로는 기업의 역량을 제고하고 자생력을 높이기 위해 구조조정 및 과감한 혁신이 필요한 시점이다. 좀비기업은 도태시키고 기술 경쟁력 있는 기업은 살려야 한다.

② 중소기업 도산 방지를 위해 금융 지원 필요 시 바로 지급되도록 현장을 Real Time으로 파악하고 대처해야 한다.

③ 도산 및 파산 신청에 앞서 법인 회생을 고려해야 한다.

④ 부도 기업에 대한 재활 기회 부여해야만 부실기업의 구조조정을 촉진할 수 있다.

⑤ 정책 입안자는 거시적인 관점에서 문제의 본질을 파악하고 탁상공론이 아닌 현장 맞춤형 정책을 수립해야 한다.

□ 중소기업 근본적 부실 원인

① 중소기업의 생산성 및 수익성이 장기적으로 하락하고 있다.

② 중소기업 부실이 문제 될 때마다 이를 모면하기 위해 정부는 부실 징후 기업에도 자금을 지원했다.

③ 그래서 중소기업 자생력이 저하된 것이다.

□ 생산성 하락

① 노동 생산성 지속적 하락이다.

② 장비 비율이 총 유형 고정자산에 비해 낮아 생산율 둔화.

③ 대기업이 제조업 전체의 기술 진보를 선도, 대기업 중심의 연구개발 투자에 기인한다. 대기업에 종속되는 중소기업은 기술력 저하로 생산성 떨어지고 있다.

□ 과도한 금융 지원 정책

① 생산성 저하가 수익성 악화로 나타남에도 불구하고 부실 노출이 지연되고 있다.

② 정부의 과도한 반복적 각종 금융 지원은 생산성 증대로 자생력을 제고하는 것을 차단하는 부작용이 발생한다.

③ 금융 지원 정책은 일시적으로 중기 부실을 완화했으나 결국 부실의 정도를 심화시킨 주요 요인이다.

□ 구조조정 목표

① 매출 증대를 통해 수익성 개선이다.

② 본 사업에서 수익성 높다.

③ 영업이익 높이기 위해서 비용 절감보다 매출액을 신장시켜야 한다.

④ 인건비, 금리, 재료비 등 비용 절감 노력보다는 신규 품목 개발, 사업 전환, 업종 전환, 영업망 확충 등 적극적 구조조정이 필요하다.

□ 미시적 충격에 취약성

① 기업의 재무구조가 취약하다.

② 경영 지배구조가 불안하다.

③ 인사 정책의 난맥이다.

□ 거시적 충격에 취약성

① 동종업계 산업의 불황이다.

② 경제 전반의 침체다.

③ 통화, 재정 정책의 실패다.

□ 부실기업 구조조정 지연

① 경영진 부실 대처 능력 부족이다.

② 부실 조기에 노출 기피다.

③ 채권기관의 채권 회수 조치 경계다.

④ 도산하면 재기 기회 없기 때문이다.

⑤ 채권은행, 기금사의 책임 추궁에 적극적 나서지 않는다.

□ 부실화 단계

① 부실 징후 ② 구조조정 추진 ③ 기업 퇴출

□ 구조조정의 핵심 쟁점

▷ 회생 가능성

① 부실의 원인

→ 일시적 자금 흐름

→ 사업 구조상 문제

② 회사 보유한 무형의 가치

→ 사업의 영업권(Goldwill)

→ 특허권, 경영진 노하우 영업 판매량, 기술력 포함

③ 구조조정 청산 비용

→ 직접적 비용: 제반 행정 비용

→ 간접적 비용: 장기적 소득하락

▷ **착수 시기**

① 채무 변제 능력 악화하기 전

② 대출에 대한 연체 발생 전

③ 외상 매출 대금 회수 지연 전

④ 가능하면 조기에 은밀하게 추진

▷ **고려 사항**

① 기존 기업주 처리

② 구조조정 참여 설득

③ 지분투자 계약에 CRC 출자지분 인수할 수 있는 조항 포함

※ CRC=Corporate Restructuring Company 기업구조조정전문회사

▷ **잠재 부실 노출 지연**

① 중소기업 연체율 상승 억제

② 은행 손실 심각하지 않음. 은행 순수 신용대출 채권 회수를 시도해 손실을 축소시킴

③ 정부 출연 보증기관도 중소기업 부실을 꺼려 함. 부실 증가가 자산의 이해관계에 부합되지 않기 때문. 출연 예산이 증가하면 기금 출연과 함께 부실의 책임 추궁 및 기금 운영자에 대한 구조조정 등을 요구함. 보증기관 입장에서는 최대한 부실 노출을 지연시키고 있음

▷ **채권자 간 이해 상충**

① 채권자별 이해관계 상이

② 담보채권자 조정

③ 무담보채권자 조정

□ 워크아웃 제도

▷ **개별 은행의 워크아웃**

① IMF 전 산업 합리화 틀에서 정책적 실시

② IMF 후 부실기업에 대한 회계 관행이 정착

③ 구조조정 계획 마련 후 실무 협의, 실사 거쳐 채권 회수 또는 기업 회생

▷ **워크아웃 절차**

① 중소기업 워크아웃 대상 기업은 채권은행 총 채권액이 50억 원 이상인 법인 또는 개인사업자로서 '기촉법' 대상 기업은 제외. 채권은행 공동 관리 신청, 채권은행 워크아웃 신청

③ 채권은행 자율협의회 소집

④ 외부 전문기관, 채권재조정 반대채권 매수 청구권 행사 소액 채권 은행의 협약 배제

⑤ 자율협의회 의결 관리 대상 기업의 경영 정상화 계획 확정

⑥ 재무 재조정, 사업 및 고용 조정, 주거래 은행 약정 점검

⑦ 공동 관리 절차 종결

▷ **워크아웃 기업 예상 수**

① 회생형 구조조정이 의무화되는 C등급 중소기업 수 전체 대상 기업 중 7~8% 상회

② 상시 신용위험평가 대상 1~2%

③ 코로나 여파로 급증이 예상

▷ 실효성

→ 금융기관은 법원에 의한 구조조정보다 채권단 주도의 워크아웃을 선호

▷ **워크아웃에 적합한 중기 특성**

① 금융기관 채무액이 20억 원에서 200억 원 사이다.

② 채무 조정만으로 회생 가능성 크고 기업주에 대한 채권은행의 신뢰가 존재하는 기업이다.

③ 보증 담보부채권 및 담보부채권의 비중이 높아서 청산보다는 워크아웃에 따른 실익이 높은 기업이 회생형 기업 구조조정 워크아웃에 적합하다.

□ 도산 원인

① 제품 판매 부진 51.3%

② 판매 대금 회수 지연

③ 납품+거래 기업의 도산

④ 설비 투자 실패

⑤ 방만 경영

⑥ 영업 적자 누적

⑦ 재무 관리 실패

⑧ 공동 경영자 내분

□ 판매 부진 근본 원인

① 동종업체 간 출혈경쟁 50%

② 제품 사양화

③ 대기업 시장 참여, 시장 잠식

④ 수입품의 시장 잠식

⑤ 모기업 수주 감소

⑥ 내수시장 위축 33.1%

⑦ 수출 격감

□ **대처 방안**

▷ **정부 정책적 측면**

① 중소벤처 창업 기반 조성

② 기술·제품 경쟁력 강화

③ 중기 정책자금 지원 효율

④ 인력자원 지원 방안 모색

⑤ AI와 디지털화

⑥ 대기업 간 협업 관계 구축

▷ **금융 제도 측면**

① 지급 수단의 개선

② 기업 신용평가 기준 개선

③ 기술 담보대출 확대

▷ **부실기업의 회생**

① 채무 재조정

② 사업 구조조정

③ 인원 감축

④ 경영진 교체 등

▷ **회생 제도 필요성**

① 시장 실패의 보완

② 자원 낭비의 방지

③ 기업 구조조정의 촉진

④ 사회 경제의 안정

⑤ 경제 활성화와 고용 증대

▷ **회생 지원 방안**

① 회생 지원 기금의 조성·운영

② 부도 상황 악화 방지

③ 회사 자산의 분산 방지

④ 근로자의 동요 방지

⑤ 화의와 회사 정리의 활성화

⑥ 일괄+분할 경매시장 활성화

⑦ 기업 구조조정 전문회사 활성

⑧ 부도 기업 유휴 설비 효율 활용

5) 중소기업 도산 원인과 대응 후편

〔2020.08.23. 정책제언 No.76.77.78〕

■ 제언

① 부실 징후 기업에 대한 자문 서비스를 해야 한다.
→ 기업의 건전한 구조조정 퇴출을 지속해 추진해야 한다. 신성장 산업 발달에 걸림돌로 작용하지 않는다.
→ 자문기관의 전문성, 독립성, 객관성 등이 보장되어야 효과적 자문이 가능하다.

② 신보와 기보 관련 제도 개선 및 발상을 전환해야 한다.
→ 보증기업에 대한 채무 재조정에 있어서 존재하는 법, 제도적 제약을 완화하도록 법을 개정해야 한다.
→ 중소기업 구조조정에 대해 전향적인 자세를 견지해야 한다.
→ 장기적인 시각에서 손실의 현재가치를 최소화하는 것이 무엇인지 판단해 워크아웃에 참여해야 한다.
→ 피해자 입장에서 벗어나 객관적인 데이터에 근거 채권 은행에 합리적 요구를 하고 대상 기업의 채무 재조정에 능동적으로 대응해야 한다.

③ 선의의 부도 중소기업인을 재활시켜야 한다.
→ 부도 기업인의 재활을 통하여 개인적 경제적 곤궁을 극복하고 사회적으로 경제에 기여해야 한다.
→ 미국은 파산경험자 88%가 취업한다.
→ 궁극적 기업가 정신을 고양해야 한다.

→ 선의의 부도 기업인에 대한 재활 프로그램을 마련해야 한다.

→ 재창업할 수 있도록 별도의 제도를 통해 자금을 지원해야 한다.

→ 법적인 문제와 사회적 합의가 필요하다.

④ 구조조정 정책이 효과를 발휘하기 위해서는 부실의 단계별 정책을 연계해야 한다.

→ 구조조정 과정에서 경영정상화 계획 수립 및 특별 약정 체결로 시너지 효과가 나타날 수 있다.

→ 부실의 현재화 이전에 부실에 대처하기 위한 노력을 사후적 인센티브와 연계한다면 기업 구조조정 촉진을 위한 일관성 확보하는 데 기여할 것이다.

⑤ 중소기업 부도를 막기 위한 매출채권 제도를 강화하고 지원해야 한다.

→ 중소기업이 물품 용역을 제공하고 취득한 매출채권의 부도 위험을 공적 보험으로 인수하는 매출채권보험제도를 활용하고 적극 지원해야 한다.

→ 지난 20년간 20만 개 이상의 중소기업 도산 방지에 기여한 매출채권보험 금액을 늘려야 한다.

→ 광주광역시는 신용보증기금과 매출채권보험 보험료 지원 업무 협약을 체결했다.

→ 매출채권보험에 가입한 기업에 보험료 50%(최대 3,000만 원 한도)를 지원하고 신용보증기금은 매출채권 보험료 10%를 우대 할인한다.

⑥ 정부는 기업 도산을 막는 긴급자금 100조 원 규모 중 중소·중견기업에 29조 1,000억 원을 현장에 긴급 지급해야 한다.

→ 코로나19로 경영 위기를 맞은 중소기업에 금융기관과 관련 단체 등에서 다양한 중소기업 지원 시책을 마련, 지원해야 한다.

→ 중소기업, 자영업자 대한 대출 보증 등 금융 지원 규모 58조 3,000억 원을 긴급 집행해야 한다.

→ 흑자 도산을 막기 위한 회사채신속인수제, P-CBO(프라이머리 채권담보부증권) 결합을 지원해야 한다.

→ 채권 안정 펀드 CP 매입으로 장기 회사채 시장과 단기자금 시장을 안정시켜야 한다.

※ CP : Commercial Paper(기업어음)

⑦ 기업의 재무 상황, 사업 기회 등 차이를 반영한 다양한 구조조정 수단이 마련돼야 한다.

→ 구조조정을 초래하는 사회적 비용에 대한 인식이 필요하다.

→ 관련 제도 개선을 위한 적극적 노력이 요구된다.

→ 한계기업 중에도 경쟁력 갖춘 기업은 구조조정으로 살리고 좀비기업을 선별해 공적자금 투입을 막아야 한다.

⑧ 파산을 신청하기에 앞서 법인 회생을 먼저 고려해야 한다.

→ 법인 회생 지원 제도로 지원해야 한다.

→ 다수 기업의 파산 신청은 막아야 한다.

⑨ '기업구조조정촉진법'의 제도 개선과 상시화를 해야 한다.

→ 기촉법은 채권단 100%가 찬성해야 구조조정이 가능한 자율협약과 달리 75%만 찬성해도 구조조정이 가능해 법정관리보다 신속하게 기업을 회생시킬 수 있고 부실기업이라는 낙인이 찍힐 우려가 낮다는 장점이 있다.

→ 회생 절차 이용 시 부실기업 낙인과 불필요한 고용 축소가

발생한다.

⑩ 중소기업이 부실 예방 및 도산 해소는 결국 중소기업 스스로가 해결해야 할 문제이고 정부의 역할은 경쟁력과 의지가 있는 중소기업을 지원하는 데 한정돼야 한다.

→ 구조조정을 거부하고 맹목적인 지원을 기대하는 기업은 퇴출할 수밖에 없다는 시장 원리를 모든 중소기업인에게 각인시켜야 한다.

→ 당면한 부실 문제를 해결하고 경제의 중장기적인 성장을 위해 한계 중소기업을 시급히 구조조정해야 한다는 명제는 전체 중소기업에 동일하게 적용돼야 한다.

⑪ 정책 입안자는 미시적인 시각보다는 거시적인 관점에서 문제의 본질을 파악하고 탁상공론이 아닌 현장 맞춤형 정책을 수립해야 한다.

⑫ AI와 Bigdata를 활용한 'AI 기업 부도 및 파산 방지 시스템' 구축으로 기업의 도산 위험을 감소시키고 경영 혁신에 도움을 줘야 한다.

4. 게임 산업

1) 게임 산업 발전 방향 전편

〔2020.08.12. 정책제언 No.64〕

◖ 핵심 요약

① 게임은 비대면 경제 디지털 여가 문화를 주도한다. 불경기에
도 끄떡없는=Recession Proof 산업이다. 4차 산업혁명 시대
를 선도하는 게임 산업을 집중 육성해야 한다.
② 신기술 발전을 선도하는 핵심 산업으로 주목받고 있다. 미래
융합산업 핵심 분야 게임 산업의 재육성이 시급하다.
③ 4차 산업혁명 시대 신기술 증강현실, 체감형 기술 구현 콘텐
츠 산업을 집중 지원해야 한다.

□ Z 세대 : Game Generation
① Mobile Native

② 가치관, 기술 이용이 탁월

③ 주로 앱을 이용

④ 게임보다 게임 동영상

⑤ 짧은 캐주얼, 배틀로열 선호

⑥ 전 세계 Z세대를 위한 게임 제공 사업전략 적극 나섬.

※ 1945~1954 : Baby Boomer

　1965~1980 : Gen X

　1981~1996 : Gen Y

　1997~2012 : Gen Z

　2012~ : Gen Alpha

□ 한류 소프트파워

① 컴퓨터 게임

② 애니메이션

③ 드라마

④ 음악

⑤ 대중문화 수출

□ Game 산업

▷ 정의

① 게임산업진흥에관한법률 제3조 및 e스포츠진흥에관한법률
제6조 근거

→ 상품기획+제작 유통=서비스

② 게임

→ 컴퓨터프로그램, IT 오락

③ 게임 상품

    → 게임물 이용 부가가치 창출

▷ **현황**

① 신기술 기반 게임시장 선점 세계 경쟁 심화

② 한국 게임 관련 법령은 시의성을 잃음

③ 아케이드 관련 규제들이 산업 발전 막고 있다는 비판

▷ **분류**

① 게임 제작 및 배급업

    → 게임 기획 및 제작업

    → 게임 배급업

② 게임 유통업

    → 컴퓨터 게임방 운영업

    → 전자 게임방 운영업

▷ **Platform**

① PC 기반 : 온라인 게임, PC 게임, PC용 패키지 게임

② 모바일 게임 : App Down

③ 콘솔 게임 : TV, Monitor

④ 아케이드 게임 : 오락실

▷ **장르별**

① 액션 게임

② 어드벤처 게임

③ 롤 플레이어 게임

④ 슈팅 게임

⑤ 시뮬레이션 게임

⑥ 퍼즐 게임

▷ **개요**

① 산업 역사가 짧음

② 높은 부가가치를 창출 :

　　→ 엔터테인먼트 AR, VR, Story 고부가가치 산업

③ 최고의 경쟁력 산업

▷ **특성**

① 지식 집약적

② 고위험, 고수익

③ 수출 주도형

④ 규제 산업

⑤ 대표적 여가문화

▷ **Value Chain**

① 기획+개발

② 배급

③ 유통 서비스

④ 소비 단계

▷ **생태계 구조**

① PC On-Line 게임

　　→ 개발사↔배급사↔이용자

　　→ 월정액, 유료 다운로드

　　→ 지속적 수익 창출 가능

② Mobile 게임

　　→ 개발사, 배급사↔필수플랫폼(오픈 마켓)↔선택플랫폼↔이
　　　용자

　　→ 필수플랫폼(구글. 애플), 선택플랫폼(카톡, 라인) 통해 서비

스 제공

　→ 플랫폼 유통 수수료 30%

　→ 경쟁 심화, 짧은 수명

③ 콘솔 게임

　→ 개발사+배급사+플랫폼사업자↔온·오프라인 판매점↔이용자

　→ 온라인 게임 성공 기반으로 게임을 콘솔 게임으로 전환

　→ 고객 충성도가 높음

④ 아케이드 게임

　→ 국내외 개발사↔도매유통↔게임장(이용자)

　→ VR 테마파크 도입 이용 확대

　→ 복합 가족 놀이 공간 발전

▷ **핵심 산업**

① 산업 성장=부가가치

　→ 지난 10년간 9.8% 성장

　→ 68억$ 수출, 흑자 8.8%

② 일자리 창출

③ S/W 산업 성장 활력

▷ **성장 조건**

① 게임 산업 진흥 정책

② 매출액, 수출액, 시장 규모

③ 해당 분야 종사자 수

▷ **전략 방향**

① 산업 기반 확충

② 해외 진출 확대

③ 개발기술 확보

▷ **추진 목표**

① 인프라 구축, 기업 육성

② 게임 전문인력 양성

③ 게임 기술개발

④ 글로벌 진출 확대

⑤ 게임 문화 조성

▷ **성공 요인**

① 정부 주도+민간협력=모델

② 게임 종합지원센터 운영

③ 게임 산업 진흥 정책

▷ **정책 과제**

① 정책 효과=단기성+장기성

② 정책 방향 설정의 중요성

③ 정책 추진을 위한 체계화

④ 문화적 측면 고려

⑤ 공공 정책 확고한 인식

▷ **산업 위기**

① 온라인 시장 점유 하락세

② 글로벌 경쟁 심화 넷 크랙커

③ 중국 자본 한국 시장 잠식

④ 규제 심화 부정 이미지 확산

⑤ 국내 게임 산업 인력 감소

⑥ 전문인력 중국 유출

⑦ 플랫폼 사업자 영향력 증가

⑧ 중국과 경쟁력 격차 벌어짐

▷ **추진 전략**

① 적극적 규제, 제도 개선 혁신성장 지원

　→ 전향적 규제 개선으로 온라인 모바일 게심 성장 지원

　→ 아케이드 게임 사행화 방지 및 규제 혁신

　→ 게임 이용자 권익 보호를 위한 제도 개선

　→ 민간 협력 체계 구축 및 공공기관 역할 재정립

② 창업에서 해외시장 진출까지 단계별 지원 강화

　→ 창업 및 중소기업 성장을 위한 체계적 지원 확대

　→ 게임 콘텐츠 분야별 맞춤형 제작 및 사업화 지원

　→ 해외 진출 지원 및 수출 시장 다변화

　→ 기능성 게임 등 제작 지원으로 게임 생태계 다양성 제고

③ 게임의 가치 확대 및 e스포츠 산업 육성

　→ 게임에 대한 인식 제고 및 교육 내실화

　→ 과몰입 대응 체계 개선 등 올바른 게임문화 조성

　→ e스포츠 생태계 조성

　→ 국제표준 정립, 세계 시장 선도

④ 게임 산업 기반 강화

　→ 게임 관련 법령 전면 재정비

　→ 중소 게임 기업 투자 융자 확대

　→ 창의 인재 양성 및 신기술 활용 지원

　→ 게임 문화 인프라 확충

2) 게임 산업 발전 방향 후편

〔2020.08.12. 정책제언 No.65.70〕

◑ 핵심 요약

① 게임 산업 영향력은 문화 산업의 영향력 비해 크다. 한류를 계속 이어나가려면 게임 산업이 선도해야 한다.
② 4대 추진 전략과 16개 역점 추진 과제가 담긴 중장기 대책 추진 상황을 체크해야 한다. 일자리 10만 2천 개, 매출 11조 5천억 원, 수출 11조 5천억 원이라는 목표에 대한 추진 성과를 점검해야 한다.
③ 중동, 북아프리카 MENA 지역에 게임 산업을 수출해야 한다.

□ 역점 추진 과제
① 전향적 규제 개선으로 온라인 모바일 게임 성장 지원
② 아케이드 게임 사행화 방지 및 규제 혁신
③ 게임 이용자 권익 보호를 위한 제도 개선
④ 민관 협력 체계 구축 및 공공기관 역할 재정립
⑤ 창업 및 중소기업 성장을 위한 체계적 지원 확대
⑥ 게임 콘텐츠 분야별 맞춤형 제작 및 사업화 지원
⑦ 해외 진출 지원 및 수출 시장 다변화
⑧ 기능성 게임 등 제작 지원 게임 생태계 다양성 제고
⑨ 게임에 대한 인식 제고 및 교육 내실화
⑩ 과몰입 대응 체계 개선 등 올바른 게임 문화 조성

⑪ e스포츠 생태계 조성 및 향유 저변 확대

⑫ e스포츠 국제표준 정립 등으로 세계 e스포츠 선도

⑬ 게임 관련 법령 전면 재정비

⑭ 중소기업 투자, 융자 확대

⑮ 창의 인재 양성 및 신기술 활용 지원

⑯ 게임 문화 인프라 확충

▷ **시장 규모**

① 세계 : 약 153조(2018년 기준)

② 국내 시장 : 세계 시장의 6.2%

③ 국내 규모 : 15조 원

④ 종업원 8.5만 명

⑤ 고용 친화형 산업

　　→ 게임 13.5 명, 제조업 5.2명, 자동차 6.5명, 서비스 11.6명 전

　　체 산업 평균 7.5명

▷ **기업 현황**

① 사업체 : 제작 6.9%(888사), 유통과 배급 93.1%

② 매출액 : 제작 86%, 유통과 배급 14%

③ 종업원 수 : 제작 42.3%, 유통과 배급 57.7%

④ 고부가가치 수출 효자산업 유니콘 기업 4개를 배출

▷ **Key Trend**

① e-Sports 산업

　　→ TV 중계+유튜브

　　→ 리그오브레전드+오버워치+배틀그라운드

② 크로스 플랫폼

　　→ 5G 시대 게임 플랫폼에서 연동 크로스플레이

③ 스트리밍 게임

  → 스트리밍 게임플레이

▷ 비즈니스 모델

① 온라인 게임 : PC 게임

  → CD 판매, 정액제

  → 아이템 유료 판매

  → 수출 판권료

② 모바일 게임

  → 구글플레이어, 앱스토어 등

  → 개발자 직접 서비스 모바일 메신저 플랫폼 활용. 해외 퍼
블리셔 통한 서비스

  → 앱 결제+아이템 판매+광고

  → 수출 계약금+라이센싱

▷ **주요국 게임 정책 동향**

① 미국

  → 자율 규제 도입, 민간 자율심의

  → 미군 홍보 수단으로 활용

② 중국

  → 게임 진흥을 위한 법 근거 마련

  → 게임 산업 육성 정책 수립

  → 2025년 북경을 세계 온라인 게임 수도로 육성 추진

③ 일본

  → 규제 폐지, 인프라 구축

  → 전문 교육기관 개설

  → e스포츠 활성화

→ 경품표시법으로 확률형 아이템 규제하고 이용자 보호를
위해 아이템의 확률 자율적으로 공개
④ 영국, 프랑스
→ 게임 산업 진흥을 위해 감세 정책
→ 게임 기업 영 25%, 프 30% 감세
→ 확률형 아이템 도박 규정 검토

■ 제언

① 게임 산업 발전을 막고 있다는 비판을 받아온 규제와 제도
를 재정비하고 권익을 보호하기 위한 법적 근거를 마련해
야 한다.
→ 국민적 게임 향유권, 이용자 보호 의무, 확률형 아이템 정
보공개 의무화, 부적절한 게임 광고 제한에 대한 법적 근
거를 마련해야 한다.
→ 해외 사업자의 국내 대리인 지정 제도를 도입, 국내 이용
자 보호와 국내 기업 역차별을 해소해야 한다.
② 여전히 부정적인 인식이 많은 게임에 대한 올바른 이용문화
확산하고 가족이 다 함께 즐기는 게임문화 조성해야 한다.
→ 이벤트와 e스포츠 통해 건강한 게임문화가 정착돼야 한다.
→ 가족 중심 게임 축제 문화 정착시켜야 한다.
③ 게임 산업 혁신 성장 지원을 위해 사행성 우려와 안전관리를
제외한 규제와 제도 등 게임 관련 법령 조속 개선돼야 한다.
→ 정부는 사행성 우려, 안전관리 등을 제외한 규제와 제도
등 게임 관련 법령을 원점에서 재정비해 게임 산업의 혁신

성장을 지원해야 한다.

→ 게임 업체의 지속적 규제 개선 요구인 '게임물 내용 수정 신고제도'는 경미한 내용에 대한 신고 의무 면제하고 선택적 사전 신고제를 도입해야 한다.

→ 등급 분류 제도는 현재 플랫폼, 등급 분류 방식에서 콘텐츠별로 개선해 등급 분류를 방지하고 민간 자율등급 분류를 확대해야 한다.

→ 아케이드 산업은 VR 발전에 따라 가족 친화형 게임으로 향후 성장할 가능성이 크지만, 현행 법령상 강력한 규제 때문에 내수시장이 침체해 있음. 사행화 방지와 5천 원 상한 경품 가격 인상, 경품 종류 확대, 경품 교환 게임 단계적 허용 등 규제 완화를 통해 아케이드 산업 활성화를 도모해야 한다.

④ 게임 산업의 허리 역할을 하는 중소 게임 기업에 대한 단계별 지원도 강화하고 확대해야 한다.

→ 중소 개발사 인력, 제작, 마케팅 역량 강화, 투자, 융자 지원을 확대해야 한다.

→ 전략시장 정보 제공 및 수출 다변화 신시장 창출 지원 강화

→ 현장의 목소리를 반영한 규제 혁신 및 게임 이용자 보호

→ 창업 기반 시설인 글로벌 게임 허브센터를 확충 지원

→ 강소기업 전진 기지 조성

→ 다양한 플랫폼 장르 게임과 가상현실(VR) 등 신기술 기반 게임 제작 지원을 확대

⑤ 해외 시장 통합정보시스템을 구축해 해외 진출 기업에 종합 컨설팅으로 지원해야 한다.

→ 협력 체계가 무엇인지, 정책 추진 단위는 어떻게 구성되는
지, 정책 추진을 위한 재원은 어떻게 마련되는지 구체적으
로 제시해야 한다.

⑥ 정부에서 기존 추진했던 PICASSO 프로젝트 진행 상황 점검
해야 한다.

⑦ 미래 게임 플랫폼에 대한 연구 개발로 시장을 선점해야 한다.
→ 게임 산업 성장 한계 극복해야 한다.
→ 강력한 자본을 가진 중국 부상, 글로벌 시장 경쟁 심화한다.
→ 신규 플랫폼 준비 부족이다.

⑧ 글로벌 트렌드에 맞게 Z세대 겨냥한 모바일 게임으로 시장을
전환해야 한다.
→ 글로벌 게임시장 상위 10대 국가 상황들과 비교해 보면 한
국은 갈라파고스가 될 우려가 있다.

⑨ 게임 산업의 지속적 발전을 위해서 확률형 아이템을 대체할
새로운 수익모델을 개발해야 한다.
→ RPG 게임이 절대 비중
→ 한국 모바일 게임은 여전히 확률형 아이템 수익모델 기반
→ 사행성을 조장하지 않는 배틀패스 수익모델로 가야 한다.
→ 환불 정책 대책도 마련해야 한다.

⑩ 게임 산업의 사회적 책임을 다하기 위해 Barrier Free 운동에
동참해야 한다.
→ 게임 개발자들이 게임 제작할 때 장애인 접근성을 고려해야
→ 게임은 장애인들에게 긍정적 감정을 느끼게 함
→ WHO, 게임 이용 장애 질병 코드 등재. 사회적 인식 부족

※ 배리어프리 운동은 장애인과 고령자 등 사회적 약자들의 사회 활동에

지장이 되는 물리적 장애물이나 심리적인 장벽을 없애기 위한 일련의 활동들을 의미. 영화, 음악, 방송 등 문화 콘텐츠에서 배리어 프리 운동 지속

⑪ 게임 내 채팅을 악용하는 Child Grooming을 막아야 한다.

→ 게임 사업자들은 자체적으로 기술적 모니터링 시스템 활용해 규제 당국과 협력해야 한다.

※ Child Grooming : 아동+청소년에 대한 성범죄 예비 행위

⑫ 게임 산업 발전을 위한 영국 정부 10가지 제안을 배워야 한다.

→ 영국 인터렉티브 엔터테인먼트 협회(UKIE) 정책 발표

→ 공적자금 투입 및 정책 지원

→ 사회 전반 디지털 문해력을 위한 게임 활용

→ 게임 축제 활성화 지원

→ 게임 기금 확대

→ 지역 단위 성장 지원

→ 디지털 학교 확산

→ 다양성 교육과 훈련

→ 게임 산업은 양질 일자리 창출

⑬ '리메이크' 게임 트렌드 부상에 맞게 사업화해야 한다.

→ 레트로 게임 트렌드 형성

→ 과거 유행했던 게임에 최신 기술 적용 재해석

→ 파이널 판타지Ⅶ(20년 3월)

→ 디스트로이 올 휴먼즈(20년)

→ 리메이크 게임의 하나의 트렌드 밀레니엄 세대 영향

⑭ 중동과 북아프리카 지역을 아우르는 MENA 지역에 게임 시장에 진출해야 한다.

→ 오일머니로 구축한 부

→ 인구 절반 30세 이하 게이머

→ 잠재력이 높은 시장

※ MENA : Middel East and North Africa

⑮ e스포츠 종주국으로서 한국의 위상을 확고히 하기 위해 e스포츠 산업 생태계를 조성해야 한다.

→ 지역 상설경기장을 거점으로 PC방을 e스포츠 시설로 지정해 게임 생태계 기반 마련해야 한다.

→ 아마추어 대회 개회와 아마추어팀 육성을 통해 저변을 확대해야 한다.

→ e스포츠 선수를 보호하고 공정한 환경을 조성하기 위해 표준계약제와 선수등록제를 확대 시행해야 한다.

→ 한·중·일 e스포츠 대회 성공적 개최해 국제표준 선점해야

⑯ 정부 관련 부처는 게임 산업 종합계획(2020년 5월 발표) 추진 계획을 차질 없이 집행해야 한다.

→ 향후 게임 업계 관계 기관과 지속해서 소통해야 한다.

→ 게임산업법 전면 개정을 추진해야 한다.

→ 게임 산업 혁신성장을 위한 환경을 조성해 나가야 한다.

⑰ 한류를 이어나가려면 게임문화를 주도하고 선도해야 한다.

→ 게임 산업의 영향력은 문화산업의 영향력보다 훨씬 크다.

→ 게임은 스토리화되어 단순 게임이 아니다.

→ 이제는 Drama, Movie처럼 바뀌고 있다.

→ 이것을 기성세대는 이해하지 못한다.

→ 청년들은 게임을 자신의 삶 속에 함께하고 있다.

5. 미래 산업

1) Future Tech

〔2020.05.26. 정책제언 No.23〕

◑ 핵심 요약

① Post Corona 불확실, 환경 변화에 대비해 상시 미래 예측 국가 시스템을 구축해야 한다.

② 유망기술에 대한 국가 미래투자전략을 수립해야 한다.

③ 한국 경제 미래 먹거리 산업을 선정해 투자해야 한다.

□ 환경 변화

① 4차 산업혁명, 탈 Globalization, 환경 Risk 심화, Corona 팬데믹 Black Swan 상황이다.

※ 블랙스완 : 도저히 일어나지 않는 일이 실제로 일어남. 전 세계 경제가 예상치 못한 위기를 맞음

② Untact 사회 전환

    → 관련 규제 완화와 의료 시스템 변화

    → 위험 감지 일상화와 세계 경제 질서 변화

    → 자국 중심 경제 강화와 바이오 헬스 확산

    → 재택근무, 원격회의, 원격쇼핑, 원격교육

□ Global Change

① Goodbye Globalization

② Slow Globalization

③ Deglobalization

④ Japanification

⑤ New Normal

⑥ Great Divide

□ 유망 기술

▷ Healthcare : 건강

① 디지털 치료제

② AI 기반 진단 기술

③ 생체정보 분석

④ 감염병 예측 경보

⑤ 바이러스 백신 기술

▷ EduTech : 교육

① AR+VR ② AI+Bigdata 학습 ③ 6G

▷ Logistics : 물류

① AI 통합 플랫폼

② 배송 자율 로봇

③ 물류센터 AI화

▷ Manufacture : 제조

① Digital Twin(현실=가상)

② 인간증강 기술

③ 협동 로봇

▷ Environment : 환경

① 감염병 통합 기술

② 의료 폐기물 로봇

▷ Culture : 문화

① 실감 서비스 기술

② 가짜영상, 가짜뉴스

③ 3D GIS 구축

▷ Security : 보안

① 양자 기반 화상 전송 ② 동형암호+가명화

■ 제언

① Post Corona 불확실, 환경 변화에 대비해 상시 미래 예측 국가 시스템을 구축해야 한다.

② 유망기술에 대한 국가 미래투자전략을 수립해야 한다.

③ 한국 경제 미래 먹거리 산업을 선정해 투자해야 한다.

④ 유망산업을 한국판 뉴딜 Project에 포함해야 한다.

⑤ K-방역, K-의료 로봇을 개발해야 한다.

　　→ 중국 의료 로봇 활용

→ 의료용 헬멧(발열 탐지+안면인식=코로나 감지 탐지)

→ 중국 AI 산업 기술은 코로나 여파로 인해 올해 6~7% 성장 예상

→ 미래 유망 기술은 먼저 투자하고 선점하면 Global 시장 WIN

→ 세계 주요국 방역에 힘쓸 때 한국은 미래 유망기술 산업에 투자해야 한다.

⑥ 우리는 코로나 위기를 극복할 수 있는 DNA가 있다. 한강의 기적, 'IT 강국', 세계 최초 5G 상용화, ICT 인프라 최고, K-방역, 'AI 강국' 도약

⑦ 유망기술 산업 선점 Fast Follower에서 First Mover 될 절호의 기회를 살려야 한다.

⑧ 한국판 뉴딜의 성공은 산업 현장에 있다.

⑨ 한국판 뉴딜 투자는 정치에 의한 투자가 아닌 미래의 일자리 창출을 위한 투자가 돼야 한다.

⑩ 코로나19 쓰나미가 뜻밖의 혁신을 가져다준다. 경제, 사회, 정치, 산업은 한국을 혁신할 수 있는 마지막 기회다.

2) Bio-Health 산업

〔2020.07.13. 정책제언 No.50〕

◑ 핵심 요약

① Bio-Health 산업 육성을 위한 Bio 기업의 비즈니스, 대학의 연구개발, 병원을 연결하는 Cluster 집적단지 구축이 필요하다.
② 생산공정에 특화된 연구와 인력육성 중심 지원책 필요하다.
③ 의약품, 의약기기 등 의료 R&D 혁신을 위한 거점으로 중점 육성해야 한다.

□ Bio-Health 산업

▷ 배경
① 자기진단 트렌드 확산하고 있다. Quantified Self(자기측정)
② AI 시대는 IoT와 Bigdata가 핵심이다.
③ 고령화 사회적 요구 증가한다.

▷ 중요성
① 4차 산업혁명 시대의 핵심적 융합 분야
② Post Corona 건강, 경제적 번영 이끌어갈 분야
③ 선도국가로 가는 신산업 분야

▷ 특성
① 많은 비용+투자=1~2조 원
② 장기간=연구개발=10~15년
③ High-Risk, High-Return=성공률 1/5,000

▷ **특징**

① 위험 분산

② 정보 공유

③ 협업 필수

▷ **기여**

① 소비자 중심 혁신성장

② 국가 생산성 향상

③ 사회적 가치 창출 동반

▷ **기술 역량**

① 미국 대비 75%= 약 3.5년 격차

② 유럽 91%

③ 중국 73%

▷ **수출 (2017년)**

① 의약품 : 4조 6,025억

② 의료기기 : 3조 5,782억

③ 바이오의약: 1조 5,471억

▷ **제약 기업 규모**

① 5천억 이상 6개 : 총 357개

② 국내 셀트리온 1조 원

③ 해외 Novartis 50조 원

▷ **의료기기 기업 규모**

① 천억 이상 5개 : 총 3,283개

② 국내 오스템 : 7천억

③ 해외 Medtronic 32조 원

▷ **디지털 치료제=Digital Therapeutics=Digital Medicine**

① 1세대 : 합성 의약품

② 2세대 : Bio 의약품

③ 3세대 : Digital 치료제

▷ **발전 분야**

① 건강+예방

② 개인 맞춤형 의료

③ 노후 Healthcare

▷ **유망 : 유전자 치료제**

① 면역항암제

② CRISPR-Cas9 유전자가위, CAR-T 차세대 항암제

③ 줄기세포 치료

▷ **발전 방향**

① 획기적 규제 혁신

　　→ 새로운 융합제품 인허가 변화와 규제 철폐

　　→ 디지털 신약

② 부처조정시스템 혁신

　　→ 인허가, 건강보험, R&D

　　→ Bio+보건의료 관련 부처 14개

③ 사회적 합의

　　→ 학계, 연구계, 산업계, 규제 당국, 보험 당국, 환자 그룹, 의
　　　료기관, 시민단체, 언론 등 다양한 공감대 형성

▷ **역량 집중**

① 바이러스 백신 개발

② 암 치료, 의료비 절감

③ 개인 맞춤 의료기술 확보

▷ **발전 역사**

① 1980년대 : 연구 지원 토대 마련

  → 1982년 한국유전공학연구조합. 유전공학학술협의회

  → 1983년 유전공학육성법 제정

② 2000년대 : 바이오 기업 공개

  → IPO 자금 유입 시작 시기

  → 기술성 평가+상장특례제도

③ 2010년대 : 투자 자금 증가

  → 삼성바이오로직스 상장

  → 2020년 SK 바이오팜 상장

▷ **경제+사회적=수요**

① 기대수명 증가로 높은 수준 의료서비스, 헬스케어 요구

② 새로운 성장 동력 산업 필요

③ 바이러스 글로벌 공동 대응

▷ **산업 동향**

① 글로벌 신약, 백신의 개발 경쟁

② 바이오산업 신규 투자 증가

③ Healthcare 산업 관심 폭증

▷ **Paradigm 변화**

① Mobile Healthcare

② 치료에서 예방으로 전환 Cure에서 Care, Prevention

③ 개발 생태계, 규제 환경 변화

▷ **4차 산업혁명+Digital Healthcare 융합**

① Digital+Bio+IoT+AI=AI Bio Healthcare

② AI Healthcare=신산업

③ Cyber Physical System

▷ 주요국 정책

① 미국 : 암 정복, 의료비 절감

② 영국 : 의료 혁신 기술개발

③ 독일 : 환자 맞춤 헬스케어

④ 일본 : 의료 R&D 통합 관리 구축

⑤ 중국 : 프리미엄 의료 기계 산업

■ 제언

① Bio-Health 산업 육성을 위한 Bio 기업의 비즈니스, 대학의 연구개발, 병원을 연결하는 Cluster 집적단지 구축이 필요하다.

→ K-Bio Health Network 구축 필요

② 생산공정에 특화된 연구와 인력 육성 중심 지원책 필요하다.

→ 삼성바이로로직스, 셀트리온, 송도 지역

③ 의약품, 의약 기기 등 의료 R&D 혁신을 위한 거점으로 중점 육성해야 한다.

→ 첨단의료복합단지, 의료 관련 행정복합단지는 오송

④ Bio 융합형 Cluster 단지를 조성해야 한다.

→ 대학, 출연 연구소, Bio 기업=대덕 특구 지역

⑤ 급속한 과학기술 발전 따른 과거 기준에 얽매인 규제를 철폐해야 한다.

→ Bio Health 산업 발전 저해

→ Bio Health 규제 제도 혁신

→ 네거티브 규제 및 보완 장치

→ 지속적 규제 개선을 해야

→ 사전 규제에서 사후 규제로

⑥ Bio Healthcare 분야의 전문성 역량을 강화해야 한다.

　　→ 소프트웨어 부문 전문성 강화, 효과적인 인허가 및 가이드
　　라인 기반 구축

⑦ 국내 의료 체계 특성 보완을 위한 인허가 평가를 단축해야
한다.

　　→ SW 제품 효율적 규제할 수 있는 제조사 인증제 도입이다.

　　→ 중증 및 희귀질환 치료 혁신을 위해 Fast-Track 도입

⑧ 가치가 높은 의료 기술의 신속한 시장 진출을 위한 지원 제도
를 도입해야 한다.

　　→ 체외 진단기기 단계적으로 적용될 예정 선진입, 후평가 제
　　도 Bio Health 도입

　　→ 주기적으로 유망 기술을 발굴하고 선제적 평가하는 AI 활
　　용한 시스템 구축

⑨ 마이데이터, 보건의료 빅데이터 개인정보 침해를 막는 범위
내 Bio Health 산업 활성화해야 한다.

　　→ Data 이동권이 보장돼야 한다.

　　→ K-진료기록 전송 지원 시스템 구축하고 운영해야 한다.

　　→ 보건 정보는 개인 정보 풀어줄 방안을 마련해야 한다.

⑩ 바이오헬스 산업 발전하기 위해서 임상 3상 통과 방안과 역
량을 갖춰야 한다.

　　→ 미국 FDA 임상 3상 평균 성공 58.1%이지만 K-바이오 3상
　　성공률은 한참 못 미친다.

　　→ 외국은 보통 1,000명인데 국내는 수십 명분이다. 경험, 인

302

력 역량 태부족하다.

→ 방대한 현 장관리, Data 분석, 서류 작성의 노하우가 필요하다.

→ 1~2상 연구 부실하기에 3상이 실패한다.

⑪ 한국이 외국 환자 고객의 의료 허브가 되기 위해서는 영리병원 문제를 해결해야 한다.

→ 찬성 측 : 병원 수익 증대, 의료 환경 개선, 의료 산업 활성화, 외국 환자 유치, 일자리 창출, 바이오산업 발전

→ 반대 측 : 국민건강보험 무력화, 의료비 상승, 의료 양극화, 지역 의료 공동화 부작용, 의료 민영화 시작 병원의 부익부 빈익빈 발생, 소규모 병원 재정적 어려움, 부유층 민영보험 선택

→ 대안

전제 : 국민건강보험 유지

고려 : 의료기술 수준, 의료비용 적절, 병원 이용 편의성

→ 포스트 코로나 한국 경제 활성화 차원에서 영리병원 제주도+송도, 영종도 등에 싱가포르 모델을 도입해야 한다.

→ 싱가포르 영리병원은 의료 서비스를 넘어 의료 산업화, 메디컬 허브 전략, 우리도 K-의료 산업화해야 한다.

→ 국민건강보험 적자를 막아 주는 역할을 할 것이다. 진료비의 일정 비율을 국민의료보험 비용으로 메워줘야 한다.

(사례) 영화진흥기금

⑫ Bio Health 성장 확대를 위한 아시아 신흥시장 진출을 위해 글로벌 비즈니스 지원 체계 정부 시스템 구축이 필요하다.

→ 지역별, 국가별 시장 특성과 규제 등 체계적으로 분석하고

전략 수립, 시스템 구축해야 한다.

⑬ 한국 경제 지속 성장을 위해서 Bio Health 규모가 GDP 10% 이상으로 성장해야 한다.

→ 창업과 개방적, 협력적 혁신 통한 혁신기업 발굴

→ 글로벌 신흥 시장 확대

→ 융합 신산업 육성

→ 혁신적 시스템 구축

⑭ 양질의 청년 일자리 창출 기여, 높은 고용 창출 효과

→ 취업유발계수 Bio Health 15.6〉제조 9.4

→ 일자리 비중 Bio Health 미 21%, EU 9%, 한국 2%↓

→ 생산 10억 증가 시 고용효과 Bio Health 16.7명, 전 산업 평균 8.0명

→ 한국 12대 주력 산업 중 인력 부족 Bio Health 3.5%

3) 차세대 에너지 원자력 발전

〔2020.07.22. 정책제언 No.55〕

◑ 핵심 요약

① 원자로 산업 분야 발전은 정권 차원에서 지원하고 안 하고 하
   는 문제가 아니라 한국 경제 미래 먹거리가 걸린 중요 이슈다.
② 원자력 산업 분야의 전문인력들이 핵분열 기술에서 핵융합
   기술로 전환될 수 있는 기반을 만들어줘야 한다.
③ 탈원전 정책에 대해 핵융합 원전 정책은 찬성이다. 핵융합 원
   전 산업은 한국 경제 미래 먹거리다.
④ 한국형 원전은 후쿠시마 원자로와 방식이 다르다. 후쿠시마
   사고는 수소가 폭발, 격납용기를 폭발시킨 것이다. 미국의 스
   리마일 원자로 사고 때도 격납용기는 온전했다. 정책을 입안
   하려면 전문성은 필수다.

□ Energy

▷ 정의 : 물체가 지닌 물리적인 일을 할 수 있는 능력

▷ 역사

① 원시시대 : 불의 발견
② 중세시대 : 자연 Energy
   → 나무, 수차, 풍력, 가축을 이용
③ 산업혁명 : Energy 혁명
   → 18세기 : 석탄, 증기기관

→ 19세기 : 석유, 천연가스

④ IT 혁명 : 원자력+LNG

⑤ AI 혁명 : 청정+신재생 Energy

　　→ 원자력, 연료전지, 수소, 태양열, 풍력, 지열, Biomass

□ 원자력 발전

▷ 원리

① 화력발전에 사용되는 화석 연료 대신 우라늄 원료 사용

② 우라늄 핵분열 발생하는 열로 물을 끓여 증기로 바꿈

③ 터빈+발전기 돌려 전기 생산

▷ Uranium 1g=Energy Power

① 석유 9드럼=1,800리터

② 석탄 3톤

③ 석탄보다 약 300만 배의 열을 냄

▷ 연간 연료소비량 비교=100만 KW급 발전소

① 원자력 20톤

② LNG 110만 톤

③ 석유 150만 톤

④ 석탄 220만 톤

▷ 장점

① Energy 안보

　　→ 외부 환경 의존하지 않고 지속적 공급

② 친환경성

　　→ 이산화탄소 CO_2 배출 석탄 발전 1/1000, 태양광 1/5

③ 경제성 : 연료 비중 10% 이내

→ 석탄 83%, 태양광 23%

▷ 단점

① 방사선 피폭

② 붕괴열 : 후쿠시마 사고

③ 방사성 폐기물

▷ 안전

① 중대사고 100~10만 년 1회

② 체르노빌, 후쿠시마, 중대 사고 인위적인 사고, 대처 미흡

③ 미국 TM I2호 원전 사고, 시스템적 대응, 안전성 핵심

▷ 원자로 구성

① 연료 : 핵분열 일으킴

② 감속재 : 핵분열 반응 도와줌

③ 제어봉 : 반응 속도를 조절

④ 냉각제 : 열을 전달

▷ 한국 원자력 발전사

① 1948.5.15. 북한 송전 끊음

② 1956. 미 전력 전문가 초빙 : 우라늄 소개

③ 당시 국내 석탄 생산 100톤 : 미국인 8명 1년 사용 에너지

④ 1956. 원자력과 신설 : 문화교육부 기술교육국

　　→ 원자력 해외 유학생 선발 시험

⑤ 1958.10. 원자력원 창설

⑥ 1958.3.11 원자력법 제정 : 법률 제483호

⑦ 1959.3.1. 한국원자력연구소 설립

⑧ 1960. 한·미 원자로 시설 구매

⑨ 1962.3.28. 원자로 운전사 면허증

⑩ 1962.3.30. 원자로 준공 : 크리가마크 2, 기념우표 발행

⑪ 1968. 원자력연구소 원전 95~143, 석탄 88~102, LNG 92~121

    → 원자력발전소 타당성 보고서

    → IAEA 원전 부지 선정 보고회

⑫ 1976년 목표 원자력발전소 건설

⑬ 1971.3 고리1호기 기공식 : 미국식 가압식 경수로

▷ **세계 원자로 기술 변천**

① 1960 이전 : 1세대

② 1960년대 : 2세대, 고리1, 2+월성 원전

③ 1980년대 : 3세대

④ 2020년대 : 4+5세대. 미래형 원자로, 안전+경제성

▷ **국내 원전 현황**

① 총 25기=2023년 28기

② 국내 전력 생산 31.5%

③ 설비용량 총 23.116MW

□ **탈원전 정책**

▷ 정의

① 원전 더는 사용하지 말자

② 원전 중대사고 영향을 받음

    → 1979년 미 스리마일섬 사고

    → 1986년 소 체르노빌 사고

    → 2011년 일 후쿠시마 사고

③ 독일, 스페인, 스위스 가동 중단

    → 총용량 늘었지만, 폐지가 많음

▷ 문 대통령 Energy 대선 공약

① 탈원전

② 탈석탄

③ 신재생

▷ 공약 추진 현황

① 신규 원전 공사 중단 : 신고리 5+6, 일시 중단 재개

② 건설 계획 백지화 : 신한울 3,4, 천지 1,2, 삼척 1,2

③ 설계수명 다한 원전 즉각 폐쇄 : 고리 1호기, 월성 1호기

▷ 탈원전 찬성 근거

① 안전 문제는 시민 건강권과 생존권에 직결

　　→ 원전 밀집도 가장 높은 한국

　　→ 고리 30㎞ 내 380만 명, 후쿠시마 17만 명

② 발전 비용 절대 저렴하지 않음

　　→ 발전원가, 대기오염, 지중화, 사고 위험 비용 전부 포함

③ 탈원전 전기요금 인상 미비

　　→ 한 달 700원, 전력 예비율 높음. 발전 비용 인상분만 계산

④ 신재생 에너지로 대체 가능

▷ 탈원전 반대 근거

① 전기요금 인상

　　→ 국민 1인당 전기요금 급등

　　→ 에너지 자급률 하락

② 지역 경제에 악영향

　　→ 지방세 울진 57.2%, 영광 58.1%

　　→ 지역 기업 활성화, 고용 창출

③ 원전 사업 붕괴

→ 전문인력 해외 유출

→ 원전 국제경쟁력 쇠퇴

④ 수출 악영향

→ 원전 1기 건설 효과 50억$

→ 일자리 창출 27,000명(10년)

□ 해외 동향

▷ **스웨덴 탈원전 정책 국민투표 결정(1980)**

① 마땅한 대안을 못 찾음

② 탈원전 정책만 결정

③ 원전 폐쇄 미루고 있음

④ 원전 의존도 33%

▷ **대만 탈원전 정책 폐기 국민투표 통과(2018.11)**

① 미세먼지 발생 문제

② 전기료 인상

③ 수출+산업=일자리 파괴

④ 가스발전소 고장(2017년) 전 가구 60% 블랙아웃

▷ **미국 차세대 원전 개발=원전 산업 부흥정책=2026년 완공 목표**
　=다목적 시험로 VTR 개발

① 원전 주도권 되찾고

② 에너지 안보 확보

③ 차세대 원전 개발 지원

④ 우라늄 채굴 광산 확대

▷ **중국 : 원전+태양력**

① 미국 모델 도입 자국화

② 현재 37기, 2030년 150기

③ 석탄 화력을 원전으로 교체

④ 태양광 발전 경쟁력 갖춤

▷ **유럽 주요국**

① 프랑스 : 원전 78%

② 영국 : 석탄 화력 Zero 정책

③ 독일 : 탈원전 전기료 3.3% 인상

④ 스위스 : 원전 의존도 높음

□ **Electricity Map : 1Kwh 전력 생산 CO2 배출량**

① 독일 497g : 탈원전

② 영국 364g : 신재생+원전

③ 프랑스 100g : 원전

④ 대만 566g : 석탄 10GW, 가스 8GW, 태양 풍력 1GW

■ 제언

① 탈원전 정책 방향에서 차세대 핵융합 산업 발전으로 정책을 전환해야 한다.

  → 한국 원자로 개발 역사는 원전 1세대 선배들 피땀으로 혹독한 시련 극복해 일군 한국형 원자력 기술 자립

  → 탈원전 정책으로 60년 쌓아온 원전 기술, 생태계, 전문인력 버려질 위기 상황

  → 원자력 산업은 산업화 시대 한국 경제 발전의 견인차 역할

② 2012년에 세계 최초로 개발한 시스템 일체형 원자로 SMART

차세대 개발 사업을 지속 발전시켜야

→ 2012년 표준설계 인가 취득 대형 원전 1/10 크기 110MW 인구 10만 명 도시 공급

→ 스마트 핵분열 원자로 과도기적으로 필요함. 즉 핵융합 발전이 상용화될 것으로 예상되는 2050년경에 이르기 전까지 대체 에너지로 스마트 원전이 필요

③ 세계 소형 원전 시장을 주도해온 상황에서 추가 재원을 집중 투입, 차세대 원전 완성도 높여 글로벌 시장을 선도해야

→ 미, 중, 러 소형 원전 개발 박차, 미국은 소형 원자로 수출 전략 산업으로 지정

→ 최근 소형 마이크로 원자로 개발 경쟁이 불붙고 있음. 가장 앞섰던 한국 기술력이 뒤처지는 안타까운 현실

→ 세계 18,400여 기 노후 화력발전소 대체 시장 기회

④ 한국형 차세대 원전 APR1400 미국 원자력 규제 당국 안정성 입증, 설계인증서 취득한 것을 비즈니스로 연계해야 한다.

→ 미국 시장 진출 토대 마련 정부가 적극 지원해야 한다.

⑤ 원자로 산업 분야 발전은 정권 차원에서 지원하고 안 하는 문제가 아니라 한국 경제 미래 먹거리가 걸린 중요 이슈다.

→ 이미 경쟁력을 갖춘 원자력 산업을 글로벌 시장을 선점하도록 더욱 지원하고 육성해야 한다

→ 재생에너지 산업은 글로벌 경쟁력이 매우 취약

→ 버릴 것 버리고 우리가 잘할 수 있는 산업에 선택과 집중해서 추진해야 한다.

→ 원전 산업 발전은 한국 미래가 걸린 문제

⑥ 원자력 산업 분야의 전문인력들이 핵분열 기술에서 핵융합

기술로 전환될 수 있는 기반을 만들어줘야 한다.

→ 핵융합 기술개발에 재정 지원해야 한다.

→ 지금은 핵분열 기술과 핵융합 기술의 과도기이며 전환기
   로서 핵분열 기술자가 핵융합으로 Transfer 되게 교육 및
   정책 지원을 해야 한다.

→ 그렇지 않으면 중국의 추격에 먹히는 꼴이 된다.

⑦ 탈원전 정책에 대해 핵융합 원전 정책은 찬성이다.

→ 핵융합 원전 산업은 한국 경제 미래 먹거리다.

4) 차세대 에너지 핵융합 발전

〔2020.07.23. 정책제언 No.56〕

◑ 핵심 요약

① 국가핵융합연구소 KSTAR 센터 세계 일류로 발돋움해야 한다.

② 풍력과 태양광, 신재생에너지는 자연 상황에 너무 의존적=전기 공급이 불안정, 에너지 산업 중심이 될 수 없다.

③ 스마트 원자로와 핵융합 원자로 동시 개발이 필요하다.

④ 핵융합 에너지 산업은 한국 미래가 걸린 핵심 산업이다

⑤ 원자력 산업 분야의 전문인력들이 핵분열 기술에서 핵융합 기술로 전환될 수 있는 기반을 만들어 줘야 한다.

□ 핵융합 Energy

▷ 현재 Energy

① 현재 80% 지하자원을 사용한다.

② 화석연료는 대기오염으로 기후 변화 일으킨다.

③ 원자력은 방사능 폐기물 처리가 문제다.

④ 재생에너지는 안정적 공급이 문제다.

▷ 미래 Energy 조건

① 무한한 연료

② 친환경 청정

③ 대용량 발전

▷ 핵융합=Nuclear Fusion

① 원자핵이 융합하는 과정에서 줄어든 질량을 에너지로 변환, 핵융합 에너지다.

② 태양 중심은 핵융합 반응 연속이다. 초고온 환경을 인공적으로 만들어야 한다.

③ 중수소, 삼중수소를 핵융합 통해 핵융합 에너지를 얻는다.

▷ **왜 핵융합인가?**

① 화석연료 고갈

② 온실가스 배출로 지구 온난화 심각

③ 세계 에너지 수요 폭증

④ 적절한 대체에너지 부재

▷ **필요성**

① 에너지 안보 확보

② 친환경 에너지

③ 에너지 산업 선도

▷ **중요성**

① 미래 에너지 문제 해결

② 첨단산업, 기술, 산업 생태계 조성

③ 양질의 일자리 창출

④ 한국 경제 미래 먹거리 산업

▷ **장점**

① 자원 풍부 : 욕조 반 분량 바닷물 추출, 중수소+리튬=1인 30년 사용

② 대용량 발전

③ 친환경 안전

④ 미래 에너지

▷ **단점**

① 고기술

② 많은 투자

③ 장기간 개발

▷ **효율**

① 지구 70%는 바다

→ 바닷물 1L 중수소 0.03g

→ 석탄 150만 톤=핵융합 10톤

② 청정에너지, 환경오염 없음

③ 효율성, 친환경 첨단

▷ **조건**

① 연료=중수소+삼중수소

→ 중수소 : 바닷물

→ 삼중수소 : 리튬

② 환경 : 플라즈마 상태 1억 도 이상

③ 장치 : 핵융합 장치

→ 초고온 플라즈마 가둘 용기

→ 도넛 형태 토카막 장치

▷ **플라즈마=Plasma**

① 초고온에서 음전하를 가진 전자와 양전하를 띤 이온 분리, 기체 상태 물질로 제4의 상태

② 태양, 우주의 99% 플라즈마

③ 형광등, 네온사인, PDP 제품

▷ **핵분열=Nuclear Fission, 열발전=원자력 발전**

① 우라늄, 플라토늄 핵분열

② 발생 열 → 터빈 → 전기

③ 방사성 폐기물 처리, 해체 문제

④ 중대사고 발생, 엄청난 피해

▷ **핵융합 발전**

① 중수소+삼중수소=핵융합

② 중성자 운동에너지 → 열에너지 증기 발생 → 터빈 → 전기

③ 고준위 방사성 폐기물 없음

④ 핵폭발 상황 없음+안전

⑤ 핵분열 반응 에너지 반대 개념

▷ **한국 핵융합 기술 Level**

① 후발주자

② 대학, 연구소, 실험실

③ KSTAR 운영 이후 세계 수준

▷ **핵융합 연구 세계 발전사**

① 1950~1960 : 핵융합 이론 정립

② 1960~7190 : 핵융합 장치 건설+운영

③ 1970~1980 : 대형 토키막 실험 성공

④ 2000~ : 공학적 실험 착수

⑤ 2010~ : ITER 건설

⑥ 202s~ : ITER 운영

⑦ 2030~2040 : Demo 건설+핵융합 상용

▷ **핵융합 연구 방식 종류**

① 토카막=Tokamak

　　→ 플라즈마 가두기 위해 자기장 이용 도넛츠 장치

　　→ 현재 최적의 장치

② 스탤리레이터=Stellerator

　　→ 3차원 형태의 전자석을 제조 자기장을 제어

　　→ 구조가 복잡=건설 어려움

③ 레이저=Laser

　　→ 펠릿 안에 중수조+삼중수소 넣고 레이저로 압축 핵융합

　　→ 연속 압축 공학적 과제 산적

▷ **핵융합 연구 장치 현황**

① 미국 : 2

　　→ 1986 DIII-D, 2015NSTX-U

② 영국 : 2

　　→ 1983 JET, 1999 MAST

③ 독일 : 2

　　→ 1991 ASDEX-U, 2015W7-X

⑤ 프랑스 : 2

　　→ 2016 WEST, 2020국제ITER

⑥ 러시아 : 1

　　→ 1977 T-10

⑦ 인도 : 1

　　→ 2013 SST-1

⑧ 중국 : 2

　　→ 2002 HL-2A. 2006EAST

⑨ 일본 : 2

　　→ 1996 LHD, 2018JT-60A

⑩ 한국 : 1

　　→ 2008 KSTAR

▷ **한국 핵융합 개발 목표**

① 1단계 : 개발 추진 기반 확립

　　→ 2007~2011년

　　→ KSTAR 장치 운영기술 확보

　　→ 국제 공동 ITER 건설 참여

　　→ 핵융합로 공학 기술 개발 체계

　　→ 연구개발+응용기술 기반 구축

② 2단계 : Demo Plant 개발

　　→ 2012~2026년

　　→ KSTAR 고성능 운전기술 확보

　　→ ITER 완공 기여 및 운전 준비

　　→ DEMO 개념 설계+핵심 기술개발

　　→ 핵융합 연구+산업 기반 고도화

③ 3단계 : 핵융합발전소 능력 확보

　　→ 2027~2041년

　　→ 핵융합발전소 설계 기술 확보

　　→ ITER 운영 핵심 역할 수행

　　→ DEMO 공학 설계, 건설+전기=생산 실증

　　→ 핵융합 기술의 산업화 및 글로벌 시장 선점

▷ **한국 핵융합에너지 개발 계획**

① 국가 핵융합에너지 개발 기본 계획

② Fast Track 채택=차세대 초전도 핵융합 연구 장치 개발

③ ITER 장치 Pilot Plant 역할 수행

▷ **한국 핵융합에너지 발전 단계**

① 기초 연구 = 정부 투자

→ ITER 운전기술 최적화

→ ITER 장치 Pilot 역할

② 신에너지 개발 = 정부 투자

　　→ 연료+재료 연구

　　→ 장치 공학 연구

③ 신에너지 개발 정부+민간 투자

　　→ 2030년 DEMO

　　→ 시스템 최적화

④ 신에너지 상용화=민간 분야 투자

　　→ 상용화 발전소=건설+운영

　　→ 한국형 핵융합 발전소

▷ KSTAR 운영

① 초전도 핵융합 장치 제작 원천기술

　　→ 초전도 자석

　　→ 진공 용기+플라즈마 진단장

　　→ 대용량 전원 장치 등

② 초전도 핵융합 장치 운영 원천기술

　　→ 플라즈마 가열 및 진단 기술

　　→ 고밀도 플라즈마 발생 및 제어 기술

　　→ 노심 재료 개발 기초 연구

※ KSTAR : Korea Super Conducting Tokamak Advanced Research

▷ ITER 참여 : International Thermonuclear Experimental Reactor=국제핵융합실험로 ITER

① 핵융합로 설계 기반 기술

　　→ 노심 해석 및 제어

→ 블랑켓, 삼중수소 연료 계통 등 설계

→ 초대형 진공 용기 등 설계

→ 산업표준 및 규격 정립 등

② 초전도 핵융합 장치 운영 원천기술

→ 주요기기 제작 및 조합 기술

→ 건설 및 운영 인허가 등

■ 소견 및 제언

① 국가핵융합연구소 KSTAR 센터=세계 일류로 발돋움해야 한다.

→ 국가적 이슈 과제들을 중장기적 추진하도록 지원해야 한다.

→ 한국의 인공 태양=KSTAR가 ITER 운전 단계에서 주도권 확보에 기여해야 한다.

→ 핵융합실증로 건설을 위한 핵심 기술로 우뚝 서야 한다.

② 풍력과 태양광, 신재생에너지는 자연 상황에 너무 의존적=전기 공급 불안정, 에너지 산업 중심이 될 수 없다.

→ 태양광은 날씨에 영향을 받는 간헐성 문제를 가지고 있다.

→ 이로 인해 지속적 전력 공급이 어렵기 때문 전력 수요를 담당하는 기저부하, Base Load 전력공급원 백업발전소가 필요

→ 백업발전소=석탄 화력 담당에서 LNG로 전환되어야 한다.

→ 태양광 산업도 대부분 중국 업체가 시장 장악

→ 태양광 폐기물 처리=환경오염

→ 풍력 발전도 효율성이 떨어짐

→ 제주+강원 일부 지역만 일정하게 바람이 불고 다른 지역

은 바람의 양과 방향이 일정치 않아 풍력발전 효율성이
없다.

→ 재생에너지 산업은 글로벌 경쟁력이 약함

③ 스마트 원자로와 핵융합 원자로 동시 개발이 필요하다.

→ 원자력 인력이 쓰임새 있게 활용해야 한다.

④ 핵융합에너지 산업은 한국 미래가 걸린 핵심 산업이다

→ 한국 경제 미래 먹거리 산업으로 육성해야 한다.

→ 예산 책정해서 미래 먹거리 산업으로 만들어나가야 한다.

→ 디지털 뉴딜 사업의 일환으로 추진돼야 한다.

→ 핵융합 산업을 발전시킬 수 있는 지역 거점을 선정해 미래
핵융합 클러스터 생태계로 조성해야 한다.

→ 양질의 청년 일자리 창출할 수 있다.

⑤ 원자력 산업 분야의 전문인력들이 핵분열 기술에서 핵융합
기술로 전환될 수 있는 기반을 만들어 줘야 한다.

→ 핵융합 기술개발에 재정 지원해야 한다.

→ 지금은 핵분열 기술과 핵융합 기술의 과도기이며 전환기
로서 핵분열 기술자가 핵융합으로 Transfer 되게 교육 및
정책지원을 해야 한다.

→ 그렇지 않으면 중국의 추격에 먹히는 꼴이 된다.

⑥ 핵융합 이후 만들어지는 것=Helium. 핵융합 에너지 산업 발
전으로 비금속 He=헬륨을 얻는다.

→ 미국이 가장 많이 가진 자원

→ 천연가스와 같이 나옴

→ 광물, 운철, 광천에 소량 존재

→ 이미 미국도 헬륨을 전략 자원으로 관리

→ He는 공기 중에서 날아가 다른 물질과 합성 못 함

⑦ 탈원전은 핵분열 반대이지 모든 원전을 반대한다고 인식하면 안 된다.

  → 탈원전에 대한 인식의 전환이 필요하다.

  → 탈원전 정책에서 핵융합 원전으로 전환해야 한다.

⑧ 핵융합발전소는 기존 원전을 해체한 곳에 건설하면 된다.

  → 경제적 효과를 2중으로 거둘 수 있다.

⑨ 핵융합 산업은 글로벌하게 기술을 선도할 수 있기에 미래 국가 핵심 산업으로 추진해야 한다.

  → 원자력 중장비 기술과 원자로 건설 경험이 크게 역할을 할 수 있다.

⑩ 탈원전 정책 대한 결론은 핵분열 원전 정책은 반대이고 핵융합 원전 정책은 찬성이다.

5) 미래 에너지 Battery 전편

〔2020.07.29. 정책제언 No.58〕

◑ 핵심 요약

① 배터리 관련 최근 국내 연구를 통해 개발된 기술을 글로벌 시장 진출을 위해 상용화가 될 수 있도록 지속적 투자와 재정 지원이 돼야 한다.

② 전고체 배터리를 비롯한 차세대 배터리 개발이 한국 경제 미래 먹거리다.

③ 배터리 미래 기술을 확보하지 않으면 일본에 가마우치 경제로 끌려갈 수 있기에 아직 양산되지 않은 산업 후보군이라도 미래를 대비 투자해 선점하는 전략이 필요하다.

→ Lithium Air Battery

→ Sodium-ion Battery

→ Solid-state Battery

□ Battery

▷ 의미

① 화학물질의 화학에너지를 전환

② 전기화학적 산화 환원 반응

③ 전기에너지를 변환하는 장치

▷ 원리

① 구성 : 양극(+), 음극(-)

② Cathode(양극), Anode(음극)에 양·음이온이 들어 있는 전해질에 연결해 주면 상대적+전하를 띄는 양이온이 음극에 -를 띄는 음이온은 양극으로 분리 배터리가 충전 방전

③ 충전, 방전의 연속

    → 충전은 금속 이온이 양극에서 분리막을 지나 음극으로 이동 양극의 리튬 이온이 전해액에 녹아 아주 미세한 분리막 지나 음극제로 넘어가며, 이때 전자는 음극과 양극을 연결한 도선 따라 이동하며 전기 저장

    → 방전은 음극에서 양극으로 이동 전기 발생

▷ **구성**

① 양극재 : 소재 따라 용량 결정

② 음극재 : 수명, 작동 전압 관여

③ 분리막 : 양극과 음극을 분리

④ 전해질 : 기본 성능 결정 요인

▷ **단위**

① Cell : 기본이 되는 단위

② Module : 셀묶음, 전압 정보 센싱

③ Pack : 모듈묶음, 제어, 냉각 기능

▷ **분류**

    → 화학전지

① 일차전지 : 충전 불가능

    → 망간전지. 산화은전지 등

② 이차전지 : 충전 가능, 반복 사용

    → 니켈수소전지, 리튬이차전지, 나트륨이차전지 등

③ 연료전지 : 전기 직접 전환

→ 고체고분자 전해질 형, 수소전지 등

→ 물리전지 : 광, 열, 원자력 변환

→ 태양전지, 열전소자, 방사선 전지

▷ **활용**

① 배터리 일상에 필수품

② 휴대용 전자기기인 스마트폰부터 대형 전자기기인 전기자동차까지다

③ 충전 용량, 속도, 전지 음·양극 활물질의 특성 및 전해질의 이온전도도

▷ **산업 분류**

① 소+중+대형 이차전지 산업

② 핵심 소재 산업

③ 제조 장비 및 측정 장치 산업

▷ **산업 밸류체인**

① 후방산업 : 핵심 소재

② 배터리 : 제조 설비

③ 전방산업 : 스마트폰 등

▷ **세계 시장 동향**

① 일본: PANASONIC

② 중국: CATL, BYD

③ 한국: LG화학, 삼성SDI, SK이노베이션

□ **리튬에어전지=Lithium Air Battery=리튬금속배터리**

▷ **정의**

① 리튬+산소=전기에너지

② 기존 리튬이온전지보다 에너지 밀도 2배

③ 전기차+노트북+스마트폰

▷ **장점**

① 높은 밀도+출력+충·방전

② 부피 적음+경량화

③ 폭발 위험 낮음

▷ **단점**

① 충전 방전 시 전압 차이

② 에너지 밀도 감소

③ 촉매제 가격 비쌈

④ 고순도 산소 확보

⑤ 낮은 전압으로 승압 장치 필요

⑥ 낮은 충·방전 수명

⑦ 수분에 취약

▷ **과제**

① 값싼 촉매제 개발

② Li2O2=과산화리튬 처리

③ Doping=이온 전도도 증가

④ Coating=탄소 표면 보호

⑤ Washing=잔류 리튬 제거

⑥ 고성능 양극 물질 개발

▷ **제품**

① 무선 이어폰+스마트폰

② 무선 가전제품+전기자동차

③ 배터리 에너지 저장 장치=ESS

▷ 해외 동향

① 리튬연료전지 타입

② 고체무기화합물 전해질 타입

③ 젤 타입 리튬공기전지

□ **나트륨-이온전지=소듐이온전지=Sodium-ion Battery**

　▷ **정의**

① 리튬이온 대비 에너지 밀도 3배

② 리튬 대비 가격 저렴, 차세대 전지

③ 효율성 뛰어남, 충·방전 사이클

④ 탄산리튬 톤당 35,000불, 탄산나트륨 300불로 가격 경쟁력 확보

⑤ 2025년 이후 전기자동차 수요 폭발로 리튬 공급 불안정

　▷ **구성**

① 양극 : 금속 화합물, 유기 화합물

② 음극 : 나트륨, 마그네슘

③ 전해질 : 유기계, 고체전해질

　▷ **장점**

① 해수에 녹아 있어 생산 용이

② 전기 에너지 변환 능력 탁월

③ 가격 저렴+안전+대용량

④ 리튬전지의 기술 접목 가능=한국이 세계 최고의 리튬전지 양산 시스템 구축

⑤ 빠른 기술개발 가능

　▷ **단점**

① 나트륨이 물과 반응하면 폭발성 높음

② 현 상용화 제품 개발이 없음

③ 낮은 전압

④ 긴 충·방전 시간

▷ **과제**

① 충·방전 효율 증가

② 경량화 및 고속 충전을 위한 연구 필요

③ 나트륨 전용 양극재 및 음극재 개발 필요

④ 리튬 이후의 차세대 전지로 개발 지원 필요 : 중국, 인도, 프랑스, 스웨턴 등 각국 개발 경쟁 중

⑤ 나트륨 전지만의 특별한 시장 적용 필요=ESS 시장&납축전지 대체 시장

▷ **해외 동향**

① 스탠포드 연구팀 SIB 개발

② 영국 SIB 개발

③ 유럽 연합=나트륨 전지 개발 집중

④ 세계적으로 중국이 가장 많은 연구 인력을 보유, 논문 발표

⑤ 현재 어느 나라도 상용화 단계로 판매되는 시제품은 없으나 2~3년 내로 양산용 배터리 출시 예정

□ 전고체전지 : All Solid-state Battery

▷ **정의**

① 차세대 배터리=활발 연구

② 전해질 액체 → 고체 대처

③ 리튬 이동 → 충·방전 전력 생성

④ 폭발 위험 감소 : 전지의 폭발은 주로 유기 전해질이 화재를 발생시킴

⑤ 리튬 전지는 전고체전지를 만들어내는 기업에 의해서 주도될 예정

▷ **구성**

① 양·음극 : 기존 또는 타 차세대 전지 양·음극 활용 가능

② 전해질 : 세라믹, 화합물, 산화물 고분자, 복합재 등

▷ **장점**

① 누액 위험 없어 안전성

② 연속공정 가능, 고용량

③ 다양한 형태, 다층형셀 구현

④ 얇음, 유연한 전지

▷ **단점**

① 높은 계면저항(界面抵抗)

② 황화계의 경우 유해가스 황화수소 발생

③ 고분자, 낮은 저온 특성

▷ **소재**

① 황화물계

   → 전도도 높아 공정 적용 용이

   → 단점 : 유해가스 황화수소 나옴

② 산화물계

   → 세라믹 특유 탁탁함

   → 음극, 양극 붙이기 어려움

③ 고분자계

   → 소재가 워낙 많아 유망

→ 아직 전도도 황화물 1/10 수준

▷ **발전**

① 1980년대, 개념 처음 제시

② 2010, 토요타 배터리 시제품

③ 일본 전고체배터리 선도

▷ **국내 동향**

① 석출형 리튬 음극 적용 개발

② 수명, 안정 높임, 삼성전자

③ 1회 충전 800Km, 재충전 1,000회

▷ **과제**

① 리튬이온 이동성 떨어짐

② 전지의 출력이 낮아짐

③ 계면저항 높아져 수명 짧음

④ 전도도 액체 전해질 수준

▷ **일본 기업**

① 1980년대 개념 처음 제시

② 2010 토요타 배터리 시제품

③ 일본 전고체배터리 선도, 주로 황화계에 집중, 10년 동안 양산기술 개발 중이다.

④ 전고체 전해질 연구는 황산계, 산화계, 고분자 타입 등으로 구분된다.

6) 미래 에너지 Battery 후편

〔2020.07.29. 정책제언 No.59〕

◑ 핵심 요약

① 최근 세계 자동차 시장은 수소차보다 전기차가 대세다.

② 중소기업은 기술개발에 집중해야 한다.

③ 현재는 상용 전기자동차와 소형 원통형 전지의 시대다.

   → Hydrogen Fuel Cell

   → Energy Storage System

□ 수소연료전지=Hydrogen Fuel Cell

▷ **연료전지**

① 연료 화학에너지를 전기에너지로 전환

② 연료전지 스택, 연료 변환 장치

③ BOP 제어기술, 통합기술

▷ **연료전지 장점**

① 온실가스 주범 CO_2 40%를 감소

② 에너지 사용량 26% 절감

③ 녹색 산업 신에너지 기술

▷ **연료전지 원리**

① 물을 전기분해하면 수소와 산소가 발생

② 역으로 수소와 산소로 전기를 생산

③ 전기화학적 발전 장치

▷ **연료전지 구성**

① 연료극

② 전해질 층

③ 공기극 Cell

▷ **연료전지 특징**

① 발전 효율 높음. 80% 이상

② 저공해+무공해 에너지 시스템

③ 모듈 형태 제작 가능, 발전 규모 조절 용이

▷ **연료전지 종류**

① 분산 발전용 연료전지

② 건물용 연료전지

③ 수송용 연료전지

▷ **수소연료전지 정의**

① 수소연료 사용=전기에너지 생성

② 수소, 산소, 물 변환 생긴 에너지

③ 수소+산소=결합

▷ **장점**

① 에너지 효율이 높다.

② 값이 저렴하다.

③ 소음, 공해가 없는 청정에너지다.

④ 소형 승용차의 경우는 전기차가 가능, 대형 트럭은 수소연료 전지 타입이 적합하다.

▷ **약점**

① 생산, 운송, 충전에 에너지를 사용한다.

→ 생산 : 화석연료 사용

→ 운송 : 기체 상태 운송, 소량 튜브 트레일러로 운송, 운송 중 에너지를 소비한다.

→ 충전 : 충전 탱크의 압력 높일 때 많은 에너지가 필요하다.

② 연속 충전 불가 → 압력 차를 이용하므로 절대 시간이 필요하다.

③ 충전소 건설을 위해 상당한 부지가 필요하다.

④ 도심지 충전소가 폭발 문제로 설치 불가능. 안전한 저장 기술이 상용화의 핵심이다.

▷ **보급**

① 운송, 충전 방식의 한계로 보급이 어렵다. 울산 석유화학공단 위주로 보급되고 있다.

② 서울 및 대도시에 설치 환경이 불리하다.

③ 부지확보, 수송 안전이 중요하다.

▷ **과제**

① 수소 생산 비용

→ 생산, 운반, 저장, 충전이 어렵다.

→ 대기 중 산소 21%, 수소 1% 분포되어 있다.

→ 발전 효율 낮아 생산 비용이 높다.

② 대량으로 안전하게 저장하기가 어렵다.

③ 전기를 만들어 내는 스택 제조 원가를 낮추는 기술 발전이 필요하다.

④ 위험 관리

▷ **수소 생산 방식**

① 부생수소

→ 부가적으로 생성된다.

→ 제철소 : 부생수소 태워 전기를 생산한다.

→ 석유화학공장 : 황을 제거, 탈황될 때 생긴다.

② 개질수소 : 수소를 따로 만든다.

→ 천연, 석유가스, 고온 고압으로 생산한다.

③ 그린 수소는 친환경 수소

→ 친환경 전기 생산 후 남는 전기로 물을 전기분해해서 수소로 만들어서 저장한다.

□ 에너지 저장 장치=ESS(Energy Storage System)

▷ 정의

① 생산 전기 저장

② 전력 계통 저장

③ 필요 시기 공급

④ 그린뉴딜에는 필수적으로 필요

▷ 장점

① 실시간으로 공급자와 소비자가 정보 교환

② 신재생에너지, 전력 공급

③ 저장 전기를 피크타임에 사용

④ 전력 불확실성에 대비

▷ 국내 ESS 산업 문제=기술적, 제도적 문제

① 화재 사고 30건 이상

② REC 가중치 변경

③ 특례 요금 제도, 일몰

※ REC=Renewable Energy Certificate

▷ 과제

① 차세대 전지 개발 정부 지원

② REC 가격 안정화

③ 민간 주도 성장, 생태계 형성

④ 안전성과 저가격의 ESS에 적합한 배터리 개발이 필수적인 장벽

⑤ 고체전해질 기술개발로 화재 발생 차단

■ 제언

① 배터리 관련 최근 국내 연구를 통해 개발된 기술을 글로벌 시장 진출을 위해 상용화가 될 수 있도록 지속적 투자와 재정 지원이 돼야 한다.

→ 리튬공기배터리 촉매, 이른바 금속유기구조제의 나노미터 크기 구멍 안에 촉매가 들어가는 수명을 늘리 수 있는 신기술을 국내서 개발했다.

→ 리튬이온전지에 관한 아이디어 연구 성과를 가지고 있는 연구자 또는 기관에 골고루 연구 기회가 가지 못하고 일부 연구기관에 많은 자금이 몰리고 있는 상황을 개선해야 한다.

→ 차세대 양극 물질, 음극과 전해질 분리막의 기술을 함께 발전시켜 리튬이온전지의 글로벌 시장을 선도해 나갈 수 있도록 지속적 지원 시스템을 갖춰야 한다.

→ 나트륨이온전지는 저장 용량을 늘리려면 전극 두께를 늘려야 하는데, 이 경우 저항이 늘고 수명이 단축된다는 점이 난제다. 이 문제를 해결하기 위해 불화인 산바나듐나트륨을 양극재로 쓰고 주석 인화물질을 음극재로 사용하

는 새로운 나트륨이온배터리를 국내에서 개발할 필요가 있다.

→ 질소가 도핑된 다공성 금속 산화물을 이용해 높은 에너지 밀도와 출력을 갖는 나트륨이온 에너지 저장 소자를 구현 상용화하면 전기자동차와 휴대용 전자기기에 적용 가능하다.

→ 나트륨전지로 경제성을 확보할 수 있는 시장을 열어서 차세대 전지 시장을 주도해야 한다.

② 전고체배터리를 비롯한 차세대 배터리 개발이 한국 경제 미래 먹거리다.

→ 일본은 토요타 중심 대규모 민간 컨소시엄을 조성, 2022년 상용화 목표로 특허를 통해 기술을 장악해 나가고 있다.

→ 일본은 리튬이온배터리를 먼저 개발했는데도 한국에 지위를 빼앗겨 전기자동차 시장 진입이 늦어진 바 있다.

③ 배터리 미래 기술을 확보하지 않으면 일본에 가마우치 경제로 끌려갈 수 있기에 아직 양산되지 않은 산업 후보군이라도 미래를 대비, 투자해 선점하는 전략이 필요하다.

→ 1980~1990년대 한국에서 배터리 산업은 중소기업의 전유물이었다.

→ 그러나 외국에서는 파나소닉 등 대기업에서 배터리 연구개발을 했고 1991년 소니가 리튬이온배터리 상용화를 발표했다.

→ 배터리 산업의 핵심은 4대 소재 기술인 양극, 음극, 전해질, 분리막이 핵심이다. 소재 개발이 경쟁력이다.

④ 정부는 2022년까지 수소차 6만 7,000대, 수소충전소 310기

를 건설하는 수소차 및 충전 인프라 보급 계획 수립했는데 추
진 상황을 세밀히 점검하고 진행해야 한다.

→ 수소 트럭, 택시에 부품 소재를 공급하는 주요 중견기업들
도 기술적으로 한 단계 성장할 기회다.

→ 수소차는 전기자동차와 비교해 차량 무게가 가볍고 충전
시간도 짧아 트럭, 택시에 적합하다는 평가다.

→ 후속 연구개발과 지원을 통해 중요 부품들의 내구성을 개
선하여 글로벌 시장 진출의 기회로 삼아야 한다.

→ 연료전지 스택을 위시한 핵심 부품인 연료전지 탱크, 배터
리, 충전소켓, 전기모터 분야의 기술력 제안 및 가치사슬
구축은 매우 중요하다.

⑤ 최근 세계 자동차 시장은 수소차보다 전기차가 대세다.

→ 최근 현대차도 수소차 전략에서 전기차로 전환했다.

→ 2025년까지 전기자동차 100만 대 판매, 시장 점유율 10%
목표를 제시했다.

→ 국가와 지역마다 친환경 차를 수용할 수 있는 여건이 다르
고 이용자들이 원하는 친환경 차의 모습도 다르므로 수소
자동차가 대세가 될 수 없다.

→ 전기나 수소 충전 인프라 구축을 기대하기 힘든 국가나 지
역은 여전히 하이브리드 정도가 최선의 대안이다.

⑥ 중소기업은 기술개발에 집중해야 한다.

→ 2차 전지 시장이 급속히 확대됨에 따라 급증하는 수요를
맞추기 위해 산업 확장이 이루어져야 한다.

→ 단기 내에 기술개발 및 사업화가 가능한 분야로 배터리 스
펙 향상과 제조 설비의 스마트화에 따른 국내 수요에 대응

해 제품화 능력을 확보해야 한다.

→ 배터리 양산 기술 고도화를 위한 전극, 조립, 활성화 등 각 공정 요소별 제조 장치 관련 기술개발 및 배터리의 성능, 유지관리를 위한 검사, 측정 장비 관련 기술개발이 동시에 추진돼야 한다.

⑦ 현재는 상용 전기자동차와 소형 원통형 전지의 시대다.

→ 상용 전기자동차 관심이 뜨겁다. 테슬라 픽업트럭, 볼보 전기트럭 등이다.

→ 소형 전지와 NCA 부족 현상이 발생한다.

→ 20개월 이어간 리튬 하락, 반전은 언제 일어날까.

→ 2차전지 기업 투자 유치에 주목해야 한다.

⑧ 반도체 메모리 이후 한국 경제 미래 먹거리로 전기자동차 배터리 산업을 집중 지원 육성해야 한다.

→ 기계제품에서 전자제품으로 바뀌는 전기자동차에 배터리는 필수다.

→ 2025년 반도체 매출을 추월할 것으로 전망된다.

→ 2025년 전기자동차 배터리 수요가 전 세계에서 폭발적으로 성장, 2020년 676억 달러에서 2025년 1,670억 달러가 예상된다.

→ 중국 배터리 업체 급감하고 있다. 2017년 135개, 2018년 90개, 2020년 20개다.

→ 수익의 핵심이 배터리다.

→ 국내외 협업을 해야 생존할 수 있다.

→ 한국 업체의 강점은 속도와 빠른 의사 결정이다.

→ 리튬전지 시장을 주도했다고 하여 차세대 전지 시장을 주

도 할 수 없다. 따라서 차세대 전지 시장을 열어 갈 수 있는 기술 생태계 구축이 필요하다.

6장 // 외교

1. 일본

1) Post ABE, 한·일 협력
2) POST ABE와 한·일 관계
3) 스가 요시히데(管義偉)와 한·일 관계
4) 일본의 외교 전략
5) 일본 대한(對韓) 외교 전략
6) 바람직한 한·일 관계 전편
7) 바람직한 한·일 관계 후편

2. 중국

1) 중국 외교 전략 전편
2) 중국 외교 전략 후편
3) 중국 대한(對韓) 외교 전략
4) 바람직한 한·중 관계 전편
5) 바람직한 한·중 관계 후편

3. 중국과 일본

1) 중·일 외교 전략 전편
2) 중·일 외교 전략 후편

4. 통일

1) 북·미 싱가포르 회담 2주년
2) 독일 통일 30주년 배우기

1. 일본

1) Post ABE, 한·일 협력

〔2020.06.06. 정책제언 No.30〕

◑ 핵심 요약

① 노무현 전 대통령 : 2003년 일본 TBS 방송 일본 국민과의 대화에서 과거에 발목을 잡히지 말고 현명하게 풀어가 북·일 관계 개선과 동북아 평화 및 협력에 함께 가야 한다.
② 문 대통령 : 우리가 도덕적 우위에 있기 때문에 먼저 손을 내밀어야 한다.
③ 한·일 양국의 화해와 협력의 길을 여는 리더는 역사에 남는다.

□ 일본 정치 특징
① 파벌정치 : 합종연횡. 파벌연합
② 금권정치 : 후원회, 뇌물, 정치자금

③ 세습정치 : 지역 기반, 유명세, 공평·정의와는 거리가 멀다.

④ 의원내각제 : 다수당 총리 수행

□ 아베 신조(安倍晋三, 65세) 정권 : 인기 급락

▷ 자민당 파별

① 호소다파 : 매파=Ultra 보수, 강경, 자민당 내 최대 파별.

→ Boss : ABE

② 고치카이(宏池會)파 : Liberal+온건+비둘기파

→ 자민당 내 No.2 파별

→ Boss : 기시다 후미오(岸田文雄, 62세)

→ 기시다 후미오=전 외상, 정조회장, Hirosima 출신

□ POST ABE

▷ 이시바 시게루(石破茂, 57년생) : 국민 여론조사 1위, 자민당 수상 선출 어렵지만, 정치는 생물이라 예의주시해야 한다. 언젠가는 수상할 것 대비해 인맥 관리해 놓아야 할 인물이다.

① 정치 Position

→ ABE Rival(2번 패배), 전 간사장, 전 방위상, 전 지방 창생 담당 대신, 농림수산 대신, 특임 담당 대신, 돗토리, 미쓰이 은행 출신, 연속 11선=20명 의원의 수장이다.

② 계파 : 온건 보수

③ 종교 : 기독교

④ 학교 : 게이오대 법학부

⑤ 역사 : 과거사 인식

→ 과거 침략 전쟁 비판

→ 전쟁 반성하지 않는 교육을 비판

→ 위안부 문제 사과해야

→ 강제징용 문제, 수출 보복, 아베 정권과 입장 동일, 한일기본조약으로 종결됐다.

→ 다케시마의 날 제정

→ 파병에 적극, 해병대

⑥ 경제 : 소비세 인상, 재정 상태 개선 목표

⑦ 사회 : 이민 수용, 저출산, 고령화 해결

⑧ 외교

→ 북한 : 대화해야. 납치, 핵, 미사일에 강경, 3대 문제 해결 후 평양, 도쿄에 연락사무소 설치를 주장. 김일성 사망 시 조문

→ 중국 : 강경, 센카쿠 열도 갈등 대비, 자위대 수륙기부대 창설

→ 한국 : 코로나 한·중·일 백신 개발 협력, 일본 전쟁 책임 인식해야. 합리적 강경 보수파로부터 매국노라는 평가를 받음

□ **일 기업 자산매각**

① 법원 1일 강제징용 피해 보상 신일철주금(일본제철) 자산 압류 결정문 공시송달

→ 국내 자산 강제 매각 절차

② 압류 신청 추후 9건도 진행

□ **강제징용 배상 문제 기업자산 현금화 파장**

① 수출 규제 강화 조치(2019'7월)

② 양국 정부 팽팽한 대결

③ GSOMIA 조건부 연장(2달 남음)

④ 한국 WHO 분쟁 해결 절차 재개

■ 제언

① 배상 판결 문제 발단은 한국 사법부 판단 vs 일본 자국 기업
보호. 하지만 본질은 따로 있다. 양국의 역사 인식 차이다.

② 외교 기술력 절실한 시기다. 외교의 기본은 일방적 승리는 없
다는 것이다. 양보와 타협으로 실사구시를 추구해야 한다.

③ 포스트 아베 대비해야 한다.

→ 올림픽 연기 (내년 불투명)

→ 아베 정권의 연이은 스캔들

→ 장기 연립 피로감 누적

→ 차기 수상 제1의 덕목 : 공정, 성실, 여론조사

④ 기존 방식, 사고로는 한·일 관계 문제의 매듭은 풀 수 없다.
창의, 역발상을 바탕으로 새로운 안을 제시해야 한다.

⑤ 일본과 물밑 협상 돌입해야 한다.

→ 차기 총리와 접촉해야 한다.

→ 과거(역사) 일괄 타결, 미래 지향적이어야 한다.

⑥ 한국 ICT 산업의 강점과 일본 부품·소재의 강점을 융합해야
한다. 미래 지향적 상생외교 분위기를 조성해야 한다.

⑦ 경제문제 해법은 정부보다 민간기업과 경제 단체가 나서야
한다. 과거사 문제 해결은 정치인보다 민간단체, 지식인들이
나서 실마리를 풀어나가야 한다.

⑧ 한·일 복잡 미묘한 매듭을 Lobbyist가 물밑에서 풀어 실마리

를 풀어야 한다.

⑨ 미래 한·일 관계는 EU 공동체처럼 만들어야 한다. 앙숙인 독일, 프랑스의 공동 연합체와 같은 한·일 경제 공동 연합체 구축을 제안해야 한다.

□ 프랑스 : 독일=원수에서 우방으로

① 우정의 날 : 2019년 1월 22일, 엑스-라-샤펠

② 협력 및 통합 조약 체결

③ 엘리제 조약(1963년 1월 22일) 기반

④ 양국 간 더 많은 공조

⑤ 21세기 당면한 과제 해결에 도전 협력 준비

▷ **양국 침략 역사**

→ 1806 나폴레옹 프로이센 침략

→ 1871 보불전쟁 독일 승리

→ 1차, 2차 세계대전 히틀러

→ 1945~1955 프랑스 승전국

독일 점령 정책 자르 지방 합병, 산업 지역 쿠르지역 반환 반대, 독일 건국 반대

▷ **철천지원수 갈등과 대결에서 화해와 협력 시대를 추구**

① 외교 안보 소련 위협 공동 대응

② 정치, 경제 협력 상호 이해

③ 양국 정상의 위대한 리더십

▷ **정상의 리더십**

① 독일 콘라트 아데나워 총리 : 프랑스 여러 차례 방문

② 드골(1958.9) 고향마을 만남

③ 문명, 개혁, 신념, 민주주의 투쟁의 공통점

④ 드골 독일 방문(1959년), "독일 청년에게 고한다."

　　→ 프, 독 높은 장벽의 산을 없애는 유일한 방법은 프랑스 대대
　　　손손 적이었던 독일에 기분 좋게 손을 내미는 것밖에 없다.

⑤ 상호 사전 방문, 화해와 신뢰 구축

　　→ 아데나워기념관 소박 사저

　　→ 드골, 아데나워 악수 동상

⑥ 유럽공동체 EU(ECC) 건설

⑦ 1963년 엘리제 조약 체결

▷ **성공 요인**

① 존경받는 위대한 지도자와 국민 지지로 인해 화해 선언

② 후임 정권 및 지도자는 선임자의 철학과 전통을 계승

③ 정파와 이념에 상관없이 국익을 위해 상호 협력하고 대화

▷ **한국과 일본**

① 1965년 조약 : 부실 체결

　　→ 학생 반대 데모

　　→ 위안부, 징용 배상, 독도, 과거 역사 인식, 신사참배

② 노무현 전 대통령 : 2003년 일본 TBS 방송 일본 국민과의 대
　　화에서 과거에 발목을 잡히지 말고 현명하게 풀어가 북·일
　　관계 개선과 동북아 평화 및 협력에 함께 가야 한다.

③ 문 대통령 : 우리가 도덕적 우위에 있기 때문에 먼저 손을 내
　　밀어야 한다.

④ 한·일 양국 화해와 협력의 길을 여는 리더는 역사에 남는다.

2) POST ABE와 한·일 관계

〔2020.09.06. 정책제언 No.93〕

◐ 핵심 요약

① 외교 기술력이 절실한 시기다. 외교의 기본은 일방적 승리는 없다는 것이다. 양보, 타협으로 실사구시를 추구해야 한다.

② POST ABE와 미래지향적 새로운 한·일 관계 정립해야 한다.

③ 한국 ICT 산업의 강점, 일본 부품·소재 강점 협력, 상생 외교 구축하고 펼쳐야 한다.

☐ 아베 총리 사임

▷ 이유

① 다테마에(겉마음) : 대장염

② 혼네(속마음) : 정치 위기 돌파

③ 최장수 총리 기록

④ 각종 스캔들을 방어해 줄 후임이 있을 때

⑤ 일단 물러나고 상왕으로서 영향력 행사하다가 후일 적당한 타이밍에 재등판 가능성 있다.

▷ 궤양성대장염

① 지저분하고 견디기 어려운, 매시간 단위의 긴장 되는 소화기 질환이다.

② 잘 낫는 병이 아닌데, 이번에 대장암으로 병변됐다니 치료에 전념해야 한다는 의료진에게 경고를 받았다.

③ 부친(安倍晋太郎) 90년 9월, 췌장암·담도 결석으로 수술 후 '바라고 바라던 총리'를 못하고 1991년 5월에 절명(67세)
④ 아베 총리는 아버지의 투병을 지켜봐서 최장수 총리 기록 달성되자마자 사임했다.

□ 일본의 정권 교체
① 집권당이 바뀌는 것이 아니라 자민당 총재를 배출하는 파벌 사이에서 선출한다.
② 특정 파벌에서 배출한 총리 지지율 떨어지거나 선거 성적 안 좋으면 다른 파벌 수장이 새 총리가 된다.
③ 유권자에게 당내 정권 교체란 적당한 타협점을 제시해 일당 독재 비판을 비켜 가고 있다.

□ 자민당 파벌 정치
① 1955년 11월 온건 보수 성향의 민주당과 강경 보수 자유당이 '보수 대 간결' 기치로 자유민주당 탄생
② 제2당에 밀려 3당이 된 자유당 존립 위기 처함. 민주당 역시 1당 유지했지만 불안. 이해관계 맞아떨어져 합당
③ 1955년 이후 2차례 제외하면 여당을 놓치지 않고 장기 집권
  → 1993년 8월~1994년 5월
  → 2009년 9월~2012년 12월
④ 파벌이 자연스럽게 생김
  → 민주당파 : 작은 정부, 화합 외교
  → 자유당파 : 큰 정부. 강한 외교
⑤ 자민당 내 파벌

→ 호소다파(98명) : 매파=Ultra 보수+강경=호소다 히로유키 회장

→ 제2 파벌 아소파(54명) : 아소 다로 부총리 겸 재무상

→ 다케시타파(54명) : 다케시타 와타루 전 총무회장

□ 자민당 금권정치

① 금권정치의 대부 다나카 가쿠에이(田中角榮)는 "정치는 머릿수, 머릿수는 힘, 힘은 돈이다."

② 다나카 총리 1976년 록히드 55억 엔 뇌물로 기소

③ 아베 총리도 2017년 오사카 소재 모리모토(森友) 학교 비리가 몰락 계기

□ 중선거구제와 세습정치

① 중선거구제 : 지역별 인구 비례 2~3명 선출

② 파벌은 노선에 따라 각기 다른 정책 내세우며 당내 경쟁

③ 당내 민주주의 강화 순기능에도 불구하고 세습정치만 강화. 2017년 중의원 선거 시 세습, 정치인 26% 특히 내각 주요 각료는 모두 세습정치인

※ 1996년부터 중의원 선거구 1개 선거구에 1명의 의원을 선출하는 소선거구제로 전환

□ POST ABE

▷ 스가 요시히데(管義偉) 관방장관 내정설 파다. 이변 없으면 당선 =일본 정치는 예측이 가능하므로 파벌 합의에 따라 당선될 것

① 3무 : 후광, 파벌, 학벌

② 아키타(秋田)현 딸기 농가 출신

③ 호세이대(法政大) 야간 법학부

④ 요코하마 시의원

⑤ 자민당 중의원

⑥ 아베파 관방장관

⑦ 2019년 새 연호 레이와(令和) 발표 대중적 인기, '레이와 오지상(레이와 아저씨)

⑧ 정치 성향 : 아베와 일심동체

⑨ 최근 여론조사 38%로 1위 지난 6월 이시바가 31% 1위

⑩ 자민당 내 3개 파벌 지지를 받음

⑪ 다음 달 15일쯤 차기 총재 선출

■ 제언

① 배상 판결 문제 발단 : 한국 사법부 판단 vs 일본 자국 기업 보호. 하지만 본질은 따로 있음. 양국 정치인 역사 인식 차이다.

② 외교 기술력 절실한 시기, 기본 일방적 승리는 없다. 양보+타협=실사구시 추구해야 한다.

③ 포스트 아베 대비 경제적, 정치적 세밀한 대응 전략을 준비해야 한다.

3) 스가 요시히데(菅義偉)와 한·일 관계

〔2020.09.09. 정책제언 No.96〕

◑ 핵심 요약

① 스가 총리 돼도 반한기류 여전할 것이다.

② 스가는 본인이 만들어낸 위안부 합의 번복에 실망 강제징용
은 국제법 위반이라고 생각한다. 포스트 아베 시대가 열려도
한·일 관계 개선은 난망하다.

③ 일본 내 친한파 거의 소멸했다.

④ 양국 정치인들 불신이 여전하다.

⑤ 미래지향적 한·일 관계 구축이 시급하다.

⑥ 미·중 대립 격화되면 이들 틈에 있는 양국이 외교 전략을 공
유해야 한다.

⑦ 역사, 민족, 리더십 대립이 있어도 이를 최소한으로 상호 억제
해야 한다.

⑧ 한국은 외교 정책은 많은데 외교 교섭은 거의 없다. 명분과
확고한 목표의 외교 정책은 많지만, 이것을 실현하거나 포장
할 외교 교섭 역량은 빈약하다.

⑨ 바람직한 한·일 관계는 중국과 일본과 같은 상호 의존 관계로
발전시켜 나가야 한다.

□ 자민당 총재 선출
① 선거 : 14일, 투표와 개표

② 출범 : 16일, 임시국회 총리 지명 선출

③ 방식 :

　→ 국회의원 394표, 지방대표 141표

　→ 과반 이상 득표 시 당선

④ 당선 유력 : 스가 요시히데(菅義偉, 73) 관방장관

⑤ 들러리 :

　→ 기시다 후미오(岸田文雄. 63) 정조회장, 경제 격차 바로잡는 데 집중

　→ 이시바 시게루(石破茂. 63) 전 간사장, 내수 주도로의 경제 전환 강조

□ **여론 조사**

① 스가 관방장관 지지율 6월 5%, 8/1 38%, 8/6 46%, 다음 주는 55% 이상 오를 것

② 아베 경제 정책 계승 51%, 외교 안전 보장 노선 계승 66%

③ 아베 내각 지지율 55%

□ **아베 신조**(安倍晋三, 1954년 9월 21일생, 67세) **총리 사임 노림수**

① 전후 최장수 총리 타이틀 획득=7년 8개월, 외조부 사토에이사쿠 기록 깸

② 스가를 내세워 아베 정치 노선+정책 계승

③ 자민당 내 최고 실력자로서 상왕 노릇

④ 여론 한판 뒤집기

　→ 비호감에서 호감으로

　→ 지병 치료+눈물 회견=동정심 유발. 내각 지지율 30%에서

55% 급등시킴

⑤ 3대 부정부패 스캔들 털어냄

→ 모리토모(森友)

→ 가케(加計) 학원

→ 벚꽃놀이 스캔들

⑥ 정치 수세 국면 돌파

→ 도쿄올림픽 연기

→ 코로나 방역 실패

→ 경기 침체

→ 아베 노믹스 한계=공격적 통화 살포+재정 확대+구조 개혁

⑦ 지병 치료와 휴식

⑧ 정치적 휴식, 재등판을 위한 1보 후퇴

→ 1차 집권(2006.9.26~2017.9.26) 지병 치료차 사임

→ 내년 도쿄올림픽 이후 적당한 타이밍에 재등판 예측

⑨ 자민당 현역의원 40%가 아베 키즈로 정치 부활의 기반

⑩ 총리 사임 후에도 정책 과제 실현을 위해 힘을 보태겠다. 지금까지 경험 살려 국회의원이 할 수 있는 일을 하겠다. 퇴임 후에도 영향력 유지할 것이다.

⑪ 성과는 역사가 판단

→ 성과 : 동일본대지진 지방 부흥 경제 : 고용 확대 / 사회 : 유아교육 무상화 / 전 : 자위권 안전법제 제정

→ 해결하지 못한 과제 : 일본인 납치 문제, 러·일 평화조약 문제, 헌법 개정 문제를 남긴 것은 통한의 극치라 밝힘

→ 한국 관련 : 위안부 문제, 강제징용 배상 언급하지 않음. 워낙 한국 정치인을 싫어함

⑫ 1993년 위안부 동원 과정에서 강제성과 일본군 개입 인정하고 사과한 '고노 담화', 1995년 식민지 지배 공식 사과 '무라야마 담화'를 무시하고 2015년 박근혜 정부와 위안부 합의

□ 스가 요시히데(菅義偉, 1948년 12월 6일생, 73세)
→ 차기 총리 유력

▷ **선거 판세**

① 7개 파벌 중 5개파 지지 264명, 무파벌 40명 지지, 304명으로 과반 넘음

② 중+참의원 394명+광역단체 대표 141명, 총 535표 중 과반 268표 얻으면 당선

③ 1차 투표에서 승리 유력

▷ **인생사 및 정치 역정**

① 정치 이념 : 아베 계승
→ 아베 정치의 충실한 계승을 다짐하고 아베에 대한 충성 맹세(총리 출마 선언)

② 정치기반 : 3무 후광, 파벌, 학벌, 흙수저, 자수성가형

③ 이미지 : 포스트 아베가 아니라 제2 아베, 아베의 아바타, 아베의 복심 이미지, 무색무취 리틀 아베

④ 외교 안보 : 아베와 일심동체

⑤ 정치 일정 : 10월 중의원 선거, 2021년 7~8 올림픽, 2021년 10월 총선

⑥ 내각 성격 : 잠정 내각, 위기관리

⑦ 관방장관 : 총리 비서실장 겸 내각 관장의 장, 해외 출장 갈 수 없음

⑧ 48세 중의원 당선(1996년)

⑨ 2002년 대북 제재 법안 발의로 아베와 인연, 06년 아베 1차 내각 총리대신, 2차 내각 관방장관 발탁, 2016.7.7~현재 최장수 관방장관, 아베 총리와 정치적 운명 함께함

⑩ 2014년 안중근 의사를 이토 히로부미 살해한 테러리스트, 범죄자라 했고 강제징용 문제는 직접 나서 보복 조치를 예고하는 등 한국에 대해선 강경 입장

▷ 총재 출마 이유

① 코로나 확산 방지

② 사회 경제 활동 재개

③ 행정 디지털화 개혁

④ 코로나 대책, 경제 활성화 책임에 결단

▷ 외교 정책

① 미·일 동맹 축

② 중국과 안정적 관계 구축

　→ 정상 간 기탄없이 의견 교환

　→ 시진핑 방일보다 코로나 방역

③ 한국에 대한 언급 없음

④ 외상(외교장관)에 파워 있는 파벌의 수장을 앉힐 것

▷ 헌법 개정 : 평화헌법

① '일정이 정해져 있지 않다'에서 소견 발표 연설회서 헌법 개정은 자민당 창당 이래 당의 기본 방침이라며 평화 헌법 개정 의지 피력

② '아베와 색깔이 다르다'에서 서서히 드러내기 시작한다는 일부의 분석은 속마음을 모르는 것

③ 총리가 되어도 스가만의 정치 스타일은 나타내기 어려울 것

※ 일본 헌법 9조 1.2항을 개정, 자위대 합법화하고 일본을 전쟁 가능국으로 만들겠다는 의지였으나 국민 지지 실패

▷ **조기 총선**

① 압도적 지지로 당선되면 총리 취임 후 중의원 해산, 조기 총선 돌입 가능성

② 자민당 지지율 55% 회복

③ 총선 승리 시 1년 관리형 총리에 머물지 않고 더 집권할 길 모색할 수도

※ 중의원 해산 카드는 총리가 리더십을 강화하는 계기로 활용됐음

▷ **파벌 다툼**

① 파벌에 빚진 스가가 집권 후 리더십 발휘할지 미지수

② 니카이파 47명, 이시하라파 11명과 나머지 파벌 간 갈등이 불거짐

③ 선거대책위원회에서 니카이파 중용, 최대 파벌 호소다파 98명, 제2 파벌 아소파 56명 견제

▷ **한일청구권협정(1965년)**

① 한·일 관계의 기본

② 아베 입장 되풀이, 청구권 문제는 완전하고도 최종적으로 해결

③ 한국 정부가 청구권 협정 취지에 부합하는 대책을 주도적으로 내놓아야

▷ **강제징용 배상 판결**

① 한일청구권협정에 위반

② 일본제철 한국 내 자산을 현금화할 시 보복 조치 경고

③ 스가, 이병기 합의. 파기에 실망

④ 국제법 위반 철저히 대응한다는 방침

▷ **무역 보복**

① 반도체 소·부·장 수출 규제의 책임은 한국에 있다.

② 아베 총리가 추진하는 '적 기지 공격 능력 보유' 당과 확실히 협의하면서 추진하겠다고 계승 의지를 밝혔다.

③ 소·부·장 한국 국산화를 기다렸다가 특허 전쟁으로 공격할 수도 있다.

④ 한국산 제품 관세 인상, 한국 기업에 대한 대출과 송금 중단, 사증 발급 정지 등에 대비해야 한다.

⑤ 일본제철 한국 내 자산 현금화 시 정밀하고 강력한 타격을 천명했다.

□ **외교 교섭**

① 교섭을 통해 정책이 나타남

② 교섭과 정책은 상하 수직관계가 아님

③ 교섭을 통해 새로운 정책으로 나아가는 경우가 비일비재

④ 외교 교섭력 외교관 필수 조건

⑤ 일본인과 협상할 때 교섭 전 물밑 작업은 기본

※ 네마와시 根回し, ねまわし, 사전 교섭, 물밑 사전 협의

⑥ 일본과 '네마와시' 없는 협상 100% 실패

→ 10년 주재 경험

4) 일본의 외교 전략

〔2020.09.11. 정책제언 No.99〕

◑ 핵심 요약

① 일본 외교 방향의 기본은 추종외교, 실리외교다.

② 일본과 외교는 사전 교섭력에 따라 승패가 갈린다.

③ 일본과는 가깝고 먼 나라로 일본의 외교 역사를 이해한 후 대일 외교 전략을 펼쳐야 한다.

④ 다음 주 새로 출범되는 아베스 정권(아베+스가)은 기존의 외교 정책을 계승 한·일 관계 개선이 녹록지 않은 상황이다.

□ 일본 외교
▷ 특징
① 승자편승, 추종외교

② 실리외교, 현실외교

③ Bandwagon 외교

▷ 방향
① 승자편승 외교

② 1인자 추종외교

□ 승자편승
▷ 역사 전통
① 다이묘(大名) 제도

→ 10세기~19세기

→ 각 지방 영토 다스리는 권한을 행사

→ 쇼군(將軍) 바로 아래 일인지하 만인지상 권력을 행사

② 차기 쇼군에 아부하는 처세의 달인

③ 처세의 전통, 승자편승의 전통이 일본 외교에 그대로 적용

▷ **2인자 자리 차지**

① 경쟁하다가 어디 특정 세력의 승리가 예상되면 바로 승자에 편승한다.

② 미국의 2중대, 미국의 푸들이라고 불린다.

③ 비아냥 설욕 등 아랑곳하지 않고 승자추종 외교가 전통이다.

□ **실리외교**

▷ **현실외교 : 고무신 거꾸로 신는**

① 일인자의 권력이 강할 때는 어떠한 수모에도 미소를 잃지 않는다.

② 왼뺨을 때리면 오른뺨도 내주며 이인자의 실리를 챙긴다.

③ 하지만 일인자가 쇠퇴할 조짐을 보이면 언제 그랬냐 배신한다.

④ 새로운 세력이 패권을 잡으면 약삭빠르게 곁으로 다가간다.

▷ **대미 굴욕외교**

① 패권국 미국 눈치 보기

② 중국 등장 미국 거리두기

③ 중일평화조약 40주년 중·일 양자 회담 베이징 공식 방문

④ 중국 카드 이용 미국 떠보기

□ **역사적 외교 성향 계승**

▷ **특성**

① 고립무원의 섬나라로서 안보 위기를 과장

② 강한 국가와 동맹을 맺지 않으면 불안해함.

③ 힘이 있을 때는 언제나 주변 약소국가 선제 공격

▷ **기습 공격 사례**

① 1609년 류쿠제도 기습공격

② 1894년 인천에서 청나라 기습

③ 1904년 뤼순에서 러시아 기습

④ 1905년 쓰시마에서 러시아 기습

⑤ 1941년 미국 진주만 기습

⑥ 2019년 한국 반도체 기습

▷ **안보 핑계**

① 지난해 아베 총리 기습적으로 반도체 산업 공격

② 경제가 아니라 안보라고 언급한 것은 역사적 맥이 같음

③ 2차 경제 보복 대비해야 한다.

□ **일본 외교 정책 방향**

　▷ **미·일 동맹 강화**

① 일본 안정과 평화 최우선

② 미국 동맹 강화

③ 중국 억제+대처력 향상

　▷ **인도·태평양전략의 한 축을 담당**

① 중국을 견제하는 노선 견지

② 중국 경제, 군사적 부상 균형 전략으로 군사 억지력 확충, 우
호국 네트워크 구축 무역, 해양 안보 전략 추진

③ 인도, 호주, EU 등 가치 공유, 이익 공유 국가 연대 강화

□ 2차 세계대전 후 외교

▷ 미국의 배려

① 냉전 체제 등장(소련)으로 일본을 동맹국으로 격상

② 일본 내 좌익 세력, 노동조합 척결, 기업 우대 정책 실시

③ 전쟁 배상을 일본 경제에 압박을 주지 않도록 배려, 동남아 국가들에 대해서는 현금 대신 물자와 서비스 제공으로 대신

④ 한국전쟁 후 자위대 창설

▷ 미·일 안보 동맹체제

① 일보의 안보를 보장

② 국제 자유무역 질서 보장

③ 오로지 경제 발전에만 집중

→ 미국의 무역 제재에도 불구 중국과 무역, 소련과 수교, 동남아 각국 경제 관계 복원

▷ 시대별 외교

① 1950~1960년 : 미의 충실한 추종자

→ 한국, 베트남 전쟁 : 경제 이익

② 1970~1980년 : 닉슨쇼크, 자주외교

→ 금본위제, 중국 개방, 플라자협정(1985년)

③ 1990~2000년 : 미·일 신안보 지침

④ 2000~ : 자위대 해외 파병

□ 외교 정책 결정 요인

▷ 지정학적

① 섬나라의 독자성 유지

② 이중적, 지정학적 성격

③ 해양 세력과 연대의 근거

▷ **역사적**

① 근대 식민 침략, 패전 경험

② 침략 피해 후유증 보상 의무

③ 역사 교과서, 야스쿠니

▷ **이념적, 국내적**

① 신중상주의 경제 정책+신중

② 자민당, 재계, 관료조직

③ 민족주의 좌우

▷ **국제환경적**

① 수출, 수입 의존

② 해상교통로 확보 사활

③ 러시아, 중국 위협 대처

▷ **대외 정책 결정자**

① 내각 : 기획, 입안, 실시 권한

② 총리 : 독단적 외교 스타일

③ 외무성 : 행정 업무 수행

④ 자민당 : 대외정책 형성 핵심

⑤ 국회 : 잠재적 중요한 역할

▷ **대외정책 특성**

① 복잡 다원화된 대외 정책

　　→ 자민당, 외무성, 재계

② 비전 제시보다 상황 대응형

③ 패권국가 추종하고 협조, Bandwagon 외교 지향

④ 이념보다 실리외교 추구

⑤ 경제 중심주의 대외 정책

⑥ 다자주의 접근에 취약, 양자주의 접근에 의존

▷ **역사적 주요 외교 사건**

① 1858 미일수호통상조약

② 1859 미, 영, 러, 불, 네 통상조약

③ 1868 메이지유신

④ 1876 강화도조약

⑤ 1880 팽창론 → 연대론 → 침략론

⑥ 1894 청·일 전쟁. 대만 식민지화

⑦ 1902 영·일 동맹(일→한, 영→중)

⑧ 1904 러·일 전쟁, 한일의정서, 한일협정서

⑨ 1905 카쓰라태프트 밀약, 일→한국, 미→필리핀

⑩ 1905 을사조약=통감정치

⑪ 1905 러일 포츠머스강화조약 한국에서 정치, 군사, 경제 특권
을 러시아로부터 인정받음

⑫ 1910 한일합방

⑬ 1943 카이로선언=대만+만주 중국에 이전

⑭ 1945 포츠담선언, 무조건항복

⑮ 1951 대일강화조약, 샌프란시스코 미일안전보장조약

⑯ 1952 일·대만 평화조약

⑰ 1956 일·소 국교 정상화

⑱ 1956 일본 UN 가입

⑲ 1965 한일기본조약 체결

⑳ 1971 오키나와 반환 협정

㉑ 1972 일·중 수교

㉒ 1978 일·중 평화협정

5) 일본 대한(對韓) 외교 전략

〔2020.09.11. 정책제언 No.100〕

◑ 핵심 요약

① 불완전한 전후 처리 '샌프란시스코강화조약', 한·일 국교 정상화와 한일기본조약의 한계. 현재 한일 갈등 풀지 못한 역사적 숙제에 기인한다.

② 한·일 갈등은 국가 이념 충돌이다. 양국 문제는 국제정치, 국내 정치 연계된 국가 이데올로기 대결이다.

③ 한·일 대립의 핵심

  → 한국 : 보편적 가치(인권) 피해자 중심주의

  → 일본 : 현실적 국제질서, 강대국 역사 인식 국제법

④ 양국 상호 피해

  → 한국 : 역사자원의 손실, 피해자로서 도덕적 우월성 상실, 국제법 질서 위반자 강대국 중심 전후질서 교란자로 낙인은 곤란

  → 일본 : 전후 자유주의 국제 질서의 최대 수혜자 옹호자 명분 상실

□ 일본의 대한(對韓) 외교

  ▷ 기본 방침

① 한국은 원래 기본적 가치와 전략적 이익을 공유하는 가장 중요한 이웃 나라다.

② 한국이 먼저 국가와 국가 간 약속 지켜야 한다.

③ 그다음 미래 지향적인 양국 관계를 구축한다.

▷ 한일청구권 입장

① 1951년 샌프란시스코 체제와 1965년 한일협정으로 이뤄진 65년 체제 부정하는 한국 정부 입장을 수용할 수 없다.

② 양국 체제를 부정 또는 변경을 요구하는 사안은 절대 양보가 불가하다.

③ 전후 일본의 국제 관계 지탱 근간을 부정하는 것은 일본의 정체성, 일본의 존립 근거를 상실한다고 판단해 절대 불가하다.

▷ 미래지향적 양국 관계 구축

① 보통국가 일본이 한국과 새로운 관계를 구축할 욕망이 있다.

② 한국에 역사적 부채 의식 말고 양국 관계를 손익 계산에 근거 보통국가 관계로 규정을 고려한다.

③ 전략적 차원에서 남북 관계 및 한반도 문제, 중국 문제 입장 차를 좁혀 나가고 싶다.

□ **한·일 관계 현황**

▷ **역사문제 촉발 갈등 악순환**

① 대법원 강제징용 배상 판결

　　→ 일본 : 국제법, 한일협정권 해결

　　→ 한국 : 사법부 판단 존중, 일본 공세 적절히 대응하지 못함

② 경제 : 무역 보복, 백색국가 제외

③ 안보 : GSOMIA

④ 사회 : 일본 상품 불매 운동

▷ **한국 정부 입장과 주장 배경**

① 위안부 : 2015년 한·일 합의 준수

② 대법원 : 사법부 판단 존중

③ 사안별 : 원론적 수준 대응

④ 종합적 : 관점 부재, 개별 응징책 마련하지 못함

▷ 한국 정부 대응 전략 미흡

① 국제법, 국제협약, 국제합의 등 국가 간 수준 협력을 경시

② 피해자 중심주의, 국민 정서 등 국내 수준의 요인을 중시하는 경향성을 보임

③ 일본 정부와 국민 반발

④ 문 정부 Two Track 작동 Stop

▷ 한국 : 보편적 가치 인권+피해자 중심주의

① 한국도 발전, 성장

② 그에 합당한 목소리 내자.

③ 한국의 국격을 찾자는 의식

④ 한·일 관계 수평적 관계 전환

⑤ 전제조건 과거 역사 바로잡자

▷ 최근 상황

① 일본 새 총리 선출 전환점

② 일본의 입장은 확고

③ 새로운 관계 구축

④ 한국 선택에 한·일 관계 결정

▷ Dilemma 빠진 한국 외교

① 미·인도 태평양전략 일원 요구

② 중국은 전략적 동반자 관계 요구

③ 미·중 안정적 균형 유지해야

④ 경제=중국, 정치=미국 아님, 새로운 외교 전략이 요구된다.

□ 한·일 갈등 현황과 쟁점

▷ 양국문제는 국제 정치+국내 정치=연계된 국가 이데올로기 대결

① 이데올로기는 일정한 사회 집단 과거의 역사에 대한 해석을 통해 현재를 진단하고 이를 바탕으로 목표와 이를 달성하는 방법에 대한 공유된 믿음이란 점

   → 한·일 갈등은 국가 이념의 충돌

② 정부는 한·일 관계에 대해 새로운 정치, 경제적 목표 설정과 함께 국가의 미래 비전을 제시해야 한다.

③ 일본은 한국에 대한 무역 보복을 국내 선거에 활용한다.

▷ 현재 한·일 갈등 풀지 못한 역사적 숙제에서 기인

① 식민지 피해자 한국이 제외된 '샌프란시스코강화조약'의 잘못된 준거 규범이 '한일기본조약'의 구조적 한계

   → 한국을 배제하려는 일본의 집요한 노력과 조선의 무능과 무책임이 만들어낸 불완전한 전후 처리 조약

   → 일본은 실리도 챙기고 역사와 영토에서 정당성을 확보하는 결과를 거둠. 전쟁에서 졌지만, 외교에서 승리했다고 자평

② 국내적으로 친일 행위자가 '한일기본조약' 협상을 주도

   → 5.16 군사 쿠데타로 집권한 군부 세력이 일본에 면죄부

   → 스스로 풀지 못한 역사적 숙제는 누구도 대신 풀어주지 못한다.

   → 윤병세·기시다 이면 합의, 굴욕 외교는 JP·오히라 메모

▷ 불완전한 전후 처리 '샌프란시스코강화조약'

① 한국 서명국 참가 계획 실패
　　→ 한국이 연합국의 일원이 아니라는 영국의 반대 논리가 먹힘
　　→ 일본이 치밀한 사전 준비와 집요한 대미 외교로 성과를 거
　　　둠, 하지만 한국 준비 부족, 현실 인식이 없어서 자기 중심
　　　해석. 서명 참여와 배상 처리에서 주도권 상실했다.
② 전후 일본 배상 책임에 대해 한국은 샌프란시스코강화조약
　　14조를 중심으로 연합국 적용의 배상 문제로서가 아니라 청
　　구권의 피해보상으로 처리됨
　　→ 전후 국제 질서가 일본 전범 세력에 관대한 조건의 협상
　　　타결로 이어졌다.
③ 일본은 강화조약 체결 시 전후 국가 재건의 과제를 설정하고
　　이를 위해 배상 문제에 대해서 국가의 책임을 완화하는 데 총
　　력을 기울였다.
　　→ 영토 문제를 후순위로 처리하고 국제법을 검토해 치밀하
　　　게 장기 전략을 추진했다.
　　→ 일본이 포기할 범위로 제주도, 거문도, 울릉도는 명기하고
　　　독도는 포함하지 않도록 미국과 영국 설득해 일본에 유리
　　　하게 조약문이 완성됐다.
④ 국가적 생존을 위한 일본의 미국 설득 전략이 성공했다.
　　→ 패전 후 외무성에 평화조약 문제 연구간사회 조직을 구성
　　　해 일본에 유리한 초안을 완성했다.
　　→ 일본에 유리한 전략이 미군정으로부터 수용될 가능성이
　　　작다고 판단한 일본은 의지를 관철하기 위해 치밀한 대안
　　　을 마련해 추진했다.
⑤ 일본 요시다 시게루 총리는 한국을 조약국에서 배제하기 위

해 덜레스 미 국무장관 상대로 '관대한 강화' 목표 달성했다.

→ 한국은 일본과 전쟁 상태에 있지 않았기 때문에 연합국으로 인정할 수 없다는 논리를 개발해 연합국을 설득했다.

⑥ 일본은 연합국을 상대로 배상 책임을 최소화하기 위해 식민지 지배를 착취가 아니라 근대화를 도운 것으로 미화하는 역사 왜곡을 시도했다.

→ 일본 통치 행위는 정당한 국가보조금 지출이라는 주장을 근거로 식민지 지배 착취가 아니라 근대화 공헌으로 미화했다.

⑦ 한국 정부 출범 전 강화협정 진행으로 절대적 불이익이 됐다.

→ 1946년 조선상공회의소, 1947년 남조선과도정부회의가 대일 배상 문제 다루었으나 연합국의 태도 변화를 감지 못했다.

→ 한국을 배제하려는 일본의 수정된 전략을 우리 정부는 1951년 3월 23일 미국의 댈레스 초안을 통해 뒤늦게 알게 됐다.

▷ **한일 국교 정상화와 한일기본조약의 한계**

① 샌프란시스코강화조약의 틀 아래 한일기본조약이 졸속 타결됐다.

→ 배상·보상 문제와 관련해서 외교적 편의에 따라 다른 해석이 가능한 조약을 체결, 일본에 불가역적으로 해결되었다는 해석을 가능하게 하여 분쟁 여지를 남겼다.

② 한국과 일본의 기본조약 협상의 출발점은 샌프란시스코강화조약으로 정해지게 되어 우리에게 불리한 입장에서 협상이 개시됐다.

→ 한·일 회담에서 재산청구권은 불법행위에 따른 배상 아닌 것으로 규정했다.

→ 해방 전 일본과 일본인의 재산을 한국에 대한 배상이 아닌 보상에 활용하도록 승인하는 미군정청 규정의 문제였다.

③ 시작 단계부터 일본은 샌프란시스코강화조약의 논리에 근거해 우리 국내 '적산'에 대한 기득권을 이용 배상 책임을 회피했다.

→ 한국이 이미 그 재산을 이양받아 처분 또는 소유하고 있는 만큼 일본은 당연히 한국에 대해 청구권을 갖고 있음을 주장했다.

④ 명분도 실리도 놓친 한국의 수동적 협상 태도가 문제였다.

→ 1951년부터 1965년까지 15년에 걸친 지루한 협상 과정

→ 국내 정치 문제와 연계돼 협상이 지연됐다.

→ 청구권 규모 무상 3억$, 정부 차관 1억$, 민간 차관 1억$

⑤ 6.15와 5.16의 우환 속에 타결됐다.

→ 청구권 문제 졸속 타결로 일본에 불가역적 해결 근거를 제공했다.

→ 일본 자금 제공이 청구권 해결을 위한 것인지 아닌지 확실하게 정리하지 않아 애매하게 해석될 여지를 남겼다.

6) 바람직한 한·일 관계 전편

〔2020.09.09. 정책제언 No.97.98〕

◐ 핵심 요약

① 일본 정치인과 국민을 구분해서 접근해야 한다.

② 한·일 관계는 새로운 미래 협력 관계의 모멘텀 시점이다. 한· 일 관계의 위기를 AI 시대 협력 패러다임 시대로 이끌어 나가 야 한다.

③ 바람직한 한·일 관계는 중국과 일본과 같은 상호 의존 관계로 발전시켜 나가는 것이다.

■ 제언

① 아베 물러나고 스가 총리가 돼도 반한 기류는 여전, 스가는 위안부 합의 번복에 실망하고 분노, 정치는 정치로 외교는 외 교로 풀어야. 외교 기술력이 필요하다.

→ 스가 정권 출범으로 한·일 관계 화해 무드 전환 가능성은 희박하다.

→ 일본 정치인들 한국 정부에 대한 피로감과 반한 감정이 팽배

→ 일본 내에 친한파 거의 소멸

→ 사법부 판단은 국내 효력, 국제법 판단은 외교력이다.

② 코로나 방역과 경기 침체, 도쿄올림픽 재개 등 당면한 위기를 관리하며 한·일 관계의 새로운 해결 방안 모색보다는 기존의

아베가 했던 한국 때리기를 이어갈 것에 대비해야 한다.

→ 일본 우파를 자극해 지지율을 떠받치는 포퓰리즘 정책을 추진할 것이다.

→ 소·부·장 산업 보복한다면 이번에는 특허 전쟁을 할 것이다.

③ 최근 한·일 관계 악화는 독도, 과거사 발언 갈등 넘어 역사+ 경제, 산업, 외교, 안보 등 전 방위적 영역, 극단적 반목 신뢰를 전제로 풀어나가야 한다.

→ DJ의 미래지향적 선언과 같은 통 큰 결단이 필요하다.

→ 한국보다 20년 앞서 중국과 국교 정상화 사례 배워야 한다.

④ 11월 한·중·일 정상회담이 개최된다면 스가 총리와 미래지향적 관계를 모색해야 한다.

→ 한·일은 기본적인 목표와 이익 공유한 선진 미들파워

→ 정상회담은 어려울 것이다. 과거에도 외교적 수사로 포장된 결론만 냈을 뿐. 별 성과도 없이 악수하고 사진만 찍었다.

⑤ 한·일 관계의 회복과 도약을 위한 첫걸음은 신뢰 회복, 민간 경제인이 나서야 한다.

→ 경제인 교류 협력에 나서야 한다.

→ 일본 인적 라인을 복원해야 한다.

→ 민간 협력이 정치 협력으로 이어지는 역발상이 필요하다.

⑥ 일본 정치인과 국민을 구분해서 접근해야 한다.

→ 평화헌법 통해 배양된 지식인과 지한파를 활용, 우호적 여론 조성, 일본의 모순을 알려 나가야 한다.

⑦ 일본의 우경화 정책을 면밀히 분석하고 동북아 안보 환경에 따른 국익을 우선해 주변국의 이해를 얻는 노력을 해야 한다.

→ 공공외교 차원의 포럼이나 콘퍼런스를 통해 오해를 차단

하고 이해를 높여 나가야 한다.

⑧ 한·일 관계 정상화를 위해서는 중장기적 발전 방향 모색해야
    → 독일, 프랑스 역사 화합을 넘어 EU 통합. 1963년 독일, 프
      랑스 엘리제 협정에 버금가는 포괄적 교류 협정 체결을 모
      색해야 한다.

⑨ 과거의 역사 관점에서 벗어나 중국의 위협에 공동 대응하는
    동북아 평화 전체 구도에서 협력적 관계를 모색해야 한다.
    → 미·중 갈등에 대비하고 미국과 3국 공동 안보 협력 체계를
      공공이 해나가야 한다.

⑩ 동북아 지역 협력의 촉진자 역할을 맡아 중국과 일본, 한국의
    3국 경제 협력 체제를 만들어나가야 한다.
    → 양국의 가교 역할 맡아야 한다.

⑪ 한·일 관계는 새로운 미래 협력 관계의 모멘텀 시점이다. 한·
    일 관계의 위기를 AI 시대 협력 패러다임 시대로 이끌어 나가
    야 한다.
    → 양국 관계를 빠르게 회복할 방안은 많지 않다.
    → 양국 정치인은 감정 대립의 악순환을 떨쳐 버려야 한다.
    → 상호 존중이라는 전제하에 양국의 전략적 이해에 입각, 냉
      철한 자세를 견지해 나가야 한다.

⑫ 중국의 군사 대국 부상에 일본과 공동으로 대처해야 한다.
    → 일본 독자적으로 중국을 견제할 능력은 벅차다.
    → 동북아 전략 지형의 재편 속에서 한국이 선택할 수 있는
      위험 회피 생존 전략은 세력 균형 유지다.
    → 전략적 균형이 중국 패권을 막고 우리에게 가장 유리한 입
      지, 운신의 공간을 확보해 나가야 한다.

→ 최후 균형자로서 미국에만 우리의 운명을 맡길 수 없다. 주한미군 철수에 대비해야 한다.

→ 미국의 북한 정책, 중국 대응 전략이 한·일 양국의 공동 이익에 부합되도록 양국이 교섭하고 공동으로 대응해 나가는 것이 더 효율적이다.

→ 북한 비핵화에도 한·일 간 전략적 소통과 공조가 필요하다.

⑬ 한·일 외교 파국은 막아야 한다.

→ 미·중 대립은 기술 패권 경쟁 패러다임이 바뀌는 시기다.

→ 기술이나 수출시장 부문에서 디커플링(분리) 선택 강요

→ 미국은 중국의 화웨이, ZTE 거래 금지 품목을 발표했다.

→ 중국은 한국 반도체의 수입 늘리고 있다.

→ 삼성, SK, 화웨이 반도체 공급 중단 9.15일부터 미 정부 승인 없는 판매 불가에 대비해야 한다.

→ 삼성의 화웨이 매출 비율 3.2% 약 7조 3,700억 원, SK는 11.4% 약 3조 원 피해가 예상된다.

→ 경제, 외교, 안보 협력해야 한다.

⑭ 외교 교섭 능력을 키워나가야 한다.

→ 겉으로 드러나는 공동성명 같은 하드웨어 외교는 있지만, 구체적으로 실현해 주고 더 큰 성과를 내는 소프트웨어의 세심한 외교 교섭은 찾아보기 힘들다.

→ 외교라는 하드웨어 껍데기는 있지만, 외교관을 통해 사전 물밑 교섭 통해 이뤄지는 소프트는 결여됐다.

⑮ 꽉 막힌 한·일 관계 정상화를 위해 물밑부터 풀어나가야 한다. 중·일 관계 개선할 때 일본의 외교 교섭 능력을 배워야 한다.

→ 2015년 중국 정부 일본인 여행객 선상 피란을 제안, 일본

정부가 중국 정부에 피란 문제를 제안한 적은 없지만, 중국 정부가 제안 이송이 가능하게 된 점 감사 표시, 4.7 스가 관방장관 회견

→ 예멘에 머물던 일본인 1명이 중국 측 도움으로 피란

→ 2009년 3월 10일 새벽 2시 일본 남쪽 오시마섬 주변 한국 선박 침몰했다. 일본 해상보안청과 해상자위대가 구조에 나섰지만, 강풍에 파도가 높아 16명이 실종됐다.

→ 외교부는 일본 구조 작업에 대해 감사 표시 한마디 없었다.

→ 2009년 3월 12일 한·일 외무장관 전화 통화에서 한국 외교부 장관의 감사 인사말 전혀 없었다. 오히려 일본 외무장관은 한국 정부가 김현희와 일본인 납치 가족 간 만남을 주선한 것에 감사 표시를 했다.

→ 급진전하고 있는 중·일 관계, 중·일 방재장관 회담, 차관보급 회담, 관방장관 회담, 자민당 간사장 방중, 정치인 교류가 활발하다.

→ 방중할 때 관광업자 3,000명 대동, 경제인 교류가 활성화됐다.

→ 오래된 양국의 인맥이 두텁다. 1972년 중·일 수교 시 다나카 인맥, 친중적 오키나와 인맥이 연결했다.

→ 한국은 그나마 있던 정치, 민간 인맥도 쪼그라들어 나서는 사람이 없다.

→ 중국과 일본은 영토 문제와 과거사 문제를 피하며 상호 이익을 추구한다.

→ 우수 외교관 필수 조건은 정확, 신뢰, 충성, 온화, 호감이다.

⑯ 바람직한 한·일 관계는 중국과 일본과 같은 상호 의존 관계로

발전시켜 나가는 것이다.

→ 외교 정책은 하드웨어로서 영토, 역사, 군사 문제에 관해 각을 세워 갈등은 지속된다.

→ 하지만 소프트로서의 외교 교섭 화해 무드로 나가고 있다. 인적 교류도 활발히 진행되고 있다.

→ 중국은 1894년 청·일 전쟁 후 중화의 자존심이 상했지만, 경제, 산업 발전을 위해 일본과 상호 협력하고 있다.

→ 1972년 중국 일본 수교 시 중국은 전쟁 배상금을 청구하지 않았다.

→ 일본은 과거사 배상 차원에서 국제협력개발원조 ODA 제공, 수교 후 한동안 매년 10억$ 제공했다.

→ 명분만 앞세운 외교 정책은 서로를 비난해 상호 피해만 입힌다.

→ 일본과 잃어버린 4년이 지속되느냐 아니면 새로운 협력 관계를 구축하느냐는 우리의 결정에 달려있다.

7) 바람직한 한·일 관계 후편

〔2020.09.11. 정책제언 No.101,108〕

◑ 핵심 요약

① 하드 및 소프트 양면에서 일본을 추월하기 위한 목표 설정과 추진 전략을 여야를 막론하고 초당적 합의를 통해 마련해야 한다.

② 우리가 원하는 것을 얻기 위해 내치의 역량을 극대화하면서 국제 환경을 우호적으로 만들어야 한다.

③ 일본과 외교를 할 때는 다자외교 구사와 물밑 협상이 승패를 가름한다.

■ 제언

① 한국이 원하는 것은 무엇이며 그것을 성취하기 위해 한국의 역량과 자원은 얼마만큼 인지 면밀히 따져봐야 한다.

→ 승률이 7할이 돼야 싸움에서 이긴다. (손정의 회장)

→ 승산이 많으면 이기고 승산이 적으면 진다. (손자병법)

→ 일본은 한국을 결단 없이 시간 끌기, 무대응, 무책임하고 무능한 한국 정부라고 비난한다.

→ 일본의 노림수는 양국 관계 악화 책임을 한국에 넘기는 것이다. 한국 정부를 국제법 위반자라고 낙인찍는 전략이다. 만약 그렇게 되면 한국의 국익에는 엄청난 손실이다.

→ 일본은 한국 정부가 선악 이분법의 피해자(한국) 가해자 (일본) 프레임으로 대응한다고 워싱턴 로비스트 통해 미국을 설득 중이다. 샌프란시스코조약 때와 동일 수법이다.

→ 한국의 역량은 중견 국가이다. 제국주의 식민주의 피해자, 저개발 분단국가 수혜자 입장에서 벗어나야 한다.

→ 한국은 현실 국제 관계에서 중견국이다.

→ 하지만 한국이 할 수 있는 일은 없다. 주변 4대 강국에 대한 영향력은 역부족이기 때문이다.

→ 아직은 국력을 키우는 데 집중해야 한다. 일본도 전후 미국 믿고 경제 발전에 집중했다.

→ 국제 외교에서는 현재 한국이 역량과 능력을 초과하는 일을 하려고 하면 문제에 직면한다.

→ 외교 전략과 정책을 설정해 추진해야 한다.

→ 국제 질서를 지키고 패권국 미국과 중국의 부상에 재빨리 대처하는 외교를 펼쳐야 한다.

→ 일본과 대처할 시간 없다. 일본을 내 편으로 끌어들여야 한다.

→ 일본과 상호 윈윈하며 도움을 주고받아야 한다.

② 미·중 무역전쟁 틈바구니에서 안정적 균형을 유지해야 한다.

→ 우리가 필요한 것을 얻기 위해 주변 강대국을 리드해 나가는 것은 조심해야 한다.

→ 강대국이 우리 손을 놓지 않게 외교력을 펼쳐야 한다.

→ 우리가 원하는 것을 얻기 위해 내치 역량을 극대화하면서 국제 환경을 우호적으로 만들어야 한다.

③ 대일 외교 정책에서 일관적 원칙을 적용하고 미래 지향적인

수평 관계를 형성해 나가야 한다.

→ 수평적 관계를 설정함에는 상대가 원하는 것을 주고 우리가 원하는 것을 얻어내는 것이다.

→ 수평적 관계를 형성한다고 과거의 도덕적 우월성을 포기하는 것은 아니다.

→ 불법적 식민지 피해, 남북 대치 상황 등과 같은 특수성에 기반해 피해자 입장에서 벗어나야 미래 지향적 체제 구축의 외교력을 펼쳐 나갈 수 있다.

→ 역사적 자원을 효율적 사용해 국력이 증대될 때까지 기다리고 인내해 국제 사회에 홍보하며 명분을 축적해 나가야 한다.

④ 외교의 기본 원칙은 철두철미하게 국익과 국가 자원의 유한성에 토대를 두고 펼쳐 나가야 한다.

→ 피해자 가해자 프레임인 수직적 관계에서 수평적 프레임으로 전환돼야 한다.

⑤ 역사 문제는 미래의 자원으로 남겨두고 내년 도쿄올림픽 성공적 개최를 위해 협조하고 실리를 얻어 내야 한다.

→ 식민지 지배 피해를 지금 거론하는 것은 아무 실익이 없다. 현재의 국력과 국익에 맞는 실리를 얻는 것이 외교력이다.

→ 그렇다고 과거 역사 덮어서는 안 된다. 실력, 국력이 쌓일 때까지 기다리는 것이다.

→ AI 강국으로 우뚝 선 후 일본에 당당하게 요구해야 한다.

→ 대법원판결, 삼권분립 원칙 등을 내세워 강제 동원 피해자를 보상을 위한 다양한 방안을 제시했는데 일본이 거절해

해결이 어려운 국면이다.

→ 미국도 아직은 일본 입장에 더 호의적인 상황이다.

☞ 100년 전에도 강대국들은 자기 이익을 위해 편들었다.

☞ 영국은 중국, 미국은 필리핀, 일본은 한국 등으로 나눠 먹기를 했다.

☞ 현재도 선진국은 선진국 편이다.

→ 일본의 정치 사회 환경에서 사과는 실현 불가능하다.

→ 일본 사과와 채무는 역사에 남기고, 사과에 상응하는 실질적 조치를 유도해 나가야 한다.

→ 중국의 일본인 선상 피란 인정, DJ의 일본 문화 개방과 새로운 협력 체제 구축 사례를 볼 때 일본은 먼저 손을 내밀면 좋아하고 고맙다고 생각한다.

⑥ 무역 보복 : 일본은 경제산업성 전략물자 관리 제도 운용상의 문제로 프레임을 만들었다. 경제산업성 논리에 입각한 현안 논리로 풀어나가야 한다.

→ 정치와 산업 논리를 별개로 접근해 하나씩 해결해야 한다.

⑦ 소·부·장 산업 모든 것을 국산화, 자급화는 절대 무리다. 바람직하지도 않다. 공급망 다변화에 노력해야 한다.

→ 일부 품목 국산화 시 일본의 특허 침해 소송에 대비해야 한다.

⑧ 강제징용 피해자에 대한 보상 방법은, 금전적 배상은 우리가 하고 일본은 도의적 책임을 인정하는 선에서 물밑 협상해야 한다.

→ 현금화하면 양국 관계 파탄 가능성 크다.

→ 양국 경제, 외교, 안보 분야에서 큰 손해다.

⑨ 일본 국민이 한·일 관계를 정략적 이용하는 것을 스스로 차단할 수 있도록 대일 외교력의 질적 향상을 도모해야 한다.

→ 일본 국민 마음을 읽고 이해해야 한다.

→ 일본 문화는 법치주의 중시한다. 한국은 국제 조약 약속을 지키지 않는다고 일본인들 사이에 불신이 팽배하다.

→ 새롭게 선출되는 일본 총리와 정상회담, 한·일 관계 개선해야 한다. 하지만 일본은 응하지 않을 확률이 90%다.

⑩ 코로나19 시대 한·일 양국이 협력 시너지 효과를 내야 한다.

→ K-방역 시스템 전수

→ 백신 개발 공동 협력

⑪ 일본의 조바심을 한국 관계 개선에 활용해야 한다.

→ 한·일 양국 간 국력 격차 축소에 따른 조바심에서 무역 보복(1인당 GDP 근접)이 나온 것이다.

→ 하지만 한국은 무역 보복 위기를 극복하고 있다. 장기적으로 관계 재설정을 시도해야 한다.

⑫ 정부 차원이 아닌 국가 차원의 장기 대책이 필요하다.

→ 한·일 갈등은 국내 선거와 국제 관계에서 패권 경쟁이 복합적 연계된 역학 관계 일부로서 종합적 대책이 필요하다.

→ 정부는 이념과 여야를 초월 국가 목표의 설정과 추진 목표를 위해 국민 합의에 기초한 정치 이념 확립. 국가 발전의 미래 비전을 마련해야 한다.

⑬ 일본과 외교를 할 때는 다자외교 구사하며 물밑 협상이 승패를 가름한다.

→ 일본은 지정학적 특성상, 다자적 접촉이 빈번한 역사적 경험을 갖지 못했다.

→ 동아시아 지역 전체 평화나 번영에 대한 비전을 제시하거나 지역 협력 추진의 지도력을 발휘하지 못한다.

→ 일본은 양자 외교력은 강하다.

→ 사전 물밑 협상이 승패를 결정한다. 외교는 상호 주고받아야 한다. 일본에 줄 카드가 있는지, 무엇을 주고받을 것인지, 일본이 원하는 것 줄 수 있는지, 원하는 것 받을 수 있는지 물밑 외교 교섭을 통해 양국이 새로운 협력 체계를 구축해 나가야 한다.

⑭ 한·일 관계에 있어서는 피할 수 없는 경쟁 관계를 인정하고 우리의 장점을 활용해 나가야 한다.

→ 군사, 경제, 산업 기술력 같은 물리적 국력 있어서도 경쟁력 제고, 구체적 산업 전략 마련해 소프트파워 전략을 추진해야 한다.

⑮ 21대 국회가 여야 합의로 '대(對)일본 외교 국가 전략'을 마련해야 한다.

→ 정권에 상관없이 일본 외교 정책을 일관성 있게 추진해야 한다.

→ 양국은 숙명의 라이벌 관계다. 이러한 갈등 관계는 일본 보수 우익이 추구하는 정상 국가화를 위해 국내 정치에 이용 가능성이 크다.

→ 무역 보복을 계기로 한국의 대일 외교 기조 '좋은 게 좋다'식 벗어나야 한다.

→ 하드 및 소프트 양면에서 일본을 추월하기 위한 목표 설정과 추진 전략을 여야를 막론하고 초당적 합의를 통해 마련해야 한다.

2. 중국

1) 중국 외교 전략 전편

〔2020.09.13. 정책제언 No.102〕

◑ 핵심 요약

① 중국 외교사는 국제 정치의 냉혹한 현실 그 자체다.

② 중국 외교의 특징은 시대 상황에 맞게 국가 이익에 맞춘 철저한 실리외교다.

③ 2008년 한국과 중국은 전략적 협력 동반자 관계 맺고 있지만, 북핵 문제 등 주요 이슈에 대해 늘 전략적 판단이 상이하다.

□ 현대 중국

▷ 특징

① 방대한 국토, 인구, 역사

② 경제 대국으로서 중국

③ 사회주의 국가로서의 중국

□ **외교 정책**
  ▷ **목표**
  ① 평화, 안정, 국제 환경 조성
  ② 미국 봉쇄 정책 저지
  ③ 국제 영향력 확대
  ▷ **방향**
  ① 방어외교
  ② 저항외교
  ③ 선심외교
  ④ 공세외교
  ▷ **배경**
  ① 2049 세계 1위 강국 천명
  ② '중국제조 2025' 제조 강국
  ③ 2030 미국 제치고 'AI 강국'
  ▷ **견제**
  ① 패권국 미국의 경계
  ② 세계 주요국의 견제
  ③ 미국 우방 세력 파상공세
  ▷ **전통**
  ① 중원외교
  ② 세계의 중심 사고 외교
  ③ 주변국 조공 받는 패권외교
  ▷ **특징**

① 중국몽 실현, 일대일로

② 대국의 소임, 대국외교

③ 협력 Win Win, 신국제 관계

□ 방어외교

① 지난 100년은 생존외교

② 1980년대 급성장 G2 등극

③ 아직 패권외교 전개는 무리

④ 자기중심적, 전통적 외교에서 패권국가 미국에 대한 방어외교로 전환

□ 선심외교

▷ 전략

① 국익 최우선이 달성 목표

② 최우선 수단은 경제력 향상

③ 상대방에 대한 경제적 배려

④ 경제력을 무기로 의도 관철

▷ 공략

① 미·중 갈등 중간 위치 국가

② 미·중 선택 상황에서 사용

③ 중국 편 만들기로 물적 지원

④ 뜻대로 안 되면 경제 제재

□ 공세외교

▷ 배경

① 경제+군사 강국 부상

② 중국 인민 자신감 고조

③ 중화주의, 세계중심주의

▷ 북한 관련

① 일방적 북한 옹호

② 천안함, 연평도 포격 철저히 북한 편

③ UN 안전보장 북한제재 논의 북한 입장 대변

▷ 미 언론의 중국 평가

① 반서구적

② 승리감=Triumphalism

③ 거만=Arrogant

④ 공세=Assertive, 공격=Aggressive

▷ 이유

① 일부 국가 도발해 분쟁 발생

② 공격적 현실주의, Offensive Realism

③ 관료 중심의 정치, 소통+협력+조정=부족

④ 경험주의, 실사구시

▷ 중국 공식 입장 : 평화발전외교

① 부당두(不當頭) : 우두머리가 되지 않는다.

② 부쟁패(不爭霸) : 패권을 다투지 않는다.

③ 부칭패(不稱覇) : 패권국이 되지 않는다.

□ 도광양회(韜光養晦) 외교

▷ 정책

① 빛을 감춘다. 때를 기다림.

② 미는 의도적 속임수로 인식

③ 스스로 발전에 힘쓴다.

④ 덩샤오핑의 도광양회 계승

□ 중국 위협론

▷ 요인

① 빠른 경제력 성장

② 빠른 군사력 성장

③ 빠른 과학기술 성장

④ 화교 글로벌네트워크

▷ 주변국 경계

① 중국 영토, 인구에 압도

② 중국 시장을 포기 못함

③ 미·중 대립 불똥 튈까 긴장

④ 동정, 우호국 별로 없음

□ 화평굴기→화평발전론

▷ 배경

① 중국 위협론 불식

② 미국 요인의 제약

③ 정책 결정 학자들 역할

▷ 의미

① 평화적 부상 전략

② 기존 강대국 미국, 일본 중국 위협 확산에 대응

③ 군사적 위협 없이 평화적으로 성장

▷ 전략

① 기존 국가 체제 위협하지 않는 평화적 방식 부상

② 국제 사회에서 중심 지위 회복 강한 의지 표현

③ 경제 성장에 따른 중국 지도부의 인식 변화 표현

④ 미국 요인이 상당한 변수

□ 경제 제재 조치

▷ 순서

① 가랑비에 젖듯이 야금야금

② 단계적으로 제재 조치

③ 상대방 반응 예의 주시

④ 강도를 조절해 나감

□ 주변국 외교 정책

▷ 동북아 안보 상황 변화

① 중국 부상, 일 정상국가

② 미, 재균형, Rebalancing

③ 중국과 러시아 긴밀한 관계

④ 각국 민족주의 강화

▷ 대외정책

① 주변 외교

② 일대일로

③ 신안보관

④ 신대국 관계

▷ **방향**

① 기존 국제 질서 인정

② 정치 경제 이익 추구

③ 국제 질서 도전=군사력

2) 중국 외교 전략 후편

〔2020.09.13. 정책제언 No.103〕

◑ 핵심 요약

① 강대국과의 불평등 조약을 파기하는 놀라운 국제 외교력을 발휘했다. 중국 외교는 철저하게 국제 외교 협력의 틀에서 해결한다.

② 중국과 미국, 일본의 외교적 관계는 적대국과 우호국 사이를 오락가락하는 순환적 모습이다.

③ 국제 정치 요인과 국제 정치 변동 요인이 늘 복잡하게 얽혔다. 그때그때 국가 이익에 초점을 맞췄기 때문이다.

□ 중국 외교사

▷ 근대

① 1840년 아편전쟁 열강 침략

② 오욕 역사, 서강 침략 대항

③ 봉건국가→ 근대국가

④ 혁명적 동력이 혼재 상황

⑤ 화이사상 전통 붕괴

▷ 19세기 중엽 이후

① 서구 조약 외교 시스템

② 영, 프, 미, 러, 불평등 조약

③ 이전 경험하지 못한 충격

④ 조공을 통한 이무(夷務)에서 조약을 통한 양무(洋務)로 전환

⑤ 고통과 우여곡절 만감 교차

▷ **청말 외교 정책**

① 중국 분할 맞선 외교 전략

② 천하 중심의 국가관 토대 일통수상지세(一統垂裳之勢)에서

③ 근대적 국제관을 내포하는 열국병립지세(列國竝立之勢)로 전환

④ 어느 한 강대국 의존하기보다 열강에 문을 열고 서로 견제토록 한 것이다.

⑤ 춘추전국시대의 외교 논리 이이제이(以夷制夷)의 또 다른 변형

▷ **청일전쟁(1894~1895), 의화단 사건(1899~1901)을 통해 더 심화했다. 신해혁명(1911)을 계기로 한족 중심의 국가 건설 시도, 국권 회복 운동으로 발현했다. 미국의 유도로 1차 세계대전에 참전해 연합군 일원으로 서류상 승리의 경험은 중국 근대 외교사 최초의 성과다.**

① 과거 열강과 맺었던 불평등 외교 조약 개정의 계기

② 군벌로 혼선, 내정 혼란

③ 통치 능력의 한계

④ 국제 사회 신뢰 제약 요인

⑤ 국제연맹 창립회원국 성과

▷ **혁명외교**

① 국민당 정부 시기 1920~1930년대

② 만주사변(1931), 중일전쟁(1937)

③ 불평등 조약의 전면 폐기

④ 국가 건설을 위해 국제 연맹, 기술 협력, 문화 협력, 인재 양성 등 포괄적 협력을 진행

▷ **국제 외교**

① 서구 열강 공동 원조 받음

② 만주국을 앞세운 일본의 화북 지역에 대한 분리 공작을 국제 협력의 틀 속에서 대응

③ 중·독 조약 체결, 외교적 수완을 발휘

④ 일의 미국 진주만 공격 순간, 일본에 대해 선전포고하고 UN 회원국이 되는 기민성을 발휘

▷ **불평등 조약 철폐 외교**

① 연합국의 일원

② 국권 회수

③ 불평등 조약 개정 추진

④ 영, 미와의 불평등 조약 철폐 성공

▷ **4대 강대국 외교**

① 미국, 영국, 러시아, 중국

② 카이로 회담(1943) : 루스벨트, 처칠, 장제스 종전 이후 세계 질서 정립 주요 문제 처리 방침 합의

③ 포츠담선언에 만주, 타이완 펑후를 일본이 강탈했다는 표현을 넣음

④ 한반도 문제 제기하며 조선 인민의 노예 상태에 유의해 즉시 조선을 해방, 독립시킨다는 결의 문장 삽입, 일제 독립의 계기

▷ **국제적 지위 정책**

① 전승국 중화민국 지위

② UN 5대 상임 이사국

③ 모택동 중화인민공화국

④ 타이완 축출, 2개의 중국

▷ **미국과 대결외교**

① 2차 대전 이후 냉전 체제

② 6.25 전쟁(1950~1953)

③ 베트남 전쟁, 타이완 문제

④ 중국공산당 vs 미국

▷ **미·중 수교 외교**

① 1971 닉슨 vs 모택동, 키신저 vs 저우언라인 교섭

② 중화인민공화국을 중국 유일의 합법 정부로 인정

③ 19791.1. 정식 국교 수립

④ 세계 외교 질서 재편 계기

▷ **일조선(一條線) 전략 외교**

① 1950년대 소련 일변도 정책

② 1960년대 불화와 대결 시기

③ 반소 통일 전선 구축

④ 소련의 확장주의 대항

⑤ 미국 손을 잡는 것 절실

⑥ 미, 일, 중, 파키스탄, 이란, 터키, 유럽의 가로선 협력 라인 일조선(一條線) 전략 구사

⑦ 중·미 화해의 좋은 결과 냄

⑧ 베트남과 중일전쟁(1979)

▷ **덩샤오핑 3개 세계론 외교**

① 미국, 소련 초강대국 사이

② 중국이 제국주의 피지배 역사 가진 아시아, 중남미, 아프리카

등의 제3세계와 연대 강화

③ 아세안에 대한 접근이나 상하이협력기구를 통한 지역주의 외교를 중시

▷ **평화적 전복 경계 외교**

① 1970~1990년대 평화 전복 경계

② 서방 세계의 경계

③ 자유시장경제, 사유화 등을 평화 전복의 사례로 명시

④ 소련 붕괴의 영향

▷ **덩샤오핑 도광양회 외교**

① 자신의 힘을 숨기고 때를 기다림

② 중국 경제 역량을 충분히 키울 수 있는 환경을 만드는 내부결속의 전략

③ 패권국이 되지 않는다고 국제 사회를 안심시키는 은인자중 전략

④ 와신상담 연상, 모종의 위협감 주는 전술로 오해

⑤ 화평굴기, 책임 있는 강대국 등의 슬로건으로 대체

▷ **Partnership 외교**

① 80년대 초부터 국제 정치에서 격국(格國) 상황에 주목

② 강대국 사이 역학 관계 중요

③ 미·중·소 삼각관계 미·일·중 신 삼각관계로 대체

④ 전략적 협력, 선린우호, 건설적, 전면적 협력 다양한 수식어

⑤ 영역과 정도, 방식에서 상당한 차이가 있음에 유의할 필요

⑥ 2008년 한·중 전략적 협력 동반자 관계 맺고 있지만 북핵 문제 등 주요 이슈에 대해 늘 전략적 판단이 상이

※ 격국(格國)

① 국제무대에서 주요 정치 권력 사이에 어떤 일정한 시기의 상호 관계 및 상호 작용을 만들어내는 구조

② 독립적으로 역할을 발휘할 수 있는 국제 정치에 거대한 영향력 지닌 정치 단위체

③ 국제 정치 향배는 강대국에 달려 있음

▷ **2000년대**

① 새로운 지역주의로 전환

② 동아시아, 중앙아시아, 러시아에 대한 접근이 대표적

③ 1970년대 제3세계에 연대적 차원에서 접근, 궤도가 다름

④ 더 풍부해진 경제 역량을 바탕으로 주변국에 경제적 영향을 미침

⑤ 국경 지대 안정적 확보를 동시에 의도하고 있음

▷ **최근 외교 정책**

① 과거 중심부 입장에서 주변국과의 선린우호 관계 탈피해 지역 융합 추구 표방

② 하지만 은연중 과거 중화제국 부활 의도를 나타냄

③ 초강대국 지향—급진 민족주의

④ 국제 질서를 중·미 양강 구도로 인식

▷ **신중화제국 등극 외교 조건**

① 세계에 공공재를 제공

② 세계에 문화력을 제공

③ 글로벌 경제력을 제공

④ 제국이 되고자 하는 욕망

▷ **독자 강대국 외교**

① 홍콩 보안법 통과

② 일국양제에서 일국일제

③ 대만 문제 해결 의지

④ 한·중·일 협력 강화 노력

⑤ Wolf Warrior Diplomacy

⑥ 다극화 전략 가속화와 국제 사회에서 다수의 우군 확보 추진 외교 전략

⑦ 미국에 대해 수세적이거나 방어적인 태도 자체가 패배나 부끄러운 것이 아니라 승리를 위한 조건이라는 전략적 사고로 유연하고 실용적인 외교 전략을 구사

3) 중국 대한(對韓) 외교 전략

〔2020.09.14. 정책제언 No.104〕

◑ 핵심 요약

① 중국 대응 원칙 : 다층적, 다차원적으로 해야 한다.

② 사드 이후 완전한 한·중 관계 복원을 추진하고, 전면적인 인문 사회 교류가 되도록 세부적 추진 방안을 마련해야 한다.

③ 최근 미국이 중국에 대한 전방위 압박에 미·중 갈등 심화. 한국 선택적 딜레마도 가중되고 있다. 이에 대한 대응 방안을 수립해야 한다.

□ 한·중 관계 핵심 현안

▷ '3불 입장 표명' 확인

① 2017년 10월 30일 강경화 외무장관이 발표한 '3불 입장'을 중국은 약속 또는 합의된 문서로 확정 짓고 받으려 함

→ THAAD 추가 배치 검토 안 함

→ 미국 주도 동아시아 MD 참여 계획이 없음

→ 북한의 핵과 미사일 위협에 대응하는 한·미·일 지역 안보 협력 3국 동맹으로 발전시킬 계획 없음

▷ 미·중 전략적 경쟁 한국 선택

① 4차 산업혁명과 관련한 미국·중국 기업 제재 대한 한국 정부 동의 여부

② 홍콩, 타이완, 신장 위구르, 티베트 인권과 민주주의 관련 현

안에 관한 한국의 입장

③ 미국의 러시아와의 중거리 핵전략 조약 탈퇴 이후 한국 내 중 거리 핵미사일 배치 요구, 이에 대한 한국의 결정

▷ 사드 등 잔재 청산

① 2017년 10월 합의 이후 진전된 내용 없이 방치

② 새로운 한·중 관계 구축에 걸림돌, 근본적 정리해야

③ 양국 해결 대안 고심, 한·중 발전에 장애물

④ 한·중 관계에 진정 장애가 되고 있는지 쌍방의 인식이 합치되 어야 한다.

⑤ 사드 문제의 출발점을 한국은 북핵 위협, 중국은 미국의 중국 위협 차원에서 인식. 문제의 근본에 대한 상호 합의 도출 노 력이 필요하다.

⑥ 한한령(限韓令), 경제적 보복이 여전히 유효, 대중 수출에 영 향 미침. 중국이 풀어줘야 한다.

※ 한한령(限韓令) 한국의 THADD 배치에 반발해 중국이 내린 한류 금지령

  - 한국 연예인 방송 출연 금지

  - 한국 드라마 방영 금지

  - 한국 콘텐츠 금지

  - 한국 화장품 통관 불허

  - 한국 공연 취소

  - 중국인 단체 관광 제한

  - 한국 중국 진출 기업 제재

  - 안보 관련 이슈 사드 배치에 경제 규제 조치로 대응

⑦ 사드 배치 목적의 양국 입장 대전제를 건드리지 않는 선에서 교류와 협력이 확대돼야

▷ 정상 외교 복원

① 방역 협력 넘어 지역 협력으로

→ 2014년 시진핑 주석 서울 방문

→ 2017년 문 대통령 베이징 방문

→ 정상회담으로 교류 협력 증진

② 한국도 중국에 중요한 협력을 할 수 있다고 어필해야

③ 한국 산업과의 협력이 중국 발전 필요하다고 중국이 인식해야

▷ 중장기적 차원

① 미·중 무역전쟁, INF 배치 여부, 일대일로, 인도 태평양 전략 참여 여부, 미·중 갈등으로 인한 민감한 현안들에 대해 현안별 한국의 원칙적 입장을 수립해야

※ INF : 중거리핵전략조약 Intermediate-range Nuclear Force treaty

② 단기적으로 코로나19 팬데믹 상황에서 새로운 한·중 경제 협력 방안을 모색하고, 코로나19 진정 이후 시진핑 주석과의 정상회담으로 양국 미래 관계 발전을 위해 최대한 성과를 도출하는 것이 시급

□ 한·중 관계 현황

① 사드 문제로 어려움을 겪기도 했지만, 최근에는 어느 정도 복원이 이루어지는 분위기

→ 지난해 Forum 총리 회담 제2차 일대일로 정상 포럼 참석, 국회의장 방중 등

→ 대한민국임시정부 수립 100주년 행사에 중국 측 협조

→ 중국군 유해 10구 송환

→ 한·중 국방전략회의 재개(5년)

→ 한·중 국방부 간 핫라인 가동

② 민간 교류도 사드 이전의 85% 수준 복원, 2019년 중국 관광객 증가

■ 제언

① 사드 이후 완전한 한·중 관계 복원을 추진하고, 전면적인 인문 사회 교류가 이루어지도록 세부적 추진 방안을 마련해야 한다.

→ 전세기 및 크루즈 운행 허가, 온라인 여행 상품 판매 허용, 단체관광 허가 지역 확대

→ 한·중 인문교류촉진위원회 활용, 교육+스포츠+미디어 등 포함. 인문 사회 전반 교류 촉진, 한·중 간 우호적인 상호 인식 증진하기 위해 노력해야 한다.

② 최근 미국의 중국에 대한 전방위 압박에 미·중 갈등 심화. 한국 선택적 딜레마 가중. 이에 관한 대응 방안을 수립해야 한다.

→ 미·중 안보 지역 참여 촉구

→ 미국 EPN에 한국 가입 촉구

→ 한국의 경제적 이익에 대한 고려가 최우선이 되어야

→ 중국에 수출하는 다수의 한국 중간재 품목이 중국에 기술 생산 능력에 따라 잡히거나 시장 경쟁력을 잃은 경우 EPN 활용 및 조정하는 방안 검토해야 한다.

※ EPN : 경제번영네트워크(Economic Prosperity Network)

→ 미·중은 갈등과 협력을 항시적 반복해 왔음. 염두에 둬야

→ 미·중 무역 갈등 분쟁 과정을 복기해 가면서 대안 마련해야

③ 중국의 일대일로 전략 미국의 인도-태평양 전략 간의 균형적 입장과 태도를 지속적으로 유지해야 한다.

→ 한국 국익에 기회 요인이 되는 사안에 대해서는 적극적이고 유연하게 접근해야 한다.

→ 신남방, 신북방 정책과 일대일로 정책 간 구체적인 협력 방안이 모색돼야 한다.

→ 제3국 공동 진출 등 시너지효과 발휘될 수 있는 다양한 협력 사업 모색이 요구된다.

④ 코로나19 이후 한·중·일 협력 확대 방안을 모색해야 한다.

→ 외교, 보건장관 특별회의 방역 정보 조치, 출입국관리 긴밀한 협력이 이루어져야 한다.

→ 3국 FTA 협상 가속화 방안 모색해야 한다.

→ 상대방 문제점에 대해 논의하고 상호협력해야 한다.

→ 방역 과정에서 중국이 국제 사회의 공격을 받는 상황에서 우회하거나 회피할 수 있는 절호의 기회로 한국과의 관계 정상화를 염두에 둬야 한다.

→ 코로나 사태에서 손을 내민 한국의 우호 협력 자세로 중국은 한국에 대해 좋은 감정이 있어 관계 회복 실현에 절호의 기회다.

⑤ 중국의 코로나19 이후 경제 회복 재정 투입에 대해 기민하게 분석, 협력 방안을 모색해야 한다.

→ 초국경 전자상거래 활성화

→ 기업 시각에서 한·중 경제 협력 관계를 설정하려는 노력이 필요하다. (예: 기업인 패스트트랙 입국)

→ 향후 한·중 양국의 원활한 소통 필요하며, 우리 기업의 안

정적인 경제 활동이 보장돼야 한다.

⑥ 홍콩 국가보안법 통과에 따라 홍콩 문제에 대한 한국의 입장 표명 요구 대비책을 마련해야 한다.

→ 홍콩 문제 본질을 명확히 파악해 정부가 원칙적인 입장을 유지해야 한다.

→ 한국의 입장에서 홍콩 문제는 민주주의 신념과 가치, 자유 미·중 관계, 한·중 관계 등의 문제가 혼재돼 매우 복잡한 양상으로 발전되고 있다.

→ 이러한 사항을 종합적 고려해 홍콩 문제에 대한 한국 정부의 입장을 수립해야 한다.

→ 정부는 홍콩 문제에 대해 홍콩은 한국과 밀접한 인적 경제 교류 관계가 있는 중요한 지역이며 일국양제 하에서 홍콩의 번영과 발전이 지속되는 것이 중요하다는 기본 입장을 밝혔다.

→ 하지만 중국은 일국양제가 아니라 일국일제이며 한국 정부가 중국 정부를 지지해주기를 기대하고 있다.

→ 국익을 전제로 논의를 통해 합의해야 한다.

⑦ 북한 문제 해결을 위한 한·중 간 우호적 소통 관계를 지속하면서 한반도 평화에 기여할 수 있도록 견인하는 노력을 경주해야 한다.

→ 북·중 접경 지역 교류에 UN 제재 결의에서 벗어나지 않는 범위에서 한국의 자본과 기술이 접목돼 시너지를 창출할 방안을 모색해야 한다.

→ 북한을 개별 관광할 때 중국의 협조가 필요하다.

⑧ 한국은 미국과의 동맹을 단단히 유지하고 동시에 중국과도

연대할 수 있는 공간을 찾아 나서는 결미연중(結美聯中) 전략을 구사해야 한다.

→ 이명박 정부 : 연미통중(聯美通中)

→ 박근혜 정부 : 연미화중(聯美和中)

→ 미·중 모두에게 긍정적 자세로 대해야 한다.

→ 제3 외교를 적극적 모색해야 한다.

⑨ '3불(不)' 입장에 대한 진정성 유지가 필요하지만, 정책, 약속 또는 합의로의 전환은 미뤄야 한다.

⑩ 중국의 실리외교에 관한 우리의 입장을 명확히 해야 한다. 즉, 한국의 외교는 실리적인 균형 외교이며, 자주국방을 강화하는 방향으로 가야 한다.

→ 한국이 자주국방을 하겠다고 하면 중국도 방해 명분이 약하고 미국도 설득할 수 있다.

→ 미국이 나서지 말고 한국이 나서 중국을 견제하겠다는 것으로 보이는 것이 균형 외교의 핵심이다.

⑪ 한국은 현재 벌어지는 미·중 기술 패권 경쟁을 면밀히 주시하며 대응책을 마련해야 한다.

→ 다양하고 유연한 대외 전략 구사, 주변국들과의 선린 우호 관계 구축을 기본 방향으로 설정해야 한다.

→ 상황별로 미국의 패권 지속 시 대미 편승 전략과 대중 관여 전략 유지해야 한다.

→ 중국의 동북아 패권 쟁취 시에는 대중(對中) 편승 전략과 균형 전략을 병행해야 한다.

→ 미·중 공동 통치 및 세력 분할 합의 시에는 대·미, 대·중 편승 전략을 구사해야 한다.

→ 미·중·일·러 세력 균형 시에는 가교 전략 기반하에 자체 군사력을 강화해야 한다.

→ 동북아 공동체 형성 시에는 가교·초월·특화 전략을 펼쳐야 한다.

4) 바람직한 한·중 관계 정책 전편

〔2020.09.17. 정책제언 No.109〕

◗ 핵심 요약

① 한·일 양국 관계가 어려울 때 오히려 3국 체제나 안보협력처럼 측면 돌파를 모색해야 한다.

② 한국은 미·중에 갈등과 경쟁보다는 공존의 가치를 공유하며 더 나은 국제 사회의 미래를 위해 협력해야 할 필요가 있다고 촉구해야 한다.

③ 한·미 동맹을 훼손하지 않고 한·중 간 우호 관계를 유지하는 방안을 모색해야 한다.

■ 제언

① 시진핑 주석 방한한다면 세계에 어떤 메시지 주는가가 중요하다.

→ 세계적 경제가 쇠퇴 및 탈동조화가 가속화되는 시기에 한·중 간 경제 협력 모델을 만들어 내야 한다.

→ 동시에 안보에 대한 협력을 추구해야 한다.

→ 한국 기업 중국 진출 시 제재로 인한 고통 해결에 적극적으로 해결해 줘야 한다.

→ 중국이 내밀 미국 관련 카드를 한국이 어떻게 대응할지 철저히 준비해야 한다.

② 한·일 양국 관계가 어려울 때 오히려 3국 체제나 안보 협력처럼 측면 돌파를 모색해야 한다.

→ 일본은 한·일 관계는 매우 어려운 상황에 직면해 있고 중국에 대해선 정상적인 궤도로 돌아가고 새로운 발전을 지향하는 단계이므로 우호 기류 강조에 따라 중국이 한·일 관계 중재자 역할을 맡도록 설득해야 한다.

③ 중국이 동아시아의 새로운 질서 구축 시나리오를 구상해 실행해 옮기는 것에 대비해야 한다.

→ 북한은 중국의 완충지대이자 안전판 역할, 경제 지원

→ 한국은 중국이 반드시 타개할 Lynchpin이라고 생각 이에 맞는 해결책을 모색해야 한다.

→ 중거리탄도미사일 배치 같은 사안은 중국이 한국 접근을 좌절시킬 수 있는 게임체인저, 설득 논리를 만들어야 한다.

→ 홍콩 보안법 통과, 미국을 압박해 중국이 남중국해, 대만 등에서 국지적 군사적 마찰 정책을 추구할 개연성 더 커짐. 이는 한반도 안보 정세에도 크게 악영향을 미친다. 대비해야 한다.

→ 높아진 대중(對中) 외교 무게에 맞게 현안에 기민하게 대처하고 중국 전문국 역을 제대로 해야 한다.

→ 외교부 내 차이나 스쿨 육성으로 젊은 중국 외교관들의 중국 업무 전문성과 중국 근무 선호도를 높여야 한다.

④ 일대일로, 인도·태평양전략 참여에 대한 균형적 태도를 유지해야 한다.

→ 신남방, 신북방 정책과 일대일로 접점을 찾아 양국 기업의 제3국 공동 진출 방안을 모색하고 일대일로 직접 참여는

신중해야 한다.

→ 한·미 동맹을 훼손하지 않고 한·중 간 우호 관계를 유지하는 방안을 모색해야 한다.

→ RCEP(역내포괄적경제동반자협정)이 아세안 중심이라는 기본 입장을 지속해야 한다.

⑤ 중국에서 무슨 일이 일어난다면 한국 경제에는 타격이다. 국가 전체적으로 대비해야 한다. 개별 기업 차원에서도 차이나 리스크를 잘 관리해야 한다. 금융도 전반적으로 밀접한 상황이라 중국을 따로 떼어 놓고 생각할 수 없는 상황이다. 중국 내수 시장의 진출 여부가 한국 경제 중장기 성장 결정지을 수 있는 매우 중요한 사안이다. 미국의 압박으로 중국 시장 개방이 가속화되고 있어 새로운 기회가 될 것에 대비해야 한다.

→ 한국 수출의 25.8%가 중국, 홍콩까지 합치면 32%를 차지한다.

→ 한국 전체 수출 기업 46,000개 중 34%가 중국으로 수출, 이중 절반 이상이 자사 물품을 중국으로 50% 이상 수출, 그중 23%는 100% 중국 수출이다.

→ 국내 콜 거래시장 중국계 은행 60% 넘은 지 4~년 됐다.

→ 채권 투자일 경우 외국인 투자 1위, 미국보다 3배다.

→ 은행 차입금 중국계 은행 포함 국내 은행의 대외 차액 1위다.

→ 한국은 희소금속 95%를 중국에서 수입, 만약 중국이 공급하지 않으면 생산 요소 수급에 영향을 받는다.

→ 중국 산업이 한국을 추월하는 순간 우리는 개밥에 도토리가 된다. 한국보다 산업에 있어 도움 주는 국가가 등장하면 중국은 바로 한국에서 수입을 안 한다.

→ 중국을 통한 북한에의 영향력 행사 기대는 망상이다. 항상 북한 편.

→ 경쟁국 대만이나 일본은 글로벌 1위 품목이 우리보다 압도적으로 많아 리스크를 분산한다. 따라서 차이나 리스크 영향을 덜 받는다.

→ 차이나 리스크 발생하면 한국은 글로벌 시장에서 입지가 좁아진다.

→ 자체 경쟁력을 키워 중국 생산 기지를 요소 비용이 낮은 동남아로 이전하려는 노력이 필요하다.

→ 4차 산업 경쟁에서는 코어 기술 확보, 고품질 제품을 양산할 수 있는 기업을 육성해야만 부가가치를 선점할 수 있다.

→ 반기업적 정서 확산은 지양하고 기업의 성장을 어렵게 하는 규제를 줄여나가야 한다.

→ 답은 수출 시장 다변화에 있다. 신남방, 신북방 등 아세안은 물론 인도까지 적극적으로 진출해야 한다.

→ 개도국의 부족한 인프라, 숙련 인력 공급의 어려움 등 자체 리스크에 대비해 나가야 한다.

⑥ 포스트 코로나로 북핵 문제 해결 더욱 난망할 전망이다. 미·중 다툼이 가속화되는 상황에서 양국 모두 북핵 문제 해결에 정책 우선순위를 두지 않을 것에 대비해야 한다.

→ 미국은 중국에 대한 압박을 위해 북핵 문제가 필요하다.

→ 중국은 북핵이 미군 철수를 끌어낼 강력한 카드다.

→ 북한은 우리가 과거에 경험한 안보 확보에 급급한 나라가 아니다. 핵보유국으로서 자기 정체성을 지닌 강국으로 봐야 한다.

→ 김정은 위원장의 최대 관심은 체제 유지, 정당성 강화, 경제 발전이고 이를 위해 핵무기 보유가 핵심이다.

→ 장기적으로 한반도에서 약화한 미국의 영향력을 대신해 중국이 남북한 양측의 안정적 역할을 강화하면서 한반도 전체에 대한 영향력 확대를 추진할 것이다.

⑦ 미국의 INF 배치 요구 가능성 및 중국의 반발에 대비한 한·중 관계 해법을 마련해야 한다.

→ 미 INF 실전 배치 5년 걸린다.

→ INF 방위비 협상 전시 작전 통제 전환 문제 최대 이슈다.

→ 조용하고 은밀하게 대응 방안을 수립해야 한다.

→ 무엇보다 한·미 간 신뢰가 중요하다.

※ INF 중거리핵전략조약 Intermediate-range Nuclear Force treaty

⑧ 성주 사드 부지 일반 환경 영향평가가 마무리된 후 한·중 관계에 어떤 영향을 미칠 것인지 대응 방안을 내야 한다.

→ 사드 문제가 한·중 관계에서 다시 불협화음 요인으로 작용할 가능성에 대비해야 한다.

⑨ 미·중 경쟁은 일시적인 현상보다 새로운 국제 질서로 전환된다는 의미 미·중 간 디커플링 가능성 대비해야 한다.

→ 한국은 선택적 딜레마에 처한 상황이다.

→ 중국 관계는 경제의 중요성과 지정학적 위치, 외교, 안보까지 국가 전체의 위협과 기회 요인이라는 국가 전략의 시각에서 판단해야 한다.

⑩ 일대일로, 인도·태평양전략 참여에 대한 균형적 태도를 유지해야 한다.

→ 신남방, 신북방 정책과 일대일로 접점을 찾아 양국 기업의

제3국 공동 진출 방안을 모색하고 일대일로 직접 참여는
신중해야 한다.

→ 한·미 동맹을 훼손하지 않고 한·중 간 우호 관계를 유지하
는 방안을 모색해야 한다.

⑪ 미·중 갈등 심화로 아시아 태평양 지역 미래가 불투명한 상황
에서 한국은 국제 사회에 강대국 세력 경쟁을 완화할 수 있는
협력적 지역 질서 구축과 전략 비전을 제시해야 한다.

→ 미·중 경쟁으로 인한 불확실성 시대에 한국이 무엇을 할
수 있는지 고민해 전략을 세워야 한다.

→ 한국은 미·중에 갈등과 경쟁보다는 공존의 가치를 공유하
며 더 나은 국제 사회의 미래를 위해 협력해야 할 필요가
있다고 촉구해야 한다.

5) 바람직한 한·중 관계 정책 후편

〔2020.09.17. 정책제언 No.110.107〕

◑ 핵심 요약

① 한국은 예상보다 빠른 시기에 안보적, 경제적 측면에서 전략적 선택을 강요당할 것이다.

② '안보는 미국, 경제는 중국'의 이분법 사고로는 다양하고 복잡한 국제 정치에서 고립만 자초한다. 약소국에 선택은 주어지지 않는다.

③ 중국과의 경쟁이 심화하는데 기존 수출 주력 산업에서는 초격차로 앞서나가고 있지만 4차 산업과 AI 산업은 중국이 저만치 앞서 나가고 있다. 어떻게 한국이 따라잡을지 대책을 마련해야 한다.

■ 제언

⑫ 중국의 실리외교에 대한 우리의 태도를 명확히 해야 한다. 즉, 한국의 외교는 실리적인 균형 외교이며 자주국방을 강화하는 방향으로 가야 한다.

→ 한국이 자주국방의 일원이라고 해야 한다.

⑬ 한국은 미국과 중국 사이에서 선택 압력에 지속 직면할 것이므로 해법을 모색해야 한다.

→ 한국은 예상보다 빠른 시기에 안보적, 경제적 측면에서 전

략적 선택을 강요당할 것이다.

→ 국내 정치는 점차 친미냐 친중이냐의 이분화 현상에 놓인다.

→ 정쟁 활용 가능성을 경계해야 한다.

→ 미국과 중국, 어떤 국가를 선택하면 다른 한쪽에서 오는 보복은 한국이 감당할 수 있는 수준을 넘어설 것이다.

⑭ 한국은 현재 벌어지는 미·중 기술 패권 경쟁을 면밀히 주시하며 대응책을 마련해야 한다.

→ 다양하고 유연한 대외 전략 구사, 주변국들과의 선린 우호 관계 구축을 기본 방향으로 설정해야 한다.

⑮ 미국 '쿼드플러스' 반중연대 참여 압박에 대하여 참여 가능성을 배제하기보다 국익과 실리를 구체적으로 따져봐야 한다.

→ 기존 쿼드 4개국 미·일·인·호+한·베·뉴=7개국 협의

→ 중국 부상 차단하기 위한 미국의 인도·태평양전략 일환

→ 동아시아의 NATO 성격

→ 미 대선 결과 상관없이 한국 참여 압박 계속할 것이다.

→ 미국은 중국굴기 차단 위해 오바마의 아시아 재균형 정책, 클린턴 동맹 네트워크 정책과 동일 개념으로 차기 행정부도 압박할 것이다.

→ 한국은 중국에 근접에 있고 전략적으로나 경제 사회적으로 가까운 관계, 하지만 외교 목표는 미·중과 등거리 외교가 아니라 동맹이 기본이 돼야 한다.

→ 시진핑 연내 방한은 어려울 것이다.

→ 일본은 시진핑 방일보다 코로나 방역 과제가 우선이다.

→ '안보는 미국, 경제는 중국'의 이분법 사고로는 다양하고 복잡한 국제 정치에서 고립만 자초한다.

→ 한미동맹은 안보 동맹에서 경제 동맹으로 경제 동맹에서 가치 동맹으로 진화하고 있다.

→ 한·미 동맹에서 안보, 경제, 가치는 구분할 수 없는 패키지다.

→ 미국, 영국, 유럽의 관계는 가치 공유가 가치 동맹으로 진화한 사례. 미국은 2차 세계대전 참전으로 히틀러 몰아내고 서유럽을 지켰고, 마셜플랜을 통해 전후 복구와 번영을 리드했다.

→ 가치 공유의 중요성과 관련 최근 왕이(王毅) 외교부 장관이 유럽 5개국을 순방할 때 비판받고 반중 시위대에 시달렸다.

→ 패권을 추구하는 중국의 가치를 세계가 공감하지 못함

→ 중국 공산당의 감시와 통제, 국가 통제 경제를 중국적 가치로 세계에 제시하지 못하고 있다.

→ 중국 주도의 세계 질서에 동의하는 국가를 찾기 어렵다.

→ 미·중 갈등이 경제 대결과 군사 대치 양상으로 전개돼 신냉전으로 비화할 수도 있다.

→ 미국과 소련의 냉전을 대신하는 미·중의 대결 양상이다.

→ 미국과 안보 동맹, 중국과 경제 동맹은 순진한 생각이다. 약소국에 선택은 주어지지 않는다.

→ 만약 중국 편에 서면 미국 주도의 세계 무역, 국제 통화 체계, IT 생태계로부터 소외돼 세계 경제로부터 고립될 것이다.

→ 미국과 군사 동맹 67년. 경제적 이익, 가치와 보편 이념 공유

→ 최근 미국은 우방에만 자국 기술의 이용을 허락. 즉, 한·미 동맹의 가치 공유는 국익이 된다.

→ 대한민국 미래와 국익을 위해 한·미 동맹 계속 진화돼야

한다.

⑯ 중국의 영향으로 경제 성장 둔화하더라도 소비 심리가 냉각
되지 않도록 관리하고 대비해 나가야 한다.
  → 중국 경제의 성장 둔화에 따른 한국의 동반 성장 둔화
  → 외국에서는 한국과 중국을 동일시하는 경향이 있다.
  → 중국 GDP 성장률이 둔화하면 한국에서 외국인 자금이 빠
  져나가는 것이 공식화되고 있다.

⑰ 중국과 경쟁이 심화하는데 기존 수출 주력 산업에서는 초격
차로 앞서나가고 있지만 4차 산업과 AI 산업은 중국이 저만
치 앞서 나가고 있다. 어떻게 한국이 따라잡을지 대책을 마련
해야 한다.
  → 중국 산업이 고도화되고 자체 조달하는 양이 많아 한국의
  대중(對中) 수출이 줄어들 것이다.
  → 정부의 막대한 자금 지원과 거대한 시장을 바탕으로 하는
  중국 제조업의 빠른 성장은 한국에는 무척 위협이다.
  → 특히 4차 산업혁명으로 대변되는 AI 산업은 한국보다 3~5
  년 앞서가고 있다.

⑱ 코로나19 사태로 인한 중국 리스크에 대비해야 한다.
  → 주요 요인은 관광, 수출, 부품 조달의 공급망, 국내 생산 및
  소비 위축이다.
  → 위험 요소 4가지가 상호 연결돼 경제 부담이 될 것이다.
  → 사태가 길어지면 모든 산업이 영향을 받을 것이다
  → 이에 따른 국내 소비심리 냉각이 가장 심각한 문제다.

⑲ 한국과 중국이 함께 나아갈 바람직한 관계를 구축해야 한다.
  → 문화 특성을 살려 국가 경쟁력을 높일 방안을 마련해야

한다.

→ 상호 보완적 관계 유지가 이상적인 관계다.

→ 협력 범위를 제조업에서 서비스와 금융 분야로 확대해 나가야 한다.

→ 고품질 소비재 개발로 중국에 필요한 국가가 돼야 한다.

→ '중국제조 2025'에 필요한 중간재를 공급할 수 있도록 기술개발에 집중 투자해야 한다.

→ 중국의 문화적 특성을 고려한 실효성 있는 네트워크 구축이 절실하다.

→ 중국이 선호하고 중국 문화에 맞는 방안을 찾아야 한다.

→ 중국 전문가 양성 또는 활용해서 중국 분석하고 연구해 나가야 한다.

→ 중국에서 보면 한국은 의외로 중요한 국가이다. 미국이나 일본과 비교해서 영향력은 작지만 키맨 역할을 할 수 있기 때문이다.

→ 여기에 한·중의 바람직한 관계 구축에 해답이 있다.

3. 중국과 일본

1) 중·일 외교 전략 전편

〔2020.09.15. 정책제언 No.105〕

◑ 핵심 요약

① 중·일은 상존 의존 관계다.

② 외교 정책에 관한 부분은 각을 세울 가능성이 크지만, 경제 교섭에 관련된 것은 화해 분위기를 조성해 갈 것이다.

③ 하드로서의 역사, 영토, 군사 문제에 관한 갈등은 가급적 억제하고 소프트로서 양국 간 인적 교류와 경제 협력으로 발전해 나갈 것이다.

④ 현재 양국은 상호 협력, 갈등, 경쟁 관계를 유지하고 있다.

⑤ 청융화(程永華·64) 주일 중국대사를 9년 만에 교체, 재임 기간 중·일 관계 악화에도 불구 양국 청년 상호 방문 적극 추진, 인재 육성에 힘을 쏟았다. 일본 전문통이다. 그에 비해 한국은

대사 임명 시 정치적인 친분으로 결정한다. 중·일은 대사 임명 시 해당국 전문통, 주재 10년 이상의 전문가를 임명한다. 배워야 한다.

□ 중국

　▷ **일본 경제력 필요**

① 빨리

② 확실하게

③ 장기적으로 일본은 함께 일할 수 있는 국가

④ 정치만 빼고 경제적 서로 이익만을 생각한다면 양국은 모두 승자

　▷ **양국 관계**

① 반일 감정 무장

② 다양한 분야 협력

③ 대화의 장으로 Win Win

□ 중국·일본 국교 수교

　▷ **결단**

① 법률적이 아니라 정치적으로 해결한다.

② 대만 문제보다 베트남이 중요하다.

③ 닉슨 쇼크에 조급해 일본이 중국 수교를 결단했다.

　▷ **국교 수교**

① 1972년 국교 정상화

② 닉슨 쇼크 후 9개월 만에 다나카 수상이 전격 수교했다. 미국은 7년 후 1979년에 수교했다. 일본의 전통 외교 특성을 보여

준 것이다. 발 빠르게 새로운 세력에 다가서는 것이다.

③ 중국은 전쟁 배상금을 청구하지 않았다. 하지만 일본은 매년 10억$ ODA 제공했다. 중국의 탁월한 선택이다.

▷ **일본의 중국통(通) 인맥**

① 다나카 전 총리 인맥

② 중국 라오펑요우(老朋友)

③ 다나카 파벌이 뿌리

※ 중국 속담 : 갈수불망공정인(渴水不忘控井人), 물을 마실 때는 우물을 같이 판 사람을 잊지 마라.

▷ **아키히토(明仁) 천황 중국 방문**

① 1992년 양국 각별한 의미

② 아키히토 천황 중·일 수교 20주년 기념 중국 공식 방문

③ 그 무렵 텐안먼 사태 후유증 미+유럽 경제 제재로 중국 경제 급추락, 소련 붕괴

④ 중국 극도로 고립에서 탈피하기 위해 극비리 천황 방중 추진

⑤ 천황 방문 전세계 주요 뉴스

⑥ 이후 미국+유럽 중국 경제 제재 슬그머니 해제

⑦ 중국이 어려울 때 도와준 일본에 고맙다고 생각

▷ **중·일 양국 실리외교**

① 대국적 차원 협상 경험

② 양국 협상 결과 한국에 영향

③ 한국이 희생되더라도 양국 이익을 위해 협력하는 중·일

▷ **중국에서 동맹이란**

① 역사적으로 동맹이란 개념 없다.

② 달면 삼키고 쓰면 뱉는다.

③ 중국 자신만 있을 뿐이다.

□ 중·일 민간 교류 외교

▷ 원칙 : 정경분리, 실용성

▷ 시초

① 1949년 중일무역촉진회, 중·일 무역 촉진 연맹 설립

② 중일우호협회 설립

③ 중일무역협정 체결

▷ 1950년대 중·일 관계 저조기

① 일 기시 정부 친대만 정책

② 중국의 대약진 운동

③ 일본 내부의 보수적 기류

▷ 1960년대 : 핵실험 성공

① 중·소 갈등, 진보도 사건

② 중일무역협정 체결

③ 패권주의 지향

▷ 1970년대 : 국교 정상화

① 일본의 대중국 우호적

② 중국의 자원

③ 미국 탈아시아 정책

▷ 1970년대 동북아 안정

① 1971년 남북적십자 회담

② 1972 7·4공동성명

③ 한반도 안정화

▷ 1980~1990년대

① 80년대 협력과 갈등

  → 일본 : 1982, 1986년 교과서, 1985년 야스쿠니 신사 참배

  → 중국 : 천안문 사태 거듭된 핵실험

② 1990년대 협력과 갈등

③ 경제, 산업 협력

▷ **2000년대 이후**

① 일본 정치 체계 개편

② 중·일 관계 악화

③ 조어도 영토 문제

▷ **중·일 관계 불안 요소**

① 야스쿠니 신사 참배

② 일본 역사 교과서 문제

③ UN 안보리 상임이사국 진출

④ 미일동맹과 국제 안보 문제

▷ **현재 관계**

① 협력

② 갈등

③ 경쟁

□ **중국의 대(對)일본 정책**

① 1990년 이후 대립보다 협력

② 일본의 정치, 군사 대국화 경계, 억제하려는 양면 정책

③ 미국 패권주의 견제하기 위해 일본과 제휴해 세력 균형 간헐적 시도

  → 1992년 아키히토 천황 초청

→ 2차 세계대전 사과와 배상금 요구하지 않음

→ 일본과 새로운 차원에서 관계를 개선해 대미 관계의 지렛
대로 사용하려고 시도

④ 우호 협력 발전을 기대하면서도 한편으로는 국제 사회에서
일본의 부상을 견제

→ 일본 유엔 안보리 진출 반대

⑤ 일본이 건설적인 국제 임무를 수행하되, 헌법까지 개정해 대
외 군사 활동하는 것은 경계해야 한다.

2) 중·일 외교 전략 후편

〔2020.09.15. 정책제언 No.106〕

◑ 핵심 요약

① 중·일 양국 외교는 철저히 정치와 경제를 분리 시행하는 실리 외교, 한국이 배워야 한다.

② 한국이 중·일에 추구할 바람직한 외교 관계는 사안별 상호협력, 역사, 영토, 군사, 갈등, 산업별 경쟁, 협력 관계 구축이다.

③ 외교 정책에 관한 부분은 각을 세우고 경제 교섭에 관련된 것은 화해 분위기 조성해야 한다.

□ 일본의 대(對)중국 정책

▷ 중국 정책

① 중국과 주변국들을 견제하기보다 미국과의 밀접한 관계를 유지해 국가적 이익을 추구한다.

② 1996년 미일안보공동선언을 강화하는 양상이다.

③ 이에 따라 중·일 관계는 약화하고 있다.

④ 미·일 관계와 중·일 관계는 상호 비대칭적 역행 방향성이다.

▷ 미일동맹

① 냉전 시대는 공산권 대항에서 동아시아 세력 균형과 견제

② 보통국가 추진, 미일동맹 강화

③ 21세기 새로운 국가 전략 구상

▷ 주일 주중대사

① 전후임 모두 일본통, 일본어 능통, 장기간 일본 주재 경험

② 청융화(程永華·64) 주일 중국대사 9년 만에 교체

　　→ 일본 체류 25년, 대사 9년

　　→ 1972 국교 정상화 때 중국 정부가 일본에 파견한 유학생

③ 후임에 쿵쉬안유(孔鉉佑·59) 외교부 부부장 겸 한반도 사무
특별대표 기용

　　→ 상하이대 일본어 전공

　　→ 오사카 총영사관

　　→ 도쿄 중국대사관 공사 15년 주재

□ **한·중·일 정상회담**

　▷ **중·일 양국의 속내**

① 중·일 양국회담만 관심

② 3국 민감한 문제 배제

③ 중·일 경제 외교 교섭 중시

④ 한국과 회담은 별 관심 없음

　▷ **중국의 속내**

① 미·중 대결에서 한국을 중국 편으로 끌어당기려 당근과 채찍
카드를 내밀 것이다.

② 중국 관심은 주한미군 철수다.

③ 아직 뒤떨어진 반도체 등 일부 전략 품목에 대한 협조, 오늘
부터 미국 제재 발효한다.

　▷ **일본의 속내**

① 일본 내 코로나 방역 핑계 불참 가능성

② 참석해도 인사치레 가능성

③ 스가 총리는 먼저 나서서 한국과 현안을 풀지 않을 것

■ 제언

① 4강국 대사 임명 시 해당국 주재했던 다양한 경험 갖춘 전문
    가를 임명해야 한다.
② 청융화(程永華·64) 주일 중국대사의 미래 지향적인 안목을
    배워야 한다.
    → 일본에서도 높이 평가
    → 떠날 때 일본 미디어 인터뷰 쇄도
    → 일본 인맥 대단
    → 중·일 관계가 경색되고 어려운 국면에서도 미래를 위해 인
      적 교류 증진을 추진했다.
    → 중국 특유의 인해전술 구사
    → 특히 일본 유학을 핑계로 유학생 다수 입국, 일본어학교
      대다수가 중국 학생
    → 재임 기간 중·일 관계 악화에도 불구 양국 청년 상호 방문
      적극 추진, 중·일 관계 미래 짊어질 인재 육성해 힘을 쏟음
③ 중·일 양국 외교는 철저히 정치와 경제를 분리하는 실리외교,
    한국이 배워야 한다.
    → 한국은 정치 문제로 인해 경제, 산업, 인적 교류까지 막힘
④ 한국이 중·일에 추구할 바람직한 외교 관계는 산안별, 상호 협
    력, 역사, 영토, 군사, 갈등, 산업별 경쟁, 협력 관계 구축이다.
    → 외교 정책에 관한 부분은 각을 세우고 경제 교섭에 관련된
      것은 화해 분위기를 조성해야 한다.

→ 하드웨어로서의 역사, 영토, 군사 문제에 관한 갈등은 가급적 억제하고 소프트로서 양국 간 인적 교류와 경제 협력은 발전해 나가야 할 것이다.

⑤ 한·중·일 정상회담 개최된다면 국익과 실리를 위주로 풀어 나가야 한다. 하지만 연내 개최는 어려울 것이다. 일본도 반대하고 중국도 한국의 태도가 확실하지 않기에 내키지 않을 것이다.

▷ **중국 관련**

① 중국은 외교, 군사, 산업 측면에서 미국의 압박에 대해 한국 측 입장 표명과 중국 지지를 요청할 것이다.

② 중국의 실리외교에 대한 우리의 입장을 명확히 해야 한다. 즉, 한국의 외교는 실리적인 균형 외교여야 하며 자주국방을 강화하는 방향으로 가야 한다.

③ 한국이 자주국방을 하겠다고 해야 한다.

▷ **일본 관련**

① 해결 방법은 중국이 그랬듯이 먼저 내려놓고 다가서야 한다.

② 일본인 정서의 약점을 파고들어야 한다.

③ 징용 문제 관련 현금화에 대해 새로운 해결책 WTO 일본 수출 규제 제소 철회 등이다.

④ 정상회담 전 해결되는 분위기 조성을 해 나가야 한다.

⑤ 외교 교섭력이 절대 필요하다.

4. 통일

1) 북·미 싱가포르 회담 2주년

〔2020.06.12. 정책제언 No.33〕

◑ 핵심 요약

① 중, 북, 한 한반도형 협력 모델을 만들어 가야 한다.
② 대북 접근 방식 근본적 혁신해야 한다. 역발상, 창의력, 상상력을 발휘해야 한다.
③ Digital Transformation 시대 남·북 과학기술 교류 협력을 추진해야 한다.

□ 쟁점
　▷ 북한
　　→ 대외 : 체제 생존
　　→ 대내 : 정권 정당성=핵무기가 정치적 생존 수단

▷ 미국

　한반도 평화=동아시아 공동 번영, 한반도 비핵화, 평화 정착

　　→ 본질 : 핵탄두 미국 본토 위협

▷ 현안

　　→ 미국 : 선비 핵화 후 제재 완화

　　→ 북한 : 선 조치 후 핵협상

　　→ 중국 : 미국과 전략 경쟁에서 북한을 지렛대 활용

　　→ 러시아 : 극동 개발+남·북·러 협력

　　→ 일본 : 안보 위협+남한 갈등 관리

　　→ 중, 러, 일, 미국은 전략적 이해충돌, 한반도 비핵화 조율에
　　　어려움을 겪고 있다.

□ 북 → 미

　① 남북 관계 참견 말라.

　② 끔찍한 일 당하지 않으려면 입 다물고 집안 정돈 잘하라.

　③ 코앞 대통령 선거를 무난히 치르는 데도 유익할 것이다.

　④ 환멸과 분노를 느낀다.

　⑤ 어떻게든 미국을 자극하려 하고 있다.

　⑥ 미국 대선 향배 주시

　⑦ 한국 빼고 미국과 직접 상대

□ 미 → 북

　① 남·북 간 통신 차단 실망했다.

　② 인권 문제는 관계 정상화 조건이다.

　③ 한반도 상황 관리에만 치중해라.

□ 북 ↔ 중

① 협력, 정치, 외교

② 경협, 제재 위반 우려 불구 지속적 협력

③ 교류 협력, 정상외교, 고위급 인사 교류, 중국식 체제 전환, 일대일로

④ 양국=우호+우의+순망치한

⑤ 생존형 우호적 관계

□ 북 ↔ 러

① 협력, 정치, 외교

② 경제 논의만 진행 중

③ 러시아는 한반도 문제에 적극 개입하지 않고 대북 인도 지원, 경제 협력 논의만 지속 중

④ 전략적 이해관계, UN 상임위 대북 제재 해제 지원, 북핵 문제 정치, 외교적 지원, 해외 노동자 파견, 나선 개발, 기술 이전, 해외 유학

⑤ 동방 경제 포럼 활용

□ 북 ↔ 한

① 대북 접근 방식 불만

② 준비된 대남 연속 강경 조치

③ 대남 압박 수위 단계적 Up

④ 2018년 남북정상회담 이후 남·북 교류 협력 성과 매우 미흡

□ 북한이 제기한 이슈 핵심

① 미국과의 관계만을 생각하고 북한, 중국, 러시아와의 관계를 제대로 만들어 가지 못하고 있다.

② 한반도 독자적인 협력 모델을 만들어 가야 한다.

③ 북한은 독립적으로 의사 결정하는데 남한은 미국 눈치나 보고 있고 트럼프 당선만 기대하고 있는 남한 정부 태도를 못마땅하게 보고 있다.

④ 트럼프의 정치 놀음에 놀아나지 말라고 주장한다.

⑤ 북한은 이미 트럼프의 재선 가능성 부정적으로 보고 있다.

■ 제언

① 중, 북, 한 한반도형 협력 모델을 만들어 가야 한다.

 → 하반기 북·중 교류 협력을 중심으로 대외 협력 관계가 재개될 것이다.

 → 코로나가 잠잠해지면 6차 북·중 정상회담 추진할 것이다. 5차 북·중 정상회담(2019.6) 통해 식량, 의약품, 비료, 원유, 정제유를 공급받았다.

② 코로나 대처 남북정상회담 추진해야 한다.

 → K-방역, 인도적 지원(의약품)

 → 시진핑 방한, 미·중 다툼, 미 대선이 변수다.

 → 남북대화 재개 모멘텀을 조성해야 한다.

 → 사전에 특사 파견해 의제 조율해야 한다.

 → 10월 당 창건 75주년 활용해야 한다.

③ 대북 접근 방식을 근본적으로 혁신해야 한다. 역발상, 창의력, 상상력을 발휘해야 한다.

→ 북한 요구 : 체제 안전 보장, 상호 군사 위협 감소, 평화 체제 구축이다.

→ 북한 불만 : 한·미 공조 프레임에 갇혀 아무것도 못 하는 남한은 민간 교류 협력 제안만 반복하고 있다.

→ 미국은 남북 관계 개선을 대북 제재보다 후순위로 두고 있다.

→ 남북 교류가 북·미 관계 개선에 도움이 된다고 미국을 설득해야 한다.

④ 비핵화 프레임을 전환해야 한다.

→ 순차적, 일시적, 완전 비핵화

→ 한반도 평화 체제 제반 여건 조성

⑤ 구조적 모순에 대해 해결책을 모색해야 한다.

→ 구조적 한계 : 대북 제재

→ 목표 : 남북 협력, 한반도 비핵화

→ 북한의 도발을 막으면서 미국의 제재 완화, 북한 비핵화 절충점을 찾는 것은 고차방정식이다.

→ 북한 선미후남(先美後南) 전략에 미국이 호응하는 동안은 남북 관계 개선은 어렵다. 선남후미(先南後美) 되도록 미국을 설득해야 한다.

※ 고차방정식 해법 : 교집합은 대북 적대 정책 철회, 비핵화

⑥ 기존에 있던 Idea를 추진해야 한다.

→ DMZ 국제평화지대 : 유네스코, UN사 관할 조정 필요

→ 2032년 하계올림픽 공동 개최

→ 북한이 원하는 아이템으로 추진

⑦ Digital Transformation 시대 남·북 과학기술 교류 협력을

추진해야 한다.

→ 북한 과학기술 기반 경제 발전, 사회주의 경제 건설 총력 집중, 4차 산업혁명 시대 협력 필요하다.

→ 디지털 뉴딜 AI Project에 북한 팀도 참가 자격을 부여

→ 서울, 평양, 남북 AI 세미나

→ 대학, 연구소, 학술 단체 교류

⑧ 외교, 안보, 통일 라인 개편하고 쇄신해야 한다.

→ 성과가 없다.

→ 통일부 : 지금 무엇을 하는지

→ 외교부 : 외교 기술력 역부족

→ 통일부, 외교부, 안보 라인 협치가 되는지

→ 정체, 관습, 현실 안주로는 어렵다.

→ 혁신, 변화, 창의, 상상력이 절실하게 필요한 시기다.

2) 독일 통일 30주년 배우기

〔2020.09.01. 정책제언 No.111〕

◐ 핵심 요약

① 발상의 전환이 필요하다. 통일부 역할을 재정립해야 한다.

② 베를린 장벽 붕괴 30주년을 맞이해 독일 사회가 과거를 기념하고 현재의 문제를 해결하기 위해 고심하며 통일은 현재 진행형이라고 하는 것을 배워야 한다. 독일 통일은 완전한 상태가 아니라 여전히 진행 중이다.

③ 통일은 소통과 교류가 증대되고 남·북 교감이 점진적으로 확대되는 과정에서 획득할 수 있는 결과물이다.

□ 독일 통일 30주년

① 1989년 11월 9일 베를린 장벽이 붕괴된 지 329일 만인 1990년 10월 3일 동·서독이 통일. 독일 통일은 '너무 갑작스럽게 왔다', '조급하게 추진됐다'라는 평가를 받고 있다. 분단 이후 서독 정부는 통일이 어렵다고 보고 분단의 평화적 관리에 주력했다. 1989년 10월 이전까지는 동독의 변화를 예측하지 못했기 때문에 통일을 위한 실질적 준비를 거의 하지 않았다.

② 베를린 장벽이 붕괴한 것은 고르바초프의 개혁·개방 정책으로 인한 동유럽의 민주화 바람, 동독의 야권 운동, 동독 시민들의 저항 등 국제 정세가 복잡하게 작용하면서 무너졌다.

③ 1989년 34만 4천여 명, 1990년 1월부터 6월까지 23만 8천여

명, 1년 6개월 동안에 총 58만 2천여 명의 동독인이 서독으로 탈출했다. 탈출자 70%가 엔지니어와 의사다. 동독 산업과 사회가 마비 지경에 처했다.

④ 무엇보다 오래 지속된 교류·협력이 바탕에 깔려 있었다. 서독 시민들은 동독에 자주 갔고 동독 주민들도 제한적이긴 해도 서독을 방문할 수 있었다. 편지나 소포를 서로에게 보낼 수 있었고 전화 통화도 가능했다.

⑤ 당시 동독 주민의 80% 이상이 서독 TV를 시청해 서독 경제가 풍요하다는 것을 잘 알고 있었다. 여기에 동독 경제가 파산에 이를 만큼 최악이 되면서 통일 외에는 돌파구가 없었다. 동독 경제의 파탄을 막기 위해 통일은 일어날 수밖에 없는 불가피한 상황이었다

⑥ 독일은 왜 통일을 준비하지 않았을까. 2차 세계대전 전승국인 미국, 영국, 프랑스, 소련의 동의를 받아내지 못할 것으로 판단했다. 그래서 주변국의 경계를 불러올 수 있는 '통일 정책'이라는 단어 자체도 사용하지 않고 대신에 독일 정책(Die Deutschlandpolitik)이라고 했다.

□ 한국

① 한국은 지난 30년 동안 통일 준비를 위해 무엇을 했을까. 수많은 정치인과 정부 관계자가 베를린을 방문해 사진만 찍고 왔다.

② 독일 통일 연구는 대개 서독 중심의 시각. 현재 한반도 사정은 어떠한가. 미국과 소련의 냉전을 대신하는 미·중 패권 다툼이 경제와 산업 분야를 넘어 군사 대결로 치닫고 있다.

③ 북한은 핵을 보유하고 있다. 미국은 중국을 압박하기 위해 북
  핵을 필요로 한다. 중국은 북핵이 한국에서 미군 철수를 끌
  어낼 강력 카드라고 믿고 있다. 미·중 갈등이 격화되면서 양
  국이 모두 북핵과 한반도 통일 문제를 우선순위에 두지 않고
  있다.

■ 제언

① 발상의 전환이 필요하다. 통일부 역할을 재정립해야 한다. 부
  총리로 격상해 통일원으로 개칭한 지 30년이란 세월이 흐름.
  그동안 통일을 위한 가시적 성과는 찾아보기 힘들다. 남북 대
  화 추진은 청와대 위주로 진행됐다. 서독은 통일부 없이 외교
  부가 동독 관계를 전담해 통일로 이끌었다. 물론 서독에도 내
  독관계부(Ministerium fuer Innerdeutsche Beziehungen)
  가 있었다. 하지만 역할은 동독의 인권 보호와 관련해 금전
  거래를 통한 동독 정치범의 석방(Freikauf)을 담당했다. 주변
  4대 강국이 한반도 통일을 반대하고 있는데 우물 안 개구리
  식 국내용 통일 정책을 내봤자 소용없다. 강대국을 의식해 통
  일이라는 용어를 사용하지 말고 '한반도 미래'라고 하면 어떨
  까. 통일 정책도 외교 정책. 통일부 역량을 외교부와 합해 시
  너지 효과를 발휘해야 한다. 한반도 통일은 국내 통일 정책이
  아니라 4대 강국 설득에 달려 있다. 국제 외교력을 강화해야
  한다. 통일 분위기 조성은 남·북 관계 개선보다 4대 강국의
  지지를 끌어내는 것이 먼저다.
② 4대 강국 외교만 맡는 전담 외교 총리를 발탁해 전권을 줘야

한다. 콜 총리와 겐슈 외무장관의 뛰어난 외교력으로 전승 4개국 지지를 얻어냈으며, 동독 피난민들을 데려옴. UN이 북한 제재를 풀지 않으면 우리는 아무것도 할 수 없다. 국제 외교력이 절실한 이유다. 미·일·중·러 4대 강국에서 한국 주장을 지지할 국가는 아직은 없다. 4대 강국에 '한반도 미래 연구소'를 설립해 인적 네트워크를 확대해가면서 통일 여론을 유리하게 조성해 나가야 한다. 독일 사례와 같이 미국의 강력한 지지를 받은 후 주변국을 압박하고 설득해야 한다. 그러기 위해서는 전문 외교력이 필요하다. 일본부터 우리 편으로 만들어 미국을 설득하면 된다. 그 후 러시아, 최종적으로 중국에 한반도 통일을 지지하지 않으면 통일 한국 이권에서 멀어진다고 느끼게 만들어야 한다. 1월 부임한 싱하이밍(邢海明) 주한 중국대사는 8월 말까지 주요 인사 79명을 만났는데 상대적으로 주중 한국대사는 1명에 불과하다. 이것이 외교 교섭력 차이다. 얼마 전 교체된 청용화(程永華·64) 주일 중국대사 같은 전문 대사가 한국에서는 왜 나오질 않을까. 스가 총리는 트럼프 대통령과 통화했으며 일본 외무성은 다음 달 초 미국, 인도, 호주와 4개국 외무장관 회담을 추진한다. 한국만 빠졌다. 이념을 떠나 스가 총리와 인맥이 있으면 주일대사로 임명해야 한다. 주변 4대강 외교력에 한반도 통일 운명이 걸려 있다.

③ 한국 경제를 튼튼하게 만들어야 한다. 서독은 소련에 대한 생필품 차관 50억 마르크, 소련군 37만 명 철수 비용으로 155억 마르크 등 경제 지원이 가능했다. 경제 역량이 곧 국가 역량이며 통일 역량이다. 독일 정부는 30년간 2조 유로(약

2,758조 원)를 동독 지역 경제와 인프라에 투입했다. 이는 소득의 5.5%에 달하는 '연대세'로 재원을 마련했다. 경제력이 뒷받침해주지 않으면 통일은 불가능하다. 남·북한 간 경제 격차는 크다. 2019년 기준 북한 총소득은 남한의 54.4분의 1이다. 북한 주민 1인당 소득은 남한 주민의 26.6분의 1 수준이다. 북한과 공동으로 경제 발전을 이루는 길을 모색해야 한다. AI와 소프트웨어 개발 분야에서 상호 협조해야 한다.

④ 통일에 대한 국민적 합의를 끌어내야 한다. 당시 서독은 동·서독 교류·협력을 위한 신동방 정책을 추진하는 과정에서 보수와 진보 진영 간에 첨예한 갈등을 겪었다. 이를 극복하면서 평화·공존을 이루어 냈다. 우리는 대북 정책을 놓고 이념, 진영 간 극심한 남남갈등을 겪고 있다. 21대 국회에서 여·야 합의 또는 대선 때 국민투표에 부쳐 정권이 바뀌어도 변함없는 한반도 통일 정책을 만들어야 한다. 베를린 장벽 붕괴 30주년을 맞이해 독일 사회가 과거를 기념하고 현재의 문제를 해결하기 위해 고심하며 통일은 현재 진행형이라고 하는 것을 배워야 한다. 독일 통일은 완전한 상태가 아니라 여전히 진행 중이다.

⑤ 남·북 교류를 넓혀 나가야 한다. 통일보다 먼저 필요한 건 남·북이 평화적으로 관계를 유지하고 교류하는 것이다. 하지만 우리는 과정보다 결과인 통일만 생각한다. 앞뒤가 바뀌었다. 통일은 소통과 교류가 증대되고 남·북 교감이 점진적으로 확대되는 과정에서 획득할 수 있는 결과물이다. 포스트 코로나 비대면 시대에 맞게 남·북 교류를 추진하는 것은 어떨까. 이번 추석에 이산가족 상봉도 비대면 화상회의로 추진해

438

보자. 명절 때 북한 이산가족에게 선물을 보내자. 북한 고향의 특산물을 구매하자. 남·북이 상호 TV를 수신하도록 하자. 4차 산업혁명 시대는 북한과 얼마든지 협력할 분야가 많다. 전부 비대면으로 가능하다. 블록체인을 활용한 남·북 가상화폐 또는 서울·평양 지역화폐 등 UN 체제를 위반하지 않고 협력할 수 있는 비대면 분야는 넘쳐난다.

⑥ 중국과 러시아를 설득해 북한에 SOC(사회간접자본)를 투자해야 한다. 1972년 동·서독은 교통조약을 맺고 분단 상태에서 도로, 항공로 개보수 방안에 합의해 이를 시작으로 다양한 협력 사업을 전개했다. 서울에서 평양, 단둥으로 이어지는 고속도로, 고속철도를 건설하고 시베리아 철도를 연결하고 천연가스가 수입되게 중국과 러시아를 끌어들여야 한다. 4대강 대신 북한에 도로, 철도망을 건설했다면 남·북 문제가 많이 달라졌을 것이라는 아쉬움이 남는다

⑦ 북한을 잘 알아야 한다. 우리는 북한의 인구가 정확히 얼마인지 모른다. 세대별 인구를 제대로 알아야 고령화 시대에 연금제도를 만들 수 있다. 북한 산업에 대한 설비 및 생산성을 알아야 남한 기업과 협력할 수 있다. 북한의 전력 사정을 알아야 산업단지와 스마트 도시 계획을 입안할 수 있다. 이런 정보들을 교류하면 북한에 대한 빅데이터가 구축된다. 거기에 맞춰 향후 북한과 협력 개발 계획을 추진할 수 있다.

⑧ 확실한 군사적 우위가 필요하다. 북한은 20여 기의 핵탄두를 보유하고 있다. 우리는 전술적 무기를 미국에 의존하고 있다. 북한은 군 128만, 예비군 772만 등 총 900만의 병력을 갖고 있다. 북한의 핵 위협에 대처할 전술적 전략적 한국판 무기를

보유해야 한다. 군사적 우위 없는 남·북한 합의는 의미 없다. 북한은 상황에 맞게 남·북 합의를 파기해 왔다. 미국을 의식하는 것은 군사적으로 상대가 되지 않기 때문이다. 에이브럼스 한·미 사령관은 내년에도 전작권 전환이 어렵다고 밝혔다. 한국의 운명을 미국에만 맡길 수 없다.

⑨ 상대방 체제를 인정해야 한다. 서독은 동독을 흡수 통일했다. 하지만 역대 정부는 흡수 통일은 하지 않는다고 선언했다. 1국가 2체제를 인정해야 한다. 북한을 배려하는 입장에서 교류를 해야 한다. 통일 과정은 단순히 눈에 보이는 풍요와 경제적 요소만 중요한 게 아니다. 통일 과정에서 북한의 문화와 정서를 존중하고 상대적 박탈감을 줄여가야 정서적 장벽이 생기지 않는다. 고르바초프는 동독 서기장 호네커에게 "He who comes too late will be punished by life(너무 늦게 오는 사람이 있다면 벌을 받게 될 것)."라고 말했다. 미·중 갈등이 격화되는 지금이 역발상으로 생각해 보면 한반도 통일을 위한 딱 좋은 시기다.

7장 // 국가균형발전

1. 지역균형발전

2. 국가균형발전

1. 지역균형발전

1) 지역균형발전

〔2020.09.03. 정책제언 No.88〕

◑ 핵심 요약

① 수도권 비수도권 불균형 지속적으로 확대 추세다.

② 우리나라 지역불균형은 모든 지역 상호 간 관계를 의미하지 않고 수도권과 비수도권 관계만 의미한다.

③ 지역불균형 발생 원인을 파악, 지역 특화 산업 중심 추진해야 성과 낼 수 있다.

④ 지역균형발전 최종 목적은 국가 경쟁력과 국민 행복이다.

⑤ 지역균형발전은 컴퓨터시스템 개념과 동일하다. 성능 업그레이드를 위해 CPU는 물론 GPU와 소프트를 함께 업데이트하듯이 정책적 가이드를 마련해 수도권과 지역이 균형발전을 해나가야 한다.

⑥ 그렇지 못하면 수도권 집중주의 지역이기주의에 빠진다.

□ 지역균형발전

▷ **지역균형 정의**

① 공간 정책 차원에서 지역 간 사회 경제적 제반 여건과 삶의 질이 일정 수준의 균등성을 유지한 상태나 과정이다.

② 경제학적 차원에서 지역 간 자본 수익률, 투자 효율성이 균등화된 지역 간 평형 상태로 수렴되는 과정이다.

▷ **지역균형발전 의미**

① 정책적 차원에서 국가적 통합성과 통일성을 훼손하거나 국가의 경제 및 사회 발전을 저해할 정도의 지역 간 차등이 없는 상태다.

② 지역마다 입지, 부존자원과 잠재력이 다르고, 산업화와 경제 발전을 위해 자본 부문, 공간적 집중이 불가피하기에 지역 간 사회 경제적 조건, 삶의 질적 수준은 획일화된 균등화가 가능하지도 바람직하지도 않기 때문이다.

□ 지역 정책 목표

▷ **경제적 측면**

① 전국적 균형발전 통한 모든 생산 요소 활용 극대화

② 지역 자원, 입지 조건을 고려한 기업의 최적 입지 선정 지원

③ 분산된 공간 발전을 통한 대도시 혼잡 비용 최소화

④ 자원과 투자 공간 집중으로 인한 지역불균형, 인플레이션 방지

▷ **사회적 측면**

① 모든 지역 완전고용 실현

② 지역 간 소득 배분 균등

③ 저발전 또는 쇠퇴 지역의 주민 복지 증진

▷ **정책 측면**

① 자원과 환경 남용 방지

② 지속 가능한 국가 발전 유지

③ 불균형으로 인한 지역 간 갈등, 분쟁, 대립 방지와 국가적 통합성 증진

▷ **정책 당위성과 실효성**

① 지역 문제를 지역 간 관계에서 규명, 관계를 통해 해결하는데 치중하는 지역 간 정책으로서 지역 간 균형과 국가 지역 발전을 위해 자원의 재분배를 통한 지역 간 형평성을 강조한다.

② 중앙정부 지원 지역균형발전 정책은 지역 생산 규모 확대, 생산성 증진, 경제 활성화 등 총량적 성장, 구조적 개선에 치중하는 데 비하여 지방자치단체 주도 소지역 간 균형발전 정책은 지역 주민의 소득, 취업 및 주거 생활 등 주민 밀착형 복지 효과에 치중한다.

③ 재정 등 가용 자원의 한계와 자원 배분 효율성을 봐야 한다.

□ **지역균형발전 정책 개선 방안**

▷ **국가 단위 지역균형발전 정책 개선**

① 지역불균형을 올바르게 인식하고 이해해야 한다.

　→ 찬성과 반대론자 모두 잘못된 인식에서 벗어나야 한다.

　→ 찬성론자는 지역불균형을 산업화와 경제 성장에서 공간적으로 표출된 경제, 사회적 병리 현상으로 봐 제거, 축소 대상이다.

→ 반대론자는 자연적이고 때로는 바람직한 현상으로 봐 정부 개입을 반대한다.

② 지역균형발전 극단적 찬성 반대 논리를 극복해야 한다.

→ 지역균형발전 정책의 합리적 개선을 막는 가장 큰 장애는 실질적 공간 문제를 해결 못 하는 극단적 찬성과 반대 주장 논리의 확대다.

→ 위기론자는 공간 문제를 무조건 병리시하고 정부 개입의 정당성만 강조한다.

→ 자유방임론자는 정부 개입을 무조건 반대하고 시장 만능주의를 강조한다.

→ 정부는 경제 성장기에는 재분배에 치중하여 지역균형발전 정책을 확대하나 경제적 침체기에는 경제 활성화를 위해 지역균형발전 수단 축소를 반복한다. 두 가지 논리는 자체적 합리성과 정당성 없이 경제 상황과 정치적 분위기에 의존한다.

→ 위기론자의 문제점

☞ 사회적 병리 현상 차원에서 대도시 집중과 지역불균형을 인식하여 과도한 정책 대응을 강조한다.

☞ 정부 개입만능주의 사고다.

☞ 정책 목적 당위성으로 모든 정책 수단의 정당화를 시도한다.

→ 자유방임론자의 문제점

☞ 공간적 문제에 대한 일체의 정부 개입을 거부한다.

☞ 낙후 지역 문제에 대한 개인과 사회 집단의 책임론에 의존, 정부 개입을 반대한다.

☞ 시장 실패 불인정, 시장만능주의다.

☞ 국가 발전 과정에서 정치, 사회적 안정의 중요성을 간과한다.

③ 지역불균형 발생 원인 규명을 선행해야 한다.

→ 지역균형발전 시책의 합리적 개선을 위해 지역불균형을 유발하는 지역 외적 그리고 내부적으로 존재하는 다양한 구조 및 낭비적 원인을 밝혀 근원적 대응책을 마련해야 한다.

→ 지역 외적 발생 원인

☞ 자원의 부문별 집적을 촉진하는 산업화와 경제 성장

☞ 부존자원의 차등 분포

☞ 산업화 및 경제 발전의 선도 지역과 후발 지역 간 불평등 교역 관계 확대

☞ 계층적 정주 체계 형성

☞ 정부의 효율성 위주 산업 경제 정책

→ 지역 내부 발생 원인

☞ 입지 부존자원 부족 지역 잠재력 활용 부족

☞ 자본, 기술, 인적 자원 취약

☞ 산업 기반 및 생산성 취약

☞ 중추 관리 기능, 전문 서비스 부족

☞ 지역발전 추진 역량

④ 지역 간 발전 수준의 균등화보다는 기회균등을 추구해야 한다.

→ 그동안 막대한 재정 부담에도 불구 지역균형발전에 대한 성과를 내지 못했다.

→ 후진 지역의 노동력, 자연 자원 및 자본을 보다 광범위하게

효율적으로 활용할 수 있는 기회 확대에 치중해야 한다.

→ 경제 발전 수준의 균등성은 기회균등의 부산물이다.

⑤ 지역발전사업 효율적 집행 장치 및 수단을 마련해야 한다.

→ 그동안 이상적이고 규범적인 시책과 사업계획 제시에 치중, 구체적 실천과 집행은 부진하다.

→ 그러다 보니 과도한 지역균형발전 사업을 난발, 자원 낭비와 비효율을 초래했다.

→ 지역균형발전 정책의 목적을 달성하기 위해 개별적 경제 주체 대한 규제와 지원 방식에 의존했으나 개발 경제 체제 하에서 시장 지향적 시책을 발굴해 경제 주체 수요 공급을 자율적으로 유도해야 한다.

→ 중앙에는 지역균형발전 사업 집행 모니터링, 집행, 촉진 및 평가, 효율적 집행 체계를 구축해야 한다.

→ 지역 기획과 집행 등 관리 역량 강화를 위해서는 시책과 사업을 위한 직접 사업비 지원에만 치중하는 전략에서 벗어나 사업비 10% 내에서 지역 인력 전문성 강화 기획 시스템 구축 등 소프트 분야를 육성해야 한다.

→ 지역발전 촉진을 위해 중앙과 지방 다양한 조직과 단체 간 협력, 조정과 통합을 위한 효율적 협력 시스템 구축이 필요하다.

→ 지방분권과 정부 내부 분권화 확대를 통해 지방자치단체를 비롯해 지역 단위 사업 추진 집행 조직 및 기관이 중앙의 통제와 관여 없이 지역 특성에 맞는 정책 및 사업 결정, 사업 추진 과정에서 재정 및 예산 운용, 사업 집행을 자율적으로 추진할 수 있는 자율권 확대가 필요하다.

▷ **지역 단위 균형발전 시책 개선**

① 지역균형발전 목적의 명료화

→ 지역 단위 균형발전 정책의 성공적인 추진을 위해서는 지역 특성 맞는 목적 명료화가 필요하다.

② 지역균형발전 전략을 재정립해야 한다.

→ 새로운 정책에 따라 재정립돼야 한다.

→ 목표 달성의 효율적인 수단으로 역할을 할 수 있어야 한다.

③ 지역 단위사업이 효율적 추진되도록 지원해야 한다.

→ 분야별 전문가, 컨설팅 서비스

→ 사업 추진 방식을 다원화해야 한다.

→ 기존 투자 사업, 지역 잠재 자원 활용, 지역 내부 사회 경제 단체 조직 및 집단 자원의 협력적 활용 확대를 위한 지역 단위 협력 거버넌스를 구축해 지원해야 한다.

2) 지역균형발전 사례 전편

〔2020.09.03. 정책제언 No.89〕

◑ 핵심 요약

① 지속 가능 혁신도시를 위한 3C 소통=Communication, 기여 =Contribution, 협력=Cooperation이다.

② 단기 성과 중심 혁신도시 건설 탈피하고 중장기 관점에서 지속 가능한 혁신도시를 만들어야 한다.

③ 혁신도시 지속 성장을 위해선 단기 성과에 매몰돼 간과됐던 중장기 비전을 되새겨야 한다. 이해 관계자와 소통을 통해 협력해 지역사회에 기여하는 방식으로 해야 한다.

④ 우리나라는 혁신도시 하면 공공기관의 지방 이전 생각이 일반적이다. 혁신도시라는 개념이 반드시 공공기관 이전과 연관되는 것은 아니다. 외국 도시들 역시 공공기관 이전과 전혀 관련 없는 경우가 많다.

⑤ 공공기관 이전은 더 강력히 추진돼야 한다. 외국은 처음부터 중앙집권적으로 만들어지지 않았기 때문에 이전의 필요성이 없다. 한국과는 다른 상황이다.

⑥ 참여정부 때부터 이전된 기관들은 작동에 아무 문제가 없다고 이미 검증됐다. 지방에 있다고 우수 인력 모집 문제는 없다. 인터넷 시대에 업무 효율성은 이상이 없다. 더 강력한 정책으로 공공기관을 지방으로 이전해야 한다.

□ 지역균형발전 : 혁신도시

▷ **정의**

→ 지방 이전 공공기관과 지역 내 산, 학. 연. 관 협력과 네트
워킹을 통해 혁신을 창출, 확산, 활용해 지역 발전을 견인
하는 지리적 공간이다

▷ **역할**

→ 혁신 주도형 지역 거점으로 국토 균형발전, 역동적 발전을
촉진하는 역할을 해야 한다.

▷ **요소**

① 혁신 주체로서 지역 전략산업과 연관된 기업, 대학, 연구소,
지역 이전 공공기관이다.

② 혁신 지원 환경으로 산. 학, 연, 관의 협력과 네트워킹을 촉진
할 수 있는 시설과 조직, 제도적 환경 구축이다

③ 도시 인프라로서 여가시설 및 기간 교통망, 첨단 정보 통신망
구축이다.

▷ **종류**

① 기존 도시 활용형 : 혁신지구

② 독립 신도시형 : 혁신도시

③ 재개발형 : 소규모 혁신도시

④ 신시가지 개발 : 중규모 혁신도시

▷ **특징**

① 도시 내에서 끊임없이 경쟁력 있는 새로운 혁신, 연구개발이
이루어지는 곳이다.

→ 혁신을 창출하는 주체인 첨단기업이나 대학 혹은 선진 연
구기관들이 도시에 위치해 있다.

450

→ 혁신 주체들 사이의 유기적인 네트워크 구축이다.

② 도시의 산업 구조 측면에서는 기존의 전통적 제조업이나 서비스업보다는 부가가치가 높은 4차 산업 위주로 구성된다.

→ 고급 전문 기술 인력의 비중이 높다.

③ 혁신도시에서 혁신이 끊임없이 이루어지기 위해서는 이에 맞는 물리적 하부 구조가 필요하다.

→ 공항이나, 고속도로와 같은 고속 교통수단과 발달한 IT 인프라를 갖추고 있어야 한다.

→ 고급 전문인력 거주에 불편이 없을 정도로 쾌적한 생활 환경이 조성돼야 한다.

④ 혁신의 창출 및 전파에 있어 물리적 하부 구조보다 더욱 중요한 것이 바로 지역의 사회 문화적 하부 구조다.

→ 지역 내 협력과 신뢰를 바탕으로 공동체 문화를 지니고 있어야 한다. 외부에 배타적이지 않고 개방적이야 한다.

→ 도시 사회 구조가 중앙집권적 수직적 계층 구조보다는 거버넌스(Governance) 기반의 수평적 협력 구조를 지니고 있어야 한다.

⑤ 혁신도시는 인구나 고용 측면에서 지속해서 성장하고 있으며, 주변 지역에 긍정적 파급 효과를 미쳐 지역 발전의 구심점 역할을 한다.

□ 혁신도시 분류

▷ 혁신 주체 따른 분류

① 기업 주도, 산업 주도형 → 일본 Toyota City

② 대학, 연구소 주도형 → 영국 케임브리지, 대덕연구단지

③ 기업, 대학, 연구소, 복합혁신도시 → 실리콘 밸리

▷ **주력 산업 분야 따른 분류**

① 첨단산업 중심 산업 클러스터형

   → AI, Bio, 자율주행차, 로봇

② 문화 컨텐츠형 혁신도시

   → L.A. 헐리우드

③ 연구 개발형 혁신도시

   → 대덕연구단지

▷ **개발 방식에 따른 분류**

① 기존 도시 활용형

   → 재개발 방식, 신시가지 방식

② 독립 신도시 개발

▷ **개발주체 따른 분류**

① 공공 부문 주도

② 민간기업 주도

③ 공공, 민간 공동 주도

□ **도시개발 방식 : 해외사례**

▷ **공공 주도**

① 독립 신도시형 : 프랑스 소피아 아티폴리스

② 기존도시 인근 신도시형 : 프랑스 테크노폴메쯔2000

③ 기존도시 활용형 : 영국 세필드

▷ **공공, 기업 공동 주도**

① 기존 도시 인근 신도시형→ 스웨덴 시스타(스톡홀롬 인근)

② 기존 도시 활용형→ 스웨덴 웁살라

▷ 기업 주도

① 기존 도시 활용형 : 일본 도요타, 독일 헤어쪼겐아우라흐

□ 해외 혁신도시 성공 요인

▷ 테크노 폴 메쯔2000

① 공공의 적극적 역할과 이를 처음 시작한 시장의 리더십

　　→ 토지 구입, 마스터플랜 수립

　　→ 컴퓨터 자동화 연구 센터 이전

② 혁신 주체 간 연계 체계 뛰어남

　　→ 대기업+대학, 연구소=활발 교류

　　→ 소기업, 창업기업 연계 활동

③ 정보 교류와 교육훈련 센터

　　→ CESCOM, 클럽 테크노 폴

▷ 시스타

① 강한 기술 네트워크 형성

　　→ 기업들 신제품 생산 용이

　　→ 에릭슨 기업과 협력

② 명문대학과 연계

　　→ 스톡홀름대학+스웨덴왕립공대

　　→ 우수인력 유치 유리

③ 교육 및 주거 환경

▷ 세필드 : 영국 사우스요크셔주

① 시 정부의 장기적 안목

　　→ 일관된 추진 의지와 함께

　　→ 현실적인 육성 업종의 선정, 집적화

② 도시 내부 공업 지역의 재개발과 효율적인 활용

　　→ 지역 대학, 산학협동 체계 구축

　　→ 시민 및 기업 참여 통한 접근

③ 산업 쇠퇴 도시 이미지를 벗어나 문화 산업 육성 통해 창의적
인 새로운 이미지를 형성

▷ **웁살라 : 스웨덴 제4의 도시**

① 대학과 연구개발 능력

　　→ 웁살라대학, 스웨덴농업대학

② 생명과학 분야 기업, 연구개발

　　→ 의약 생산, 식품관리국 기관 이전

　　→ 생명과학 클러스터 조성

③ 지방정부의 노력

　　→ 교육기관 주체로 중앙정부와 지자체 협력 따른 산, 학, 연,
관의 유기적 결합

▷ **도요타**

① 세계 최고 자동차 클러스터 형성

　　→ 본사와 7개 조립공장, 연구소

　　→ 도요타 공대, 부품 관련 업체 5만 개

② 엔지니어링, 연구개발 기능 발전

　　→ 부품회사와 유기적 상호작용

　　→ 지속적 역동적 혁신과 학습

③ Just in Time 생태계 구성

　　→ 부품업체들, 네트워크 형성

▷ **에어쯔겐아우라흐**

① 아디다스와 푸마 기업

→ 협력적이며 치열한 경쟁

→ 지속적 혁신으로 동반 성장

② 미군기지 이전 부지 활용, 다국적 기업 이미지에 맞는 기업 특성, 도시 역사성을 살린 단지를 개발

③ 민관 협력 체계 작동

■ 제언

① 지역 내 혁신 활동 선도하는 확실한 지역혁신 주체 있어야 한다.

② 도시 내부의 혁신 주체들의 협력 네트워크, 파트너십이 원활해야 한다.

③ 혁신도시가 성공하려면 훌륭한 교육과 주거 환경, 교통, 통신 인프라, 친환경, 여가 활동을 위한 다양한 시설을 갖춰야 한다.

④ 외국에서 혁신도시가 만들어진 배경과 맥락은 우리나라 상황과 일치하지 않음을 인식해야 한다.

→ 우리 혁신도시 건설은 공공기관 지방 이전과 관련이 깊다.

→ 외국의 혁신도시는 공공기관 이전과 관련 없다.

→ 우리나라 경우 도시개발 과정은 높은 토지 가격이나 개발이익 기대 심리, 토지 소유권에 대한 집착 등 조건이 다르다.

→ 각 지방자치단체 사이의 공공기관 유치 경쟁은 매우 치열하고 주민들의 개발 요구도 매우 높다.

→ 우리나라는 단기적이고 가시적인 성과를 중시하는 경향이 있다.

⑤ 외국의 혁신도시 성공 사례를 단지 표면적으로만 보고 손쉽

게 그 외형적 모습만 모방해서는 실패한다. 성공하기 위해 심층적인 구조와 작동 메커니즘을 제대로 이해해야 한다.

→ 우리와 유사한 점과 상이점이 무엇인지 찾아내야 한다.

→ 우리나라 현실에서도 적용이 가능한 내용을 찾아내 치밀하게 비교 분석 후 적용해야 한다.

⑥ 정부 의도대로 공공기관의 지방 이전이 완료된다고 해도 지역 내 산, 학, 연, 관 사이의 협력 네트워킹을 통해 혁신을 끌어내서 지역 발전까지 이르도록 하는 일은 공공기관 이전 자체보다도 더욱 어렵고 힘든 과제다.

→ 이전 지역에 공공기관 종사자 수만큼의 고용 효과만을 기대해서는 안 된다.

→ 지역혁신을 위해 세부적 사항들을 고려할 필요가 있다.

⑦ 혁신도시가 성공하기 위한 조건

→ 혁신의 중심 주체 육성이 필요

→ 공공기관, 대학, 연구소 연계는 필수

→ 양질의 교육 시설과 문화생활 환경 조성

→ 광역 교통망과 IT 인프라 시설 완비

3) 지역균형발전 사례 후편

〔2020.09.04. 정책제언 No.90〕

◑ 핵심 요약

① 균형발전 3대 전략, 9대 핵심 과제에 175조 원을 투입한다.
　　→ 국비 113조 원, 지방 42조 원
② 지역이 자발적 수립한 지역 발전 전략을 중앙부처가 수년 동안 지원한다. 지역발전 투자협약제도를 시행해 사업을 확대한다.

□ 지역균형발전

▷ 예타 면제 사업 : 23개 사업
① R&D 투자 등 지역 전략 산업 육성
　　→ 5개 3.6조 원
② 광역 교통 물류망 구축
　　→ 5개 10.9조 원
③ 지역 산업 인프라 확대
　　→ 7개 5.7조 원
④ 지역 주민의 삶의 질 향상
　　→ 6개 4.0조 원
▷ 지역 활력 회복 프로젝트
① 전주 : 수소 상용차 생산 거점화 추진
② 군산항 : 중고차 수출 복합단지 조성 추진

③ 군산 : 조선기자재 업체의 재생에너지 사업 진출 지원

④ 새만금 : 국내 최대 재생에너지 클러스터

⑤ 함양 : 노후 경유 버스를 전기 버스로 교체

⑥ 부산 : 르노 초소형 전기차 위탁 생산

⑦ 부산 : 전력 반도체 파운드리 건설 및 관련 기업 집적화

⑧ 창원 : 미래형 산단으로 전면 개편

⑨ 광주, 나주 : 차세대 전력 산업 메카로 육성

⑩ 광주 : 에어가전 거점화 추진

⑪ 대구 : 자율자동차 실증 인프라 구축, 시범 운행 추진

⑫ 구미 : 홈 케어 가전 거점화 추진

⑬ 포항 : 공공 SOC 투자 확대로 중소 강관 업체 일감 지원

⑭ 대구 : 공공 부문 고부가가치 섬유 활용 촉진

▷ **혁신도시 특화 발전 계획**

① 충북 : 태양광 에너지

② 전북 : 농, 생명 융합

③ 광주, 전남 : 에너지 신산업

④ 강원 : 스마트 헬스케어

⑤ 경북 : 첨단 자동차

⑥ 대구 : 첨단 의료 융합산업

⑦ 울산 : 친환경 에너지(해상풍력)

⑧ 경남 : 항공 우주 산업

⑨ 부산 : 첨단 해양 신산업

⑩ 제주 : 스마트 MICE 산업

※ MICE : Meeting Incentives Convention Exhibition

2. 국가균형발전

1) 국가균형발전 전편

〔2020.09.02. 정책제언 No.84.85〕

◑ 핵심 요약

① 저성장, 양극화, 실업, 저출산, 고령화 위기에 직면해 있다.

② 지역 주도 자립적 성장해야 한다.

③ 국가균형발전 주체는 지역이다.

④ 수도권 분산이 아닌 지역 성장이다.

⑤ 산업, 거점, 기반의 3대 혁신해야 한다.

□ 당면 문제 : 국가 차원

▷ 저성장, 마이너스 성장

① 경제성장률 둔화 : 1990년대 7.0%, 2000년대 4.4%, 2010년대 3.0%, 2020년 -3.0%다.

② 무역전쟁, 글로벌 산업 경쟁이 심화하고 있다.

③ 신산업 미래 먹거리를 확보하지 못했다.

▷ **양극화, 불평등 심화**

① 지역 간 소득 격차

② 기업과 가계 간 소득 격차

③ 대기업과 중소기업 간 임금 격차

▷ **일자리**

① 고용 없는 저성장

② 청년 실업 심각

③ 코로나 여파 대량 실업

▷ **저출산과 인구 절벽**

① 출산율 OECD 최하위

② 서울 출산율 전국 최저

③ 지방 공동화, 소멸 위기 : 향후 30년 내 지방 37% 소멸

□ **지역 차원**

▷ **저성장, 마이너스 성장**

① 지역 간 성장 격차 확대

② 비수도권 경제 성장 수도권 하회

③ 광공업 생산지수 비수도권 하락

▷ **양극화·불평등 심화**

① 수도권 집중 지속

② 금융자산, 일자리 수도권 집중

③ 성장 격차에 따른 지방 인력 수도권 유출

▷ **일자리**

① 일자리 수도권 집중

② 청년은 서울 일자리 원함

③ 지방의 산업단지 위기

□ **국가균형발전**

▷ Vision : **지역이 강한 나라, 균형 잡힌 대한민국**

▷ **목표 : 지역 주도 자립적 성장 기반 마련**

▷ **전략**

① 사람 : 안정되고 품격 있는 삶

② 공간 : 방방곡곡 생기 도는 공간

③ 산업 : 일자리 창출 지역 혁신

▷ **추진**

① 법령 : 헌법, 국가균형발전특별법, 혁신도시특별법 제정

② 조직 : 균형발전 상생 회의, 지역혁신 체계 구축

③ 예산 : 지역발전특별회계 개편, 계획계약제도 본격 추진, 균형
발전 총괄 지표 개발

□ **새로운 지역 정책**

▷ **특성**

① 지역 자원 산업, 사회 활용 경제

② 소득 주도 포용 성장 전략

③ 도시 문제의 지역적 해결

▷ **주체**

① 중앙정부가 아닌 지방이 주체

② 분산형이 아닌 분권형 정책

③ 수도권 분산이 아닌 지역 성장

▷ **공간**

① 광역권과 협력적 도시권

② 다중 공간 단위 균형

③ 주요 거점 육성 → 세종, 혁신도시

▷ **산업**

① 지역 순환 경제망 육성해야

② 내부 자산, 자원, 인력 활용

③ 3대 혁신 → 산업, 거점, 기반

■ 제언

▷ **지역의 자율성과 책임성을 제고해야**

① 안정적 재원 확보 및 성과 중심의 지원을 강화해야 한다.

② 지역발전 투자협약제도는 분권형 지역 정책 추진 과정에서 나타날 수 있는 책임 소재의 불명확성을 해소한다.

 → 지역발전 투자협약의 3대 요소 : 성과 목표, 관련 기관 간 역할 서비스 분담, 투자 재원 분담이다.

③ 균형발전 5개년 계획과 연차별 시행 계획의 역할 분담해야 한다.

 → 5개년계획 투자 방향을 제시한다.

 → 연차별 시행 계획은 기재부, 부처 지역 간 예산 투자 협의 할 때 활용한다.

 → 부처별 담당 산업 내에서 지역별 투자 계획을 수립해 운영 해야 한다.

▷ **포용성 강화를 통한 지역 간 상생 발전의 문화가 정착돼야 한다.**

① 재정 분권의 확대에 따른 지역 간 재정력 격차를 보완해야
   한다.

   → 지역 간 경제력 격차가 확대되는 추세를 고려할 때 재정
     분권 확대, 지역 간 재원의 격차가 확대될 가능성이 상존
     한다.

   → 재정 분권과 지역 간 소득 격차의 관계에 대해 다양한 결
     과가 나온다.

   → 대체로 소득 수준이 높은 국가는 재정 분권이 지역 간 소
     득 격차를 완화한다.

   → 소득 수준이 낮은 국가는 지역 간 소득 격차가 심화한다.

② 지역상생발전기금 확대하고 5개년계획에 편입해야

   → 지역상생발전기금은 최초의 전국 단위 수평적 재정이다.

   → 수도권 규제 완화에 따른 개발이익 환수 차원에서 10년간
     수도권 지방 소비세의 35%를 출연, 조성 3,000억 원에서
     3,500억 원 규모로 늘린다.

   → 국세인 부가가치세 세수의 5% 재원을 광역자치단체에 배
     분한다.

   → 운영 측면에서 수평적 재정 형평 제도로서 역할 미흡

   → 기금의 정체성 모호, 단기 과제 해결 지원에 중점

   → 지역 특화 전략 사업과 혁신 역량 증진 활용 못 함

   → 지방 소비세 재원의 확대, 지역상생발전기금의 연장, 기금
     운용 목적과 정체성 확립, 국가균형발전 5개년계획에 포
     함 운용계획을 수립하여 추진해야 한다.

▷ **지역 간 협력과 연계 확대를 통한 혁신 강화해야**

① 지역 간 연계, 협력, 광역권 공간 전략 필요

→ 지역 분권 강화는 지역 간 경쟁, 과잉 중복투자로 인한 비효율이 우려된다.

→ 지역의 산업, 혁신, 교육, 광역 교통 시설, 입지의 관점에서 보면 도 단위는 너무 분산적인 경향이다.

→ 4차 산업혁명에 따른 경계의 소멸과 압축은 대도시권의 집중화를 강화한다.

→ 산업의 생산성 향상과 좋은 일자리 창출을 위해 대도시권의 중추 거점 기능을 강화해야 한다.

→ 광역시 기능과 주변 산업 도시 간의 네트워크 형성, 자치단체 간 과당경쟁을 분산하고 억제하는 것이 핵심이다.

→ 강호충(강원, 충청, 호남), 동남권(대구, 경북, 광주 전남), 도시 공동체 해오름동맹(울산, 포항, 경주), 해안내륙권발전특례법에 기반해 광역을 연계해야 한다.

② 지역 간 협력사업을 발굴해야 한다.

→ 지역 간 중복 사업을 조율해야 한다.

→ 지역 간 협력을 위해 우수한 성과를 창출하는 사업에 인센티브를 제공해야 한다.

→ 영국, 도시권 협상 시 투자 대비 성과 높을 경우 중앙정부 세수 중 일정 비율을 환원하는 인센티브를 운영한다.

→ 자율적 지역 협력권 신성장 동력 창출을 위해 집중 투자해야 한다.

→ 집중 투자해야 할 분야는 광역권 우수 인재 양성 및 광역 SOC 확충 사업이다

→ 국제적 지역 협력, 남북 간 지역 협력 촉진을 위한 대책을

마련해야 한다.

→ 상생 호혜적인 지역 발전을 도모해야 한다.

▷ **지역혁신협의회, 주민 역할을 강화해야 한다.**

→ 지역혁신협의회를 단순 자문기관으로 운영하는 것은 지양하고 지역 계획을 실질적으로 수립해야 한다.

→ 지역발전계획의 전략 방향을 설정할 때 주민과의 숙의 과정을 통해 전략 계획을 강화해야 한다. (사례) 2030 서울 플랜

→ 주민 참여 계획은 계획의 지속성을 담보해야 한다.

2) 국가균형발전 후편

〔2020.09.02. 정책제언 No.86〕

◑ 핵심 요약

① 수도권, 인구·일자리·돈이 집중돼 폐해가 심각하다. 부동산값 폭등의 원인이다.

② 지역의 4차 산업혁명 대응이 부족하다.

③ 선진국은 경제 성장, 사회 통합을 위해 강력한 국가균형발전을 추진하고 있다.

④ 역대 정부는 정책 연계가 부족해 성과가 미흡했다. 구호만 요란한 것도 문제로 지적된다.

⑤ 국가균형발전은 대한민국의 지속 가능한 발전을 위한 해법이다.

⑥ 위기 극복과 시대적 흐름에 대응하기 위해 국가균형발전 정책은 지역이 주도해서 문제를 해결하는 패러다임으로 전환돼야 한다.

□ 서울 집중 폐해

① 도시 집중화 90%, 세계 1위

② 전체 국토 11.8%, 인구 50%

③ 국토 0.6% 서울, 인구 집중 18.5%

④ 상장회사 73.6%, 예금 70%

⑤ 고용보험 65%, 카드 사용 81%

⑥ 전시회 55.5%, 공연 66%

□ 지역 문제의 새로운 양상
① 저성장, 양극화 심화
② 인구절벽, 지방 소멸 위기
→ 한 1.17명, 일 1.4, 미 1.9
③ 지역 산업 위기, 신산업 대응 부족

□ 주요국 균형발전 동향
▷ 일본
① 인구 감소, 고령화 대비해 새로운 균형발전 수립
② 일자리, 사람의 선순환 구조를 위해 마을, 사람, 일, 창생 비전, 종합 전략을 수립
③ 인구 감소, 저성장에 대응하기 위해 총리 주도 새로운 비전과 전략 제시, 지자체 적극 지원
▷ 중국
① 도시와 농촌 간, 지역 간 불균형 직면
② 목표
→ 생산 요소 자유로운 이동
→ 효율적 기능 설정
→ 공공 서비스에 공정한 접근
→ 환경과 자원에 대한 고려
③ 3대 주요 전략
→ 통합 발전 베이징, 텐진, 허베이
→ 창장 경제 벨트(Yangtze)

→ 대만구 Great Bay Area, 광동, 홍콩, 마카오

④ 일대일로 통한 전방위 개방 신형 도시화 정책, 빈곤 감소, 농촌 활성화 등 지역균형발전 정책 추구

⑤ 기능구의 설정, 공공 서비스 접근, 교통 인프라 확충, 호구제 개혁

⑥ 성과는 도시화율 확대, 빈곤율 감소, 내륙 지역 개방 확대

⑦ 과제는 지역 간 성장 격차 확대, 행정구역 간 경쟁 심화, 환경 보호

▷ **프랑스**

① 계획계약제도, 재정 차등 지원

② 지자체 대표와 국가 대표 간 계약 및 지역별 차등 지원

③ 사업계획 수립 권한을 지방에 이양하여 지역 자율성을 보장하되 중앙, 지역 간 계획계약을 통해 안정적 재원 확보

▷ **영국**

① 분권형 지역발전 정책 지속 추진

② 지역 민간 협의체와 중앙정부 간 협상을 통해 지원 사업 규모를 결정하는 지역 성장 분권 협상 도입

③ 지역발전 권한 재원의 대폭 지방 이양, 지역 자율성 강화

▷ **독일**

① 기본법에서 연방정부는 평등한 삶의 조건을 확립하기 위해 관련 내용을 법제화하거나 경제적 연합체가 국익 내에서 필요한 연방 규제를 시행

② 공간계획법력에 의거 국토 공간 정책의 목표를 국가의 전 지역의 평등한 삶의 질을 확립

③ 국가 균형발전 정책 수단과 도시공간연구소의 역할 분담

▷ 유럽

① EURO 지역균형발전을 위해 공적 자금, 통합적 국토 개념, 초국경 협력, 내생적 개발, 재원 집중 및 스마트 전문화, 지역 시민 참여, 증거에 기반 연구와 모니터링 등 정책 수단 추진

② EU2020 전략은 스마트 성장, 지속 가능한 성장, 포용적 성장 우선순위 하에 균형 정책 추진

③ EU의 유럽공간협력정책 수단으로서 인터레그(Interreg)는 유럽의 조화로운 경제, 사회 지역발전이 목표

→ Interreg A : 초국경 협력

→ Interreg B : 국가 간 협력

→ Interreg C : 지역 간 협력

□ **역대 정부 국가균형발전 정책**

▷ **참여정부(2003~2007년)**

① 성과

→ 세종시, 혁신도시 건설

→ 공공기관 지방 이전

→ 공간적 분산 정책 통해 지역 간 불균형 시정

→ 국가균형발전 토대 마련

② 한계

→ 공공기관의 물리적 이전에 집중

→ 지역 주민 삶의 질 향상 정책 미흡

▷ **MB 정부(2008~2012년)**

① 성과

→ 5+2 광역경제권으로 개편, 수도, 충청, 호남, 동남 대경권,

2대 특별광역경제권 강원, 제주

→ 분산, 중복 투자 지양

→ 시도 경계 넘는 광역 현안 해결

→ 지역 글로벌 경쟁력 강화 시도

② 한계

→ 세종시 수정안 논란

→ 4대강 사업 추진으로 국가균형발전 상대적 축소

→ 지역발전위원회 예산 사전 조정 의견 권한 약화

→ 광역경제권발전위원회 기능 부실

▷ **박근혜 정부(2013~2017.5)**

① 성과

→ 시·군·구 연계 생활권 중심 정책

→ 주민 체감도 높이려 시도

→ 새뜰마을사업

→ 지역행복생활권 선도사업 등 시행

② 한계

→ 미시적 생활권 문제에 치중

→ 광역권 발전 전략 미흡

→ 지역 일자리 위기 대응 소홀

▷ **문재인 정부(2017.5~)**

① 성과

→ 분권, 혁신, 포용의 3대 가치 기반한 지속 가능 국가균형발전, 패러다임 대전환을 통해 국가균형발전 비전, 전략 수립

→ 지역이 강한 나라, 균형 잡힌 대한민국 비전으로 지역 주도 자립 성장 기반 마련, 3대 전략 9대 핵심 과제 제시

　　　　→ 국가균형발전 정책 실행력 제고를 위해 헌법개정(안)에 지
　　　　　방재정조정제도 신설, 계획계약제도 도입, 지역혁신협의
　　　　　회 운영 등을 추진
　　② 한계
　　　　→ 국가균형발전을 위한 발표만 요란하다.

□ **3대 가치**
　　① 분권 : 지역 주도 자립 역량 축적, 지역 맞춤형 문제 해결
　　② 포용 : 헌법적 가치 실현. 지역 간, 지역 내 균형발전
　　③ 혁신 : 혁신 역량 제고, 혁신성장

□ **차별**
　　① 국민주권시대 자치 분권
　　　　→ 지역특별회계 운영 시 자율성 제고
　　　　→ 계획계약제도 추진
　　② 균형발전 거버넌스 구축
　　　　→ 지역혁신 체제 개편
　　　　→ 글로벌 협력 체계 구축
　　③ 일자리 창출, 주민 소득 증대
　　　　→ 맞춤형 귀농 귀촌
　　　　→ 농림, 산업, 해양 클러스터 조성
　　④ 지역 내 자원·인력 활용
　　　　→ 지역 일자리 선순환 체계 구축
　　　　→ 지역 특화 도시 재생
　　　　→ 웰니스 관광 클러스터 육성

⑤ 참여정부의 창조적 계승

　　→ 국가균형발전위원회 위상 강화

　　→ 혁신도시 시즌2

⑥ 낙후 지역 배려

　　→ 균형발전 총괄지표 고려 차등 지원

　　→ 기본 삶 보장을 위한 보건 복지 체계

⑦ 공간 규모별 다차원적 정책 목표, 지역 내 균형발전

　　→ 도시 재생 뉴딜 추진

⑧ 국민 소통 강화

　　→ 균형발전상생회의 신설

　　→ 지역발전위원회가 중앙과 지방 민간과 주민 간 역할을 조
　　　정·중재

3) 국가균형발전 주요 과제

〔2020.09.03. 정책제언 No.87〕

◑ 핵심 요약

① 지역 주도 자립 성장 기반 마련

② 3대 전략, 9대 핵심과제 추진

③ 실행력 제고 방안 수립

□ 전략별 주요 과제

▷ 비전 : 지역이 강한 나라, 균형 잡힌 대한민국

▷ 목표 : 지역 주도 자립적 성장 기반 마련

▷ 3대 전략

→ 사람 : 안정되고 품격 있는 삶

① 지역 인재·일자리 선순환 교육 체계

② 지역 자산을 활용한 특색 문화 관광

③ 삶의 질 보장 보건·복지 체계 구축

→ 공간 : 방방곡곡 생기 도는 공간

① 매력 있게 되살아나는 농어촌

② 도시재생 뉴딜, 중소도시 재도약

③ 인구 감소지역을 거주 강소지역으로

→ 산업 : 일자리 생겨나는 지역혁신

① 혁신도시 시즌2

② 지역 산업 3대 혁신

③ 지역 유휴 자산의 경제적 자산화

□ **전략별 주요 과제**
　　▷ **사람 : 안정되고 품격 있는 삶**
　① 지역 인재·일자리 선순환 교육 체계
　　　→ 지방 대학 자율적 교육 역량 강화
　　　→ 지역 맞춤형 우수 지역 인재 양성
　　　→ 지역 소재 학교 지원
　　　→ 지역 인재 취업 지원
　② 지역 자산을 활용한 특색 문화 관광
　　　→ 지역 간 문화 격차 해소
　　　→ 새로운 가치 창출로 지역 문화 성장
　　　→ 지역 간 연계+지역 관광 거점 육성
　　　→ 지역 고유 자산+특화 관광 육성
　　　→ 지역 관광 혁신 역량 제고
　③ 삶의 질 보장, 보건·복지 체계 구축
　　　→ 취약 지역 중심의 지원 강화
　　　→ 지역 중심 보건 복지 체계 구축
　　　→ 일자리 창출을 위한 지역 사회 서비스 혁신 사업 추진
　　　→ 이동권 보장을 위한 지역 교통 체계 개편
　　▷ **공간 : 방방곡곡 생기 도는 공간**
　① 매력 있게 되살아나는 농어촌
　　　→ 농촌 신활력 플러스 추진
　　　→ 불편 없는 농촌 365 생활권 구축
　　　→ 도시민 함께하는 농촌다움 회복

→ 맞춤형 귀농·귀어촌 정착 지원

→ 활력과 매력이 넘치는 어촌 조성

→ 재생에너지 보급 확대

② 도시재생 뉴딜, 중소도시 재도약

→ 지역 맞춤형 뉴딜 사업 활성화

→ 지역과 지역 주민이 주도, 상생

→ 지속 가능한 뉴딜 사업 기반 확립

→ 중소도시 연계 협력 강화 통한 강소도시권 육성

③ 인구 감소지역 거주 강소지역으로

→ 인구 감소 지역 활성화 지원 법·제도 개선

→ 인구 감소 지역의 정주 여건 개선 위한 통합 지원

→ 균형발전 선도 모델 창출 위한 상생·협력 벨트 지정

→ 마을 공동체를 기반으로 지역 역량 강화, 활력 촉진

▷ **산업 : 일자리 생겨나는 지역혁신**

① 혁신도시 시즌2

→ 이전 공공기관의 지역 발전 선도

→ 스마트 혁신도시 조성

→ 혁신도시 산업 클러스터 활성화

→ 주변 지역과의 상생 발전

→ 추진 체계 재정비

② 지역 산업 3대 혁신

→ 산업혁신 : 균형발전과 지역의 자립적 산업 생태계 견인

→ 거점혁신 : 혁신성장 4대 거점 육성, 국가혁신 클러스터 육성, 국가혁신 산업단지 조성, 세종 행정중심복합도시 완성, 에너지자립형 스마트시티, 새만금 개발 활성화 추진

→ 기반혁신 : 인력, 투자, 마케팅 등 스마트 지원 프로그램 가동

③ 지역 유휴 자산의 경제적 자산화

    → 지역 내 유휴 국유 재산 발굴을 위한 총 조사 실시

    → 국유지 토지개발·복합개발 통한 지역 경제 활성화

    → 지역 내 국유지 활용도 제고를 위한 대부 제도 개선

    → 산림자원 활용한 활력 있는 산촌 조성

    → 해양 자원을 활용 연안·도시 지역 재창조

□ 실행력 제고 방안

▷ 법령

① 국가균형발전 헌법 가치 강화

    → 개헌 시 균형발전 시책 의무 강화

② 국가균형발전특별법 개정 균형발전 지원 체계 재정립

    → 명칭 복원과 개념 복귀

    → 위상 강화, 지역혁신 체제 구축

    → 국가혁신 클러스터 지정, 육성

    → 계획계약(포괄지원협의) 도입

    → 균형발전 시책 추가

③ 혁신도시특별법 개정

    → 시도지사 혁신도시별 계획 기초로 종합발전계획 수립

    → 공공기관 지역 산업 육성, 일자리 창출 계획 의무화

    → 혁신도시 발전지원센터 운영

    → 혁신도시발전추진단, 혁신도시발전위원회 목적과 역할 변경

▷ 조직

① 균형발전 상생화 제도화

   → 현장 의견 수렴, 중앙·지방 협력

   → 상호 참여 협력 방안 논의

② 지역혁신 체계 구축

   → 지역혁신협의회, 지역경제 활성화 시책, 지역혁신 체계 평가, 개선에 관한 사항 심의

   → 지역혁신지원단 지원

③ 글로벌 정책 협력 거버넌스 구축

   → 한·중·일 유럽 지역 정책 공조 체계

   → 신남방 정책 활용

   → 남북 균형 발전 협력

④ 정부 국정 과제와 융복합 연계

   → 지방분권균형발전협의회 신설, 자치분권과 균형발전 연계 협업

   → 일자리, 4차산업, 저출산 보고

▷ 예산

① 지역발전특별회계 운영 시 지자체 자율성 제고

   → 지역회계 계정 체계 변경

② 예산 편성·배분 조정 시 지역발전위원회 의견 제출권 강화

   → 기재부 예산 편성 시 의견 감안

③ 포괄협약제도 본격 추진

   → 지자체 최적화된 계획 수립 중앙부처와 계약 맺으면 포괄 보조 형식으로 지원하는 계획계약 도입 추진

④ 균형발전 총괄 지표 개발 및 지역 차등 지원

   → 해당 지역 특정 지표 취약 시 각 부처 연계 지역 정책 지원

→ 지역 균형발전 총괄 지표에 근거 지역 차등 지원

→ 재정 사업 지원 지역 선정, 차등 재원 배분, 감면 방안 마련

4) 국가균형발전 제언

〔2020.09.04. 정책제언 No.91.92〕

◑ 핵심 요약

① 코로나19로 인한 비수도권의 경제 위기를 돌파하고 지속 가능한 지역 발전을 위해 국가균형발전을 추진해야 한다.

② 지방자치단체 중심의 혁신 거버넌스를 활성화해야 한다.

③ 지방 간 격차와 지역 내 격차의 두 가지 문제를 동시에 해결해야 한다. 투트랙 접근 방식의 국가균형발전 정책으로 확대해야 한다.

■ 제언

① 행정 타운을 넘어서는 명실상부한 혁신도시로 진화해야 한다.

→ 공공기관이 이전하고 그 지역에 신도시나 신시가지를 건설한다고 해도 그것이 곧바로 혁신도시가 되는 것 아니다.

→ 단지 공공기관 몇 개가 집단으로 모여 있다고 해서 혁신도시가 아니다.

→ 세종시로 이전한 정부 부처들 역시 아직 혁신을 선도하는 역할은 없다.

→ 따라서 행정 타운을 넘어서는 명실상부한 혁신도시가 되기 위해선 세심한 기획과 이를 뒷받침하는 실천이 뒤따라야 한다.

② 공공기관 이전이 혁신도시 성공을 이끄는 전략이 돼야 한다.

→ 선도전략 : 선도적 지방 이전

→ 거점공간전략 : 수용 공간 조성

→ 체인전략 : 관련 업체 연쇄 이전

→ 전문화전략 : 특정 기능 전문화

→ 클러스터전략 : 관련 산업 군집

→ 네트워크전략 : 지역 간 연계

→ 식품의약안전청, 국립보건원 등 보건 의료 관련 공공기관 이전에 따라 수십 개의 관련 민간업체 이전.

③ 민간과 공공 협력 파트너십이 필요하다.

→ 민간 기업의 요구, 수요를 무시한 공공 일방적 계획 문제

→ 공공이 잘할 수 있는 일과 민간이 잘할 수 있는 일을 구분해야 한다. 공공은 민간이 하기 어려운 일에만 전념해야 한다.

④ 고립된 단지를 넘어 지역 발전의 견인차 구실을 해야 한다.

→ 공공 이전 계기로 혁신도시가 주변 지역과 유리된 일종의 고립된 섬이 되지 않도록 정책적 지원이 뒤따라야 한다.

→ 혁신도시 조기 정착을 위해 인근 도시의 축적된 사회적 자본을 적절히 활용해야 한다.

→ 혁신도시를 지역혁신 거점으로 삼아 주변 지역 발전을 유도해야 한다.

→ 혁신도시와 기존 도시, 주변 지역 간 연계는 발전 공간적 확산 효과를 유도하고 발전, 역류 효과를 방지하기 위해서 반드시 필요한 조건이다.

→ 인근 지역과 연계가 되지 않은 사례(고립된 섬) : 대덕연구단

지 vs 대전시, 중문단지 vs 서귀포시, 분당 vs 성남 시가지

⑤ 지방자치단체 중심의 혁신 거버넌스를 활성화해야 한다.

→ 혁신 주체는 지방을 잘 알고 있는 지방자치단체가 지역 특성 맞는 개발 전략과 프로그램을 제대로 실행할 때 성공한다.

→ 인근 지역과 연계를 위해서도 지방자치단체 역할이 중요

→ 우리나라는 지금까지 모든 정책 입안과 집행을 중앙정부가 주도했다. 따라서 새로운 정책 기획 및 추진 역량이 지방자치단체는 취약하다.

→ 혁신도시 건설은 그동안 경험하지 못한 새로운 정책 영역이므로 지방자치단체가 책임지고 추진하기에는 재량권 및 자원 동원에 제약이 있고 경험이 부족하다.

→ 이를 극복하기 위해서 중앙정부 권한과 재정이 지방정부로 이양돼야 한다.

→ 중앙정부는 공공기관의 이전 그 자체를 확실히 추진하는데서 자기가 해야 할 역할을 찾아야 한다.

→ 공공기관 이후 지방에서 혁신 내용을 채우는 부분에 있어서는 지방의 자율적 선택에 최대한 맡기는 것이 바람직하다.

→ 혁신 주체 간의 협력적 네트워크 형성이 필요하다.

⑥ 지역에 혁신적인 산업이 뿌리내릴 수 있도록 재정과 정책 지원을 해야 한다.

→ 국가균형발전의 핵심은 지역에 좋은 기업, 양질의 일자리, 우수한 인력, 혁신산업으로 이어지는 선순환 산업 생태계를 만드는 것이다.

→ 지역 혁신기업을 활성화하는 정책을 펴기 위해서는 지역별로 특화된 혁신산업을 구축할 수 있도록 지역별 최적화

된 특화 산업을 선정해야 한다.

→ 이는 현재의 산업보다 미래 산업이어야 하며, 이를 위해 지역에만 맡기는 것이 아니라 국가적인 차원에서 정책을 추진해야 한다.

⑦ 수도권을 중심으로 교통망을 확장해 나가는 정책을 펴야 한다.

→ 편리한 교통망 구축이 우선이다.

→ 성공한 대표적인 사례가 축구장 16개 규모의 삼성전자 평택 2공장과 LG화학의 오창·청주공장이다.

→ 일자리가 있으니 사람들이 모여든다. 공장 유치가 완전히 도시 모습을 변화시키고 있다.

⑧ 지방 간 격차와 지역 내 격차의 두 가지 문제를 동시에 해결해야 한다.

→ 투트랙 접근 방식의 국가균형발전 정책으로 확대해야 한다.

→ 인구와 산업을 분산시키는 정책은 더는 성과를 낼 수 없다.

→ 행정부, 공공기관 이전으로 주중 인구만 늘고, 주거지는 대부분 서울이다.

→ 일자리가 있는 산업과 기업은 수도권에 그대로다. 지역 일자리 창출이 없는 국가균형발전 정책은 무의미하다.

⑨ AI 시대에 맞는 국가균형발전 계획을 추진해야 한다.

→ 산업화 시대의 발상을 AI 시대로 전환해야 한다.

→ 제조업 산업단지에 얽매인 지방 균형발전 정책은 더는 약발이 먹히지 않는다.

→ 시대가 변함

→ 인구의 이동 경로가 변함

→ 수도권에 인구가 집중되는 것은 양질의 일자리 때문

→ 일자리, 교통, 교육, 상업 등 기본 인프라가 잘 갖춰져 생활
  이 편리하기에 집중

→ 지역 특성이 반영된 신산업에 의한 생태계가 구축돼야 일
  자리가 생김

→ 지역 간 격차 해소를 위해 일자리 창출 및 경제 활력 회복
  이 필요

→ 단기적 일자리 창출, 지역 경제 활력 회복에 중점

→ 장기적으로 지역 산업 활성화를 지속하기 위해 지역 뉴딜
  정책 추진이 시급

→ 신산업과 신기술을 선도할 비즈니스 모델을 만들어야 한다.

→ 광주광역시에서 추진하는 'AI 중심도시 만들기' 모델이 좋
  은 사례다.

⑩ 대학을 지방으로 이전해야 한다.

→ 지방의 특화 산업에 맞는 대학과 지역 중소기업이 협업해
  제품을 개발하면 경쟁력을 높일 수 있다.

→ 청년들이 원하는 양질의 일자리가 창출될 수 있다.

→ 서울로 이주하는 인구 70%가 지방 청년들이다.

→ 지방 청년들은 대학 진학 때 1차, 대학 졸업 후 2차로 서울
  로 몰려든다.

→ 청년들의 지방 탈출을 막으려면 교육, 취업, 생활이 가능한
  특화된 산업 생태계를 구축해야 한다.

→ 졸업 후에도 지방에서 거주할 수 있게 공기업의 지방 인재
  채용 할당제 확대로 일자리를 창출해야 한다.

⑪ 혁신 산업을 조정하고 지역 혁신 산업을 이끄는 전담 컨트롤
  타워가 있어야 한다.

→ 혁신기업↔혁신산업↔인재 육성↔지역발전의 선순환 고리
가 지역마다 다르므로 동일한 잣대로 적용을 하면 안 된다.

→ 어느 지역에서 성공했다고 다른 지역에서 성공하는 것은
아니다.

→ 문화적 요인과 경제 기반의 성격에 따라 다르기 때문이다.

→ 이런 것을 조정하는 역할을 담당하는 기구가 없다.

→ 국가균형발전위원회 역할은 무엇인지, 단순히 탁상공론
정책 입안만은 아닌지 자문해봐야 한다.

⑫ 지역 경제 AI 분석시스템을 운영해야 한다.

→ 인구, 지역 경제 산업 구조 등 빅데이터 활용해 각 지자체
가 객관적 데이터에 기반한 지역 현황, 통계, 정책 과제들
을 파악할 수 있어야 한다.

→ 지자체가 데이터와 통계에 기반해 지역의 여건과 특성에
맞는 지역 발전 정책을 수립해 자율 관리할 수 있는 AI 시
스템을 도입해야 한다.

→ 지역 경제 AI 분석시스템(가칭) : RESAS; Regional
Economy Society AI Analyzing System

⑬ 과거 참여정부 시절 세운 국가균형발전 계획을 4차 산업혁명
과 AI 시대에 맞게 업데이트하고 현실에 맞게 적용해야 한다.

→ 아직은 그때 그 시절 프레임으로 지역균형발전 시각을 갖
고 있다.

→ AI 시대에 맞게 국가균형발전 계획을 수립해야 한다.

⑭ 현재 우리나라는 저성장, 양극화, 저출산, 고령화, 지방 소멸
을 극복해야 한다. 포스트 코로나 이후 AI 비대면 사회의 시
대적 흐름에 대응하고 돌파해야 한다.

→ 코로나19로 인한 비수도권의 경제 위기를 돌파하고 지속 가능한 지역 발전을 위해 국가균형발전을 추진해야 한다.

→ 지역혁신 뉴딜정책을 국가균형발전 프로젝트로 추진해야 한다.

8장 // 부동산

1. 성공 전략

1) 부동산 문제
2) 부동산 대책 실패
3) 다주택자 대책
4) 토지공개념
5) 싱가포르 부동산
6) 부동산 해법

2. 부동산은 심리

1) 바보야, 부동산은 심리야
2) 부동산에 실패하면 꽝이다

3. AI 시대 부동산

1) AI 시대 부동산
2) Proptech 산업

1. 성공전략

1) 부동산 문제

〔2020.07.03. 정책제언 No.44〕

◗ 핵심 요약

① 역대 정부 부동산 정책 실패에서 얻는 교훈은 세금 인상과 규제만으로 집값을 잡을 수 없다는 것이다.

② 부동산 정책의 기본방향 임대가격 안정, 주택가격 안정을 최우선 목표로 추진돼야 한다.

③ 단기정책과 중장기정책을 나눠서 추진해야 한다.

□ 부동산 통계 현황

① 2주택 이상 소유자의 60.84%

② 주택보급률 104.2%

③ 무주택자 전체 가구의 43.77%, 875만 가구

④ 전체 가구 15%가 주택의 61% 소유

□ 현재 부동산 시장

① 전방위 대책 vs 집값 따로
② 대출 억제, 양도세 부담, 강남 집값 계속 오름
③ 똘똘한 한 채 선호
④ 강남권 진입 대기 아우성
⑤ 집값 못 잡고 전세 폭등
⑥ 무주택자 집 살 기회를 원함
⑦ 30대 Panic Buying

□ 부동산 특징

① 공급 제한, 단기간 불가능
② 정확한 가치 측정 어려움
③ 거주, 투자, 매입

□ 부동산 투기 특징

① 공급과 수요 차이 발생
② 유동성 풍부+투자 수요 발생
③ 정부 불신과 시장 불안정

□ House Divide

① 결혼 앞둔 20대 : 집 주소까지 스펙, 배우자 서울 거주 선호, 다주택자 비정상 매입
② 집 없는 30~40대 : 무주택자 스트레스, 교육 서울 선호, 정부

말 믿었다가 후회

③ 50~60대 : 서울 입성 포기, 지방 이사 후회, 자식에게 미안

④ 60~70대 : 연금 생활자 세금 고민, 주택연금 자식 눈치

□ 역대 정부 임기 전반기 주택가격상승률

→ 노무현 11.41%

→ 이명박 5.43%

→ 박근혜 2.55%

→ 문재인 15%

□ 역대 정부 서울아파트 상승률

→ 노무현 19.11%

→ 이명박 3.44%

→ 박근혜 2.55%

→ 문재인 52%

□ 역대 정부 부동산 정책 실패

① 참여정부 : 공급 억제, 폭등

→ 정치 경제학 정책 방향이었으나 결과는 정치 수단으로 잘 못 적용

→ 강남 지역 초점 정책

→ 현실 대한 사고 모형 협소, 불충분한 현실 인식

→ 강남 지나치게 상승

→ 부동산 산업 위축

→ 30번 고강도 대책

→ 대부분 규제 억제

→ 분양권 전매 제한 부활

→ 수도권 투기과열지구 지정

→ 청약 1순위 자격 제한

→ 양도소득세 중과

→ 세제 대출 강화

→ 비사업 토지 규제 강화

→ 개발이익환수제 부활

→ 주택 공영 개발의 도입

→ 종합부동산세 도입

→ 부동산 수익은 불로소득

→ 비도덕적, 사회 통합 저해

→ 환수 사회 정의 실천

→ 다른 어떤 정책보다 우선

→ 결과 : 서울 56%, 지방 34% 상승

② MB 정부 : 풀어줌, 전세 대란

→ 시장 활성화, 시장 친화적

→ 강남 대규모 주택 공급

→ 고가 주택 기준 상향 조정

→ 다주택자 양도세 중과 폐지

→ 투기 지역, 과열 지구 해제

→ 양도세, 증여세 완화

→ 지나친 보금자리주택 공급

→ 민간시장 위축, 미분양 증가

→ 저소득층 전세자금 대출

→ 결과 : 전세 대란, 전세 난민

③ 박근혜 정부 : 부추김, 경제 뇌관

    → 빚 내서 집 사라 장려

    → 눈덩이 가계 대출 시한폭탄

    → 주택담보인정비율(LTV) 완화

    → 총부채상환비율(DTI) 완화

    → 주택 양도세 한시적 면제

    → 생애 최초 주택 취득세 면제

    → 결과 : 가계 대출 급증, 부동산 투기 조장을 통한 경기부양
      은 우리 사회에 혹독한 대가를 가져온다.

□ 다주택자 임대사업자 등록

① 살지도 않을 주택을 다량 보유 투기에 따른 조세 부담을 현저
덜어주어 이로부터 얻는 수익률을 높여주는 역할을 한다.

② 엄청난 세제상 혜택에 비하면 소득이 노출되고 일정 기간 되
팔 수 없다는 제약은 사소한 부담일 뿐이다.

③ 임대주택등록제를 주택 투기의 수단으로 활용한다. 투기 수요
를 한층 더 부추길 가능성으로 신규 임대사업자 수 급증했다.

④ 8년 동안 임대주택을 팔지 못하는 제약은 부족한 공급 물량
을 현저하게 줄이는 부작용을 양산한다.

⑤ 임대주택등록제는 수요와 공급의 측면에서 모두 주택가격을
안정시키려는 정부의 노력을 방해하는 역할을 한다.

⑥ 정책의 최우선 목표는 주택 가격의 안정이다. 임대 가격 안정
이 근본적 연동되기 때문이다.

□ 문 대통령 지시 → 김현미 장관

① 종합부동산세 인상 최우선

② 투기성 집 보유 부담 강화

③ 주택 공급 물량 발굴 늘려라

④ 필요하면 언제든 추가 대책 내라

⑤ 청년 신혼부부 생애 최초 구매자 세금 부담 완화

⑥ 생애 최초 특별공급 물량 확대 방안

⑦ 3기 신도시 사전 청약 물량 확대 방안

■ 제언

① 집값을 잡겠다는 의지가 중요하다. 맞는 말씀, 하지만 추진 결과가 더 중요하다.

② 역대 정부 부동산 정책 실패에서 얻는 교훈은 세금 인상과 규제만으로 집값을 잡을 수 없다는 것이다.

→ 종부세 강화해도 시장에서는 안 먹힌다. 집값 상승이 세금보다 몇 배 오르기 때문이다.

③ 주택 물량을 공급한다고 발표해도 토지 매입부터 건축까지 약 5년이 소요된다.

→ 언제 계획하고 발표해 추진하나. 성과는 2023년에 나올 것.

④ 청년 신혼부부 특별공급 물량 확대 방안은 전 정권에서도 시행했던 정책으로 별 실효성이 없다.

→ 청년은 일자리도 못 구해 아우성치는 상황이다. 현실을 몰라도 너무 모른다.

⑤ 정책 지시, 보고에 앞서 정책 Simulation을 통해 대상 인원과

효과, 시장 반응을 면밀히 분석 입안해야 하는데 너무 탁상공론, 과거 실패 정책을 살짝 바꿔 내놓는다.

→ 실패 확률 100%

→ 기본적으로 정책 담당자들은 부동산 시장 현장과 괴리가 있다. 무능, 무지, 사명감 부족, 절박감, 책임감도 없다.

→ 참여정부 30번 발표, 문 정부 현재 21번, 향후 3개월에 1번 꼴 9번=30번 발표하고 임기를 마칠 것이다.

→ 부동산 정책 기조를 완전히 변혁하지 않으면 성과는 못 낼 것이다.

⑥ 수요가 몰리는 곳에 공급을 늘려야 뛰는 집값을 잡을 수 있다.

→ 국민이 집을 갖고 싶어 하는 곳에 공급을 늘려야 한다.

→ 도심 재건축, 재개발 활성화 방안을 마련해야 한다.

→ 300% 용적률 상향 검토해야 한다.

→ 초과 이익 환수 방안을 마련해야 한다.

⑦ 부동산 정책의 기본 방향 : 임대 가격 안정, 주택 가격 안정을 최우선 목표로 추진돼야 한다.

⑧ 단기 정책과 중장기 정책을 나눠서 추진해야 한다.

→ 단기적으로 공급 물량을 늘리기 위해서는 다주택자와 임대사업자의 과도한 세제상 혜택을 전부 없애고 보유세와 다주택자 보유세(신설)로 시장에 물건이 나오도록 유도해야 한다.

→ 중장기적으로는 서울 도심권 개발 및 공급 물량 확대를 위한 방안을 모색해야 한다.

⑨ 서울 집값은 아파트 가격이고 결국 땅값이 비싸기 때문이다.

→ 땅값을 내리기 위한 대안으로 그린벨트 정책에 대한 전면

적인 재검토가 필요한 시점이다.

→ 그린벨트 정책은 박정희 정권에서 명분은 환경이라고 내세웠지만, 본질은 땅장사를 하기 위함이었다.

→ 과감하게 군부대 및 그린벨트를 풀어 아파트 공급 물량을 늘려야 한다.

2) 부동산 대책 실패

〔2020.07.02. 정책제언 No.43〕

◑ 핵심 요약

① 집값은 잡는 것이 아니라 시장에서 수요와 공급 법칙 따라 형성되는 것이다.

② 대출 규제와 세금 정책은 단기간 시장이 얼어붙지만 얼마 지나면 시장의 유동자금 수요로 인해 지방에 풍선효과가 나타난다.

③ LH, SH 대규모 임대아파트 건설 패러다임은 과거 방식이다. 공익적 민간 디벨로포들이 임대주택을 개발해 공급해야 한다.

④ 부동산 정책을 수립할 때 부동산의 가격 변동을 조절하기 위해 수요와 공급을 제한하는 것이 아니라 하위 부동산시장 시스템상에서 각 구성원이 어떻게 반응할 것인지를 명확히 분석해 추진해야 한다.

□ 문제의 본질

① 집을 사느냐 못 사느냐 문제가 아니다.

② 서울 아파트 소유자 가만히 있어도 몇억~몇십억 불로 소득을 취한다.

③ 사회 양극화 갈등이 증폭돼 불평등이 고조된다.
   → 집 가진 자 vs 무주택자,
   → 서울 소유자 vs 지방 소유자

□ 부동산 시장

① 서울의 주택을 원하는 잠재 수요가 100만 가구 이상이다.

→ 경기도에서 서울 출퇴근 100만 명 이상

② 3기 신도시 교통 불편, 도심 수요 분산 효과가 미미하다.

③ 부동자금이 부동산 시장으로 몰려 투기적 수요가 여전히 강하다.

□ 부동산 관계자 공통 인식

① 서울 집값 내려가길 바라는 사람은 없다. 주택 소유자, 공인중개사, 시장 전문가, 정책 담당자 모두 그렇다.

② 공급 부족이라는 공통 인식을 갖고 있다.

③ 서울의 아파트값은 오른다는 믿음을 갖고 있다.

□ 역대 정부 부동산 정책 실패 원인

① 정권마다 일관성 없는 정책으로 시장의 신뢰를 상실

② 부동산의 특성을 무시한 채 임기 중 모든 문제를 해결하려고 잘못된 정책을 우격다짐으로 추진

③ 공급과 수요 규제에만 초점을 둔 근시안적 정책

④ 부동산 가격 구조 인정하지 않음

⑤ 각 부처 따로국밥, 컨트롤타워 없었음

→ BH, 국토부, 기재부, 교육부, 금융위, 한국은행, 서울시

⑥ 대책마다 허점투성이로 투기 세력이 꼼수를 부릴 수 있는 틈을 보여주고 규제도 허점투성이

□ 역대 정부 실패 교훈

① 단기 성과 집착

② 수요 공급 억제

③ 각종 규제 남발

④ 집값만 잡겠다는 규제

⑤ 수요자, 시장 신뢰 상실

⑥ 정책 사고 모형 협소

⑦ 부동산 시장 시스템 구조 파악하지 못함

⑧ 규제와 대책으로 집값 잡을 수 없음

⑨ 투기 억제와 투기 조장 정책 오락가락, 부동산 시장 불안정성 높아짐

□ 문 정부 부동산 정책 방향

① 세금을 통한 압박 : 고가 주택, 다주택자

② 규제로 가격 상승 억제

③ 대출 억제, 수요 억제

□ 문 정부 부동산 정책 인식

① 수도권 주택 공급 충분한데 다주택자, 투기 세력의 농간이다.

② 일반 수요자는 세금, 대출 규제로 수요 조절이 가능하다.

③ 점차 수위를 높여나가는 규제 정책이 더 효율적이다.

  → 2017년 6.19 대책 : 중간 수준

  → 2019년 12.16 대책 : 특단 조치

  → 2020년 6.17 대책 : 고강도 규제

□ 투기 세력, 다주택자 정책

① 과거 정부 사용한 규제 중 즉시 사용 가능 모두

② 투기 세력 조사, 분양가 제한

③ 세금 인상, 대출 제한

□ 다주택자 임대사업자 등록

① 다주택자 엄청난 세제 특혜

→ 종합부동산세 합산 배제

→ 양도세 중과 배제

→ 장기보유 특별공제

→ 재산세·취득세 50~100% 감면

② 다주택자 무거운 세금 부담을 특혜로 무력화

③ 임대주택등록자 소득 노출, 연간임대료 5% 인상 제한, 전·월세 안정된다는 명분보다 집값 안정이 우선

④ 다주택자 임대사업자 등록하건 안 하건 임대주택 공급량 별 변화가 없다. 임대주택등록제를 통해 세제상 혜택을 제공하면 임대주택 공급량이 늘어난다는 주장은 아무런 설득력이 없다.

□ 부동산 투기

① 시중의 풍부한 유동자금 : 자산가는 서울 아파트 투자, 투기 세력은 인근 지역 갭 투자

② 도심 집중화 현상 : 강남 선호로 인해 서울 프리미엄 현상

③ 재건축, 재개발, 신축 아파트 : 실수요자와 투기 수요 혼재

■ 제언

① 정부는 부동산 시장을 바라보는 시각을 바로 잡아야 한다.

  → 집값은 잡는 것이 아니라 시장에서 수요와 공급 법칙에 따라 형성되는 것이다.

  → 공급을 틀어막고 수요 규제 대책만으로는 계속 실패한다.

  → 2주택자 이상 규제 강화와 초과 이익 환수에 집중해야 한다.

  → 서울의 분산화 정책을 펴야 한다.

② 기존 정책이 전혀 효과를 보지 못하는 상황에서 그 정책과 같은 맥락의 정책을 점진 추진하면 정책 기대감이 떨어지고 부정적인 효과만 발생시킨다.

  → 종합부동산세 세제 강화, 세금보다 집값이 더 오른다.

  → 다주택자는 세금 부담을 세입자에게 전가한다. 전·월세 상승으로 서민 부담만 커진다.

  → 지금까지 효과가 없었다면 정책 기조를 과감히 전환해야 한다.

③ 대출 규제와 세금정책은 단기간 시장이 얼어붙지만 얼마 지나면 시장의 유동자금 수요로 인해 지방에 풍선효과가 나타난다.

④ LH, SH 대규모 임대아파트 건설 패러다임은 과거 방식이다. 공익적 민간 디벨로포들이 임대주택을 개발해 공급해야 한다.

  → 사회적 기업 등이 저소득층을 대상으로 소규모 주택 개발을 해야 한다.

⑤ 시장에서 실수요자 충격 최소화, 부동산 가격이 정상화되어 연착륙돼야 한다.

→ 부채 주도의 부동산 매입 제도 개선

→ 정상적 거시 경제 구조 수립

→ 지속 가능 부동산 정책 추진

→ 무주택자, 실수요자, 대출 가능

⑥ 정책이 시장을 주도해야지 시장을 쫓아가기에 급급한 땜질 정책은 그만둬야 한다. 다양한 조건을 분석하고 부동산 시장에 대한 종합적 환경을 고려한 시스템적 사고가 필요하다.

→ 구조적 부동산 시장 분석

→ 시스템적 접근으로 분석

→ 정책 대안, 정책 실패 예방

→ 부동산 시장을 형성하고 있는 다양한 요인들의 Simulation을 통해 개별 요인 변화와 시장 변화를 감지, 대응책을 마련해야 한다.

⑦ 부동산 정책을 수립할 때 부동산의 가격 변동을 조절하기 위해 수요와 공급을 제한하는 것이 아니라 하위 부동산 시장의 시스템상에서 각 구성원이 어떻게 반응할 것인지를 명확히 분석해 추진해야 한다.

⑧ 부동산 시장의 수요와 공급은 단기적인 대책에 의해 시장을 억제하는 것이 아니다. 투명한 거래, 합리적이고 균등한 기회 참여를 제공해야 한다.

→ 정부 정책이 부동산 시장 현장에 어떤 영향 미치고 결과를 초래했는지 정책을 피드백해 정책을 조정해 나가야 한다.

⑨ 시대 변화에 따라 주택 정책은 좀 더 세밀하게 입안돼야 한다.

→ 자본 시장, 건설 시장, 심리적 시장의 영향을 분석해야 한다.

→ 연관해서 발생하는 문제를 따져봐야 한다.

→ 세밀하고 종합적인 분석과 연구를 바탕으로 정책 수립이
필요하다. 졸속 대책은 그만 발표하기를 바란다.

⑩ 정책에 대한 절박감과 현실 인식이 부족하다.

→ 정책은 종합적으로 작동한다.

→ 21번째가 아니라 4번째다. (책임회피)

→ 누더기 정책은 정책이 아니다.

→ 현장 시장 반응은, 집값 > 세금

⑪ 전셋값 상승에 대비해야 한다.

→ 제로금리로 시중 자금이 넘치고 있다.

→ 3기 신도시 분양가상한제 청약 대기 수요가 많다.

→ 전월세상한제, 계약갱신청구권제 도입하자는 주택임대차
보호법 개정안 발의됐다.

⑫ 공급 확대 정책으로 전환해야 한다.

→ 참여정부 : 판교, 김포, 양주, 위례, 파주, 검단

→ MB, 박근혜 정부 : 공급 확대 효과

→ 용적률 상환제

→ 그린벨트 해제

→ 서울 주택 건설 규제 해제

→ 다주택자 물량 나와야 한다.

→ 부동산 법인 단속해야 한다.

⑬ 정부의 정책이 성과를 내지 못하면 방향을 바꿔야 한다.

→ Government failure non-market failure

⑭ 혁명적 정책 추진해야

→ 1가구 1주택 법적 소유

→ 1가구 2주택 이상 불법

→ 차기 대선 전 팔아야

→ 19세 이하 주택 소유 금지

→ 20에서 59세까지 주택 구매 시 자금 출처 증명

⑮ K-AI 부동산 플랫폼 시스템 구축 운영해야

→ 공인중개사 시스템 연결 실시간 현장 파악

→ 전국 주택 시장 한 번에 분석하고 대응 가능

→ 실수요자에게 정보 제공

→ 전 국민 맞춤형 미래 주택 소유 플랜 서비스 제공

3) 다주택자 대책

〔2020.07.06. 정책제언 No.46〕

◑ 핵심 요약

① 세제 강화로 공급 물량이 늘어나지 않는다. 따라서 출구전략을 추진해야 한다.

② 세금과 규제 대책으로는 집값을 잡지 못한다. 공급 확대를 추진해야 한다.

③ 규제보다는 수요가 있는 지역 공급 중심의 밀도 있는 대책 내놔야 한다.

④ 30~50조 원의 토지보상금이 부동산 시장에 몰리지 않도록 리츠 수익 구조 개선 등 기존 제도를 근본적 혁신 개편해야 한다.

⑤ 정부의 역할은 집값과의 싸움이 아니라 투기적 가수요를 조절하는 것이다.

□ 부동산 문제 시작

① 미래 가치 상승 기대다

② 투기적으로 땅과 집을 매입하기 때문이다.

③ 불로소득은 사회 불평등, 양극화 심화와 갈등의 악순환이다.

□ 정부 부동산 대책

① 문 정부 출범 후 38개월÷21번째=평균 1.8개월

② 대책이 많다는 것은 효과가 없기 때문

③ 진단과 처방의 오류

□ 부동산 정책 방향

① 투기 수요 : 억제

② 세제 강화, 혜택 축소

③ 다주택자 수요 억제

□ 21번째 대책 시장 반응

① 자주 바뀌는 제도, 규제, 세제로 인해 안정성 상실, 정책 신뢰 하락

② Collateral Damage, 부수적 피해, 정부 말만 듣다가

③ 추가 대책 나올 때마다 불안, 불신, 불만, 실수요자 피해, 절망, 분노

□ 집값 오르는 이유

① 부동산은 돈 된다는 생각으로 유동자금 몰림

② 주택 잠재적 수요 다(多)

③ 부동산 정책 실패

□ 부동산 정책

▷ 효과 정책

① 근본적 문제 원인 찾아야 한다.

② 문제 해소할 정책을 입안해야 한다.

③ 신속히 입법을 추진해야 한다.

▷ **땜질 대책**

① 문제 발생 시 단기 처방

② 임시적, 일시적 대책

③ 풍선효과로 인한 악순환 대책

▷ **두더지 잡기식 대책**

① 대책 남발 정책 신뢰 하락

② 실수요자 불안감 증폭

③ 주택 수요 부채질

▷ **부동산 정책 성공조건**

① 올바른 부동산 철학

② 정책 수단, 대책

③ 단기, 중장기 정책

□ **올바른 부동산 정책 방향**

① 불로소득 상시적 환수 : 제도를 법적으로 도입

② 공공주택 우선 공급 : 도시재생 정책

③ 맞춤형 주택 공급 정책 : 전, 월세 대란 대책

▷ **역대 정부 부동산 정책 문제**

① 국내 경기 조절 수단 사용 : 세제 강화, 세율 운영 방식, 불로 소득 환수의 의지가 부족

② 정권 따라 냉·온탕식 정책

③ 저소득층을 무시한 주택 정책

□ **부동산 시장 현황**

① 부동산 소득 GDP 31%, 불로소득 GDP 22%

② 기업 15.92%, OECD 평균 1.49%

③ 부동산 불로소득 때문에 일할 의욕이 없음

□ 상위층 불로소득 문제

① 상위 계층 소득 대부분은 땅값, 부동산값 상승에서 나온다.

② 돈이 상위 5%로 몰리고 그중 1%가 이득을 장악한다.

③ 하위 계층은 영원히 가난하다.

□ 공급 물량 확대

→ 다주택자, 임대사업자가 물량 내놓으면 공급이 해소된다.

→ 전체 임대 시장의 80%를 차지한다.

▷ **다주택자 현황 (2018년)**

① 다주택자 : 2채 이상→ 2,191,959명

② 전체 주택자 14,012,290명 중 15.6%

③ 2020년 현재 다주택자 비율은 더 높을 것

▷ **등록임대사업자 현황(2020년 1/4분기)**

① 1주택 : 34.1%

② 2주택 : 30.9%

③ 3주택 이상 : 35.0%

▷ **등록임대주택 현황**

① 등록임대주택 :

→ 2018년 6월 1,150,000책

→ 2020년 5월 1,590,000채, 440,000채 증가

② 등록임대사업자 :

→ 2018년 6월 : 330,000명

→ 2019년 6월 : 440,000명

→ 2020년 5월 : 523,000명

③ 다주택자 : 65.9%

▷ **서울 현황 : 다주택 10년 이상 보유**

① 전체 : 128,199채

② 강남 3구 : 34,254채

③ 2021년 신규 : 21,739채

※각 구별 다주택 분포 : 총 128,199(채)

강남	13,794	서초	9,249	송파	11,211	강서	6,244
양천	7,227	구로	5,492	금천	1,525	영등포	5,677
동작	3,858	관악	3,373	마포	4,865	서대문	3,225
용산	3,960	중구	2,259	성동	4,070	광진	2,771
강동	4,039	은평	2,038	종로	1,307	성북	4,494
동대문	3,406	중랑	2,982	도봉	5,607	노원	13,628

▷ **서울 노후주택 비율**

① 30년 이상 46.0%

② 20년 미만 25.8%

③ 청약 경쟁률 99 : 1

▷ **서울 공급 부족 부작용**

① 청약 경쟁에서 밀려난 수요자들이 내 집 마련에 나서면서 집
값이 급등하는 악순환

② 전셋값 급등 와중에 전세 대금 대출을 막는 바람에 세입자들
이 오갈 데 없는 처지

③ 주택청약 가입자 2,450만 명

→ 내 집 마련, 더 나은 집 살고 싶은 실수요자가 많다는 의미

■ 제언

① 세제 강화로 공급 물량 늘어나지 않는다. 따라서 출구전략을 추진해야 한다.

→ 세금보다 집값이 엄청나게 상승한다.

→ 종합부동산세율 4% 오른다고 다주택자들은 물량을 내놓지 않고 2년간 버틸 것이다.

→ 양도세 중과를 일시 해제하는 것도 해결책이다.

② 다주택자와 임대사업의 출구를 마련해야 한다.

→ 세제 혜택을 전부 없애야 한다. 양도세 중과, 종부세 합산 배제, 장기보유특별공제 배제, 갭 투자자 세금 특혜.

→ 임대 의무 기간을 폐지해야 한다.

→ 임대주택활성화방안(2017년 12월)에 따라 등록임대주택 급증했다. 그중 상당수가 임대 기간이 남아 있다.

→ 부동산 정책 관련 정치인, 공무원 친인척들이 연계돼 있다. 부동산 대책에 대한 사전 정보 누출을 차단해야 한다.

→ 임대사업자에 대해 전수 조사해야 한다.

→ 여당의 입법 개정안 추진, 종합부동산세법·조세특례제한법·지방세특례제한법 일부 개정안 등 부동산 임대사업 특혜 축소 3법 7월 통과 시 충분한 토론을 거쳐 부작용을 사전에 막아야 한다.

③ 세금과 규제 대책으로는 집값을 잡지 못한다. 공급 확대를 추진해야 한다.

→ 집값 상승 → 대책 → 주춤 → 상승 반전 → 대책 → 잠시

숨 고르기 → 풍선효과 → 대책 → 상승 → 22번째 → 30
번? → 임기 마침

→ 도심 재건축 늘려야 한다.

④ 22번 대책은 집값, 전·월세 안정 대책이 포함돼야 한다.

  → 다주택자, 임대사업자 소유 물량이 나오도록 초고강도 대
  책이 나와야 한다.

  → 규제보다는 수요가 있는 지역에 공급 중심의 밀도 있는 대
  책 내놔야 한다.

  → 시세 차익을 노린 투기 자금이 지방 중소도시 아파트 쇼핑,
  원정 투자가 확산하고 있다. 막는 대책이 포함돼야 한다.

  → 갭 투자 보유자에 대해 더 강력히 과세해야 한다.

  → 투기꾼들이 1주택 실수요자로 둔갑하고 있다. 부동산에 투
  자하는 법인을 찾아내 징벌해야 한다.

  → 30~50조 원의 토지보상금이 부동산 시장에 몰리지 않도
  록 리츠 수익 구조 개선 등 기존 제도를 근본적으로 혁신,
  개편해야 한다.

⑤ 정부의 역할은 집값과의 싸움이 아니라 투기적 가수요를 조
  절하는 것이다.

  → 규제를 통해 집값을 잡으려는 것, 시장과 대적해 이길 수
  없다는 것은 역대 정부에서 이미 증명됐다.

  → 대안으로 시장의 힘을 이용해 투기적 가수요를 조절해야
  한다.

⑥ 맞춤형 주택 공급 정책을 추진해야 한다.

  → 중소득층 이상 : 토지 보유세 강화로 주택 가격을 하향 안
  정화해야 한다. 주거 안정성 제고로 주거 복지 수요를 낮

취야 한다.

→ 토지 임대 분양주택, 환매조건부 분양주택을 공급해야 한다.

→ 저소득층을 위한 장기공공임대주택을 대량 확충하는 공급 정책이 필요하다.

⑦ 보유세를 1% 이상 올려 선진화해야 한다.

→ 미국 1~4%

→ 총부채원리금상환비율(DSR) 40% 룰을 확립해야 한다.

→ 청년 주택은 미래 소득을 기준으로 우대해야 한다.

→ AI 시스템을 활용해 시장 교란 행위 감시해야 한다.

⑧ 서울, 수도권에 공급 중장기 대책을 내놔야 한다.

→ 서울 도심엔 공공 재건축을 확대해야 한다.

→ 4기 미니 신도시를 추진해야 한다.

→ 그린벨트 해제를 검토해야 한다.

⑨ 세금, 대출, 지역 제한 등 미시적 대책만 내면 안 된다.

→ 금리 등 거시정책과 함께 추진해야 한다.

⑨ 땅과 집을 탈(脫)상품화하는 국민적 합의가 필요하다.

→ 땅과 집은 삶의 토대다.

→ 집은 재산 증식의 수단이나 투기 대상이 아니라는 공감대 가 형성돼야 한다.

→ 주거와 삶의 기본 조건이 집이기 때문이다.

→ 싱가포르는 1960년 사회적 합의를 통해 공공주택 개념을 도입했다.

→ 국가 소유의 땅에 공공 아파트를 지어 서민, 중산층에 저 렴하게 분양해야 한다.

→ 주택전매금지, 주택환매제도를 고려해야 한다.

⑩ 부동산 정책 입안자는 기존의 관습, 사고를 혁신해야 한다.

　→ 책임 회피

　→ 기존 방식대로 대안 제시

　→ 어차피 2년만 시간 끌자.

⑪ AI K-Realtor System을 구축해 단기, 중장기적으로 인구 분석을 통해 공급과 수요를 예측하고 대책을 수립해야 한다.

　→ 전국 부동산 현황을 실시간 분석해야 한다.

⑫ 부동산 투기를 잡는 핵심은 투기로 돈을 벌 수 없다는 확신을 주는 것이다.

　→ 갭 투자 및 투기꾼들의 List를 작성, 자금을 추적해야 한다.

　→ 역대 정권마다 똑같은 투기꾼들이 부동산 시장을 헤집고 다니고 있다. 이제는 더는 방치할 수 없다.

　→ AI System 분석으로 투기 세력의 움직임과 자금 흐름 즉시 파악이 가능하다.

4) 토지공개념

〔2020.07.06. 정책제언 No.47〕

◑ 핵심 요약

① 시장 친화적인 토지공개념을 검토해야 한다.

② 종합부동산세 개편은 단지 집값 상승을 잡는 게 아니라 시장 친화적 토지공개념의 큰 틀 안에서 구체적인 정책을 내놓아야 한다.

③ 통일을 대비해 토지 정책 전략을 짜야 한다.

☐ 토지의 특징

① 국토성 : 토지=국토, 국가의 재산

② 사회성 : 공공성, 사회적 공익

③ 사익성 : 개인 이익, 자본주의 사회, 토지는 개인 재산

☐ 토지소유권

① 점유권 : 지배 권리

② 사용권 : 사용+수익 권리

③ 처분권 : 매도 권리

☐ 토지 편중도

① 개인 상위 10% → 전체 98%

② 개인 상위 1% → 전체 58%

③ 법인 1% → 전체 80% → 불로소득 GDP 22%

□ 토지공개념

① 땅은 한정된 재화인 만큼 공익성을 고려해야 한다.

② 토지 이용을 공공복리를 위해서 제약할 수 있다

　　→ 소유와 처분의 권리를 공적 규제

③ 헌법에 반영된 개념

　　→ 그린벨트 제한 구역

　　→ 농지 소유, 거래 관련 제한

□ 헌법에 명시된 토지공개념 근거 조항

→ 제23조 제2항. 재산권의 행사는 공공복리에 적합하도록 하여야 한다.

→ 제120조 제2항. 국토와 자원은 국가의 보호를 받으며, 국가는 그 균형 있는 개발과 이용을 위하여 필요한 계획을 수립한다.

→ 제122조. 국가는 국민 모두의 생산 및 생활의 기반 되는 국토의 효율적이고 균형 있는 이용 개발과 보전을 위하여 법률이 정하는 바에 의하여 그에 관한 필요한 제한 의무를 과할 수 있다.

→ 헌법재판소도 여러 차례 결정을 통해 토지는 사회적 구속성이 높게 요구되는 재화라고 일관되게 토지공개념 정신을 지지하고 있다.

□ 순기능

① 토지 이용=효율성

② 토지 이용=공공성

③ 다른 분야=투자 집중

□ 역기능

① 자본주의 사회 훼손

② 사유재산 보존 원칙

③ 부작용 발생

□ 역대 정부 토지공개념 도입 및 폐지 과정

① 이승만 정권

→ 농지개혁법 통과(1949년 6월)

→ 방식은 유상 몰수와 유상 분배

→ 지주 3정보 이상 소유 금지

→ 농민 소출 3할을 5년 납부

→ 당시 소작농 지주 지대는 매년 소출의 5~7할이었다.

② 박정희 정권

→ 1977년 신형식 건설부 장관이 거론

→ 1978년 토지허가제, 국공유제 확대 등 첫 제도화

→ 국토이용관리법 제정

→ 토지공개념 법제화

③ 노태우 정권

→ 1988년 토지공개념 3법 도입 : 택지소유상한제, 개발이익
환수제, 토지초과이득세 등

④ 김영삼 정권

→ 1994년 토지초과이득세법 헌법 불합치 판정

⑤ 김대중 정부

→ 1998년 개발이익 환수에 관한 법률 관련 조항 위헌 판정, 택지소유상한제 폐지

→ 1999년 택지소유상한제에 관한 법률 위헌 판정

⑥ 노무현 정부

→ 2003년 토지공개념 도입 정책

→ 종합부동산세 신설

→ 주택거래허가제

→ 분양권 전매 금지 실시

⑦ 문재인 정부

→ 2017년 민주당 대표 국회 연설, '토지 불로소득은 세금 환수'

→ 2018년 대통령 직속 국민헌법자문특위는 헌법에 토지공개념 강화 의견을 제시

□ **토지공개념 3법**

① 토지초과이득세

→ 유휴지의 가격 상승분에 최대 50%의 세금을 부과 : 1998년 폐지(헌법 불일치)

② 택지소유상한제

→ 특별시 및 광역시 내 개인 택지 중 200평 초과하는 토지에 대해 부담금 부과 : 1999년 폐지(위헌 판결)

③ 개발이익환수제

→ 개발사업 시행자로부터 개발이익 50%를 환수 : 1999년

개정

□ 현재의 토지공개념

① 토지거래허가제

→ 1978년 제정

→ 토지의 무절제한 사용과 투기를 방지

→ 토지거래허가구역 지정 후 5년 동안 그 구역 내 거래 할 때 반드시 시장 군수, 구청장의 허락을 받아야 하는 제도

→ 허가를 받은 자는 5년 이내에 토지를 허가받은 목적대로 만 이용해야 한다.

② 용도지역 지정

→ 공공질서, 토지 공공성을 바탕으로 토지 기능 증대 목적으로 만듦

→ 용도지역이란 토지를 여러 지역으로 나누고 각 구역 용도를 설정, 그 용도에 적합하게만 토지를 이용할 수 있는 법 규정

→ 용도지역이 무엇이냐 따라 건물의 종류, 영업할 수 있는 상점 종류가 다름

→ 도시지역, 관리지역, 농림지역, 자연환경 보존지역 등

□ 토지공개념 시행 절차

① 헌법에 명문화

② 국회 관련 입법

③ 국민기본권 침해 심사

□ 해외 토지공공임대제 사례

① 이탈리아

→ 헌법에 토지의 합리적 이용과 공평성을 보장하기 위해 토지 소유에 법적인 책임과 제한을 부과할 수 있도록 한다.

→ 헌법 42조. 부동산은 공적이거나 사적인 것으로 규정

→ 헌법 44조는 토지의 합리적 이용과 공평한 사회적 관계를 보장하기 위해 토지의 사적 소유에 법적인 책임과 제한을 부과할 수 있다.

② 핀란드 : 헬싱키

→ 60% 토지가 정부의 소유

→ 임대료를 통해 헬싱키시 예산을 확충

→ 30~100년 임대 가능

③ 미국

→ 각 주에서 별도의 세금 정책을 통해 토지공개념 실현

→ 건물에는 낮은 세율 적용하고 토지에는 높은 세율을 적용하는 세율차별정책 Two-rate taxes를 실시

→ 토지의 사용 수익에 제한을 가하는 대신 건물 활용을 적극 장려하는 방식으로 부동산의 공공성과 사유 재산성을 동시에 보장

④ 싱가포르

→ 국토 90% 국유지

→ 공고 임대 방식 운영

⑤ 대만

→ 헌법 142조. 평균지권 명시

→ 헌법 143조. 노동과 자본에 의하지 않는 토지 가격 증가분

은 조세로 징수하여 인민과 함께 향유하도록 명시

■ 제언

① 토지공공임대제 도입을 진지하게 논의해야 한다.
　　→ 국공유지 확대
　　→ 공공 택지 매각하지 않고 보유
　　→ 민간 임대 토지소득 차단
　　→ 시장 친화적 방식 도입
　　→ 국지적, 지역적 적용
　　→ 토지공개념 추진에 시간 걸리면 일단 시행 중인 주택, 토
　　　 지거래허가제 용도를 제한하는 지역 지구제를 활용해서
　　　 집값을 안정시켜야 한다.
　　→ 지속 가능한 주택 안정 관점에서 토지공개념 개념을 고려
　　　 해야 한다.
　　→ 주택거래허가제 도입
　　→ 주택거래허가제를 제한적, 한시적, 지역적으로 운용
　　→ 토지공개념의 대표적 국가인 싱가포르는 HDB가 주택개
　　　 발청 주택 공급 89% 담당하고 있다.
② 시장 친화적인 토지공개념을 검토해야 한다.
　　→ 과거 대도시 200평 금지 초과 세금 부담은 비현실적
　　→ 시장경제 원리에 정확히 부합하는 시장 친화적 토지공개
　　　 념 도입해야 한다.
　　→ 토지세를 강화하면서 부가세, 근로세, 법인세를 감면하는
　　　 조세 개혁을 검토해야 한다.

→ 개발이익환수 장치 강화해 개발이익을 환수해야 한다.

③ 토지 보유세 실효세율을 1% 인상해야 한다.

　　→ 추가 61.7조 원 세 수입

　　→ 토지 중심 보유세 강화

　　→ 부동산 평가 체계 개편

　　→ 토지 용도별 합산 과세

　　→ 대기업 별도 합산 세금 감소

　　→ 국세 과세 대상 확대

　　→ 토지에 높은 세금 매기면 불평등을 완화하고 경제와 사회
　　　불평등, 갈등, 양극화를 줄여나갈 수 있다.

　　→ 지대(地代)에 대한 과세는 경제의 효율성을 증진한다.

　　→ 장기 공공주택 임대 비율 35%를 해제해야 한다.

④ 공공임대주택을 확대해 제공해야 한다.

　　→ 공공택지 매각 금지

　　→ 환매 조건 : 불로소득 방지

　　→ 공공택지에서는 임대주택, 공공임대주택만 공급해야 한다.

　　→ 토지주택청(가칭)을 신설해야 한다.

⑤ 고위공직자 1가구 1주택 법제화해야 한다.

　　→ 정부 장·차관, 고위공직자

　　→ 입법, 사법, 행정부 전부

　　→ 국회의원부터 기초의원까지

　　→ 학계, 재계, 의료계 등

　　→ 사회 지도층 솔선수범

　　→ 부동산 백지신탁 제도화

⑥ 통일을 대비해 토지 정책 전략을 짜야 한다.

→ 통일 독일, 과거 사회국가 토지 사유화, 엄청난 문제

⑦ 종합부동산세 개편을 단지 집값 상승을 잡는 게 아니라 시장 친화적 토지공개념의 큰 틀 안에서 구체적인 정책을 내놓아야 한다.

→ 사회 양극화, 고비용 저효율의 문제 해결이 가능하다.

→ 토지와 주택에 대한 근본적 사고의 전환이 필요하다.

5) 싱가포르 부동산 정책

〔2020.07.07. 정책제언 No.48〕

◑ 핵심 요약

① 싱가포르 국민은 집 장만 걱정을 하거나 투기할 생각이 없다.
오로지 모든 에너지를 국가 경쟁력 향상을 위해 집중하고 있다.
② 외국의 주택 정책을 무작정 흉내하고 모방하기보다는 우리의
문화와 환경을 고려한 K-공공주택 정책 만들어야 한다.
③ 부동산 투기를 원천적으로 봉쇄하는 정책을 추진해야 한다.

□ Singapore
① 1965년 독립, 도시국가
② 일체감, 귀속감 약함
③ 민족 간 정체성 차이

□ 정치 지도자
주택정책을 국민국가 통합을 위한 최상의 정책으로 활용
① 국가에 대한 충성심
② 국민, 국가 통합
③ 국민 주택 소유 촉진 정책

□ 리콴유=李光耀=국부
① 1970년대 토지를 강제 수용

→ 1960년대는 70%가 사유지

→ 먼저 수용 나중에 고시, 땅값 올라도 보상하지 않음

② 모든 국민에게 안정된 주거 생활을 제공

→ 공공주택 자기 소유 정책

③ 주택가격 거품 제한 모델

□ 싱가포르 주택 현황

① 공동임대주택에 92% 거주하고 99년간 임대 및 소유하고 있다. 실소유자는 92%, HDB의 공급은 82%다.

② 만 35세 이상이면 HDB에 신청한다.

③ 결혼 부부 3개월 내 방 3개 이상 주택 공급

→ 100% 정부 주택담보대출, 장기 저금리 또는 제로금리

□ 주택 정책 특징

① 정부 : 주택시장 전면적 주도, 택지 조성과 관리를 추진

② 1966년 토지수용법 : 국유화 90%

③ 중앙연금 설립, 안정적 주택 자금 지원 체제

④ 집권당의 장기 정치 안정에 기여

⑤ 정부 의지를 정책 연결로 추진

□ HDB : Housing & Development Board

① 국민 대부분이 주택 소유

② 양질의 주거 환경에 주택 공급

③ 모든 국민이 집 소유한 나라

▷ 설립 목적

① 1971부터 주택 플랜 수립

② 위생 상태, 주거 환경 개선

③ 빈곤 극복, 경제 사회적 안정

▷ **기본 원칙**

① 고밀도 공공주택 건설

    → 장기적 주택 수요 충족

    → 제한된 토지 극복

    → 고층 공공주택 건설 유도

② 자립형 신도시 구축

    → 교육, 사회, 커뮤니티 시설

    → 지속 가능한 신도시

▷ **특이점**

① 1965년 국가 형성 기반을 마련하기 위해 모든 국민이 주택을 소유하는 정책을 추진

    → 토지 국유화

    → 공공주택 공급

② 1982년 최소 점유 기간 후 매도 시 차익 이득을 인정

    → HDB 아파트 거래

    → 2차 시장 형성

③ 1990년 선거 구역 기준 공공주택 공용 공간 관리 지역의회 설립

    → 강제력 법류 제정

    → 명확한 규정

▷ **성공 요인**

① 독립 기관으로 공공주택 책임과 자원 배분을 효율적으로 시

행 → 대규모 건설로 최적화, 저렴한 가격으로 양질의 주택을
제공
② 학교, 녹지, 교통, 쇼핑 등 주변 환경을 고려해 건설
③ 자금 지원 및 규제 완화를 통한 정부의 강력한 지원

□ 주택 분양 순서

① 사전 공지 우선순위

→ 시민권 보유 유무

→ 가족 구성 형태

→ 소득 수준

→ 가격은 수용자 소득 수준 고려 시중 가격의 절반

② 사회 보장성 저축 중앙연금준비기금(CPF)이 주택가 80%, 최
초 납입금 18%는 융자

※ CPF : 국민 의무 가입. Central Provident Fund

주택 자금 융자 : 수입 33%, 고용주 13%, 본인 20%,

③ 5년 주택 매도할 때 HDB에만 매도할 수 있음

→ 국민 일생 2번만 HDB 분양

→ 주택 매도할 때 차익 20% 환수

→ 환매조건부 분양 제도

□ Singapore 공공주택 거주는 임대 형태 아닌 소유 형태

① 거주 연속성 불확실성 극복
② 단지의 슬럼화 방지
③ 시세 차익 불가

□ Singapore vs 한국

① 공공주택 정책

→ Singapore : 분양 초점

→ 한국 : 임대 초점

※ 한국은 어정쩡한 기업형 임대주택정책으로 공공사업자의 수익을 보장
하는 제도

② 토지공개념 제도

→ Singapore : 토지 임대, 환매조건부 분양

→ 한국 : 개인, 법인 소유

③ 인구 도심 집중

→ Singapore : 섬 국가로 추가적 인구가 제한적

→ 한국 : 인구가 수도권 집중

④ 임대주택 비율

→ Singapore : 92%

→ 한국 : 7%

⑤ 임대주택 인식

→ Singapore : 고급, 대형

→ 한국 : 저소득층, 소형

□ 해외 주택 정책 Model

① 미국 : 시장주의 모델

② 독일 : 민간임대주택 모델

③ 네덜란드 : 공공임대주택

④ 북유럽 : 사회주의 모델

⑤ 싱가포르 : 공공주택모델=가장 성공적 평가

■ 소견 및 제언

① 주택 정책 입안에 앞서 어느 편도 아닌 중간 정책 Stuck in the middle은 누구에게도 환영받지 못한다.

　→ 목표를 정확히 설정해 추진해야 한다.

② 외국의 주택 정책을 무작정 흉내하고 모방하기보다는 우리의 문화와 환경을 고려한 K-공공주택 정책 만들어야 한다.

③ 아파트 투기를 원천적으로 봉쇄하는 정책을 추진해야 한다.

　→ 주택 전매 금지를 겨냥한 주택환매제도, 환매조건부 분양

　→ 매수자가 가격을 결정하고 반드시 주택개발청 허가를 받는 싱가포르 정책을 검토할 필요가 있다.

④ 적어도 토지와 주택은 일반적 재화와는 다른 특수한 성질을 가진 것으로서 무조건 시장에만 맡기기보다 국가가 개입하는 것이 불가피하다. 하지만 효율적이라는 조건이 붙어야 한다. 시장에서 신뢰를 못 얻는 정부 대책은 발표하지 말아야 한다. 자신이 없다면 시장원리에 맡겨 놓으면 된다.

⑤ 시민을 위한 공공주택 제도는 민간 사업자 수익성을 차단하는 것이 바람직하다.

⑥ 무주택자 맞춤형 주거 프로그램 추진해 빈곤층의 주거 안정을 도모해야 한다.

⑦ 양질의 공영주택을 충분히 주택 시장에 공급하는 정책을 수립해야 한다.

　→ 국민 전체 주거 불안 해소

　→ 부동산 불로소득 원천 차단

→ 부동산 시장 안정 회복

⑧ 싱가포르 국민은 집 장만을 걱정하거나 투기할 생각이 없다. 오로지 모든 에너지를 국가 경쟁력 향상을 위해 집중하고 있다.

  → 탁월한 주택 정책의 효과다.

  → AI 시대에 맞는 주택 정책 시행으로 국가 경쟁력을 높여야 한다.

⑨ Singapore 공공임대주택은 고급, 대형 평수로서 국민 누구나 살고 싶어 한다.

  → 한국의 임대주택은 저렴, 소형이다. 중산층이 살 수 있는 고층의 중대형 평수와 주거 환경을 갖춘 고급 임대주택이라는 패러다임 전환이 필요하다.

⑩ 공급 정책의 핵심은 주택이다. 투기가 아닌 주거 즉, 국민 누구나 안정된 공공주택 소유가 돼야 한다.

  → 양질의 공공임대주택 공급 확대로 부동산 투기 심리, 집값 폭등을 잡아야 한다.

6) 부동산 해법

〔2020.08.03. 정책제언 No.60〕

◐ 핵심 요약

① 임대차 3법 후속 대책이 필요하다.

② 정부는 공급 대책을 내놓아야 한다.

③ 부동산에 몰리는 유동자금을 주식시장으로 돌려야 한다.

□ 주택 시장 현황

① 주택보급률 104.2%

② 전체 가구 15%가 주택의 61%를 소유

③ 주택 소유자 1,400만 명

④ 다주택자 220만 명

⑤ 상위 30명 11,000채 소유

⑥ 무주택자 가구의 43.77%

⑦ 대다수 국민 신축 아파트 선호

□ 부동산 문제

① 사느냐 못 사느냐가 아님

② 서울 아파트 폭등에 따른 불로소득에 배가 아픔

③ 집 가진 자 vs 무주택자

④ 서울 소유자 vs 지방 소유자

⑤ 양극화 심화

⑥ 불평등 고조

⑦ 사회 불만 증폭

□ 집값 오르는 이유

① 부동산은 돈이 된다. 유동자금 몰림

② 주택의 잠재적 수요

③ 부동산 정책 실패

④ 부동산 3법

⑤ 도시재생 뉴딜 프로젝트

⑥ 공무원+건설업자+국토위원=건설 마피아

⑦ 임대사업자 세금 혜택(2017년)

□ 서울 아파트값 폭등 이유

① 가수요=외국인+구직자 등

② 지방 자산가 서울 집 쇼핑

③ 공급 부족

④ 다수 국민 서울 선호

□ 부동산 정책 실패 본질

① 분양 원가 상승 유도=토건족

② 아파트 가격 상승 장난질

③ 가격 상승 부채질

④ 투자 자산의 유동성

⑤ 주식 활성화 대책 미비

⑥ 적대적 M&A 막고 있음

⑦ 이사회 발의만 제한된 규정

□ 부동산 민심

① 세대별 불만이다.

② 심리전을 펼쳐야 한다.

③ 정책 신뢰 회복이 관건이다.

④ 투기 심리 요인을 잡아야 한다.

⑤ 심리전문가 활용해야 한다.

□ 부동산 해법

① 유동자금을 주식시장에 유입해야 한다.

→ 적대적 M&A 풀어야

→ 이사회 발의만, 주총 결의 풀어야

→ 내부 정보 투명성 및 공시

→ 금융업 활성화 돼야

② 이해관계가 있는 공직자는 정책 입안에서 빠져야 한다.

③ 부동산은 주거라는 개념이 공감대를 형성해야 한다.

④ 다주택자 보유 물량이 나오게 환경을 조성해야 한다.

→ 다주택자 세금 과징하는 방안을 명확히 해야 한다. 다주택
자들은 집값이 상승하는 한 내놓지 않고 버틸 것이다. 불
로소득은 세금으로 환수해야 한다.

⑤ 임대차 3법 후속 대책이 필요하다.

⑥ 전·월세 시스템 구축이 시급하다.

⑦ 재건축 규제 풀어야 한다.

⑧ 물가상승분만큼 올라야 한다.

⑨ 시장 원리에 맡겨야 한다.

⑩ 부동산은 심리다. 심리전 전략을 활용해야 한다.

2. 부동산은 심리

1) 바보야, 부동산은 심리야

〔2020.08.11. 정책제언 No.63.67〕

◑ 핵심 요약

① 정책 방향이 옳다고 하더라도 성과를 내지 못했다면 방향을 바꿔야 한다. 부동산에 성난 민심을 되돌리려면 현장에 맞는 정책 방향으로 바꾸는 자세가 필요하다.

② 투기 심리를 잠재울 만한 고강도 대책을 한 번에 발표해야 한다. 투기 심리를 잡지 못한 이유가 여기에 있다. 대책을 발표하고 시장 반응에 따라 후속 대책을 발표한 것이 투기 심리를 조장한 것이다.

③ 부동산 정책 입안자들은 부동산 현장의 심리 효과를 파악해야 한다. 일반적으로 가격이 오르면 수요가 줄고, 가격이 낮아지면 수요가 늘어나는 것이 정상적이다. 하지만 부동산 시장은

다르다. 사람들은 잠재적 심리 자극에 취약하다. 부동산 소비 효과, 부동산 심리, 경제 법칙을 알고 정책 입안을 해야 한다.

□ 본질적 문제

① 정책을 신뢰하지 않는다.

② 부동산은 오른다는 심리 요인이 있다.

□ 부동산 투기 심리

① 군중 심리 효과 : Follow the crowd syndrome. 주위 사람들이 부동산으로 많은 돈을 벌었다고 하니 참여하는 것이다. 사람은 본래 후회 회피 성향이 있다. 현재 부동산 가격이 높게 형성됐어도 앞으로 가격이 더 오른다는 믿음에 후회하지 않기 위해 추격 매수하는 심리다.

② 더 큰 바보 효과 이론 : The greater fool theory. 지금 집값이 많이 올랐더라도 향후 더 높은 가격에 매각할 수 있다는 심리다. 집값의 관성 현상이다. 오른 가격에 매입한 자신이 바보라는 사실을 어느 정도 인지하지만, 더 높은 가격에 사는 바보가 있다는 믿는 심리가 생긴다. 소위 폭탄 돌리기 또는 폰지 게임(Ponzi Game)과 같다.

③ 후방거울효과 : The rearviews mirror bias. 투기하는 사람들은 의사 결정을 할 때 과거 데이터에 집착하는 경향이 있다. 거시경제나 금융 시장 및 글로벌 경제 환경을 분석하지 않는다. 과거 강남 부동산 불패 신화만 믿고 앞으로도 오른다고 믿는 경향이다.

④ 의존효과 : Dependence Effect. 건설사가 광고와 마케팅을

통해 소비자의 욕망을 자극해 분양을 촉진하는 것이다. 소비자는 분양사의 조작된 욕망에 따라 계약하게 되는 현상이다.

□ 부동산 현장 심리

① 밴드웨건효과 : Bandwagon Effect. 다들 매입하므로 나도 사야지. 주변 사람이 분양권 프리미엄으로 큰돈을 벌었다는 얘기에 분양시장에 뛰어드는 것이 대표적. 친구 따라 강남 간다는 심리 효과다.

② 스놉 효과 : Snob Effect. 희소가치를 소유하고 싶은 욕구다. 속물 효과라고도 한다. 펜트하우스, 한강 조망 고층 아파트에 수요가 몰리는 심리다.

③ 베블린 효과 : Veblen Effect. 고가일수록 잘 팔리는, 허영심을 앞세운 사치재 소유 심리다. 명품이나 고급 자동차 등의 한정판 상품 마케팅 전략에서 유래됐다. 반포 아크로리버파크가 1년 사이 8억 원 급등했어도 수요가 붙는 것과 고분양가 신규 분양 아파트에 청약자들이 몰리는 심리 효과다.

■ 제언

① 정책 방향이 옳다고 하더라도 성과를 내지 못했다면 방향을 바꿔야 한다. 부동산에 성난 민심을 되돌리려면 현장에 맞는 정책 방향으로 바꾸는 자세가 필요하다.

② 투기 심리를 잠재울 만한 고강도 대책을 한 번에 발표해야 한다. 투기 심리를 잡지 못한 이유가 여기에 있다. 대책을 발표하고 시장 반응에 따라 후속 대책을 발표한 것이 투기 심리를

조장한 것이다.

③ 부동산 정책 입안자들은 부동산 현장의 심리 효과를 파악해야 한다. 일반적으로 가격이 오르면 수요가 줄고, 가격이 낮아지면 수요가 늘어나는 것이 정상적이다. 하지만 부동산 시장은 다르다. 사람들은 잠재적 심리 자극에 취약하다. 부동산 소비 효과, 부동산 심리, 경제 법칙을 알고 정책 입안을 해야 한다.

④ 유동 자금을 주식시장으로 유입해야 한다. 주식시장도 심리 싸움이다. 주식 투자자들에게서 발견되는 비이성적인 투자 형태도 부동산 심리전과 같다. 주식을 처분한 뒤에도 주가가 계속 오르면 너무 일찍 처분해 더 큰 수익을 놓쳤다는 후회에 빠져 계속해서 주식을 사는 군중심리에 휩싸인다. 투자자는 합리적이다. 그러나 모든 판단이 합리적이지는 않다. 주식 투자에서 가장 큰 악재는 주식 상승이다. 가격이 오르면 그만큼 투자 금액이 필요하기 때문이다. 그러나 주가가 상승하면 투자자들이 몰린다. 투기적 장세의 마지막은 대다수 투자자의 몰락이다. 부동산 시장도 동일한 패턴을 갖고 있다. 집값이 올라가면 집을 매수하는 사람이 증가한다. 부동산 투기 심리를 주식 시장에 유입하는 심리전을 해야 한다.

⑤ 국민의 부동산 심리를 알아야 부동산 정책이 성과를 낼 수 있다. 부동산은 심리적 요인이 작동한다. 정부가 부동산 문제에 관심을 쏟고 대책 준비에 열을 올리면 올릴수록 부동산 시장에 관한 관심이 증폭돼 투기 수요가 유입된다. 특히 정부 대책이 별다른 효과를 내지 못하면 부동산 불패 신화가 확산해 투기 세력들이 농간을 부리는 악순환이 계속된다. 부동산은

정책이나 정상적인 생각과 다르게 움직인다는 것을 알아야
한다. 부동산은 심리다.

2) 부동산에 실패하면 꽝이다

〔2020.08.13. 정책제언 No.66〕

◐ 핵심 요약

① 시중의 돈줄을 파악해 조절하는 금융 정책이 필요하다.

② 정책은 성과로 평가받는다. 제대로 된 대책을 발표해야 한다.

③ 투기 상품이 아니라 주거라는 개념이 정착돼야 한다.

■ 제언

▷ **시중에 흐르는 돈줄을 파악해 조절하는 금융 정책이 필요하다.**

① 부동산 금융 익스포저(위험노출액)를 줄여야 한다. 한국은행이 발표한 '2019년 하반기 금융안정보고서'에 따르면 9월 말 기준 2,003조 9,000억 원이다. 2,000조 원을 돌파한 것은 사상 최초다. 주택 매매 가격 상승의 주요 요인이다. 부동산 금융 익스포저는 부동산 담보 대출, 중도금·전세자금 대출 등의 부동산 관련 가계 여신과 부동산업 등 기업 대출금과 PF대출(부동산개발을 전제로 한 일체의 토지 매입 자금 대출)을 포함한 MBS(주택저당증권), 부동산 펀드 및 리츠 등 부동산 관련 금융 투자 상품 등의 합계다.

② 부동산으로만 유동 자금이 흐르는 것을 주식시장으로 유입시키는 정책이 나와야 한다. 올해 개인 투자자들은 국내 증시에서 45조 7,000억 원, 해외에서 12조 2,000억 원어치를 순매

수했다. 58조 원을 투자했지만, 주식 매수를 위해 대기하는 자금이 50조 원에 이른다. 작년에는 개인들이 국내 증시에서 5조 원을 매도했고 해외 주식 투자는 3조 원에 그쳤다. 지난해 말 예탁금은 27조 원이다.

③ 전 세계적인 유동성 공급 확대 등으로 우리나라도 광의의 통화 M2가 3,000조 원이 넘었다. 실제 풍부한 유동성 자금이 부동산 시장에 쏠려 수도권 집값이 올랐다. 시중에 막대하게 풀려 있는 유동자금을 생산적인 경제 부문에 투입해야 한다. 시중의 유동자금이 이동할 수 있도록 안정적인 투자처를 많이 만들어 줘야 부동산 시장도 안정이 된다. 투자자들에게 안전한 투자처를 제공해주면 된다. 블록체인 기반의 가상 자산 시장을 양성화하는 것도 하나의 방법이다. 그리고 한국주택금융공사와 금융회사들이 장기주택담보대출을 자산으로 발행한 자산유동화 채권의 일종인 MBS(Mortgage Backed Securities)를 활성화하는 것이다. 2019년 4월 기준 MBS는 약 116조 원에 이른다. 이를 2~3배 늘리면 유동자금은 줄어든다.

▷ **정책은 성과로 평가받는다. 정책 입안자들이 농간을 막아야 한다.**

① 부동산으로 돈을 벌거나 투자를 하는 공무원들은 정책 입안에서 손을 떼야 한다. 국토부 공무원과 건설사, 국회의 국토위원으로 연결되는 건설 마피아가 자신의 이익에 맞춰 집값을 좌지우지한다.

② 공기업의 부동산 투기를 규제해야 한다. LH공사가 신도시를 개발하면서 개발 이익을 챙기는 땅 장사를 못하도록 해야 한다. 땅 매입 가격에 택지 조성 원가만 더해서 반영해야 한다. 아파트값 절반 이상이 땅값이다.

③ 공공임대주택의 운영을 투명하게 해야 한다. 공공임대주택은 시민들의 자산이다. 항간에 공공임대주택에 외제 차가 주차되어 있어 말들이 많다. 거주지와 동일한 시도에서 공무원이 편법으로 사용하고 있는 사례가 있다면 엄격히 막아야 한다.

④ 부동산임대업에서 법인의 주택임대업은 제한해야 한다. 부동산투자회사 리츠가 성행하고 있다. 리츠가 임대업을 하면 주택 가격이 상승한다. 직원 인건비와 제반 운영비에 투자 수익을 고려해야 하기 때문이다. 거대 투자 자본들의 투기로 부동산 가격은 상승하게 된다.

⑤ 부동산 대출 제도를 손봐야 한다. 주택 가격 급등을 막겠다는 LTV(주택담보대출비율), DSR(총부채원리금상환비율) 제도를 현실에 맞게 조정해야 한다. 원래 LTV와 DSR은 수익 사업을 영위하는 기업에 적용됐던 기준이었다. 주택 소유가 수익 자산의 소유를 의미하지는 않는다. 소득 수준에 따라 대출이 달라져 부의 역전이 더 커진다. 부동산 시장의 폭락에 대비한 것이 대출 규제다. 그런데 부동산 가격 상승을 견인하는 정책이 되고 있다. 대출을 받아 갭 투자에 많은 사람이 나서고 있기 때문이다.

▷ **제대로 된 부동산 정책을 내놓아야 한다.**

① 주택연금제도는 한시적으로 중단해야 한다. 주택 가격 폭락 시점이라면 노인들의 노후 복지 정책으로 괜찮다. 하지만 주택 가격이 폭등하는 상황에서는 주택연금의 경제적 효과는 주택 임대업과 유사하다. 고령화 시대에 맞는 주택 정책이 필요하다. 은퇴 후 굳이 넓은 주택에서 거주할 필요는 없다. 시니어들의 라이프 사이클에 맞는 다양한 주택이 더 편안하고

안정적 삶을 영위할 수 있다.

② 다주택자와 임대사업자가 주택을 매도할 수 있도록 출구를 한시적으로 터줘야 한다. 전체 가구의 15.6%가 주택의 61%를 소유하고 있다. 전체 주택 소유자 14,012,290명 중 2채 이상 소유한 다주택자는 2,191,959명이다. 상위 30명이 11,000채를 가지고 있다. 다주택자는 약 220만 명이다. 등록임대주택은 1,590,000만 채다. 서울에서 10년 이상 다주택자가 소유한 주택이 128,199채다. 강남 3구에만 34,254채다. 물량이 나온다면 전국 및 서울 집값은 단기간에 안정될 수 있다.

③ 부동산은 소유와 투기 대상이 아니라 주거라는 개념이 정착돼야 한다. 부동산 투자를 통해 재산을 늘리고 내 집값만 낮아지지 않으면 된다는 국민의 마음을 바꿔야 한다. 부동산 투자를 통해 자산을 늘린다는 마음이 없어져야 한다. 부동산은 투기 상품이 아니다. 주거개념이 정착돼야 한다. 시민단체가 1가구 1주택 운동에 나서야 한다. 1가구 1주택을 국민투표에 붙이는 방법도 강구해야 한다.

④ 부동산 정책에서 정부는 손을 떼고 시장 자정 기능에 맡겨야 한다. 정부가 할 일은 주거 안전망 확충이다. 강남에 부자들이 살면 집값이 오른다. 그냥 내버려 두면 된다. 돈이 있으면 강남에 살고 없으면 각자 형편에 맞는 곳에 살면 된다. 베버리힐스(Beverly Hills)에 고급주택이 밀집되어 있다. 부동산 가격이 높다고 불평하는 사람은 아무도 없다. 도쿄 23구에서 미나토구(港区) 세다가야구(世田谷区)는 집값이 비싸 부자들만 거주한다. 세계 주요 도시도 다 마찬가지다. 자연스러운 시장원리에 따라 부자 동네가 다 있기 마련이다. 부동산은 심리적

요인이 작동한다. 정부가 부동산 문제에 관심을 쏟고 대책 준비에 열을 올리면 올릴수록 부동산 시장에 관한 관심이 증폭돼 투기 수요가 유입된다. 특히 정부 대책이 별다른 효과를 내지 못하면 부동산 불패 신화가 확산해 투기 세력들이 농간을 부리는 악순환이 계속된다.

▷ **부동산 전담 감독기구의 성공적 운영**

① AI(인공지능) 시대에 걸맞은 '대국민 AI 부동산 서비스 시스템'(가칭)을 구축하면 된다. 부동산 관련 민원과 국민 개개인의 부동산 포트폴리오 서비스를 제공해주는 것이다. 국민 모두에게 맞춤형 부동산 서비스가 가능하다. 성인부터 노후까지 부동산 라이프 사이클을 제공하면 국민은 부동산 스트레스 없는 세상에 살 수 있다. 요람부터 무덤까지 부동산 서비스를 제공하는 것이다.

② '부동산 거래 AI 분석 시스템'을 통해 갭 투자를 막을 수 있어 부동산 시장이 안정된다. 시스템이 구축되면 구매자가 충분히 현금 흐름 문제가 발생하지 않는다는 사실을 검증할 수 있다. 또한 투기적인 목적으로 돈 없이 대출을 받아 갭 투자에 나서는 사람들이 줄어든다. 충분히 돈이 있는 사람의 부동산 매입은 경제적으로 나쁘지는 않다. 하지만 그렇지 못한 사람들이 투기에 나섰다가 부동산 가격이 폭락하면 국가 경제에 심각한 타격을 입힌다. 카드대란 또는 금융위기 같이 부동산 위기 발생을 막아야 하는 이유다. 시스템 상시 작동으로 대처할 수 있다.

③ 1가구 1주택 정책도 주택 감독기구에서 철저하게 관리하면 된다. 한국의 부동산이 기형적인 것은 다른 부동산은 오르

지 않고 주택, 그것도 서울 아파트만 오른다는 것이다. 이를 철저하게 관리 감독만 해도 충분히 부동산 시장을 안정시킬 수 있다.

3. AI 시대 부동산

___

1) AI 시대 부동산

〔2020.08.19. 정책제언 No.69.71〕

◑ 핵심 요약

① 집값의 미래를 정확히 전망하기 어렵다.

② AI 시뮬레이션 통해 예측, 선제적 정책 입안이 가능하다. AI 시스템을 활용, 효율적으로 정책을 입안하면 성과 나온다.

③ 미래 도시 역할 변화를 파악하면 서울 부동산의 안정 대책을 수립할 수 있다.

④ 부동산은 새로운 부가가치를 창출하는 자산이 아니다. 새로운 부가가치를 창출하는 것은 설비 자산과 지식 재산이다. 두 분야에 투자해 성장 동력을 만들어야 한다.

⑤ 일본은 잃어버린 20년으로 부동산 다이어트를 했다. 한국은 집값 폭등으로 부동산 비만이다. 미래 국가 경쟁력을 위해 부

544

동산의 지방을 빼야 한다. 경제에 적신호다.

⑥ 인구는 감소하지만, 서울과 수도권은 집중 가속화 중이다.

⑦ 부동산 시장은 인간들의 욕망과 불안이 분출되는 심리적 공간으로, 비정상적으로 움직일 때가 많다. 부동산 현장에는 여러 가지 심리 효과가 자리 잡고 있기 때문이다. 부동산 심리를 알아야 한다.

⑧ 역대 정부는 부동산을 경제 성장과 주거 안정 사이, 온탕 냉탕 정책을 추진했다.

⑨ 부동산 정책은 종합예술이다. Orchestra의 Maestro와 같은 다방하게 이해를 해야 안정시킬 수 있다.

⑩ Post Corona 국제 경쟁력을 높여야 할 때 부동산 문제로 국력 낭비를 하고 있다

⑪ 부동산 정책 입안자들은 부동산 관련 현실과 동떨어진 발표와 말을 삼가야 한다. 불붙은 민심에 기름 붓는 격이다

⑫ 현장에서 직접 Real Data를 받아 시장 현황을 판단해야 한다. AI 시스템으로 자동 처리할 수 있다.

→ 국민은행 부동산 시세 사이트는 현장의 공인중개사가 데이터를 입력한다. 정부 압력으로 데이터를 변형하면 안 된다.

→ 전세 계약 시 신규 계약과 5% 상한제 재계약을 합쳐 산정하는 인상률 물타기 통계 산정은 잘못됐다.

⑬ 부동산 정책의 해답은 현장에 있다.

□ 한국의 도시화

① 90%가 넘는다. 세계 최고 수준이다.

② 일자리, 교육, 여가, 상권, 의료 서비스가 도심에 집중.

③ 아파트는 전기, 수도, 통신의 효율이 높다. 규모의 경제를 실현해준다. 'IT 강국' 도약의 요인이다.

④ 끝없이 올라가는 집값과 전·월세가 주거 불안을 가중한다.

□ 미래 디지털 도시

① AI 시대에 맞는 도시

② 원격근무, EduTech 확대

③ 디지털 트윈 기술 발전

④ 건축 기술 발전, 3D 프린팅

⑤ 드론 택시, 무인자율자동차

⑥ 인구 감소 : 2028년 현실화

⑦ 세대 변화 : 1, 2인 가구 증가

⑧ 고령화 시대

⑨ 기후 변화

⑩ 자급자족 미래도시 출현

□ 미래 부동산 시장

① 1~2인 가구 증가, 소형주택 대세

② 아파트 중심 공동주택 문화 지속

③ 직업, 여가 활동이 주택 내로 흡수

④ 지역별 주택 시장 차별화 현상

⑤ 자가 보유보다는 월세가 증가

⑥ 중고층 건물에 모듈러 주택

⑦ 미세먼지 방지 환경 기능 추가

⑧ 노후 주택 정비

⑨ 주택 공급 포트폴리오 제공

⑩ 부동산 시장의 변동성 관리

□ AI 시대 부동산(8/17. 미래학회 강연 요약)

▷ 부동산 문제는 우리에게 전혀 예측 불가능한 Black Swan이다. Unknown Unknowns가 아니라, 항상 알고 있었지만, 근본적 문제 해결에 나설 수 없는 Black Elephant인 Unknows Knowns다.

▷ 부동산 하면 떠오르는 것

① 부동산 투기

② 부동산 복부인

③ 강남 불패 신화

▷ 부동산은 우리에게 무엇

① 재산의 86.4% 차지

　→ 미국 36%, 일본 61%

② 주거보다 소유 의식 강함

③ 전세로 부동산 투자

▷ 역대 정부 부동산 인식

① 부동산을 산업으로 인식

② 내수 경제 살리는 데 이용

③ 경제 성장 떠받드는 수단

④ 투기 열풍 조성 억제, 냉탕 온탕의 반복적 정책

⑤ 국민 주거 안정 관심 없고 정권 유지 차원에서 정치적 활용. 골치 아픈 재건축은 전세난을 핑계로 차기 정권에 폭탄 돌리기

▷ 부동산 민심

① 세대별 불만이다.

② 심리전을 펼쳐야 한다.

③ 정책 신뢰 회복이 관건이다.

④ 투기 심리 요인을 잡아야 한다.

⑤ 심리전문가 활용해야 한다.

■ 제언

① 유동자금을 돌려야 한다.

    → 주식시장에 유입시켜야 한다.

    → 금융 익스포저를 줄여야 한다.

    → 광의의 통화 M2 줄여야 한다.

    → 안정적 투자처 만들어 줘야 한다.

    → 블록체인 기반의 자산 시장을 구축해야 한다.

    → AI 신산업에 의한 벤처 붐을 조성해야 한다.

    → MBS 활성화해야 한다.

② 정책은 방향이 아니라 성과다.

    → 민심을 되돌리려면 현장에 맞는 정책으로 바꿔야 한다.

    → 고강도 대책은 한 번에 발표해야 한다.

    → 토목, 건설의 부동산 마피아 횡포와 농간을 막아야 한다.

    → 부동산 대출 제도를 개선해야 한다.

③ 시장 자율에 맡겨야 한다.

    → 세계 어느 도시나 부자 동네는 있다.

④ 국민의 부동산 인식을 바꿔야 한다.

    → 주택은 소유, 투기가 아닌 주거다.

    → 부동산은 투기 상품이 아니다.

⑤ 제대로 된 부동산 정책을 입안해야 한다.

　→ 정책 발표 전 시뮬레이션은 필수다.

　→ 전·월세 신고 관리 시스템은 1달이면 구축할 수 있다.

⑥ 부동산 시장 현장 Data를 Real Time으로 파악해야 한다. 현장의 데이터가 있어야 현장에 맞는 대책 수립이 가능하다.

　→ 맞지 않는 Data를 통해 통계 분식(粉飾)은 하면 안 된다.

　→ 유리한 Data만 인용해서는 제대로 된 대책이 나오지 않는다.

⑦ 부동산 정책 실패에 대해 책임을 지는 참모가 없다.

　→ 그래서 국민의 신뢰를 잃고 있다.

　→ 정책 추진 결과에 대해 명확히 신상필벌 해야 한다.

　→ 부동산 대책 24번째 실패는 누가 책임지나.

　→ 다주택자 세금 혜택 입안 정책에 대한 책임은 누가 지나.

　→ 현장의 목소리가 정책 결정자에게 전달되지 않고 있다.

　→ Good News, Bad News 동시 보고 System을 갖춰야 한다. 그래야 정확한 판단을 할 수 있다.

⑧ 부동산 감독기구 역할

　→ 대국민 부동산 민원 해결

　→ 대국민 AI 부동산 서비스, 부동산 거래 AI 분석 시스템

　→ 국민 각자 포트폴리오 제공해 부동산 스트레스 없는 세상을 만들 수 있다.

2) PropTech 산업

〔2020.08.21. 정책제언 No.72〕

◗ 핵심 요약

① 프롭테크 핵심은 빅데이터를 통한 수요와 공급 조절 기능이
다. 새로운 분야에 투자가 이루어지면 부동산 정책이 제대로
성과를 낼 수 있고 미래의 부동산 수요 예측과 공급 조절이
가능하다.

② 세계적으로 PropTech 산업이 폭발적으로 성장 중이다. 국민
의 부동산 열기를 프롭테크 산업으로 전환해야 한다.

③ 프롭테크 산업은 기술을 활용한 선진화 산업이며 글로벌
Trend다.

④ 프롭테크 시장 선진화를 이루려면 정책적 지원, 투자자 발굴,
기업의 참여가 필요하다.

□ 프롭테크 : PropTech
▷ 개념

① Property(부동산)+Technology(기술) : 부동산업과 기술을
결합한 새로운 형태의 산업이다. 부동산 서비스 기업 등을 포
괄한다.

② 미국은 프롭테크와 RETech(Real Estate Technology), 상업
용 부동산에 대한 CRETech 용어를 혼합해 사용한다.

→ Commercial Real Estate Technology

③ 부동산 관점에서 IT 기술을 활용한 기업과 산업 전반을 일컫는 용어로 이해되며 스마트 부동산, 공유경제, 핀테크 부동산을 아우르는 보다 큰 개념이다.

▷ **연혁**

① 2009년 이후 영국이 주도하고 유럽, 북미, 아시아로 빠르게 확산, 글로벌 부동산 시장의 주요 이슈로 부각되고 있다.

② 2014년 최초 유럽에서 프롭테크 액셀러레이터가 설립됐다.

③ 최근 주요 부동산 컨설팅회사들도 참여하고 있다.

▷ **성장 원인**

① 타 분야와 비교해 부동산 분야는 IT 기술 활용이 낮아 기술 혁신에 따른 파급력이 크다.

② 시장 확대로 유니콘 기업이 등장한다.

③ 이익 창출과 효율성이 증명됐다.

▷ **특징**

① 가장 빠르게 성장하는 산업

② 진입 장벽 낮아 스타트업 활발

③ 기관 투자가들의 적극 투자

④ 부동산 플랫폼 선점 경쟁 치열

⑤ 블록체인, 로봇공학, 증강현실 기술 등을 활용해 프롭테크 기업들이 서비스 상품으로 현실화시키고 있다.

▷ **산업**

① 2017년 이후 글로벌 프롭테크 시장 급속히 성장

② 부동산 산업의 새로운 성장 동력

③ 해외에서는 산업 분야, 참여자, 서비스, 기업 등이 다양한 형태로 결합해 부동산 산업 변화와 시장 성장을 이끈다.

④ 콘테크(ConTech)는 건설과 기술의 합성어다. 영어로는 Construction Technology다. 영국을 중심으로 건축, 엔지니어링, 시공, 시설 관련 분야에서 IT 기술을 활용한 새로운 산업과 서비스다. 최근에는 데이터에 기반 스마트빌딩, 조달 시스템 선진화 등을 중심으로 발전하고 있다.

▷ **시장 규모 및 투자 패턴**

① 상업용 부동산 영향

② 벤처캐피털의 투자 증가

③ 2017년 130억 달러 규모

④ 3차례 이상 투자가 성공으로 이루어지는 패턴으로 확대

▷ **부동산 기술의 진화 단계**

① 보완적인 단계 1.0 : S/W, Data, 전통 마켓 플레이스

② 도전 단계 2.0 : 기술 이용 서비스, 공간 차익 거래

③ 통합 단계 3.0 : 센서, 공간 시각화, 부동산 빅데이터, 구매 관리 플랫폼

▷ **Unicon과 Decacon 기업**

① 유니콘, 데카콘 기업 증가

② 프롭테크가 빠르게 시장 점유율을 확보

③ 에어비앤비, 위웍 등

※ 데카콘 기업은 기업 가치가 10억 달러 이상이며 설립한 지 10년 이상이 되는 스타트업

▷ **Value Chain**

① 중개 및 임대, 관리, 프로젝트 개발, 투자 및 자금 조달

② 시공, 건설

③ 상업용 CreTech, 주거용 HomeTech

④ 공유경제

▷ **분류**

① ConTech

② Smart Building

③ 상업용 프롭테크

④ 스마트 홈 주거용 프롭테크

▷ **주요 기업**

① Katerra 11억$ 자금 조달

② PROCORE 18년 기업 가치 30억$

③ RHUMBIX 건설 노동 생산성 측정 앱

④ 홀로빌더 AR 기반 건설 현장 S/W

▷ **ConTech**

① 협업 소프트웨어

② 설계 기술

③ 선도 기술 및 로봇

④ 자료 분석

⑤ 위험 관리

⑥ 재무 관리

⑦ 온라인 마켓 플레이스

⑧ 재고 및 공급망 관리

■ 제언

① 우리나라의 부동산 산업은 ICT 기술 활용도가 낮아 향후 기술 혁신에 따른 파급력이 클 것이다. 새로운 성장 산업으로

프롭테크 산업을 육성해야 한다.

② 한국도 프롭테크 관련 기업이 설립되어 있으나 매물과 중개, 공유경제에 치우쳐 있다. 서비스의 본질적 변화와 개선을 통한 신시장 창출에 적극적으로 나서야 한다.

③ 업계 간 시너지 효과가 나오기 어려운 규제를 철폐해야 한다.

④ 프롭테크에 대한 대규모 투자자가 부재하고 지분형보다는 대출형이 다수를 차지하는 환경을 개선해야 한다.

⑤ 프롭테크 시장 형성은 부동산 산업 선진화라는 관점에서 적극적인 정책 지원과 투자자를 발굴해야 한다.

⑥ 국내 건설기업은 국가 신성장 동력인 스마트 시티 건설을 위해 다양한 IT 선진기업과 파트너십을 활용해 시장을 선점해야 한다.

⑦ 자산 운영사는 자산 효율화 및 비용 절감 관점에서 상업용 프롭테크 산업에 대해 적극적으로 투자해야 한다.

⑧ 프롭테크의 핵심은 빅데이터를 통한 수요와 공급 조절이다.

　→ 유동자금이 프롭테크 분야에 투자가 이루어지도록 유도해야 한다.

　→ 부동산 정책, 프롭테크, AI 부동산 분석 예측 시스템을 결합하면 미래 부동산의 수요 공급과 개개인 맞춤형 부동산 서비스가 가능하다.

9장 // 정책 혁신

1. 성공 정책

2. 혁신적 정책

1. 성공 정책

1) 전자정부 성공

〔2020.05.01. 정책제언 No.11〕

◑ 핵심 요약

▷ 전자정부의 성공 요인

① 정보화기획팀을 통해 모든 정부 자원을 집중 추진

② 범정부 조직 IT 산업 지원에 올인

③ 정보화 사업 추진으로 일거리를 제공해 일자리 창출

④ 지역별 테크노 파트 건설

⑤ IT 벤처 창업 분위기 조성

□ 김대중 정부(1998~2003)

▷ 시대적 배경

① IT 인프라를 확충하고 IT 산업을 활성화한 것은 DJ 철학에 기

인한다.

② 시대적 환경 : IMF 직후 200만 명 실업자가 발생해 난국을 타개하기 위해 경제 살리기를 위해 선정한 산업이 IT 산업이다.

▷ **국민의 정부 철학**

→ 산업화는 늦었으나 정보화만큼은 앞서가자는 기치 아래 기업, 국민과 함께 노력

▷ **목표**

→ 전 세계 어느 나라보다 컴퓨터를 잘 사용할 수 있도록 하겠다는 IT 코리아의 실현

▷ **업적**

① 초고속인터넷망 도입

② 두루넷 서비스 개시(1996.11)

③ 세계 최초 초고속인터넷 ADSL 상용화 서비스(1999.8)

④ 초고속인터넷 가입자 1999년 37만 명에서 2000년 1,000만 명, 2002년 2,627만 명, 이동통신 CDMA는 2002년 3,200만 명을 초과

⑤ 초고속인터넷망 인프라 구축이 'IT 강국'의 디딤돌

⑥ 스타트업 기업의 고용을 창출한 IT 벤처는 IMF 위기 극복의 견인차 구실을 했다. 국민을 IT 벤처 투자 열풍으로 몰아넣었다.

⑦ 국민의 정부의 성공한 IT 궤적은 디지털 대통령을 꿈꾼 노무현 대통령에게는 교과서였다.

▷ **IT 산업**

① GDP 성장률 1/3 이상 기여

② 고성장, 물가 안정, 무역수지 흑자, 투자와 고용 증대

③ 외환위기 극복의 견인차

④ IT 산업 성장으로 세계를 선도할 수 있다는 자신감 부여

▷ **외국 반응**

한국의 초고속망과 CDMA 신화를 벤치 마킹

▷ **후대 평가**

① IT 코리아 성공

② 20년이 지났지만, 국민의 정부 IT를 AI로만 바꿔 추진하면 성
  공할 수 있다.

2) 재정 대책

〔2020.05.10. 정책제언 No.17〕

◗ 핵심 요약

① 중앙정부 채무, 지방자치 채무, 공기업, 공공기관 부채가 GDP를 초과했다. 재정 건전성이 충분하지 않음을 염두에 두고 하반기 코로나 예산 집행해야 한다.

② 코로나 추경으로 국채 발행 충당하면 국가채무 850조, 채무 비율은 46%로 상승한다.

③ 신용평가사 피치 경고, 국가 신용등급 하락하면 외국 투자 빠져나갈 수 있음. 투자가 빠져나가면 금융 위기가 올 수 있다.

□ 법인세

① 기업 Profit에 연동(작년 실적과 연동)

② 한국 25%

③ 법인세 인하는 Reshoring 기본 정책

→ 미 38% → 28% → 21%

→ 일 30% → 23.4%

→ 독 26.4% → 15.8%

→ 영 30% → 19% → 17%

④ 올해 64조 3,000억 원 책정

→ 작년 72조 2,000억 원(대비 −7조 9,000억 원)

→ 1/4분기 15조 4,000억 원 (작년 대비 −6조 8,000억 원)

□ 국세 수입

→ 1/4분기 69조 5,000억 원 → 작년 대비 -8조 5,000억 원

□ 위기 상황

① 전년 대비 법인세가 덜 걷힌 건 2014년이 마지막

② 내년도 법인세 감소 : 주요 수출 업종 직격탄

③ 전체 세수 1/4 차지

→ 쓸 곳은 많은데 수입 줄어드니 큰일

■ 제언

① 목표 : 한국판 뉴딜 성과 내야 한다.

→ 하반기 경기 살려야 한다.

→ 기업 투자 환경을 조성해야 한다.

→ 기존 산업 혁신, 신산업 투자의 기회다.

② 양질의 일자리 창출해야 한다.

→ 공공 일자리 지속 가능하지 않다.

→ 공공 일자리는 세금 먹는 하마다. 미래 세대에 부담이 된다.

→ 청년 임시직 일자리 양산은 코로나 청년 세대의 불행이다.

→ 세금 내는 일자리가 절실하다.

→ 지난 3년 공공 일자리 마중물 역할 한다고 홍보했지만, 결과는 실패했다. 이미 일본, 유럽에서 실패한 모델로 판명됐다.

→ 4차 산업혁명 함께 시작한 일자리 정부는 4차 산업 신기술, 양질의 일자리 창출에서 성과를 내지 못하고 있다.

→ 2019년 고용률 60.9%, 역대 최고치다.

→ 양질의 일자리 창출 : 3년 동안 못한 것을 똑같은 방식으로 성과를 낼 수 없다. 시장에서도 믿지 않는다.

→ 소득 주도 성장, 혁신성장, 공정경제, AI 국가전략, 자율주행차 육성, 르네상스 제조, 소·부·장 육성, 규제 개혁 등 수많은 정책을 발표했지만, 성과 낸 정책은 보이질 않는다.

→ 혁명적 사고, 추진 전담 조직, 산업 현장 경험, 민간기업 참여, 미래 Vision 제시, 정책 방향 전환해야 성과 낼 수 있다.

③ 예산 집행은 성과 내는 곳에 집중해야 한다.

→ 선택, 집중해야 성과 낼 수 있다.

④ 결국 문제는 민간 일자리 창출이다.

→ 경영 환경 조성해야 한다.

→ 법인세율 인하 검토해야 한다.

→ 세수 줄어들고 쓸 곳은 많다.

→ 이럴 때 가정에서도 학원, 외식비 등 줄이는 비상 살림을 한다. 빚을 지면 나중에 파산하기 때문이다. 농부도 춘궁기에 아무리 궁핍해도 봄에 뿌릴 종자는 먹지 않는다. 정부의 재정 적자에 경고음이 울리고 있다.

⑤ 지출 구조조정, 세수 확대 방안 강구해야 한다.

→ 3/4, 4/4 분기 대비해야 한다.

→ 사회, 복지 재정 지출 증가에 대비 재정 수입 확보를 어떻게 할 것인가 대책을 세워야 한다. AI 시스템을 활용해 증세 없는 복지가 가능하다.

⑥ 중앙정부 채무, 지방자치 채무, 공기업, 공공기관 부채가 GDP를 초과했다. 재정 건전성이 충분하지 않음을 염두에 두고 하반기 코로나 예산 집행해야 한다.

→ 국가채무 819조, 연금부채 공무원연금 군인연금 충당이 1,750조 원이다.

→ 1/4 관리재정적자 -55조 3,000억 원, 분기 역대 최고치다.

→ 2016년에서 2018년까지의 세수 호황은 끝났다.

→ 2019년 통합재정수지 -12조 원 적자

→ 1년 43조 8,000억 원 적자 증가

→ 총부채 비율 GDP 237%

→ 재정 적자는 국가부채

→ 코로나 추경으로 국채 발행 충당하면 국가채무 850조, 채무 비율은 46%로 상승한다.

→ 신용평가사 피치 경고, 국가 신용등급 하락하면 외국 투자 빠져나갈 수 있음. 투자금 빠져나가면 금융 위기가 올 수 있다.

→ 일본 200%(국민 자산+산업 기반=지탱)

→ 미국 유럽 100%(발권 가능+산업 기반)

→ 간과하지 말아야 할 것은, 한국과 단순 비교하면 안 된다.

⑦ POST Corona 신산업 구조에 맞는 세수 정책 준비해야 한다.

⑧ New 일자리 창출 정책 선언하고 올인해야 한다.

⑨ 문제는 추진 조직과 사람이다.

⑩ 역사적 사명감, 절박한 심정, 시대적 소명, 국가의 미래, 애국심으로 한국판 뉴딜을 반드시 성공시켜야 한국 경제를 살릴 수 있다.

3) 혁신 창업가

〔2020.06.01. 정책제언 No.27〕

◑ 핵심 요약

① 빌 게이츠→ 스티브 잡스→ 엘론 머스크로 이어지는 혁신 경영자를 한국도 배출하도록 K-혁신 경영자 배출 시스템을 만들어야 한다.

② 1980년대 이후 제조업 경쟁력을 상실한 미국이 선택한 국가 비전 전략에서 나온 것이 IT → AI → 우주 개발 프로젝트다. 그 선두에 머스크가 있다.

③ 미래에 도전하는 정신을 배워야 한다.

□ Elon Musk

→ 괴짜 천재 경영인. TESLAR, Space-X 회장

→ 인류가 다른 행성에 진출하는 첫걸음

□ 민간 유인 우주선 : Crew Dragon 발사 성공

▷ 우주 개발 : 민간기업 진출

→ 개발비 : 17억$

→ 높이 8.1M, 너비 4M

→ 탑승 : 4명, 최대 7명

→ 개발사 : Space-X

→ 국제우주정거장 도킹 성공

→ 2021년 민간인 우주 여행

→ 2030년 꿈 화성 100만 이주

→ 화성에 전기자동차 TESLAR

→ 미국의 새로운 시대

→ 조만간 화성 착륙

→ 우주군 창설+강력한 무기

→ 자신감+상상력=Power

▷ 우주 주도권=업무 분담

→ NASA : 먼 우주 개발 주력

→ 민간 : 지구 주변 개발 중점

→ 우주여행+신 비즈니스

※ NASA 유인우주선 개발 : LAUNCH AMERICA

→ Space-X+Boing=2사 선정

→ 경쟁+저비용+개발=운영

→ 개발 자금 지원 3조 원

▷ 평가

→ 국가 기관이 주도해 민간에 발주한다는 지금까지 우주 개발
프로젝트를 민간이 개발, 운영까지 담당하는 상징적 사건

→ 무중력 상태를 이용한 영화 촬영 현실화 될 것

□ 미국 **Power**

→ Spirit : Challenge

→ 원천=창의+혁신

→ 강력한 기업 생태계

→ 괴짜 천재 경영인이 세상을 바꿈

→ MS, Apple, Google, Amazon 등 Global 기업

■ 제언

① 혁신 창업가 나오도록 창업 환경을 조성해야 한다.

 → 일자리는 기업에서 나온다.

 → 창업=도전+꿈

② 기업 활동에 규제가 없어야 한다.

 → 규제와 낡은 교육을 혁신해야 한다.

 → 도전과 혁신의 환경을 만들어야 한다.

③ 아이디어는 창업과 연결돼야 한다.

 → 풍부한 상상력과 도전 정신이 중요하다.

④ 미래에 도전하는 정신을 배워야 한다.

 → AI, 청정에너지, 우주 산업

⑤ 우리도 이런 꿈을 꿔야 한다.

 → 창의, 혁신 기업 생태계 구축해야 한다.

 → K-LOON SHOTS Project 추진해야 한다.

⑥ 빌 게이츠 → 스티브 잡스 → 얼론 머스크로 이어지는 혁신 경영자를 한국도 배출하도록 K-혁신 경영자 배출 시스템을 만들어야 한다.

 → 기존 교육 시스템을 혁신해야 가능하다.

⑦ 1980년대 이후 제조업 경쟁력을 상실한 미국이 선택한 국가 비전 전략에서 나온 것이 IT → AI → 우주 개발 프로젝트다. 한국 수출 주력 제조업 경쟁력이 저하되고 있는 지금이 미래 먹거리 AI 산업에 올인해야 하는 시점이다.

⑧ 선도국은 아무도 가보지 않는 길을 개척해 가는 국가다.

⑨ 정책 입안자는 세상 변화와 산업 Trend 변화를 알아야 한다.

　→ 1980년대 사고와 Frame으로 AI 시대에 무언가 하려면 뒤처지고, 성과는 낼 수 없다. 혁신만이 답이다.

4) 과학기술외교

◑ 핵심 요약

① 국가 간, 사람, 자원을 연결하는 글로벌 서비스 구축하는 것이
   21C 과학기술외교다.
② 한반도 주변국 외교에서 과학기술외교의 중요성을 인식하고
   외교에 적극 활용해야 한다.
③ POST CORONA 시대 과학기술외교의 최고 핵심인 바이오
   진단키트 외교를 확장하면 과학기술외교가 가능하다.

□ 과학기술외교
　▷ 정의
① 국가 간 관계
② 국가 간 교섭
③ 국가 간 관리
　▷ 종류
① 예방외교 : Preventive Diplomacy
② 공공외교 : Public Diplomacy
③ 경제외교 : Economic Diplomacy
④ 전술외교 : 게릴라외교. Counterinsurgency Diplomacy
⑤ 포함외교 : 협박외교. Gunboat Diplomacy
⑥ 유화외교 : Appeasement Diplomacy

⑦ 과학기술외교 : Science & Technology Diplomacy

□ 과학기술외교력=필수
▷ **개념**
① 국가 전략 목표 달성
② 과학기술 수단 전개
③ 대외 교섭 행위 과정
④ 과학기술외교 공통 영역
⑤ 과학기술 국제 협력, 국제 공동 R&D 상위 개념
⑥ 국가 미래 결정 핵심 분야
▷ **배경**
① POST CORONA 환경 급변
② 과학기술 역량 선도 국가
③ 과학기술외교 전략 필요
▷ **방향**
① 국가가 직면한 일반적 문제 해결
② 건설적 지식의 기반 구축
③ 국가 간 과학적 상호작용 사용
▷ **분류**
① 하드파워
② 소프트파워
③ 과학기술 파워
▷ **목표**
① 국내 과학기술 능력 배양 : 해외 과학기술 도입
② 국제 사회에 국내 과학기술 명성을 높임

③ 갈등 해결을 위해 지식 분야 비판적 사고 국제 전파

▷ **중요성**

① 과학기술외교 정책 조언

② 국제 과학 협력 촉진

③ 과학기술 협력 관계 강화

▷ **필요성**

① 국가 간 정치, 종교 격차 줄임

② 국제적 협력, 파트너십 필수

③ 외교관 : 국가 이익 최우선

▷ **단계**

① 1단계 : 국제 협력, 공동 연구

　　→ 양자, 다자, 정부, 기업, 대학

　　→ 인력·정보 교환, 경제 성장

② 2단계 : 국제기구 활동

　　→ 전문기구, 일반 국제기구

　　→ 환경, 에너지, 보건 협력

③ 3단계 : 외교 문제 해결

　　→ 과학기술외교력 활용

　　→ 외교 긴장, 교착 상태 해결

　　→ 돌파구, 과학기술외교력

　　→ 국제 사회, 자국 위상 강화

□ **과학기술외교 외국 사례**

▷ **미국**

① 정부 국가과학기술위원회, 백악관과학기술정책국 협업

② 국가의 주요 외교 현안에 과학기술외교를 활용

③ 주요 활용 사례

　　→ 중국 외교 정상화 활용

　　→ 쿠바와의 관계 정상화

　　→ 리비아와 양자기술협정+보건 분야 협력, 머그레브

　　→ 모로코, 알제리, 튀니지 외교 관계 개선, 미국 가치 정책 이해 촉진

　　→ 파키스탄 과학기술 협정 교육+보건=과학기술 역량 강화=외교 관계 구축 협정

　　→ 인도, 미국 과학기술포럼을 통해 과학기술에 협력

　　→ 독일과 과학기술협정 체결

④ 과학기술협정은 외교 정책 도구로서 외교 관계 강화, 공공외교 촉진, 왕래 확대, 국제 파트너십 촉진

▷ 프랑스

① 과학 협력, 연구가 핵심 요소

② 국제네트워크, 파트너십 구축

③ 기업 수출 경쟁력 지원

④ 아프리카 협력 증진에 활용

▷ 일본

① 과학기술은 일본 외교의 소중한 자원으로 규정

② 과학기술 선진국 확립

③ 과학기술을 소프트파워를 강화하는 공공외교의 주요한 자원으로 활용

□ **한국 과학기술외교**

▷ Vision

과학기술외교를 통한 한국 혁신 생태계 글로벌화

▷ **문제점**

① 국제 협력 활동 저조

② 국제 공동연구, 인력 교류 미흡

③ 기술 생태계 참여 없음

④ 과학기술외교 국가 전략 부재

▷ **전략**

① 국제 협력 활성화 : 제도 정비, 통합 체계 구축

② 선순환 글로벌 혁신 생태계 조성

③ 신 과학기술외교 전략적 추진

▷ **국제 협력 강화**

① 국가 연구개발 사업 국제 협력

② 기획, 평가 지원 시스템 구축

③ 국제 과학기술 프로젝트 참가

▷ **과학기술외교 표준 선도**

① 국제표준 국가 연구개발 지원

② 전략적 국제표준 전략 수립

③ 민간 부문 표준 활동 지원

▷ **과학기술 ICT 외교 기반 구축**

① 과학기술 ICT 외교교육원 설립

② 과학기술 ICT 교육훈련센터 운영

③ 자문단, 과학기술, 전문인력 활용

▷ **과학기술 ICT 외교 N/W 구축**

① 주요국 ICT 외교 네트워크 구축

② 개도국 ICT 외교 네트워크 구축

③ 과학자 ICT 외교 네트워크 구축

■ 제언

① 외교의 기본 방향은 국가 이익이다.

　→ 이념, 체면 버리고 국익을 최우선으로 결정해야 한다.

② 한반도 주변 정세가 점점 더 고차방정식이 되고 있다. 해법은 과학기술외교력을 활용해야 한다.

　→ 최근 한국 주요 외교 이슈인 미국과 중국의 균형외교, 남북 관계, 북핵 문제, 동아시아 협력 등에서 현재의 외교력으로는 한계가 있다. 사고를 혁신하고 방식을 바꿔야 한다.

　→ 과학기술외교력 활용해 창의적 외교 해법을 모색해야 한다.

③ 과학기술외교력 함양으로 외교의 소프트파워를 증대시켜 나가야 한다.

　→ 과학기술외교 담당자의 역량 강화 방안을 마련해야 한다.

　→ 과학기술외교 거버넌스 System 만들어야 한다.

④ 과학기술외교 강화는 국제적 경험이 풍부한 외교적 역량 가진 과학기술 리더를 육성하는 것이다. 네트워킹의 중추적 역할을 통한 파트너도 구축해야 한다.

⑤ 과학기술협력법을 제정해야 한다.

　→ 국가과학기술위원회 설립 국제 협력 사업을 추진해야 한다.

⑥ 외교부 과학기술외교 전문 직제를 만들어야 한다.

　→ 산, 학, 연, 정 네트워크를 구축해야 한다.

　→ 과학기술외교력을 활용해야 한다.

⑦ 한반도 주변국 외교에서 과학기술외교의 중요성을 인식하고
외교에 적극 활용해야 한다.
→ 한국 과학기술외교 수준은 발전 1단계에서 벗어나지 못하
고 있다. 3단계로 발전해 나가야 한다.
→ 외교부 직원과 과학기술외교 전문가들이 함께하는 과학기
술외교위원회를 설립해 정기적으로 정보를 교환, 상호 이
해 및 소통할 수 있는 기회를 늘려나가야 한다.
→ 외교부 순환 체제로 담당 분야의 잦은 변경과 업무 연속성
단절의 문제를 보강해야 한다.
⑧ 강제징용 압류 보복으로 예상되는 일본 2차 수출 규제, 외교
보복에 과학기술외교력을 발휘해야 한다.
⑨ POST CORONA 시대 과학기술외교의 최고 핵심인 바이오
진단키트 외교를 확장하면 과학기술외교가 가능하다.
→ 과학기술 ICT 외교도 이런 측면에서 가능한 부분이 많다.

5) 예측 거버넌스(Anticipatory Governance)

〔2020.07.16. 정책제언 No.52〕

◑ 핵심 요약

① 지난 정책을 뒤돌아보고 남은 기간 반드시 성과를 내는 시스템으로 바꿔야 한다.

② 지속적인 정책 성과 평가를 바탕으로 경험, 역량 제고, 정책 재설계를 위한 Feedback System을 구축해야 한다.

③ 정책 목표, 재정, 정부 차원 대응 Whole of Government Network System을 구축해야 한다.

□ VUCA 시대 대처=Anticipatory Governance

① Volatile=변동성

② Uncertain=불확실성]

③ Complex=복잡성

④ Ambiguous=모호성

□ Governance 뜻

① 정부 통치 방식

② 국가 목적 설정

③ 협치, 통치, 성과

□ Governance 특징

① 국가 정책 관리, 국정 관리, 국가 경영, 공공 경영

② 행정 거버넌스

③ 정부, 시민단체, 민간기업 협력, 협치, 국가 발전 도모

□ 행정부 Paradigm 변화

① 지방화, 시장화

② 분권화, 네트워크화

③ 기업화, 국제화

□ 예측적 거버넌스 개념

① 미래 전망, Foresight, 정책 통합 연계

② 정부 조직, 외부 전문가, 통합 Network 구축

③ 환류 System 구축

□ 예측적 거버넌스 필요성

① Black Swan 부상 및 대처

   → 불확실한 사건을 사전에 예측, 방지하고 효율적 대응

② 정책 참사 예방, 성과 내기

   → System 기반으로 정부 Governance 대응 역량 증진

③ 정책 책임자 위기 상황 극복

   → 당면 문제에 대해 정책 간 상호 작용 빠르게 조정

□ 예측적 거버넌스

▷ 사전 예방할 수 있었던 대표적 Black Swan 사례

① Hurricane Katrina

→ New Orieans 주 제방 시스템 문제 지적 수십 년 무시

② 2008년 금융위기

→ 수년 부실 진행, 사전 경고 많았음

③ BP 석유 시추공 사고

→ BP사, 하청 업체 유지보수 문제

→ 정부 관리 System 사전 파악 못 함

④ Fukushima 원전 사고

→ 원전 안전 Backup System 미비+극한 상황 안전 관리 실패

□ 예측적 거버넌스=미국 정책 성공 사례

① Hurricane Sandy

→ 오바마 대통령 선제 대응 피해 최소화 : 재선 성공 밑거름

② 오바마 제조업 르네상스

→ 제조업 일자리 300만 개 창출

③ 국가재생재투자법+Reshoring

→ 2010년 이후 3,327개 기업 회귀, 일자리 100만 개 창출

□ Digital Government 뜻

① 전자정부의 확장 개념

② 정부 행정 대민 서비스 혁신

③ 디지털 기술 활용 효율 증진

□ New Governance=신 국정 관리

① 정부, 비정부 조직, 공공 서비스 제공

② 정부, 개인 간 Cyber 연계 공공 서비스

③ 상호 신뢰

□ 신 국정 관리 핵심 기능

① 정책 분석, 미래 예측 통합

② Mission 기반 관리, 예산 Network Governance 구축

③ 정책 기대 예측치 오류 연동해 정책 모니터링하고 조정하기
위한 피드백 과정

□ 신 국정 관리 Up-grade 방향

① 추가 자원 수요가 없어야

② 기존 정부 시스템과 호환돼야

③ 행정부 권한으로 실현해야

■ 제언

① 백악관은 예측적 거버넌스 실행으로 국가 전략에 대한 종합
적 접근을 통해 정책을 개발하고 추진해 성과를 냈다. 정부
가 정책 성과를 내기 위해서는 구호와 화려한 수사 발표는 그
만하고 실행해 국민이 체감할 수 있는 성과를 보여줘야 한다.
특히 최고 의사 결정 시 시행착오가 없어야 한다.

→ 국가 정책 입안 추진할 때 반드시 미래 전망, 예측 적용 AI
미래 예측 System을 구축해야 한다.

→ System에는 앞으로 일어날 문제, 장기적 파급 효과, 전망,
예측까지 포함돼야 한다.

→ 현재 정책이 불러온 시장의 역반응과 부작용 대책까지 Anticipation에 포함해야 한다.

② 정책의 목표, 재정 정부 차원 대응 Whole of Government Network System을 구축해야 한다.

→ 장기적 관점을 반영한 전략 조정, 합의, 관리포함

→ 정부조직, 외부 전문가 확대 정책 예측 네트워크 구축해야 한다.

③ 지속적인 정책 성과 평가를 바탕으로 경험, 역량 제고, 정책 재설계를 위한 Feedback System을 구축해야 한다.

→ 국가 정책 파급 효과를 추적 관리해야 한다.

→ 단순 숫자 목표 제시 아니라 Fact에 근거한 목표치와 추진 가능한 프로젝트를 구체적으로 제시해야 한다.

④ 임기 내 성과 도출이라는 조급성, 단기적 안목의 우격다짐 추진에서 벗어나 체계적으로 치밀하게 정책을 입안하고 선택과 집중을 해 추진해야 한다.

→ 불확실, 위험, Post Corona

⑤ 정부 정책 추진에 있어 구조적 한계인 입법부와 갈등, 부처 간 칸막이와 이기주의를 극복해야 한다.

→ 매우 더디게 진행되는 입법 과정, 근본적인 변화가 있어야 한다.

→ 대응성이 아닌 예측성에 기반, 복잡한 주요 정책 성과 내기 위해 정부 조직 재편 Restructure 해야 한다.

⑥ 절차 조정, 운영, 인력 조직 재배치 성과 내는 시스템으로 변혁해야 한다.

→ 집권 후반기 접어들면 현상 유지 Status Quo 공무원 득세

로 차기 선거까지 시간 끌기, 기다림으로 혁신적 변화를 시도하는 어떠한 일도 추진하지 않는다.

⑦ 미래 예측 Foresight 활동을 정책 관련해 구조화하고 체계화된 관점 Structured Methodical Perspective에서 수행해야 한다.

→ 항상 바쁘고 과도한 업무 시달리는 정책 결정자는 미래 예측 조언을 받아 정책을 입안하고 시행해야 한다.

→ 단기적 예견 제공=정보 조직 Intelligence Community보다는 넓은 범주의 다양한 역량이 통합된 미래 예측 정보를 접해야 한다.

⑧ Black Swan에 대비하는 미래 예측 System 구축해야 한다.

→ 대부분 사건은 경고 신호가 아무리 약하다 할지라도 어떠한 형태로든 반드시 나타난다.

→ 파급 효과가 큰 사건들을 사전에 인지할 수 있는 시스템을 설치하고 발생 시 무엇을 어떻게 해야 하는지 Simulation하고 Manual을 준비해야 한다.

→ 체계적 미래 예측 위기관리 Crisis Management는 빠르게 변화하는 문제와 더디게 진행되는 문제 모두 초기 해결 방안 모색에 도움이 된다.

⑨ 정부 내 위험Risk, 불확실성 Uncertainty을 관리하고 외부 충격에 대한 회복력 Resilience을 갖춘 시스템을 만들어야 한다.

→ 미래정책실 설치, 미래 전략, 미래 프로젝트 발굴해야 한다.

→ 미래 예측 정보 확산, 공유 : 국민 소통 채널을 구축해야 한다.

→ 올바른 의사 결정과 정책 성과를 위해서 미래 예측 필요

⑩ 산업화 시대의 관료적 사고와 정부 구조로는 포스트 코로나 당면 과제에 대처할 수 없다. 변혁해야 한다.

→ 과거와 같은 정책 긴 숙고 시간 Deliberation 불필요하다.

→ 공무원의 관습적, 관료적, 수직적, 계층적, 기계적 사고와 조직에서 벗어나야 한다.

⑪ 지난 정책을 뒤돌아보고 남은 기간 반드시 성과를 내는 시스템으로 바꿔야 한다.

→ 일자리 쇼크 : 실업자 122만 명 실업률 4.3%, 청년 실업 10.7%(1999년 이후 최고치)

→ 일자리 정부, 일자리 예산 집행 역대 정부 최대

→ 부동산 대책 22번째 The Guinness Book of Records에 등록?

→ 한국판 뉴딜 구체적 실행 계획이 있어야. 일자리 창출 목표 수=예산÷최저임금÷월 계산법은 Amateur 수법

→ 선진국에서 유행했던 정책 베끼기, 흉내 내기로는 성과 못 냄

→ 역대 정부도 선진국의 좋은 정책을 모방했지만 전부 실패했다.

⑫ 어디로 배를 저어야 할지 모르는 뱃사공에게는 어떤 바람도 순풍이 아니다.

→ 부처별 나눠먹기식 Project, 백화점식 나열, 화분 물주기 재정 배분으로는 글로벌 경쟁력을 확보하기 어렵다.

→ 한정된 재원을 선택과 집중해 투입해야 산업 경쟁력이 강화된다.

→ AI 산업 분야에서 최소한 중국판 뉴딜의 10% 정도는 투자해야 따라잡을 수 있다.

2. 혁신적 정책

---

1) 위기관리 능력

〔2020.06.17. 정책제언 No.35〕

◑ 핵심 요약

① 안정, 일관성 있게 끌고 갈 수 있는 위기관리 시스템을 사전
에 수립하고 총망라해 운영해야 한다.

② 위기가 닥쳐옴에도 불구하고 위기를 위기로 인식하지 못하고
대비에 소홀하면 현실화가 된다.

③ 과거, 역사적 Data 분석해 사전에 대비할 수 있어야 한다.

□ 위기관리 능력 : **Risk Management Skill, Crisis
Management Ability**

□ 위기

① 개인, 조직 목표 달성에 중대한 위협을 주는 상황

② 예상치 못한 갑작스러운 일

③ 짧은 시간 내 의사 결정을 해야

④ 통상 어떠한 징후가 나타남

⑤ 위기가 닥쳐옴에도 불구하고 위기를 위기로 인식하지 못하고 대비에 소홀하면 현실화가 됨

⑥ 참모는 이런 징후를 잘 파악하고 대비하는 능력 갖춰야

⑦ 과거, 역사적 Data 분석해 사전에 대비할 수 있어야 한다.

□ 원칙

① Asses : 객관적이고 정직한 평가

② Control : 위기 확산 신속하게 통제

③ Review : 위기 검토 및 대응책 개발

④ Identify : 위기 본질을 이해

□ 위기관리 능력

① 성격, 내용 정확히 분석+진단

② 극복을 위해 적절 대처안 개발

③ 특정한 대응 전략을 선택해 효율적으로 집행하는 능력

④ 동맹국, 국제 사회 공동 대처 체제를 조성하는 능력

⑤ 안정, 일관성있게 끌고 갈 수 있는 위기관리 시스템을 사전 수립하고 총망라해 운영

⑥ 국민적 합의, 강력한 리더십 필요

□ 성공 사례

▷ 케네디 대통령

　　→ 쿠바 미사일 사태, 핵전쟁 일보 직전 위기 상황

① 3차 대전 각오한다는 결의

② 유화책을 함께 펼침

③ 치밀하게 구소련을 압박

④ 다양한 루트 통해 적 의사 파악

⑤ 유연한 정책=민간 상선 통과

⑥ 적에게 합리적으로 판단하도록 시간적 여유를 주고 명예롭게
　　퇴로를 만들어 줌

□ **위기관리 위대한 Leader**

▷ Abraham Lincoin

① 예리하고 탐구적 성격

② 많은 양의 정보를 흡수 이해

③ 논리적 설득력 있게 설명

　　→ 법률가+변호사=논쟁

④ 뛰어난 연설가. 간결, 감동

⑤ 원칙과 확신, 해결책, 타협

⑥ 사람에 대한 판단력 뛰어남

⑦ 유능한 참모로 최상의 팀=구성

　　→ 다른 의견, 공동 목표

⑧ 국가 발전의 명확 상세한 비전

⑨ 내전 상황에서 비전 추진

2) 중국 가상화폐 굴기

〔2020.04.24. 정책제언 No.7〕

◑ 핵심 요약

① 중국이 양질의 일자리 창출의 진수를 보여 주고 있디.
② 양질의 일자리 창출은 4차 산업혁명, AI 산업, 바이오산업, 블록체인, 가상화폐 산업에 있다.

□ 중국 가상화폐 굴기
▷ 2020.4.24. 중국, 세계 첫 '디지털화폐' 스타벅스, 맥도날드에서 시범 사용
▷ 중국 노림수
① 위안화 국제화 도모
② 디지털화폐 시장 선점
③ 미래 표준 선도
④ 신산업 일자리 창출
⑤ 미·중 패권 다툼 우위
※ 비트코인, 리브라 등 가상화폐는 법정화폐와는 성격이 다름

■ 제언

① 이런 신산업이 한국 경제 미래 먹거리
② 청년들이 원하는 좋은 일자리는 4차 산업혁명, AI 산업, 바이

오산업, 블록체인, 가상화폐 산업에 있다.

③ 머뭇거릴 시간 없음

④ 신산업 관련 일자리 창출의 절호 기회

⑤ 세계는 빠르게 변함

⑥ 중국이 양질의 일자리 창출의 진수를 보여 주고 있음

3) AI 예측적 입법

〔2020.07.21. 정책제언 No.54〕

◑ 핵심 요약

① 미래 세대들에게 더 나은 대한민국을 물려줘야 한다. 정부가
국가의 미래 예측 준비 태세를 갖추어야 한다. 국가미래준비
법 제정이 필요하다.

② 국가미래준비법, 지역 발전, 산업 발전, 에너지, 과학, 국방, 복
지, 건강, 저출산, 고령화, 교육, 보육, 외국인 처우 등 우리 사
회 주요 문제가 포함돼야 한다.

③ AI 시대는 입법 과정에서 예측적 입법 도입이 필요하다.

□ 예측적 입법 : Anticipatory Legislation 미래지향적 입법

□ 입법=Legislation
 ▷ 정의
 법률이 만들어지기 위해 일정 절차를 거치는 과정
 ▷ 역할
 ① 법, 법률 제정
 ② 국가 미래를 정하는 일
 ③ 행정, 사법 대등
 ▷ 기능
 ① 민의 수렴

② 정책 결정

③ 갈등 해결

④ 정치 투쟁

▷ **절차**

① 법률안 입안, 제출

　　→ 10명 이상 서명 제출

　　→ 자료 수집, 공청회

　　→ 법제실 도움

　　→ 예산정책처, 비용추계서

　　→ 정부 : 소관 부처 입안 → 관계부처 협의 → 당정 협의 →
　　　입법 예고 → 규제 심사 → 법제처 심사 → 차관회의 → 국
　　　무회의 → 대통령 서명 → 국회 제출

② 국회=심사+의결

　　→ 국회의사국 의안과 접수

　　→ 국회의장 소관위원회 회부

　　→ 소관위원회 법안 상정

　　→ 입법 취지 설명, 전문위원회

　　→ 소위원회 법안 상세 심사

　　→ 법제사법위원회 체계 심사는 법률안의 위헌 여부, 타법과
　　　접촉 여부, 현행 법체계와 정합성, 자구 심사는 법문 표현
　　　의 통일성, 일관성

　　→ 본위원회 보고, 토론 의결

③ 정부 이송, 대통령 공포

　　→ 이송 법률안 15일 이내 공포

　　→ 15일 내 이의 신청 재의 요구

→ 재의 요구, 국회 무기명 투표 재적의원 과반수, 출석 2/3

→ 확정되면 대통령 즉시 공포

→ 그렇지 않으면 국회의장 공포

□ 예측적 입법

▷ 정의
① 미래의 불확실한 변화에 능동적 대응 체계, 입법

② 법 제도가 현재뿐만 아니라 미래에 대한 파급 대응법

③ 미래 예측을 토대로 장기간 미래 영향력 감안 미래 변화에 기민하게 대응하는 입법

▷ 장점
① 미래 예측 바탕 효율성 Up

② 미래 변화 기민 대응 체계

③ 미래 파급 효과 고려 입법

▷ 국회 예측적 입법
① 법안 비용 추계 발의 제안

② 미래 추가 발생 재정 예상

③ 지출 순증가액 순감소액

▷ 국회 예측적 입법 운영
① 재정 수반 발의 제안

② 반드시 국회예산처 작성

③ 추계서 첨부 의무화

▷ 국회 예산정책처 : 비용 추계 회답 실적
① 18대 : 2,320건

② 19대 : 4,260건

③ 20대 : 12,251건

▷ AI 시대 예측적 입법

① 규제 Sand Box 제도

② Data 3법

③ 신산업 규제 철폐법

■ 제언

① 국회의 법안 심사 과정 시 규제영향분석서 첨부를 의무화하고 적극 활용해야 한다.

　→ 현재는 규제 신설, 강화 시 국민 생활이나 경제에 미치는 영향을 평가한 분석 첨부가 의무화되어 있지 않다.

　→ 규제 신설 또는 강화로 미래 국민 경제와 공익에 미치는 영향 거의 고려하지 않고 심사하는 방식은 시급히 개선되어야 한다.

　→ 규제영향분석서 첨부는 정부 제출 법률안과 의원 발의 모두 필요하다.

　→ 의원 발의 법률안이 중요 규제에 해당할 때는 법제실, 국회예산정책처, 국회입법조사처에서 작성한 규제영향분석서 첨부를 의무화하면 된다.

② 미래 세대들에게 더 나은 대한민국을 물려줘야 한다. 정부가 국가의 미래 예측 준비 태세를 갖추어야 한다. 국가미래준비법 제정이 필요하다.

　→ 저출산, 고령화, 실업, 양극화, 환경, 미세먼지, 바이러스 등 구조적 과제들이 증가하는 상황에서 단기 계획은 국가적

난제를 효율적이며 종합적으로 대처하지 못하기에 미래예측관리 입법이 필요하다.

→ 인구, 환경, 기술 변화, 자원, 지역균형발전 등 사회 변화를 고려해 5년, 10년, 20년, 30년 계획을 구분해서 국가 미래를 예측해 준비하고 계획해야 한다.

→ 국가미래준비법, 지역 발전, 산업 발전, 에너지, 과학, 국방, 복지, 건강, 저출산, 고령화, 교육, 보육, 외국인 처우 등 우리 사회 주요 문제가 포함돼야 한다.

→ 원혜영 의원이 발의했지만 폐기됐다.

③ 국가 발전과 성공을 위해 미래 예측에 의한 정책과 입법이 반드시 필요하다.

→ 백화점식 나열 정책은 버려야 한다.

→ 두더지 잡기식 대책은 그만 입안이 되어야 한다.

→ 땜질식, 땜빵 대책은 없애야 한다.

→ 인기 영합적 입법은 근절돼야 한다.

④ 국회의원 입법 질을 높여야 한다.

→ 20대 : 23,000건 발의, 의원당 76건, 최고 696건

→ 임기말 폐기 법안 19대 44%, 20대 37%

→ 통과 : 정부 제출 〉 의원 발의

→ 4년 임기 내의 성과를 질보다 입법량으로 보여주려는 발의는 없어져야 한다. 정량적 평가 인식이 바꿔야 한다. (유권자+당)

→ 대표 발의 1인의 승자독식을 바꿔야 한다. 경쟁적 법안 발의

→ 의원 발의 너무 쉽다. 미래영향평가분석을 의무화해야 한다.

→ 연평균 6,200건 발의량으로 세계 1위, 선진국은 질로 승부

→ 21대 국회 벌써 1,800건 발의, 의원들 10일에 1건, 일부 개정 법률안이 93%를 차지한다.

→ 국민 생활과 신산업에 직결되는 쟁점 법안들은 회기말 거의 폐기된다.

→ 법안 심의 개최 일수가 적어 하루 5시간에 100개 넘는 심사를 하는 현실이다. 법안소위를 상시 활성화해 일하는 국회를 만들어야 한다.

⑤ AI 시대는 입법 과정에서 예측적 입법 도입이 필요하다.

→ POST CORONA 사회는 모든 것이 변화될 것이며 수시 Emerging Issue에 대응하기 위해 적극적으로 미래를 원려심모(遠慮深謀)하는 예측적 입법을 해야 한다.

→ 일하는 국회, 성과 내는 국회를 만들어야 한다.

4) AI 시대 아시아 허브 대만

〔2020.06.18. 정책제언 No.36〕

◑ 핵심 요약

① AI 분야에서 중국은 3~5년 앞서가는데 최소 중 투자의 5~10% 집행해야 추격 가능

② 중국 IT 개발자가 대만으로 진출, AI 인력 수급에 도움 된다.

③ AI-K형 해외 투자 유치 전략 짜고 유치팀 운영해야 한다.

☐ 대만 Global 해외기업 유치

→ AI 시대 뛰는 Taiwan, 기는 Korea

→ 대만 AI Global R&D 기지 부상 중이다. 5G, AI, 반도체 분야 해외 투자 유치하고 있다.

☞ 1조 6천억 원 유치, 연간 6,300개 일자리 창출

☞ GSC 재편 틈새 공략, 첨단기술 Hub 추진

→ 대만 Post Corona AI Healthcare 대비, Smart 병원, 현장 진료 솔루션 5G, Robot 시스템을 구현하고 있다.

▷ 세계 IT 산업계 Taiwan 평가

① 세계 IT 부품 공급처, 세계 공장

② 세계 IT 산업 부품 소재 Hub

③ 미 Global IT 기업+중국 가교

④ 해외 IT OEM 생산 대표 국가

⑤ 세계 부품 Cluster Hub

⑥ 유능 기술 인재, 인건비 낮음

▷ AI 시대 Taiwan 위상

① Asia 최대 AI Hub 부상

② IT Infra, 인재, 환경이 경쟁력

③ Global IT 기업 R&D 기지

  → MS : AI R&D Center

  → IBM : AI R&D 연구소

  → Google : Asia 최대 연구소

  → Intel : AI R&D Center 확장

  → Qualcomm : AI 생태계 조성

④ 탄탄한 산업 생태계

  → 정부, 대학, 연구소, 기업들이 기술을 중심으로 협업하는 문화, 강한 Internet Infra

⑤ IC 설계, 제조, H/W, S/W 통합, 높은 품질과 생산성

▷ Taiwan의 변신

  → PC 혁명 중심 → 반도체, IT 부품의 세계 Hub → AI 혁명 중심

▷ Taiwan AI Grand Plan

① Deep Learning, Bigdata, 기술 개발, 응용프로그램 개발

② AI 기술 Service 회사 육성

③ AI 기술, 산업 R&D 개발 지역, 혁신적 AI 생태계 조성

④ AI 직면한 문제에 관한 연구

⑤ AI 분야별 전문인력 양성

▷ MOST(대만과학기술부) : 해외기업 유치에 적극 나선다.

▷ NVIDIA, AI GPU 기업 협업=H/W+S/W 전문인력 양성, 국가 경

쟁력 up

① 정부 기관, NVIDIA AI 생태계 구축 공동 투자

② NVIDIA Research, 대만연구소, Startup이 AI 기술 협력, 사례 공유

③ Deep Learning Institute 확대 진행, 대만 AI 개발자 역량 강화

④ NVIDIA Global Startup 지원 Program 대만 Startup 활용 지원

⑤ 대만 핵심 Vertical Market 공동 투자

※ MOST=Taiwan Ministry of Science and Technology

▷ **Taiwan 신주과학단지 변화**

　→ AI Business Park 구축

　→ 산, 학, 연 협력 촉진 AI 기업 유치, AI 생태계 구축, 국가 경쟁력 미래 먹거리

① Global IT 기업 90사 입주 : 반도체, 소재, 장비

② 대만 수출 총액 10% 차지

③ 대학과 연구소의 협업 구조

▷ **Taiwan 기업 유치 성공 요인**

① Value Chain 완성도 높음

　→ TSMC 반도체 기업, 밀집, Synergy 효과

② 명문 이공계 대학, 첨단기술 연구기관

　→ 산학협력, 기술개발, 인재 육성, 인력 수급의 선순환 구조

③ 과학단지 관리국 서비스

　→ Onestop Service 제공, 설립, 투자, 심의, 허가

④ 단지 내 모든 시설 완비

　→ 통관, 물류, 회계, 법무, 시험기관, 보험, 편의시설

⑤ IT Infra : Internet, 전기, 공항

▷ **Taiwan 성공 요인**

① 정부 AI 시대 Vision 수립

② 세밀, 치밀하게 프로젝트 발굴

③ 선택, 집중으로 프로젝트 선정

④ 정, 학, 연, 기업의 협업 체제

⑤ 과감한 실행으로 성과 냄

⑥ 중국 IT 인력 유입

⑦ Global 화교 N/W 협력

▷ **Taiwan 산업 구조 변신**

   → 기계 부품 → PC 부품 → 반도체 → IT 부품→ Smart Phone 부품 → AI Software

■ 제언

① AI-K형 해외투자 유치 전략 짜고 유치팀 운영해야 한다.

② 대만이 어떻게 Global IT 기업들의 AI R&D Hub가 되었는지 분석하고 배워야 한다.

③ 대만에서 배울 점

   → 정부, 학계, 연구소, 기업들의 삼위일체 협조 구조

   → 추진 계획은 치밀하고 면밀하게 입안

   → 한정된 재원을 선택과 집중해 운영

   → 외국기업 유치를 통한 산업 생태계 조성

   → 과학기술부 추진력

   → 기업 하기 좋은 환경 구축

④ 한국의 강점을 강조

   → K-방역 안정감, 우수성

   → IT Infra 세계 최고

   → 미·중 관계 고려 한국 안전

   → 우수한 인재, 기반 시설

⑤ 해외기업 투자 유치하려면

   → 국내 진입 기반을 조성

   → AI Test Bed 제공

   → 국내 시장 점유 규제 철폐

   → 정부, 지자체, 세제 지원

   → 유치 Control Tower 필요

⑥ Global AI 기업 유치 효과

   → 미래 먹거리 확보, 양질이 일자리 창출, 지역 경제 활성화, 한국 경제 재도약 견인차

⑦ AI 시대 산업단지 조성해야

   → 산업화 시대. 한강의 기적. 공업단지. 산업단지

   → IT 시대는 Internet Network=Digital IT Venture 단지

   → AI 시대 Global AI Service Hub Center, AI 산업 Cluster

⑧ AI 산업 Cluster 조성 성공 위해서는

   → 기존 국가 예산 추진 방식인 백화점식 물주기, 골고루 혜택, 부서별 공평 예산 집행하기, 산하기관 예산 공정 분배는 성과 내기 어려운 구조다.

   → 탈피하고 혁신해야. 즉, 선택, 집중해 집행해야 한 분야에서라도 성과 낼 수 있음

⑨ AI 분야에서 중국은 3~5년 앞서가는데 최소 중국 투자의

5~10% 집행해야 추격 가능하다.

→ 중국 IT 분야 2020년 106조 원 투자

→ Cloud Pastform 20조6 천억 원

→ AI Chip 7조 원

→ 5G 기지국 500만 개 430조 원(5년)

→ IDC 220만 개=258조 원(5년)

→ 디지털 뉴딜 각 분야 예산 분석해 보면 중국의 1%가 안 된다.

⑩ 중국 IT 개발자가 대만으로 진출, AI 인력 수급에 도움이 된다.

→ 한국도 개성공단에 H/W 제조, 생산만 하지 말고

→ AI 시대에 맞는 우수한 북한 S/W 인력과 개발 협력

⑪ 화교 Network 활용 배워야

→ Eton, MIT, Harvard 등 세계 정치, 재계 인맥 활용

→ 세계 한인 네트워크를 활용하는 방안을 마련해야 한다.

⑫ 국가 AI 해외기업 유치단=민간과 정부가 만들어야 한다.

→ AI 민간 분야 북한과 협력

→ 해외투자, 기업 유치

→ 화교 자금, 홍콩 자본 유치

5) 홍콩 기업 유치, 아시아 금융 허브 도약

〔2020.06.04. 정책제언 No.28〕

◑ 핵심 요약

① 최대 관심인 한국판 뉴딜의 추진 상황을 점검해야 한다.

② 기업 참여 없는 뉴딜은 성과를 낼 수 없다.

③ 기존 금융 S/V, FinTech, Blockchain 산업에서 양질의 일자리를 창출할 수 있다.

□ 혁신적 발상

① 홍콩 기업 유치 : 아시아 금융 Hub 도약

② 한국판 뉴딜을 한국판 금융 뉴딜로 추진, 성과와 성공 두 마리 토끼를 잡아야 한다.

③ 노무현 대통령, 2003년 아시아 3대 금융 Hub 발표

④ 국제금융센터지수(GFCI) 결과 세계 금융도시 경쟁 순위 서울은 세계 33위, 부산 51위, 뉴욕 1위, 런던 2위, 도쿄 3위 (2015년 서울 6위, 부산 24위)

⑤ 홍콩 자본을 한국으로 돌리는 Project

⑥ 홍콩 자본 구성 : 영국 자본, 싱가포르+홍콩 자본, 캐나다+화교 자본, Taiwan

⑦ 대만보다 한국이 유리

⑧ 홍콩기업, 자본 유치 범국민 T/F 구성 발 빠르게 추진해야, 지금이 타이밍이다.

□ 제주도, 광주, 여의도, 송도

① 제주도 FinTech 중심, 가상화폐, Blockchain이 적격이다.

→ 중국인 부동산 투자와 유사 분위기 조성해, 조세회피처 일자리 창출할 수 있다.

② AI 중심도시 광주는 AI, FinTech, Blockchain, Energy, EV, Culture에 강점이 있다.

③ 여의도 금융 강점, 송도 공항 접근 편리

④ FinTech 전통 금융서비스 Mobile 새롭고 혁신적 금융 S/V

⑤ 기존 금융 S/V, FinTech, Blockchain 새로운 산업 양질의 일자리 창출

⑥ RegTech=Regulation(규제)+Technology(기술)=금융서비스 부문의 규제 관련 문제들을 해결하기 위한 혁신 기술을 의미하는 Trend

→ 규제 Process 표준화

→ 모호한 규정 올바른 해석

→ 투명성 일관성 향상

→ 기업들 대응이 효율적

→ 위기 경영 관리, 표준 준수, 거래 감시

⑦ Blockchain : Block+Chain

→ 블록을 연결하는 모음, 블록에는 거래 정보 담김, 거래 주체는 사용자, 모든 사용자 Copy 보유, 정보 영구 블록에 보관

→ 특징 : 투명성, 보안성, 신뢰성, 추적 가능성

→ 사례 : 가상화폐 Bitcoin

⑧ 한국 경제 미래 먹거리로 FinTech 산업 육성해야 한다.

⑨ 중국 정부는 2030년 블록체인, 가상화폐 패권국이 되기 위해 투자하고 정부가 프로젝트를 발주한다.

■ 제언

① 최대 관심인 한국판 뉴딜의 추진 상황을 점검해야 한다. 기업 참여 없는 뉴딜은 성과를 낼 수 없다.

② 역대 정부 BH가 직접 챙겨도 대부분 성과는 미미했다. 단, DJ 정보통신 뉴딜 성공 요인은 VIP, 조직, 인력, 국민 지지, 상황 절박, 기술 Trend 이해, 국민성, 신바람, 우수 공무원, 기업의 참여가 있어 성과를 낼 수 있었다.

③ 기재부는 적자 재정 대책 마련해야 한다.

　→ 국채 발행 97조 3,000억 원, 국가채무 840조 2,000억 원

④ 외교기술력 발휘해야 한다.

　→ 미·중 패권 다툼, 무역+환율+바이러스+군사+우주+보건

　→ 한국 살길은 실사구시 즉, 외교기술력 발휘해야 한다. 정부, 현지(대사), 외교부가 협력해야 한다.

　→ 100년에 1번 오는 절호의 기회를 잡아야 한다.

　→ 미·중 틈바구니에서 국익 챙길 수 있는 절묘한 시기다.

　→ 단기, 중기 성과가 애매한 정책은 걷어내야 한다. 예) Reshoring, 중소기업 몇 개 돌아온다고 경제 활성화, 일자리 효과는 없다. 대기업이 온다면 몰라도. 최근 LG 구미공장 중국으로 떠났다.

6) ICT 표준 패권주의 시대 전편

〔2020.10.15. 정책제언 No.111〕

◑ 핵심 요약

① 21대 국회 'ICT표준화위원회' 만들어 국제표준화를 선점해야 한다.

② Post Corona 비대면 시대 사회 변화에 따른 신산업 분야 표준을 선점해야 한다.

③ 국내표준 세계화를 위해서는 국내 R&D 결과를 국제표준으로 반영시키기 위한 각 부처 간 유기적 협조와 조정 체계 정립이 시급하다.

□ 표준 패권주의 시대

→ ICT 표준화 전략 : ICT Standardization Strategy

□ 내용 요약

① ICT 표준화는 기반 기술과 융합 기술의 상호 연동을 해결하기 위한 Infra로 세계 시장을 선도하기 위해 필요하다.

② 국내 중소·중견기업이 보유한 ICT 국제표준 반영을 통해 시장 선점과 신규 시장 창출 등 글로벌 경쟁력 확보에 나서야 한다.

③ AI, Mobile Platform 등 다양한 차세대 성장 동력으로 글로벌 경쟁력 확보에 노력해야 한다.

④ 남·북이 표준화 협력을 추진해야 한다. 물자 교역, 대북 투자 확대 대비 북한 규격을 연구 분석해 놓아야 한다.

□ **표준=Standards**

→ 합의에 의해 작성되고 인정 기관에 의해 승인되었으며 주어진 범위 내에서 최적 수준 성취를 목적으로 공통적이고 반복적인 사용을 목적으로 규칙, 지침 또는 특성을 제공하는 문서

▷ **정의**

① 표준을 설정하고 이것을 활성화하는 조직적인 행위

② 표준은 Document에서 합의에 의해 결정된 Something으로 발전

③ 표준화는 표준 제정과 적합성 평가를 포함

▷ **역사**

① 19세기 이전 : 표준화 선사시대

   → 정치 합리성, 중앙집권

② 19세기 : 산업혁명, 노동 분업

   → 경제 합리성, 호환성, 비용 절감

③ 20세기 초 : 전쟁을 위한 표준화

   → 정치 합리성, 전쟁의 도구

④ 20세기 중 : 품질, 경영, 인증

   → 경제 합리성, 소비자의 권리

⑤ 20세기 말 : 경제적 세계화

   → WTO 등장, 글로벌 시장 선점

⑥ 21세기 초 : 정보사회+융복합

   → 환경, 윤리, 인권, 사회 합리성

▷ 무역과 표준화

① 세계 시장 통합과 표준화

② 국제표준 통치 수단으로 등장

③ 비관세 장벽, 기술 장벽, 표준 장벽

④ 모르면 환경 규제, 알면 무역 전략

⑤ 공정거래 관행을 요구

▷ 국제기구 표준 활용 활발

① WTO : TBT 협정

    → 교역 규범의 기준 제공

    → 예외 : 안전+환경+건강

② UNEP : ISO 14000

    → 환경 경영의 기준

③ IEA : ISO 50001

    → 에너지 보존, 신재생에너지 개발

④ UN Global Compact : ISO 26000

    → 환경, 노동, 윤리, 반부패

□ **ICT 표준화**

▷ **중요성**

① ICT 제품·서비스 대부분은 표준 구현의 결과물

    → 스마트폰은 GPS, 블루투스 등 3,500개 이상 표준 집합체

    → 업무, 여가, 관리, 재난 안전 등 ICT 표준 Infra로 제공

② ICT 표준 R&D 결과 상용화를 위한 연결 다리

    → ICT 융합 시대 표준 의료, 교통 환경 등 모든 분야와 연계

    → 표준화, 기술개발 결과 특허 확보를 표준에 반영

③ 국제 무역 80%가 표준 영향, 경제적 가치 Up

  → 독일 1%의 표준 증감이 0.8% 경제 성장과 비례

  → 영국 GDP 증가율 28.4%, 노동 증가율 13% 기여

  → 한국 GDP 성장률 2.6% 기여

▷ **효과**

① 비용 절감

  → 대량생산으로 규모 경제 실현

② 무역 활성화

  → 국제무역 표준

  → 기술무역 장벽 제거, 교역 활성화

③ 시장 선점 및 시장 진출 도구

  → 세계 시장 우위 확보

  → 관련 장비 국산화 가능

④ 제품 서비스 개선

  → 품질보장 및 생산관리

  → 제품 성능과 서비스 측정 활용

⑤ 공공 안전, 보호 및 ICT 접근 향상

  → 국가 안보와 안전, 사회적 약자 ICT 편의를 위한 ICT 표준
  제공

  → 국민의 삶 질 향상 도모

□ ICT 표준화 정책 및 추진 전략

▷ **선진국 및 글로벌 기업들은 국제표준 시장 지배 전략 활용**

① WTO 출범, 미국·EU 선진국은 세계 시장 지배 전략으로 국
제표준을 추진 선점함

→ WTO/TBT, GATS 국제표준 준용

→ 1990년대 초 2세대 이동통신 규격 기술적으로 우수한 일본 PDC 대신 유럽 GSM 선정해 세계 시장을 선점

② 4차 산업혁명 신산업과 신기술 신부가가치 창출을 위한 글로벌 표준 선점 경쟁 치열

→ 표준화 추진 3대 요소 : 사람, 기술, 전략 확보가 필요

→ 사람, 표준화 기구, 전략, 방향 기술, 표준화 대상 확보 중요

▷ **표준 전쟁의 핵심 성공 요인**

① 우수기술 : R&D와 특허

② 표준 결정 능력: 표준화 전문가

③ 제휴와 협상: 국제 시장 포럼

④ 시장 경쟁 : 상용화, 마케팅

□ **공식 및 사실표준화 기구 현황**

▷ **공식 표준화 기구=De-jure**

① 사회적 공인된 표준화 기구

② 비교적 광범위한 대상 표준화

③ 3~6년 소요

④ 국제표준화기구 ISO, ITU, 지역표준화기구 ETS, 국가표준화기구 TTA(한)

▷ **사실표준화 기구=De-facto**

① 기업 간 연합, 다수 연합체 경쟁

② 특정 기술 분야

③ 신속한 절차, 3년 이내

④ 이동통신 3GPP, GSMA 등, SE 분야 Linux, OASIS 등

□ 주요국 ICT 표준화 정책

▷ 미국 : 인간 중심의 표준화

① 표준화 촉진 정책 전략=지원

② 퀄컴+인텔+구글=표준화 주도

③ 오픈소스 연계 전략 시장 지배

▷ EU : 정부=민간 전략적 협력

① 유럽 연구개발과 표준화 연계

② 중소기업 표준화 참여를 강조

③ EU 연구개발 프로젝트와 연계

▷ 일본 : 정부 차원 국제표준 전략

① IT 기반 경제 구조, 사회 혁신

② 사람 중심 표준화 추진

③ 통신기업, 정부 국제표준 활동

▷ 중국 : 정부 주도 ITU 영향력 확대

① 국제표준 50% 주도가 목표

② 국제표준 의장단 진출

③ 화웨이, 알리바바 글로벌 포럼 주도

▷ 한국 : 정부 주도

① R&D 표준화 선순환 표준 체계 구축

② 중소·중견기업의 표준화 역량 강화

③ 국제표준 활동 강화, 신규 표준

■ 제언

① Post Corona 비대면 시대 사회 변화에 따른 신산업 분야 표

준을 선점해야 한다.

→ 표준 : 국가 및 산업 경쟁력 좌우

→ 정부와 기업이 연계 국제표준을 만들어나가야 한다.

→ Corona K-방역 표준화해야 한다.

→ 원천기술에 대한 표준 특허 획득

→ 생태계 조성을 통한 시장 확대 표준화해야 한다.

② 표준화는 기술이 아니라 전략 기술과 비즈니스 모델이 어우러진 전략으로 사업화 전략으로 활용해야 한다.

→ 미래 기술에 대한 예측 능력이 있어야 한다.

→ 협상 능력, 경영 마인드, 심리학, 사회학, 독심술 등을 이해해야 한다.

③ 국내표준 세계화를 위해서는 국내 R&D 결과를 국제표준으로 반영시키기 위한 각 부처 간 유기적 협조와 조정 체계 정립이 시급하다.

→ 국내 표준화 조직과 체계화 필요

→ 국내 표준화는 양적으로 지속적 국제표준화의 활동이나 전문가 지원과 의장단 진출했지만, 질적 성장이 이어지지 못했다.

→ 국제표준 체계화를 위해선 R&D 결과를 국제표준으로 반영시키기 위한 효율적 추진 전략 수립이 필요하다.

→ 국제표준을 위해선 정부 예산의 증액과 지원이 절실하다.

④ 국제표준화 활동 확대해야 한다.

→ 국제표준화 활동은 단순한 정보 입수나 교환이 아닌 국내 의견을 국제회의에 개진해야 한다.

→ 의견 개진이 심의, 의결할 수 있는 권한을 가질 수 있도록

활동의 폭을 넓혀야 한다.

→ 국제기구별 의장단에 진출해야 한다.

⑤ 남북 표준화 협력 추진을 위한 북한에 대한 표준화를 연구, 협조해야 한다.

→ 물자 교역, 대북 투자 확대 대비 북한 규격과 비교 분석해 놓아야 한다.

→ 공통의 표준 규격을 제정해야 한다.

→ 표준화는 산업의 게임체인저가 되고 있다. 우리나라가 국제적 게임 룰과 일치되도록 법적, 제도적 지원이 병행돼야 한다.

→ 21대 국회 'ICT표준화위원회' 만들어 국제표준화를 선점해야 한다.

7) ICT 표준 패권주의 시대 후편

〔2020.10.15. 정책제언 No.112〕

◑ 핵심 요약

① Post Corona 비대면 사회의 미래 성장 동력인 원격의료 분야
는 원격화상 기술이 광범위하게 사용되므로 국제표준화로 세
계 시장을 선점해야 한다.

　→ 시스코 표준 전략을 배워야 한다.

② 4차 산업혁명 신산업 발전과 융, 복합 신제품의 시장 출시, 수
출 등을 위해서는 표준과 아울러 환경 변화에 대응한 안전 및
기술 규제 전략 마련이 필요하다.

③ 표준화 프레임 워크는 정부 주도 신산업 발전과 함께 양극화
해소, 사회 안전망 구축, 기후 변화, 환경 오염을 해결할 수 있
는 매우 유용한 방법론으로 적극 활용해야 한다.

□ 표준 패권주의 시대 : 선제적 표준

▷ 효과

① 세계 무역 80%가 표준의 영향

② EU 사회 통합 도구 표준 활용

③ 빌 게이츠 PC 운영 체계 표준화 세계 정보통신 업계 제패

▷ 체계

① 과학 기술적 표준 → 성문, 측정, 참조 표준

② 인문 사회적 표준 → 전통, 관습, 능력, 언어, 부호

▷ 역할

① 사실상 표준=De Facto

　　→ 호환성=MS Windows

② 규제=Regulatory

　　→ 회계, 안전성, 등급, 국제 표시

③ 공적 표준=Voluntary Consensus Stanrard

　　→ 종이 규격 A4, 건전지 크기

▷ 기능

① 호환, 품질, 단순화, 정보 제공

② 무역 규범, 기업경영 전략

③ 기술 혁신이 도구

④ 경제, 사회 통합 수단

⑤ 지속 가능 발전 도구

▷ 의미

① 게임 규칙 표준

② 시장 지배자 표준

③ 시장 확대 도구 표준

④ 네트워크 효과 표준

⑤ 기술 융·복합화 윤활유 표준

▷ 전략

① 표준기관 인증 획득

② 표준을 통한 비용 절감

③ 표준을 통한 품질 향상

④ 인증 전략

⑤ 경쟁의 도구로 활용

▷ 제정 원칙

① 투명성, 개방성, 효율성

② 합의성, 공개성, 독립성

③ 정당성, 시의성, 연계성

▷ 법률과 표준 관계

① 법률, 명령, 조례

  → 국가 권력, 상세 규정, 공적

② 표준 공동 기준, 작업 규정

  → 자율경제+유연 적용+사적

▷ 공적 표준

① 국제표준 : ISO, IEC, ITU

② 지역표준 : 국가 합의 적용 EN

③ 국가표준 : 국내 적용. KS, JIS

④ 단체표준 : 단체합의. ASTM

⑤ 사내표준 : 기업 내 자체 제정

▷ 국제표준화 기구

① WSC : 세계표준회의

② ISO : 전 분야

③ IEC : 전기, ITU : 통신

▷ 정책 수단으로서 표준

① 정의 사회 구현

  → 사회적 약자 보호

  → 공정 거래 확산

  → 서민 보호 표준

② 대기업+중소기업 상생

→ 독, Simens 의료 부품 표준화, 중소기업이 공급 체인 참여

→ 독, DIN 신재생에너지 표준화

③ 지속 가능 발전의 수단

→ 인권, 노동, 반부패, 환경 제정

④ 사회 통합 수단

→ 기술, 문화, 가치 규제 한계

▷ **무역과 표준화**

① 세계 시장 통합과 표준화

② 국제표준이 통치 수단으로 등장

③ 비관세장벽=기술장벽+표준장벽

④ 모르면 환경 규제, 알면 무역 전략

⑤ 공정 거래 관행을 요구

▷ **국제기구 표준 활용 활발**

① WTO : TBT 협정

→ 교역 규범의 기준 제공

→ 예외 : 안전+환경+건강

② UNEP : ISO 14000

→ 환경 경영의 기준

③ IEA : ISO 50001

→ 에너지 보존+신재생에너지 개발

④ UN Global Compact : ISO 26000

→ 환경, 노동, 윤리, 반부패

□ **프레임워크=Framework**

▷ **개념**

→ 표준화 대상 시스템의 기본 구조

→ 특정 분야를 대상으로 표준화를 통해 가치 기반의 시장 창출과 활성화가 체계적이고 완전하게 이루어지도록 표준화 추진 방향에 대해 명확하고 종합적인 그림을 제공하는 표준화 청사진 설계도

① 일반 : 기본 구조

② 건축 : 구조물의 뼈대

③ S/W : 문제 해결 기본 개념 구조

▷ **접근 방식 변화**

① 관점 : 기술 중심

→ 시장 중심

② 이해 : 단편적

→ 종합적

③ 접근 : 상향식

→ 하향식

④ 관계 : 독립적

→ 통합과 연계

⑤ 성과 : 양적 성장

→ 질적 성장

⑥ 참여 : 폐쇄적

→ 개방적

▷ **핵심 산출물**

① 전략 뷰 : SHV

→ Strategic High-Level View 정부 정책 관련 관계기관 주체

② 운영 뷰 : OPV

→ Operations View 비즈니스 수행 주체

③ 시스템 뷰 : SYV

→ System View 비즈니스 운영 담당자, 엔지니어

④ 서비스 뷰 : SEV

→ Services View 서비스 이용자, 서비스 공급자

⑤ 표준 뷰 : STV

→ Standards View 표준전문가

■ 제언

① Post Corona 비대면 시대에 새로운 산업과 사회 변화에 있어
표준 선점해야 한다.

→ 국가 경쟁력 및 산업 경쟁력

→ 정부와 기업이 연계해 국제표준을 선점해 나가야 한다.

→ Corona K-방역 표준화해야 한다.

② 표준화 프레임워크는 표준 갭 분석으로 미래 반드시 필요할
잠재 표준과 상호 호환성 표준을 도출해야 한다.

→ 표준들은 기업들에게 리스크가 적은 안정적 사업 기회를
부여한다.

→ 표준화 프레임워크는 정부 주도 신산업 발전과 함께 양극
화 해소, 사회 안전망 구축, 기후 변화, 환경 오염을 해결할
수 있는 매우 유용한 방법론이다.

→ 프레임워크는 향후 4년부터 10년까지의 미래를 예상하고
작성되기 때문에 합리적인 미래 예측의 필수 분야다.

→ 매년 개정해 미래 예측을 통한 파괴적 신기술을 분석 반영

함으로 정확도를 높일 수 있다.

③ 표준화는 기술이 아니라 전략 기술과 비즈니스 모델이 어우러진 전략으로 비즈니스에 활용해야 한다.

→ 미래에 대한 예측 능력 있어야 한다.

→ 협상 능력, 경영 마인드, 심리학, 사회학, 독심술 등을 이해해야 한다.

④ POST CORONA 비대면 사회 변화에 따른 언택트 산업 장악을 위해 국제표준화 선점을 해야 한다.

→ 원천기술에 대한 표준 특허 획득

→ 산업 게임체인저 기반을 둔 표준화

→ 생태계 조성을 통한 시장 확대 기반의 표준화

→ 기술 융·복합화를 위한 프레임워크 인터페이스 표준화

→ 비즈니스 모델에 기반을 둔 표준화

→ 표준화 참여 그룹과의 전략적 협력

8) 정책 성과 내려면

〔2020.08.14. 정책제언 No.68〕

◑ 핵심 요약

① 국민이 원하는 것은 결과다. 정책의 올바른 방향이 아니다.

② 남은 1년 동안 집중해 추진해야 성과를 낼 수 있다.

③ 지금까지 해 온 것처럼 그냥 계획만 발표하면 결과를 보여주지 못하면 민심 이반이 가속화될 것이다.

□ 총선 4달 만에 여야 지지율 역전

① 민주당 지지율이 통합당 뒤지기는 이번이 처음

② 박근혜 탄핵 국면 2016년 10월 이후 처음

③ 국회 일방적 독주

④ 국정 운영 독선, 오만

⑤ 정책 부작용에 대한 정부의 어정쩡한 대응

□ 통합당의 변신

① 장외 투쟁, 막말=벗어나, 국민 삶에 다가서, 윤희숙 차분한 연설, 김종인 리더십

② 부동산 문제

③ 한발 빠른 국민 속으로

→ 호남 수해 복구 작업 선점

→ 5.18정신 추가

→ KBS 수신료, 민정수석 폐지

→ 4선 연임 반대 등

□ **정책 혼선=민심 분노**

① 인국공 사태

　　→ 취업 절벽+좌절=청년 분노

② 부동산

　　→ 다주택자 규제 풍선효과 집값만 폭등

　　→ 무리한 부동산 규제에 반발하는 평범한 시민

　　→ 임대차 3법 서민 주거 안정 불구, 전·월세 시장 혼란

　　→ 주택 보유자 세금 불만

　　→ 무주택자 집값 폭등 울분

　　→ 임대인과 임차인 갈등

　　→ 고위공직자 '직' 대신 '집'

③ 일자리 창출한다고 하면서 정책은 일자리 없애는 정책을 추진

　　→ 강사법 시행 : 2만 개 감소

　　→ 최저임금, 주 52시간 등

　　→ 태양광도 ESS 기술 없으면 경쟁력 없음. 장비는 전부 중국

④ 정책 실패가 쌓이면 민심 이반 → 정부 권위와 영향력 줄어들고 → 무능하다는 인식

■ 제언

① 국민이 원하는 것은 결과다. 정책의 올바른 방향이 아니다.

　　→ 정책 방향이 옳아도 성과 내지 못하면 바꿔야 한다.

② 지지율 떨어지는 본질은 국민이 먹고살기 힘들다는 것이다.

　→ 현장 국민 삶 피곤, 세대별 스트레스 '만빵'이다.

③ 권력 유지 기반을 임기 말까지 유지해야 한다.

　→ 명분도 유지하고 특히 국민이 원하는 실리를 살펴 이득을
　　줘야 한다.

④ 앞으로 1년 어떻게 보내며 성과를 내느냐에 따라 달라질 수
　있다.

　→ 반드시 성과와 결과를 내야 한다.

⑤ 검찰 개혁

　→ 먹고 살기도 바쁜데 뉴스에 너무 많이 나오니 국민은 피곤
　　하다.

　→ 일 처리를 조용하고 깔끔하게 해야 한다.

⑥ 남은 1년 동안 집중해 추진해야 성과를 낼 수 있다.

　→ 선택과 집중을 해 결과를 내야 한다.

　→ 뉴딜 발표만이 아니라 성과를 내야 한다.

　→ 공무원이 주도해서는 성과를 내기 힘들다.

　→ 지금 현장에서는 허술한 기존의 프로젝트를 살짝만 변형
　　해 급조 프로젝트를 발주하느라 난리다.

　→ 예산 낭비하지 말고 꼭 써야 할 곳에 몰아줘야 한다.

⑦ 지금까지 해온 것처럼 그냥 계획만 발표하면 결과를 보여주
　지 못하면 민심 이반이 가속될 것이다.

　→ 정권 출범 후 부처별로 얼마나 많은 전략을 발표했나.

⑧ 지금 필요한 것은 강한 추진력을 발휘하는 것이다.

　→ 인사를 완전히 혁신해야 한다.

　→ 탁상공론 교수가 아니라 성과 낼 수 있는 실무형 현장 전

문가를 발탁해 맡겨야 성과를 낼 수 있다.

→ 지금 이대로라면 자리 유지에 급급하고 시간만 가기를 바라며 성과는 내년 초에 나온다고 할 것이다. 내년 초가 되면 3/4 분기에 나올 것이니 믿어 달라고 말할 것이다.

→ 각료들, 현장 민심과 동떨어진 발언과 SNS 삼가야 한다.

→ 진짜 중요한 것은 2/4 분기 -3.3%가 아니라 3/4분기 이후이며 특히 내년 경제 상황이다.

→ 중국은 11.%. 1위다.

⑨ 9월 국정감사 철저히 준비하고 대책을 마련해야 한다.

⑩ 이미 공무원은 레임덕에 빠져들고 있다. 그것을 잡을 묘안을 만들어 내야 한다.

→ 묘안의 핵심은 정권 재창출과 냉정한 인사평가를 연동한다는 느낌을 공무원에게 강하게 심어줘야 한다.

⑪ 당 대표 선거 흥행은 완전히 Zero다.

→ 국민이 원하는 것은 대표 경선을 통한 스타 탄생이었다.

→ 수해도 나서 빨리 끝내야 하는데 너무 오래 걸려 지루하다.

→ 그 자체로 지겨운 것이다.

→ 그들만의 리그다.

→ 여러 잠재력 있는 분들이 출마했었다면 흥행으로 국민 관심을 받을 수 있었다.

⑫ 현재 상태로 쭉 가지 말고 조직과 사람, 일하는 방식을 혁신해야 한다.

→ 가면 갈수록 지지율이 낮아질 것이다.

→ 반등시킬 모멘텀을 만들어야 한다.

⑬ 국정 전반의 성과는 차기 대권과 연동된다.

→ 지속적으로 정책을 집행할 것이라는 믿음을 줘야 한다.

⑭ 제대로 된 정책을 만들어야 한다. 무엇인가 새롭게 하는 것은 오히려 국민의 신뢰를 받지 못한다. 전략 발표와 선언은 인제 그만둬야 한다.

→ 기발표한 프로젝트라도 제대로 점검하고 추진해야 한다.

→ 국민은 새로운 발표를 원하는 것이 아니라 기존 발표 전략이라도 피부로 느낄 수 있는 성과를 원한다.

⑮ 4.15 총선 민심을 제대로 읽어야 한다.

→ 민주당의 자체 개혁에 대한 지지가 아니다.

→ 국민은 민주당이 잘해서 선거에 승리했다고 보지 않는다.

→ 코로나에 대처 잘한 핵심 관료들 때문에 이긴 것이다.

→ 민주당이 자체 실력이라고 착각하는 순간 오만과 독선으로 빠진다.

→ 재난 지원금도 한몫했다.

→ 수출이 증가하는 것은 오로지 대기업 덕분이다.

⑯ 대안론에 대한 종합적인 대책이 필요한 시점이다.

→ BH가 언론에 너무 끌려다닌다.

→ 본질은 이슈 프레임을 제대로 잡지 못하기 때문이다

→ 실력 있는 언론인 출신이 BH에 없다는 의미다.

→ 부동산+일자리 정책 입안자들의 실력이 너무 없다.

→ 정국 주도할 이슈는 많은데 현안만 몰두한다. 근시안적이다.

→ 근시안적 시각으로 곤란하다. 다양한 각도에서 정국을 예측하며 이끌어가야 한다.

⑰ 개혁의 방향을 제대로 잡고 국민이 원하는 개혁이 무엇인지 파악하고 추진해야 한다.

→ 후순위에 있는 정책은 차기 정권에서 이어갈 수 있도록 해야 한다.

→ 일단 성과를 내면서 국민에게 믿음을 주고 다음 정권에서 이어서 결과를 내겠다는 신뢰를 줘야 한다.

⑱ 좋은 정책보다는 뚝심 있는 실행력으로 결과를 만들어 내는 것이 더 중요하다.

→ 정책도 구체적 실행이 가능하도록 입안되고 만들어져야 한다.

→ 어설프고 두루뭉술한 정책은 오히려 역풍을 맞는다.

⑲ 지금 이대로 사람, 사고, 인식, 실력을 변혁하지 않고는 앞으로의 국정 운영이 힘든 상황에 직면할 가능성이 점점 커진다.

→ 국민이 원하는 것은 제대로 된 정책 집행으로 성과를 내는 것이다. 국민의 삶이 어려워지고 있다. 국민은 조용히 지켜보고 있다.

9) 한국 경제 대전환의 원년이 돼야

(내외통신, 2020.12.31.)

2021년은 하얀 소띠의 해 신축년(辛丑年)이다. 풍요와 부의 상징인 하얀 소[白牛]의 기운을 받아 코로나19를 몰아내고 경제가 활성화되는 한 해가 돼야 한다. 돌이켜보면 지난 한 해는 코로나19 팬데믹 영향으로 중소기업과 자영업자, 소상공인은 물론 국민 모두 전례 없는 경제적 고통과 생활의 불편함 등 큰 어려움을 겪었다.

이처럼 어려워지는 경제 환경 상황에서 한국 경제가 지속적인 성장을 이뤄내기 위해서는 경제 정책이 성과를 내야 한다. 지난 4년 동안 부동산뿐 아니라 일자리 등 정부의 핵심 정책 중에 성과를 낸 것은 찾아보기 힘들다. 총체적 정책 실패에 대한 원인 분석이 전제돼야 한다.

대부분 정책 실패의 원인은 첫째, 정부의 개입이다. 시장은 수요와 공급 법칙에 따라 가격을 결정한다. 정부는 시장 실패(Market Failure)로 인해 사회 전체적으로 바람직하지 못한 결과가 초래되는 경우만 개입하면 된다.

둘째, 전문성 부족이다. 실패한 정책은 현장 경험이 없고 해당 분야에 대한 전문지식이 없는 데도 집착과 고집으로 의사 결정을 내리기 때문이다.

셋째, 무책임이다. 설익은 정책 추진과 영혼 없는 공무원, 그 누구도 정책 실패에 책임을 지지 않기 때문이다. 정책실장과 장관,

담당 공무원까지 정책 실패 책임으로부터 아무도 자유롭지 못하지만, 책임을 지는 경우는 없다.

넷째, 엉뚱한 대책 발표다. 문제의 본질적 원인 외면이다. 이미 학문적 이론과 연구, 실패 사례가 많은데도 이념적으로 정책을 결정한다. 단기적 사고로 조급하게 우격다짐으로 밀어붙이기에 부작용이 발생한다.

올해는 한국경제가 생사의 기로에 서는 한해다. 그렇다면 어떻게 해야 성과를 낼 수 있을까.

첫째, 국민과 기업, 정부가 합심해 위기를 극복해야 한다. 경제 주체는 민간기업이다. 혁신을 통한 투자로 성장 동력을 만들어 내야 한다. 기업이 마음 놓고 투자할 수 있도록 경영 환경을 조성해야 한다.

둘째, 당·정·청 협치가 필요하다. 이해관계자들 간 숙의는 필수다. 이를 건너뛰는 경우가 많아지면 부작용이 발생한다. 현장의 문제를 해결할 수 있는 정책이 입안돼야 한다. 지금까지 민생 관련 정책들이 실패했거나 성과를 내지 못한 데엔 선의만 앞세워 우격다짐으로 추진한 탓이 크다. 협치를 통해 정책이 입안되고 추진돼야 한다.

셋째, 인적 교체(Shift)를 통한 한국판 뉴딜이 성과를 내야 한다. 정책을 속도감 있게 추진할 수 있도록 조직 전달 체계를 단순화(Simple)해야 한다. 현장 전문가를 발탁(Surprise), 성과를 내야 한다.

넷째, 원화 환율 정책이다. 원화 하락은 수출에 가장 큰 영향을 미치며 기업의 이익과 직결된다. 10%의 원화 환율 하락은 수출 물량이 10% 이상 감소해 공장 가동률과 고용에 악영향을 미친다.

올해는 원화 환율 강세를 유지해야 기업이 숨통이 트여 버틸 수 있다.

다섯째, 현장에 맞는 정책을 추진해야 한다. 정책은 현실을 반영한 면밀한 기획과 결과에 대해 부작용과 성과를 계산해 입안돼야 한다. AI 시뮬레이션 시스템을 활용하면 정책 실패를 줄일 수 있다. 정책 입안의 무능함은 차라리 정책 집행을 하지 않는 것만 못하다. 정책에 대한 무능과 독선은 국민의 삶을 어렵게 한다.

마지막으로, AI 시대 빅데이터를 활용해 분석하면 정책의 시행착오를 미연에 방지할 수 있다. AI 시대 정책혁신이야말로 한국 경제 경쟁력을 향상하는 지름길이다.

새해에는 독자 모두의 건강과 소망하는 일들이 모두 이루어지길 바란다.

성공한 대통령이 보고 싶다

1987년 민주화 이후 보수 정부는 말할 것도 없고 민주 정부들도 성공보다는 실패로 끝났다. 역대 정부들은 정권 초기에는 국민적 지지가 높았으나 독단적인 국정 운영으로 임기 말 국민적 신뢰를 상실했다. 실패한 대통령들의 쓸쓸한 말로를 국민은 수없이 지켜봤다.

우리는 왜 성공한 대통령이 없을까. 대통령의 성공은 국가의 성공으로 귀결된다. 정부의 성공이 이어져야 국가가 계승 발전된다. 국민은 촛불 정부를 천명한 문재인 정부가 지난 정권의 전철을 밟지 않고 경제를 살리며 일자리 걱정 없는 세상을 기대했다. 소득주도성장, 혁신성장, 공정경제라는 슬로건을 내걸고 출범한 일자리 정부의 임기가 17개월 남았다.

3년 5개월이 지난 지금 과연 국민 앞에 내놓은 결과는 무엇일까. 100대 국정과제 추진 성과는 나왔을까. 4차 산업혁명 시대를 맞이해 한국 경제의 미래 먹거리를 확보했을까. 지난 4년간 일자리 예산 126조 8,000억 원을 책정했는데 일자리 사정은 나아졌을까. 부동산 가격은 안정됐을까. 나라다운 나라, 공정과 정의, 한반도 평화 목표는 어떻게 됐나.

지나간 시간과 성적 평가는 일단 보류하자. 문재인 정부는 잔여 임기 동안 어떻게 해야 성과를 낼 수 있을까. 이것이 당장 우리가 묻고 답해야 할 선결과제다. 첫째, 성과를 내는 정부 조직으로 전환해야 한다. 지금은 코로나19가 불러온 경제 전시 상황이다. 성과를 내려면 동기 부여와 속도가 중요하다. 또 왜 정책을 만드는가 자문해야 한다. 각 부처가 아무리 훌륭한 전략을 세우더라도 이를 실행하지 않으면 아무 소용이 없다. 성과를 낼 수 있는 정책을 선별해 과감하게 추진해야 한다. 그러려면 의사 결정은 신속하게 이뤄져야 하고 일관성 있게 실행하는 집중력이 필요하다.

둘째, 인공지능(AI) 시대에 맞는 인프라 구축에 전력을 다해야 한다. 자율주행차 시대를 대비해 신호등을 5G 통신과 연결하고, 도로에 차세대지능형교통시스템 (C-ITS, Cooperative-Intelligent Trnsport System)을 구축하는 일이 시급하다. 디지털 인프라에 투자하면 새로운 산업이 성장한다. 자율주행과 전기차 분야에서 주도권을 가져가는 가장 확실한 방법은 관련 인프라에 투자하는 것이다. 세계적으로 주목받고 있는 K방역이 국민의 정부(1998~2003년)가 단행한 대규모 정보통신기술(ICT) 투자를 토대로 성장했음을 기억해야 한다.

셋째, 제조업 위주에서 디지털 중심으로 산업 구조를 전환해야 한다. 주력 산업과 AI를 융합한 산업 정책을 추진하면 성과를 낼 수 있다. 2030년을 내다보고 디지털과 AI 산업에 집중 투자해 한국 경제의 체질을 바꾸는 것이 급선무다.

넷째, 임기 내에 성과를 올릴 수 있는 정책에 집중해야 한다. 정부 위주보다는 기업이 사업의 주체가 돼야 지속성 있게 결과를 낼 수 있다. 탁상공론과 진영논리를 배제하고 실사구시를 바탕으로 정책에 유연함을 보여야 한다. 결국 성과는 사람에게 달려 있다.

다섯째, 정부 주도적으로 결과를 낼 수 있는 일에 집중해야 한다. 외부적 요인이 주요 변수로 작용하는 정책은 이리저리 끌려다니다 흐지부지될 가능성이 크다. 결코 마음만 앞세워 정책에 다가가서는 안 된다. 대북정책은 주변 강대국을 설득할 수단이나 명분 없이 북한과 무엇인가를 이루려고 했기 때문에 '골든아워'를 놓친 측면이 있다.

마지막으로, 국정 장악력을 지속해서 유지하는 방법은 정권 재창출 가능성을 보여주는 것이다. 이를 위해선 성공의 결과물이 나

와야 한다. 한국판 뉴딜이 2025년까지 지속해서 추진돼야 코로나
19 위기를 극복하고 AI 혁명 시대에 한국 경제 미래 먹거리를 확
보할 수 있다는 믿음을 국민에게 줘야 한다. 그러기 위해서는 늦
어도 내년 4월 보궐선거 이전에 눈에 띄는 성과를 내야 한다.

(매일경제. 2020.10.15.)

P.S.

사랑하는 아리(雅悧)! 어느 날 갑자기 찾아온 이별의 그 날을 잊을 수
가 없다. 우리를 위해서 희생하며 무지개다리를 건넜지만, 항상 가슴
속에 살아있다. 결혼 28주년 동안 옆에서 묵묵히 지켜주며 응원해준
인생의 동반자 아내 金延貞 고맙습니다. 사랑하는 아리, 아내에게 이
책을 바친다.

나에게.

어느덧 60년 가까이 살아오면서 느낀 것은 겸손과 배려다. 벼는 익을
수록 고개를 숙인다. 살아온 날보다 살아가야 날들이 적기에 자연의
섭리에 따라 순응하며 세상에 봉사하며 살겠다고 다짐한다. 그동안 4

권의 책을 집필했다. 인생은 9988이라고 한다. 향후 AI 한국경영 각 분야별 시리즈 편을 출간하고 싶다. AI 한국경영의 지침서가 되기 위해서다. 앞으로 몇 권을 낼지 모르겠지만 마지막 책은 자서전이 될 것이다.

고마운 분들
상업성이 부족한 이 책을 저자와의 첫 만남에서 흔쾌히 허락해주시고 떠맡아 주신 휴먼필드 李能杓 대표님, 책을 구매해주신 모든 분께 심심한 사의를 표한다.

2021. 01. 01.

저자 朴正一

AI 한국경영
- 정책제언 편 -

—

초판발행   2021. 1. 14.

—

지 은 이   박정일

펴 낸 곳   휴먼필드

출판등록   제406-2014-000089

주   소   경기도 파주시 탄현면 장릉로 124-15

전화번호   031-943-3920   **팩스번호**   0505-115-3920

전자우편   minbook2000@hanmail.net

—

ISBN 979-11-968433-6-6 03300

—